BEN FACCINI

LUFT ANHALTEN

BEN FACCINI

LUFT ANHALTEN

Roman

Aus dem Englischen übersetzt
von Barbara Rojahn-Deyk

Verlag C.H.Beck

Der Roman erscheint 2002 bei Flamingo in London
unter dem Titel «The Water-Breather»

ISBN 3 406 48037 3

Für die deutsche Ausgabe:

www.beck.de
Gesamtherstellung: Kösel, Kempten
Gedruckt auf säurefreiem, alterungsbeständigem Papier
(hergestellt aus chlorfrei gebleichtem Zellstoff)
Printed in Germany

ERSTER TEIL

1

Wir sind immer unterwegs. Von einem Land zum andern, von einer Großmutter zur andern. Wir verbringen den Winter und den Frühling im Auto, und im Sommer haben meine Brüder und ich Wasserflaschen auf dem Schoß und Bonbons im Mund, um die scharfen Kurven abzumildern, die uns seitwärts über den Rücksitz drükken.

Ich bin Jean-Pio, das mittlere Kind. Ich sitze zwischen meinen beiden Brüdern und warte darauf, daß die Benzinanzeige rot aufleuchtet. Das ist von Anfang an mein Platz gewesen. Entweder lehne ich mich nach vorn, die Knie zwischen die Sitze meiner Eltern gezwängt, oder ich lasse den Kopf auf die Lehne des Rücksitzes sinken und den Blick durch das Metallgitter der Heckscheibe schweifen. Ich sehe auf die dahinjagenden Straßen hinaus. Gelegentlich nimmt ein Baum oder ein Lastwagen das Licht. Bei jedem Hubbel schlucke ich und ziehe den Kopf ein, um meine Übelkeit zu unterdrücken, im Takt mit dem links oder rechts wie ein Metronom klickenden Blinker. Ich lese Autokennzeichen, entziffere Aufkleber hinten auf anderen Autos. Ich spiele «Ich sehe was, was du nicht siehst» mit mir selbst. A ist Auto. B ist Baum. C ist Caravan, D ist Durchfahrt gesperrt. Ich zähle Nummernschilder zusammen. Ich zähle die Kilometer von einer Stadt zur anderen rückwärts, wie beim Countdown einer Rakete. Ich suche auf Reklametafeln und Richtungsschildern nach neuen Wörtern.

Manchmal sehe ich in die Autos hinein, die uns überholen, und begegne dem Blick eines durstigen Hundes oder der leeren Silhouette von Fremden. Ich zähle die Leute, versuche festzustellen, was sie anhaben, und rate, wohin sie fahren. Sie schauen uns selten an, ihr Blick ist starr auf den Horizont gerichtet, die Kinder sitzen ordentlich in einer Reihe. Aber gelegentlich entdecke ich eine Familie so wie unsere. Ich sehe Eltern, die ihre Füße auf abgetretene Fußmatten drücken, und Kinder, die sich hinter ihnen herumlümmeln, mit dem Hosenboden auf dem Sitz. Ich sehe einen Vater, der mit ungeduldigen Händen das Lenkrad hält, und eine von der Welt schwer mitgenommene Mutter, die wie ein gefallenes Blatt auf einer sich bewegenden Wasseroberfläche dahintreibt. Ich stoße meine Brüder an. Zusammen drehen wir uns um und schauen auf ihre flüchtigen Gesichter, die eilig an uns vorüberziehen und Himmel und Erde zurücklassen.

Giulio, mein jüngerer Bruder, sitzt rechts von mir. Unser Vater sagt: «Man weiß nie, ob er glücklich ist oder traurig.» Ich weiß das schon, denn wenn er traurig ist, zieht er seine Lippen ein, bis sie ganz in seinem Gesicht verschwunden sind. Duccio, der Älteste, sitzt links von mir. Er ist so hübsch, daß wir oft keine fünf Meter gehen können, ohne daß die Leute stehenbleiben und starren. Unsere Mutter meint, daß er jetzt, wo er elf ist, nur noch ein, zwei Jahre hat, bis er Haare auf der Oberlippe und eine fettige Haut kriegt, und das wär's dann gewesen. Unser Rücksitz ist so breit, daß wir einander nicht berühren müssen, und wenn Giulio in meinen Teil rutscht, schubse ich ihn zurück. Wenn ich mich zu weit zu Duccio hinüberlehne, quetscht er mir den Daumen mit dem Sicherheitsgurt, den er sich um die geschlossene Faust gewickelt hat. Wenn wir alle brüllen und meinen Vater ärgern, dann fährt er an die Seite und schreit uns an, und unsere Mutter weint.

Unsere Mutter heißt Ava. Manche nennen sie Ave, andere Avi. Wir nennen sie Ama, weil es eine Mischung aus Maman und Ava ist und sie es haßt, Mum genannt zu werden. Es ist ein bißchen wie bei mir. Sie konnten sich nicht für nur einen einzigen französischen, englischen oder italienischen Namen entscheiden, und deshalb habe ich zwei Namen: Jean-Pio. Ama sagt «wir», wenn sie von den Engländern redet, aber ihre Herkunft, die ihr Denken und ihr makelloses weißes Gesicht geformt hat, zieht auf den Nummernschildern der Autos vorbei: England, Frankreich, Holland und Slowenien. Ama ist jeder einzelne von uns und alle zusammen in einer Person. Sie ist eine Vielzweckklammer, eine allumfassende Gestalt. Sie ist allergisch gegen die Sonne und leidet unter Schlaflosigkeit. Solange wir denken können, hat sie nicht schlafen können. Ein Nickerchen im Auto geht nicht, weil sich dann ein anhaltender Schmerz zwischen den Augen einstellt, und wenn sie abends in einem warmen Bett einschläft, fährt sie plötzlich hoch, ist hellwach und fühlt sich den ganzen Tag wie zerschlagen.

Unser Vater heißt Gaspare oder Pado, wie wir ihn nennen. Er ist Italiener mit einem sizilianischen Vater. Ama sagt, daß seine Stimmung zwischen jubelnder Begeisterung und Lächeln auf der einen und blindem Zorn auf der anderen Seite hin- und herschwankt. Er ist Anatom und Histopathologe, und sein Spezialgebiet sind Toxine und Luftverschmutzung in Innenräumen. Früher hat er in England gelehrt, aber jetzt hetzt er in Europa herum, besucht eine Konferenz nach der anderen, und wir fahren mit ihm. Kinder, so erklärt er Ama immer wieder, müssen die Welt sehen. Wir warten auf ihn auf großen Parkplätzen, und er taucht zwischendurch auf und gibt uns Zeichen: «Nicht mehr lange» oder: «Noch fünf Minuten». Manchmal hat er Dias bei sich mit Schnitten von kranken Lungen darauf oder ein Buch über Ratten, das seinen Platz im Handschuhfach hat. Es weiß die Antwort auf viele Fragen: Erdnüsse verursachen braune Tumoren, Industriezucker führt zu blutgefüllten Taschen am Schwanz und Nikotin zu gelben Flecken auf weißem Fell.

2

Ich bin acht. Es ist das Frühjahr 1978. Seit damals, als Pado seine Theorie entwickelte, daß Krankheiten durch Klimaanlagen verbreitet werden, und Vorsitzender der Europäischen Gesellschaft für Histopathologie wurde, hat unser Kilometerzähler schon Tausende von Kilometern angezeigt und mußte immer wieder von Null anfangen. Unsere Reisen auf Autobahnen, über Meere und Berge müssen mit der sich in Klimaanlagen und Lungen von Menschen ausbreitenden Krankheit mithalten. Das Fahren ist ein Wettlauf mit der Zeit. Jede Minute des Innehaltens ist eine vergeudete Minute, eine Chance für die Krankheiten zuzuschlagen. Unser Auto muß fahren, fahren, immer. So ist es nun einmal. Orte müssen erreicht, Leben gerettet, Wissenschaftler überzeugt werden.

Duccio sind die Straßenkarten anvertraut. Er bewahrt sie in der Tasche hinter unserem Vater auf, zusammen mit dem Packen von Papieren und Hoteladressen für die jeweiligen Länder. Manche Karten muß man weiter auseinanderfalten als andere. Spanien und Frankreich erstrecken sich über meinen Schoß. In Brüssel verfahren wir uns immer, weil der Reiseführer von Belgien einen Riß hat, wo die flämischen und die französischen Straßennamen in faserigen Fetzchen ineinander übergehen. Die Unterlagen für die Konferenzen und Tagungen hat Giulio unter Amas Sitz verstaut: «Legionelleninfektion und der Einsatz von Erythromycin.» – «Die Epidemiologie und die Bewertung umweltbedingter Krebsrisiken.» Außerdem hat Giulio ein Buch mit Witzen, das zweihundert Gründe enthält, warum das Huhn über die Straße will. Ama hat ein Taschenbuch mit dem Titel «Spiele unterwegs». Es ist so viel benutzt und im Auto hin und her geworfen worden, daß es schon ganz zerfleddert ist und abgenutzt aussieht wie ein schmieriger Hemdkragen. Duccio kennt sämtliche Automarken aller Länder. Giulio und Pado können fast alle Hauptstädte der Welt aufzählen. Ich kann sagen, wann die Benzinanzeige rot aufleuchten wird.

In England wohnen wir bei unserer Großmutter, Amas Mutter. Sie ist in London geboren, aber ihre Eltern kamen aus Holland und Slowenien und haben in England mit ihrer Tochter französisch gesprochen. Das erklärt wahrscheinlich, warum sie einen Franzosen heiratete, unseren Großvater, Grand Maurice. Er ist vor zwei Jahren in einem See in Frankreich beim Krebsfischen ertrunken, und unsere Großmutter ist seitdem nicht mehr die alte. Grand Maurice fand, daß er ein solches Glück gehabt hatte, sie kennenzulernen, daß er sie «ma chance» nannte. Wir nennen sie immer noch Machance, auch wenn Pado sagt, daß sie uns in jüngster Zeit nicht viel Glück gebracht hat. Ich bin Machance' Liebling, keiner weiß eigentlich, warum. Vielleicht weil ich auch Grand Maurice' Liebling gewesen bin. Ama zuckt mit den Schultern und sagt nichts dazu. Giulio meint, es kommt daher, weil ich die grünbraunen Augen von Grand Maurice habe und jetzt, wo er tot ist, der einzige bin, der sie mit sich herumträgt.

Wenn wir in Italien sind, wohnen wir in kleinen Familienhotels in Mailand und Rom oder bei Pados Eltern in Umbrien. In Deutschland haben wir eine Frühstückspension in der Nähe der Autobahn, wo es klebriges Müsli gibt und Zeichentrickfilme für Kinder im Fernsehen. In Madrid ist der Besitzer des Hotels so redselig, daß er uns auf die Zimmerschlüssel warten läßt, um seine Geschichten erzählen zu können, die wir schon hundertmal gehört haben. Über dem Empfang hängen Plakate von Pados Tagungen und Konferenzen, mit bunten mikroskopischen Großaufnahmen von Krankheitserregern und dann ein eingerissenes, verblichenes Foto einer Frau, die kantabrische Würste in der Hand hält, und auf ihrem Rock geht die Sonne unter. Ama kann in diesem Hotel wegen der Neonreklame draußen auf der Straße nicht schlafen, deshalb hängen wir ihre Sachen vor die Fenster und flüstern in der Nacht. Bevor sie ins Bett geht, schnüffelt Ama an den Laken, an einem nach dem anderen, um zu überprüfen, ob sie auch sauber sind. Wenn sie ein Haar entdeckt, ein Plättchen Schorf, einen abgeschnittenen Zehennagel oder womöglich einen Hauch von Parfüm, ruft sie mit matter Stimme bei der Rezeption an, und wir sehen zu, wie erstaunte Zimmermädchen die Betten neu machen, während Ama hinter ihnen hergeht und das sich ausbreitende Weiß mit schläfrigen Händen glattstreicht. Wenn wir versuchen, ihr zu helfen, schiebt sie uns sanft beiseite – «Bitte laßt mich das machen.»

Pado sagt immer: «Es ist sinnlos, mir etwas zu erzählen, was ich schon weiß. Erzählt mir was Neues.» Wenn er also den Kopf in unser Hotelzimmer steckt, um gute Nacht zu sagen, dann weiß man, daß man sich ranhalten muß, um ihm schnell mit ein paar neuen Fakten zu kommen: «Wenn man alle Insekten auf der Welt wiegt, sind sie schwerer als alle Tiere zusammen!»

«Jede Schneeflocke ist einzigartig!»

«Nicht schlecht, Jean-Pio, ich muß darüber nachdenken.»

Giulio erfindet einen neuen Hühnerwitz. Das Huhn muß immer noch die Straße überqueren, aber Pado muß trotzdem darüber lachen. Als Pado gegangen ist, fragt mich Giulio, wo ich meine Fakten herhabe. Ich weiß es eigentlich nicht. Ich nehme an, ich schnappe sie einfach hier und da auf, wenn ich in Hotelfoyers Zeitungen durchblättere, Pados Kollegen zuhöre, aus dem Autofenster schaue. Giulio und ich haben eine Abmachung: Wenn ich vor ihm auf bin, muß ich ihn sanft wecken, ihn fragen, was er gerade träumt, und ein gutes Ende vorschlagen. Er schläft dann wieder ein und erzählt mir später, was passiert ist. Duccio steht vor dem Spiegel und zerzaust sich sein glänzendes schwarzes Haar. Jeden Abend, bevor er ins Bett geht, kämmt Ama es ordentlich zur Seite, was er haßt. Wenn unsere Eltern nicht wären, würde er sich niemals die Haare waschen oder etwas anderes anziehen. Dann würde ihn auf der Straße niemand anlächeln oder ihn begierig angrinsen. Wenn Ama unser nächtliches Geflüster hört, stößt sie ein zischendes «Psst, seid ruhig!» aus, und aus diesen Worten kann man all die abgaserfüllten Verkehrsstaus des Tages heraushören, das Geräusch zufallender Autotüren und das Geraschel von Stadtplänen, auf denen sich immer Straßen verbergen, die über die Seite hinausgehen.

Unsere Hotels liegen fast immer in Sichtweite der Tagungsorte, und wir parken unser Auto zwischen Hunderten von anderen. In den Räumen wimmelt es von Kollegen unseres Vaters, und in den Gängen schwirrt es von Begrüßungen: «Ich möchte Sie mit meiner Frau und meinen Kindern bekanntmachen.» – «Ich habe Ihr Buch gelesen.» – «Werden Sie Ihre neuesten Statistiken vorstellen?»

Ama macht für Pado Notizen. Ihr Gedächtnis streicht hin und her wie die Scheibenwischer des Autos. Sie holt sich Vortragsmitschriften und merkt sich Daten, Gesichter und Adressen. Sie stößt meinen Vater an: «Ist das nicht der Pathologe aus Stuttgart?» und schreibt einen

Namen auf, den sie vom Grund ihres schlaflosen Geistes heraufgeholt hat.

Ama ist auch Pados Übersetzerin. Sie übersetzt seine Vorträge und Aufsätze, produziert mühelos die Sprachen, die er braucht. Sie findet es ganz wichtig, keinen Akzent zu haben. Deshalb weiß auch niemand, woher sie kommt, nicht einmal sie selbst. Pado ist das mit dem Akzent egal, und welche Sprache er auch spricht, es klingt immer wie italienisch. Wenn wir ein Zimmer neben unseren Eltern haben, können wir hören, wie Ama das, was er gesagt hat, korrigiert, ihn unterbricht und auf der richtigen Intonation besteht. Pado hört ihr zu, während er im Badezimmer kaltes Wasser über seine Zehen laufen läßt, die vom Gasgeben – Fuß den ganzen Tag lang auf den Boden gepreßt – geschwollen sind.

«Bitte, Gaspare, versuch's noch mal, nur für mich», bittet Ama.

Dann geht der Rosenkranz von vorn los und windet sich durch die Wand, die uns von ihnen trennt, und zu dem gleichmäßigen Rhythmus seiner Sätze schlafen wir ein.

Wenn uns nicht einmal die Zeit bleibt, ins Hotel zu gehen, stürzen wir in eine Imbißstube am Wegesrand und scheuchen den Kellner, der uns unsere «Keine-Zeit-Sandwiches» bringen muß. Dann steigen wir wieder in unser Auto und fahren in die Nacht hinein, wir hinten zusammengesunken und unsere Mutter mit weit offenen Augen in der Dunkelheit. Pado nutzt die Zeit, um seine Vorträge zu proben: «Sehr verehrte Damen und Herren, liebe Kollegen.» Er trägt das, was er über das Zigarettenrauchen im Hinblick auf Stauungen in der Lunge herausgefunden hat, der kalten Windschutzscheibe vor, auf deren Glas nur Amas verlorenes Gesicht gemalt ist.

3

Unser Auto hatte selten eine Panne. «Da haben Sie Glück», sagen die Mechaniker.

Außen ist es so dreckig, daß an den Rändern schmale grüne Furchen wachsen und auf dem Glas dicke Schmutzflecken sitzen, die den herabgleitenden Regen einsaugen wie stille, ausgedörrte Münder. Ama wünscht sich, das Auto würde von Zeit zu Zeit einmal streiken, einfach zitternd zum Stehen kommen, wie es für ein verwundetes Auto normal ist. Hinter ihren geschlossenen Augen sehnt sie sich nach dem Geräusch eines stotternden Motors, nach dem langsam entstehenden verbrannten Geruch der Überhitzung, dem plötzlichen Kratzen des Auspuffs, wenn das Auto endlich auf der Straße zusammenbricht.

«Autos haben nur Pannen, wenn man sie in der Garage stehenläßt.» So sieht Pado das.

Ama hat zu ihren Füßen einen großen Abfalleimer stehen, damit die Sitze sauber bleiben. In den kommt alles, nur Eierschalen nicht. Die riechen und werden grau, also muß man auf die kleineren Landsträßchen warten, wo man das Fenster herunterlassen und die Schalen in einen Busch werfen kann. Manchmal werfen wir daneben, aber Pado meint, das macht nichts, denn Eierschalen verrotten schnell. Ama ist sich da nicht so sicher, die schätzt, daß sie Jahre brauchen, um in Erde überzugehen. Das bedeutet, daß überall, wo wir gewesen sind, Eierschalen sein müssen, tausend gezackte Splitter in ganz Europa verstreut, unter Büschen und um Pfützen auf der Straße herum.

Das Armaturenbrett ist aus Holz, und seine dicken Instrumentenkreise werfen in der Sonne ein verschlungenes Muster auf die Windschutzscheibe. Von Zeit zu Zeit holt Ama ein Staubtuch hervor und poliert das Holz. Sie hebt das Tuch im Handschuhfach auf, bei ihren Musikkassetten. Sie besitzt insgesamt zehn, zwei Stapel zu je fünf. Pado hebt seine Bänder gesondert auf, er stopft sie in die Tasche neben seinem Sitz. Ama hat nur Musik von Liszt, Pado hat nur Verdi. Sie haben abgemacht, daß Liszt für die ruhigen Fahrten über Land ist, Verdi für Autobahnen und schnelles Fahren, wenn die Bücher im Wind flattern. So sollte es eigentlich sein, aber Pado hat es immer eilig, und Liszt schafft es nur selten, aus dem Handschuhfach herauszukommen. Wenn es Ama einmal gelingt, eine Liszt-Kassette einzulegen, dann nur, weil Pado weiß, daß wir früher oder später mit den immer schneller werdenden Biegungen und Kurven wieder bei Verdi sind und sonst nichts. Wenn Amas Blicke zu den Klängen ihres Liszt schon träumerisch die Blätter draußen streifen, dreht Pado den Lautstärkeknopf leiser, bis die Musik nicht mehr zu hören ist, bis Liszt in dem Geräusch des Blinkers und dem Murmeln der Reifen auf dem harten Asphalt untergeht. Dann zieht er seine Verdi-Kassette heraus und läßt – die eine Hand am Lenkrad und die andere am Kassettenrecorder – mit größter Lautstärke Opernmusik erklingen. Ama mag in den Anblick von Baumwipfeln und fernen Zweigen versunken sein, aber in so einem Moment fährt sie sofort herum.

«Wo ist mein Band?» herrscht sie Pado an und langt nach dem Lautstärkeknopf. Von dem Lärm klingen ihr die Ohren.

Pado hält ihre Hand zurück. «Wir müssen sehen, daß wir weiterkommen.»

Ama zieht sich in ein feindseliges Gemurmel zurück, ihre erstickten Klagen schäumen zu den Fenstern hinaus und tröpfeln auf den Seiten des Autos herunter.

Die Kämpfe unserer Eltern dauern eine Weile, lassen nach und schwellen an, je nach der Verkehrslage oder der Lautstärke des Kassettengeräts. Wenn Pado schreit: «Verdi, verdammt noch mal, oder gar nichts!», dann beschleunigt er, um zu beweisen, daß er recht hat, mit dem Kinn über dem Lenkrad. In einem entrüsteten Stakkato tritt er immer wieder auf das Gaspedal. Das Auto prescht vorwärts, schießt voran wie ein Ball. Wir holpern über Hubbel, schrammen an Mauern vorbei, hupen Menschen von Zebrastreifen. Ama starrt auf ihren Schoß, ihre weißen Hände zucken und fummeln an den Falten ihres Kleides herum. Sie atmet langsam und gleichmäßig aus, um ruhig zu bleiben. Als wir ein paarmal um Haaresbreite einem Unfall entgangen sind und der Zeiger des Tachometers wie wild auf seiner Skala hin- und hertanzt, läßt sie ihre Finger drohend über der Handbremse schweben.

«Halt, Gaspare, du fährst zu schnell!» ruft sie.

Pado wartet ab, ob sie die Handbremse berührt. Sie wendet sich aber jetzt zu ihrer Tür und droht, sie aufzumachen, wenn er nicht langsamer fährt. Pado fährt weiter, schneller und schneller. Von hinten sehen wir zu, wie Ama ihre Tür zur Welt aufmacht, den Spalt ganz langsam verbreitert, wie der Asphalt erscheint und in den Wagen quillt, bis er wie ein wild gewordenes Fließband unter uns hinrast. Der Lärm der Räder flutet herein. Pado will keine Notiz davon nehmen. Duccio versucht, ihn zu überzeugen. Ich beuge meinen Kopf und halte mich an einer Kopfstütze fest, um nichts mehr zu sehen. Giulio drängt sich weg von der klaffenden Lücke und klammert sich an seinem Sitz fest. Ich kann spüren, daß er seine Schulter an mich drückt, sie zittert, wie wenn er weint. Pado fährt so dicht auf das Auto vor uns auf, daß er es fast berührt. Duccio lehnt sich nach vorn und zieht Amas Tür zu, zerrt gegen die Kraft des Windes und Amas starren Griff. Dann schert der Wagen vor uns aus, unsere Raserei hat ihn in Angst versetzt, und wir halten mit einem Quietschen an. Ama steigt aus. Sie steht eine Weile still da, dann dreht sie sich zu Pado um und faucht: «Du verdammter Idiot!»

Ama geht davon, überquert Felder, gibt dem Staub am Straßenrand Tritte. Wir zockeln hinter ihr her. Pado hat sein Fenster heruntergelassen.

«Bitte, steig wieder ein.»

Sie ignoriert ihn. Sie bleibt stehen, um Blumen zu betrachten, hebt Steine auf, verschränkt die Arme oder fährt mit den Händen durch die Luft. Es kann geschehen, daß sie mit gesenktem Kopf Wiesen überquert und im Wald verschwindet, um allein zu sein. Wenn sie zu einem kleinen Strich am Horizont wird, springt Pado aus dem Auto und rennt ihr nach. Sie sieht ihn kommen und läuft zurück, um seinen Entschuldigungen und seinem Lächeln zu entgehen, über die Straße und in die Wiesen auf der anderen Seite. Autos überholen und verlangsamen ihre Fahrt, um zuzusehen, wie unsere Eltern hin und her rennen, Umarmungen verweigern und schließlich doch zurückkommen, Arm in Arm.

Pado erklärt eilig: «Es tut mir leid, wirklich.»

Ama weint, bis er es so laut schreien muß, daß die Krähen in den Bäumen wie schwarze Samenkörner in die Luft geworfen werden und ihr Bedauern in den Himmel säen. Dann wissen wir, daß es für uns Zeit ist auszusteigen und für sie einzusteigen. Wir sitzen, Hände in den Taschen, am Straßenrand oder auf der Wiese, pulen mit den Fingern in der Erde und beobachten unsere Eltern, die, jeder auf seinem Sitz, wieder einmal versuchen, die Sache in Ordnung zu bringen. Wir können eine ganze Weile so dasitzen, alle drei in einer Reihe, ein paar Meter vor der Motorhaube, und auf die Windschutzscheibe starren, die mit den Köpfen unserer Eltern angefüllt ist. Wenn ein Seitenfenster heruntergekurbelt ist, schleiche ich mich an. Gesprächsfetzen dringen, von ihnen unbemerkt, heraus. Aufgebracht stößt Ama die Liste der Gründe hervor, warum sie mit dieser endlosen Fahrerei, den ganzen Tagungen und Konferenzen und dem Übersetzen nicht weitermachen kann. Pado versucht, sie auf seine Seite zu ziehen. Sie hüllt sich in ihre Weigerung und wiederholt bloß: «Das ist kein Leben, Gaspare, das ist kein Leben.»

Ich beobachte Pados Reaktion. Seine Augen zucken, so viele Argumente hat er. Denn auch er hat Listen, lange Listen von guten Gründen, um weiterzumachen, Listen wie Diareihen von Gewebsschnitten und auf jedem Dia noch mehr Gründe. Ama sagt, sie weiß nicht mehr, was noch da ist und was schon vorbei. Sie hört Pado zu, aber sie kennt sich selbst nicht mehr. Das Auto in seiner immerwährenden Bewegung ackert sich durch seine Listen, weiter und weiter jeden Tag.

Als wir wieder ins Auto klettern, stauen sich auf den Sitzen die ungelösten Spannungen. Um sich und uns zu beruhigen, legt Pado eine Kassette ein, die er und Ama für uns aufgenommen haben. Ama spricht wie die Schweine in «Die Farm der Tiere», und Pado hat einen speziellen kämpferischen Ton für «Die drei Musketiere» angenommen. Gelegentlich brechen sie mitten drin in hysterisches Gelächter aus, wenn sie sich mit einem Akzent abmühen oder mit einem unmöglichen Wort. Ihr Kichern auf der Kassette erfüllt den Wagen wie Wolken ausgelassener Engel und drängt die schlechte Laune und den Ärger zurück. Im Hintergrund der Aufnahmen kann man Türen knallen hören, das Bellen eines Hundes und Giulio. Er besteht jedesmal darauf, bei der Aufnahme dabeizusein. Er hat es sogar geschafft, auf einer der Kassetten ein Plätzchen zu ergattern, um uns einen Witz zu erzählen. Jedesmal, wenn das Band drankommt, möchte er die Stelle immer und immer wieder hören und spult das

Band dauernd zurück, bis es eines Tages so mitgenommen sein wird, daß das Gerät einen Bandsalat ausspuckt wie zerquetschte Hühnchenwitze.

Die Bänder können sich in dem engen schaukelnden Wagen mit Gedanken in meinem Kopf vermischen und sich in Ängste verwandeln, die wie Kopfschmerzen festsitzen, wenigstens nenne ich sie Kopfschmerzen. Anders kann ich sie nicht beschreiben. Die Kopfschmerzen werden stärker, wenn die Straßen ihre weißen unterbrochenen Streifen in ein widerwärtiges Durcheinander hetzen oder wenn die kleine Tankanzeige plötzlich rot aufleuchtet. Ich beobachte eine Weile, wie sie flackert, dann bleibt sie, röter als vorher, ein Fleck, der nicht weggeht, während die letzten Tropfen Benzin im Motor verschwinden. Ich möchte Ama warnen. Aber ein Blick auf ihre angespannten Schultern hält mich zurück. Ich traue mich nicht, sie zu berühren, und ziehe mich zurück.

Ich zögere und berühre dann statt dessen Pados Arm. «Das Licht! Paß auf die Tankanzeige auf!»

«Das ist okay», sagt er. «Die dreißig Kilometer zur nächsten Tankstelle schaffen wir bestimmt noch. Aber gut, daß du aufgepaßt hast.»

Aber wie kann es okay sein? Weit und breit ist keine Tankstelle zu sehen, und die Straße rast nur weiter und immer weiter in die Ferne. Ich sehe zu, wie die Kilometer vergehen, und hoffe, Ama hat nicht mitgekriegt, daß wir gleich anhalten müssen inmitten von Schwerlastern, die an uns vorbeirasen wie Blätter im Sturm. Um nicht daran zu denken, konzentriere ich mich auf die Geschichten auf den Kassetten. Manchen gelingt es, mich zu beruhigen. Andere verursachen mir einen Schmerz zwischen den Augen, der sich anfühlt wie ein heftiger Schlag, lassen die Schatten entlang der Straße verschwimmen und erinnern mich an die Nummernschilder, die ich nicht gezählt habe. Ich konzentriere mich auf die Ellbogen meiner Brüder, die mich aufspießen. Ich klammere mich an diesen unbedeutenden Schmerz, der meine Aufmerksamkeit fesselt wie ein Nagel in meiner Haut. Ich atme sachte, sachte ein und aus, aber mein Kopf leckt wie eine Schüssel mit einem Loch. Die unerwünschten Gedanken, die Gedanken, die ich tausendmal zurückgeschickt habe, kommen plötzlich, und wenn sie da sind, werden sie von neuen Gedanken zur Seite geschubst, die in meinem Kopf stürzen und fallen. Mein Mund ist voll von ihnen. Ich versuche, keine Wörter mit ihnen zu verbinden. Sie schwimmen, können ohne angeklebte Buchstaben nichts tun, und dann passiert's. Sie tricksen mich aus. Sie legen mich rein. Sie nehmen Gestalt an und greifen sich Wörter, kleben sie sich an. Ich schließe mich gegen das Auto ab, das unaufhörliche Schwanken, das Reiben der Räder, aber das Summen der unerwünschten Gedanken, die sich schneller und immer schneller in schmerzende Wörter und Bilder kleiden, kann ich nicht auslöschen. Ich höre wieder den Geschichten auf den Kassetten zu. Ich erfinde neue Enden, vertausche Figuren. Ich schaffe Bilder und Gedanken, um alles wegzuwischen. Ich höre auf. Ich fange an. Ich warne. Ich rette. Die Tankanzeige wird immer röter, und niemand tut etwas dagegen.

Pado sieht ganz ruhig aus. Es könnte ja alles gutgehen. Wir könnten diesmal noch Glück haben. Ich sehe auf die vorbeirasenden Autos. Ich folge ihnen aufmerksam mit den Blicken. Dann passiert's. Ein Gedanke durchzuckt mich. Was ist, wenn der letzte Tropfen Benzin verbraucht ist und wir hier, mitten auf der Strecke, anhalten müssen und nicht aussteigen können und der Lastwagen hinter uns einen Bogen um uns macht und das Auto vor uns rammt und das Auto vor uns sich dreht und dann in die Gegenrichtung fährt? Warum habe ich das gedacht? Ich habe das nicht wirklich gedacht. Schau den Lastwagen an. Schnell, ein Wort für den Fahrer – «Stirb nicht» –, aber der Lastwagen überholt bereits und läßt uns hinter sich, ehe ich Zeit habe, meine schützenden Worte auszusprechen. Was ist, wenn der Fahrer jetzt um die Ecke biegt und sich in die Straße bohrt, sich in die aufgerissene graue Asphaltdecke gräbt? Was, wenn wir hinter ihm her um die Ecke schießen, direkt in die ineinandergefahrenen Autos vor uns hinein? Ich halte mich an mir fest, und es ist, als bewegte ich mich an einer Reihe von Wörtern vorwärts, bis sie mich wie eine Kette davongezogen haben. Im stillen wiederhole ich: «Wir dürfen keinen Unfall haben! Wir können keinen Unfall haben!» Ich schreie es in meinem Inneren so laut, daß mir die Ohren klingen. Ich rufe um Hilfe, aber niemand kann es hören. Ich sehe Gesichter von heute morgen, Autos, die uns überholt haben. Die starrende Frau, das weinende Mädchen, der Hund mit dem blauen Halsband, der den Kopf im heruntergelassenen Fenster hin und her wirft. Ich stelle mir meinen Großvater vor, Grand Maurice, wie er sich um sich selbst dreht und gegen das Wasser ankämpft, das ihn erstickt. Ich sehe, wie sein Gesicht tiefer sinkt, wie sich seine Füße in den nachgebenden Schlamm graben, sein Mund, seine Augen, seine Ohren sich mit dem See füllen. Dann vermischt sich sein Gesicht mit Gesichtern von gestern und noch mehr Gesichtern von vorgestern und Nummernschildern und Autos und den Straßen, auf denen sie waren. Was taten die Leute in den Autos? Was für eine Sprache sprachen sie? Die Tage und Städte schießen vorbei wie vom Regen aufgequollene Verkehrsschilder. Ich kann mich nicht erinnern, aber ich muß mich erinnern. Was für ein Nummernschild? Welches Auto? Ich schlage die Hände vor die Augen. Ein bohrender Kopfschmerz überfällt mich mit voller Wucht. Der Schmerz schießt durch meine Augen, und ich kann überhaupt nicht mehr denken. Ein Schwindel erfaßt mich, und ich sause innerlich auf und ab.

«Bitte stellt die Kassette ab!» bringe ich heraus.

Sie tun's nicht. Ich treibe richtungslos dahin.

«Haltet an!»

Meine Wörter ersterben. Giulio schüttelt mich, aber ich kann nichts hören. Meine Stimme hat sich verändert, ist nur noch ein fremdes erstickendes Pfeifen.

Pado sieht sich überrascht um und hält an einem Rastplatz. In einiger Entfernung sehe ich eine öffentliche Toilette und laufe hinüber.

«Geh nicht da rein. Es ist schmutzig!» ruft Pado hinter mir her.

Ich gehe trotzdem hinein. Ich lehne mich gegen die Wand, Autos fahren im Gänsemarsch vorbei, und Männer an Urinalen starren mich an. Ich versuche, eine Toilette zu finden. Die meisten Türen sind verschlossen. Eine ist offen. Jemand hat den Umriß eines Mundes hineingekratzt, der eine Telefonnummer in einem Herzen verschluckt. Keuchend sitze ich auf dem heruntergeklappten Deckel und versuche, mich aus meinen Gedanken zu verbannen. «Wir dürfen keinen Unfall haben!» sage ich mir vor, wieder und wieder. Überall kann ich den fauligen Geschmack der Panik riechen. Die ganze Zeit hupt Pado ungeduldig.

«Beeil dich! Beeil dich!»

Ich renne wieder hinaus. Pado fährt bereits an, und ich renne, habe meinen Kopf noch gar nicht zugeknöpft, will aber das Auto erreichen, bevor mir irgendwelche neuen Gedanken ein Bein stellen. Durch die Heckscheibe sehen mich meine Brüder besorgt an. Ich steige wieder ein. Pado beobachtet mein Gesicht im Rückspiegel. Ich weiß, er möchte fragen, was los ist, aber die andern Autos schieben sich an uns vorbei, und das Picknick wird warm. Er lächelt statt dessen. Er beugt sich zu mir.

«Gebt ihm einen Schluck Wasser, er ist dehydriert.»

Sein Gesicht ist warm, breitet sich aus, bekommt Knitterfältchen – eine Karte mit Straßen, Flüssen und Hügeln. Dann setzt die Geschichte auf dem Band, das sich im Kassettenrecorder auf den Weg macht, wieder ein, und ihre Stimme klingt wie ein von der Straße hochgeschleuderter Stein.

Ama sieht beunruhigt aus. «Gaspare, halt an. Dem Jungen ist anscheinend nicht gut. Fahr langsamer!»

Pado fährt noch schneller. «Es wird ihm gleich besser gehen. Kann sich jetzt endlich jeder wieder beruhigen, verdammt noch mal? *Lasciatemi in pace.*» Ich betrachte durchs Fenster die Wolken, die sich verändern. Ama dreht sich um und sieht mich prüfend an.

«Ich habe noch nie ein Kind gesehen, das so viel in die Luft starrt. Er tut den ganzen Tag nichts anderes!» sagt sie seufzend zu Pado. «Kein Wunder, wenn ihm im Auto schlecht wird.»

«Ich habe ein bißchen Kopfweh», sage ich zu Ama. «Mir fehlt nichts.»

Sie antwortet nicht. Sie drückt ihre Fingernägel in den Stoff des Vordersitzes und zupft wütend an den Fäden der Nähte.

4

Das Aufreibendste an den Fahrten von England nach Frankreich oder Belgien und zurück ist die Fähre über den Ärmelkanal. Man muß sich lange vor der Abfahrtszeit in endlose Autoschlangen einreihen und einen Fahrschein haben mit einer Ankunftszeit darauf, die der Zeit am Abfahrtsort immer eine Stunde hinterherhinkt oder voraus ist. Das letzte Stück bis zur Fähre legen wir stets schweigend zurück. Es gibt nichts zu sagen, außer daß Pado es haßt, vor der Abfahrt bei der Fähre sein zu müssen, und daß Ama die Geräusche und Gerüche auf den Fähren nicht leiden kann. Sie schaut die Bäume am Straßenrand an, um zu erkennen, ob es während der Überfahrt Sturm geben wird. Wir schauen mit ihr hinaus und warten ängstlich auf den schneidenden Regen, die Böen, die Müll aufwirbeln, den Tanz der Autos, die auf der Autobahn im Wind hin und her schwanken.

Die Wegweiser zur Fähre scheinen dauernd woanders zu sein, und Pados Abkürzungen führen uns immer in eine Gegend, wo es keine Läden gibt, in denen man frisches Brot kaufen kann, und nichts, wo wir tanken könnten. Wir haben nie genug Zeit. Wenn wir nach dem Weg fragen, versteht nie jemand Pados unbeholfenes Französisch; er fährt dann frustriert weiter und läßt Passanten mitten in ihren Sätzen mit offenem Mund stehen, bis er jemanden findet, der ihm richtig antwortet. Duccio ist sich für gewöhnlich sicher, daß er auch so den richtigen Weg gefunden hat. Pado ist sicher, daß er die Straße vor ihm wiedererkannt hat.

«Es ist in dieser Richtung», sagt er.

«Aber der Mann, den wir eben gefragt haben, hat gesagt, es sei die andere Richtung», widerspricht Ama.

«Der war nicht von hier», beharrt Pado.

«Woher in aller Welt willst du das wissen?»

«Ich weiß es einfach. Es war klar.»

Duccio faltet still seine Straßenkarte zusammen. Er knickt die oberste Seite nach innen, sicherheitshalber.

«Trotzdem, vielen Dank», sagt Ama ermutigend zu Duccio, gerade so laut, daß Pado es hören kann. Sie streckt ihren Arm aus, um Duccios Knie hinter ihr zu berühren. Er zögert einen Moment und rückt dann zur Seite, überläßt Amas Hand sich selbst.

Wir kommen an mindestens fünf öffentlichen Toiletten vorbei, aber wir dürfen nicht anhalten, weil Pado uns versichert, daß sein Buch über Geschlechtskrankheiten aus seiner Universitätszeit in Italien noch immer ein Standardwerk ist. Er hat es immer dabei.

«Seite einundvierzig», sagt er, auf seine Aktentasche zeigend.

Ama schlägt das Buch auf und verzieht das Gesicht, als sie liest, daß «bösartige Erreger und potentielle Krankheiten überall lauern, besonders an Orten mit mangelhafter Hygiene wie z. B. öffentlichen Toiletten». Dann blättert sie schnell weiter, um nicht zu lange auf die Abbildungen schauen zu müssen.

«O wie schrecklich!» sagt sie schaudernd. «Passiert so was bei akuten Fällen von Gonorrhöe?»

Pado nickt, und über Amas Schulter hinweg sehe ich Bilder, die mich anspringen, Bilder wie von zermatschten Tieren auf der Straße zwischen den Beinen von Leuten. Giulio sagt, ihm sind die Fotos oder irgendwelche Krankheiten oder sonst was völlig egal, wenn er nicht bald aufs Klo kann, platzt er.

Pado sagt, er soll sich beruhigen. «Männer können durchhalten.»

Ama ist überzeugt davon, daß es für Frauen schwieriger ist, und schon ist es passiert, denn Pado sagt: «Wieso ist für Frauen alles soviel schwieriger?»

«Das hab ich überhaupt nicht gemeint», wehrt sich Ama.

«Warum klingt es dann so?»

Letzten Endes liegt alles daran, daß Ama in England aufgewachsen ist, und da kann man einfach nicht leben, weil die Menschen dort nicht sagen, was sie denken, und statt dessen kleine, böse Bemerkungen machen müssen. Allerdings kann man auch in Italien kleine Bemerkungen machen, so ist es nun auch wieder nicht.

Früher hatten wir ja ein Töpfchen, aber damit war's aus, als Giulio es zum Überfließen brachte. Er sagte zu Duccio, er solle ein Stück rüberrutschen, und schaute in dem Augenblick nicht hin, und da war es passiert. Ströme von Pipi überschwemmten das Wageninnere, und Ama schrie «Raus!» auf englisch, französisch und italienisch, alles auf einmal. Der Urin hinterließ einen Fleck auf dem Boden, und ganze Schichten von antiseptischen Tüchern bringen ihn nicht weg. An heißen Tagen, wenn es im Auto warm ist, steigt einem ein schwacher Geruch in die Nase.

Ama sucht sich gern ihre eigene Stelle zum Pinkeln. Da sie die einzige Frau im Auto ist, hat sie, wie sie sagt, ein Recht darauf, allein zu sein. Sie zeigt auf Bäume und hinter Büsche, zwingt uns, schmale Sträßchen entlangzufahren. Pado will immer woandershin.

«Hier ist es perfekt! *Perfetto.*»

«Nein, Gaspare, nicht hier, bitte.»

«Wieso? Die Stelle ist doch sehr gut.»

«Nein, nicht hier.»

«Lieber Himmel, wen kümmert das eigentlich?»

«Mich!»

«Ich halte jetzt hier.»

«Nein, fahr noch ein Stückchen weiter.»

«Warum?»

«Da kommt jemand.»

«Wo?»

«Da, von hinter dem Haus.»

«Ich sehe kein Haus.»

«Da!»

«Das ist doch kein Haus.»

«Was, zum Teufel, ist es dann?»

«Es ist eine Scheune.»

«Nein, ist es nicht.»

«Ist es doch.»

«Bitte fahr weiter. Sieh mal, da kommt jemand.»

«Das ist eine verdammte Kuh.»

«Meine Güte, reg dich bloß nicht auf. Ich glaub's einfach nicht.»

«Was glaubst du einfach nicht?»

«Ich will einfach nur pinkeln, du Idiot!»

«Nenn mich nicht einen verdammten Idioten!»

«Hab ich ja gar nicht, ich habe Idiot gesagt.»

«Komm, steig aus! Wir warten alle auf dich.»

«Fahr etwas weiter. Ich werde nicht in die Nähe dieser Kuh gehen.»

«Warum nicht, zum Teufel? Sie ist hinter einem Zaun.»

«Ich weiß. Ich möchte es einfach nicht. Es tut mir leid. Ich werde nichts vor den Augen dieser Kuh machen. Vergiß es, vergiß es einfach.»

«Ich halte hier, direkt hinter diesem Baum.»

Wir halten unter einem Baum auf einer kleinen Seitenstraße. Die Luft ist kalt, und ödes, trostloses Ackerland erstreckt sich nach allen Seiten. Pado stellt den Motor ab. Ama rührt sich nicht. Sie will auch Giulio nicht ansehen, der ihr von hinten auf die Schulter tippt. Dann tippen auch Duccio und ich ihr von hinten auf die Schulter. «Ama, bitte geh pinkeln! Hier ist alles in Ordnung.»

«Laßt mich bitte alle in Ruhe. Ich will jetzt nicht mehr», schreit Ama und macht sich von uns los. Wir sinken zurück in unsere Sitze, und Pado gibt so heftig Gas, daß sich die Kühe auf den Weiden über den Zaun lehnen und zusehen, wie der Schlamm an unseren Reifen in die Luft geschleudert wird.

Die Überfahrt ist nicht nur riskant wegen der rauhen See, sondern auch wegen Pados Gläsern mit konservierten Lungen und den histologischen Bildern für seine Kollegen. Man muß sie dem Zoll sehr genau erklären, deshalb zieht Pado es vor, sie unter seinen Sitz zu schieben, zu dem Wein, den er auch in jede freie Lücke des Autos gestopft hat.

«Nimm nicht so viel Wein mit, Gaspare, sei vernünftig. Du weißt doch, wie sie sich beim Zoll anstellen», versucht es Ama müde.

«Verdammter Zoll. Lächerliche Vorschriften!» Pado will nicht aufgeben.

Wir teilen den Wein auf in gute Freunde und in Bekannte. Die guten Freunde kriegen etikettierte Flaschen, die sorgsam unter Käse, Knoblauch und Pasteten gebettet werden, damit keiner sieht, wie viele es sind. Die Bekannten bekommen den billigen Wein, der unter den Rücksitz kommt, neben die schwimmenden Organe in ihren Gläsern.

«Bitte sag mir, daß sie von einem Tier stammen!» bettelt Ama, als sie sie sieht.

Pado murmelt bloß: «Ja, ja.»

Sie ist nicht überzeugt, und wir sind es auch nicht. Es erinnert uns an damals, als Mr. Yunnan ankam, Mr. Yunnan war in einem Durcheinander von braunen Schachteln mit Nummern darauf. Schachtel eins gehört über Schachtel zwei und so weiter, bis man einen ganzen Körper hat oder genauer ein Skelett, da Mr. Yunnan schon einige Zeit tot war, so an die vier, fünf Jahre, schätzt Pado. Seinen Namen bekam er von Giulio und mir. Als wir ihn zum erstenmal zusammensetzten, konnten wir gar nicht glauben, wie kompliziert es ist. Das Schwerste war, die obersten Halswirbel in die Wirbelsäule einzuklicken. Zum Glück hatte Pado feine Scharniere anbringen lassen, so daß er die Knochen drehen kann, damit seine Kollegen in den hinteren Reihen sie auch sehen können. Er sagt, so kann er die Rippendeformationen erklären, die bei einer Lungenentzündung auftreten können, und etwas, das osteoklastische Veränderungen genannt wird.

Ama war davon überzeugt, daß das Skelett aus Plastik war. «Schaut nur, wie die Fingerknochen zusammengefügt sind! Es ist einfach phantastisch, was man heutzutage alles machen kann! Die Knie lassen sich beugen, und hier die Füße!»

Das war, bevor sie die Bescheinigung las, in der es – halb auf englisch, halb auf chinesisch – hieß, daß Professor Gaspare Messina berechtigt ist, das menschliche Skelett Nr. 76455 zu beruflichen Zwecken mit sich zu führen.

«Kein Grund zur Aufregung», versicherte Pado. «Er ist tot. Ich habe ihn aufgrund eines speziellen Abkommens mit der chinesischen Regierung aus der Provinz Yunnan erhalten. Dort kauft man die billigsten und die besten Skelette, sie sind normalerweise sehr gut in Schuß, wenn sie kommen.»

Ama konnte Mr. Yunnan nicht ansehen. Sie war sprachlos. «Wie meinst du das?»

«Ich brauche dieses Skelett für meine Arbeit. Es hat alles seine Ordnung.»

«Es hat also alles seine Ordnung, wenn wir mit den Knochen eines anderen Menschen in unserem Auto herumfahren? Was kommt als nächstes, Gaspare? Was kommt, verflucht noch mal, als nächstes?» fragte Ama atemlos.

Wir sahen Mr. Yunnan an. Diese Anwesenheit von noch jemandem. Dieser zusammenhanglose Satz getrennter Knochen, die wir mit unseren bloßen Händen berührt hatten. Erst als Pado erklärte, daß er ganz offensichtlich ein junger Mann gewesen ist und daß er vielleicht vor seinem Tod ein Gefangener war, wußte ich, daß das Scharnier in seinem Genick an der Stelle angebracht war, wo derjenige, der die tödliche Kugel auf ihn abfeuerte, ihn getroffen hatte. Ich wußte es. Es wuchs in mir heran wie ein unerwünschter Gedanke, und ich habe es seitdem nie vergessen.

«Vielleicht ist er ja eines natürlichen Todes gestorben», meinte Duccio, aber er war auch nicht davon überzeugt.

Er sagte es so wie Pado, wenn er betont, daß Mr. Yunnan sein Leben für die Wissenschaft hingegeben hat, oder wie Ama, wenn sie fast unmerklich schluckt und uns sagt, daß nichts unseren Großvater, Grand Maurice, zurückbringt, jetzt, wo er tot ist, ertrunken in einem See in Frankreich. Man muß nur Pados Bücher lesen, um zu begreifen, daß es kein Zurück gibt: die Organe auf Metalltabletts ausgebreitet, die rosafarbenen Muster der Vergrößerungen mit Diagrammen, das Gewicht einer Lunge, die allein, ohne Körper, daliegt. Die meisten Leute nennen ihren Namen nicht, sagt Pado. Sie sterben einfach und werden zerlegt und fotografiert. Aber der Tumor auf Seite vier in Pados Krebsbuch hat ein Namensschildchen. Es ist nur zu klein, um es lesen zu können.

5

Sobald wir auf der Fähre sind, wo die Autoabgase den Geruch von Öl und Salz überdecken, sorgen die Motorengeräusche, das Quietschen der Ketten und das sanfte Schaukeln dafür, daß es bei Giulio losgeht. Er beklagt sich, daß ihm schlecht ist, und Ama kann nicht antworten, weil sie es auch spürt – ein schwaches Schwindelgefühl, das aus dem Magen aufsteigt und in der Kehle steckenbleibt. Pado ist überzeugt davon, «es ist alles nur Einbildung». Um die Zeit totzuschlagen, geht er mit uns zum Duty-free-Shop. Giulio schwankt. Er kann kaum geradeaus gehen. Pado zieht ihn hoch, und in dem Augenblick kommt ein Schwall Erbrochenes aus Giulios Mund geschossen. Es rinnt wie eine Krawatte an Pados Brust herab und tropft auf den Boden. Ama läuft zur Kasse und bittet um Papiertücher. Sie kämpft gegen das gleiche Schwanken, das gleiche Würgen. Sie setzt sich auf eine Bank und atmet tief ein.

Pado hält Giulio hinten am Pullover, eine Armlänge von sich weg. «*Che schifo!* Nein, verdammt noch mal!» grummelt er, halb mitleidig, halb zornig. Er dreht seinen Kopf, um dem Geruch auszuweichen. Die Leute rücken schon von uns ab. Eine Frau mit grauem Haar geht vorsichtig aus dem Weg und flüstert sich selbst seufzend etwas zu.

«Wie bitte? Was sagten Sie? Ist was?» brüllt Pado die Frau an. Sie weicht entsetzt zurück. Pado folgt ihr den Gang entlang, mit Giulio auf dem Arm, der vor seinem durchweichten Pullover in der Luft hängt. «Los!» schreit Pado die Frau an. «Wenn Sie was zu sagen haben, sagen Sie es, los, wenn Sie den Mut dazu haben, ma va . . .!» Giulio schaukelt und weint. Er hängt schlaff in der Luft und drückt sich mit den Beinen von Pados Arm ab, um auf den Boden zu kommen. Ama steht schwankend auf.

«Laß das Kind runter, verflucht noch mal!» schreit sie Pado an. Es sieht plötzlich so aus, als ob alle Leute auf der Fähre sich um uns herum aufstellen und uns betrachten würden, als ob sich niemand außer uns mehr bewegte und wir uns ganz allein auf dem Meer befänden.

Giulio übergibt sich erneut. Es spritzt auf den Boden und bewegt sich mit dem Schiff hin und her. Pado dreht sich um und schaut den Leuten in die Augen. «Cosa, was? Was ist los?»

Ama zerrt Giulio von Pado weg und drückt ihn fest an ihre Brust. Sie streichelt seinen Kopf. «Es ist alles in Ordnung, mein Schatz, bleib ganz ruhig. Wie fühlst du dich?» Giulio zittert ein wenig, verschiedenfarbige Reste von seinem Erbrochenen sind auf seinen Lippen und auf Amas Bluse. Pado streitet sich mit einem der Stewards. Sein Geschrei nimmt es mit dem Lärm der Lautsprecher auf. Ama faßt mich plötzlich am Arm und zieht mich mit zu den Kabinen. Giulio hängt über ihrer Schulter: «Komm mit. Beweg dich!» Ich versuche Duccio zu sagen, wohin wir gehen. Ich winke ihm zu und mache ihm

Zeichen, daß er uns in den Gang dort vorn folgen soll. Er kann seinen Platz aber nicht verlassen, weil er das Gepäck bewacht, ein Haufen aus Leder und Kleiderstapeln, genauso hoch wie er selbst.

«Warte mal! Was ist mit Pado?» sage ich, neben Ama herlaufend.

«Ja, hoffen wir, daß er uns nicht findet.»

Wir gehen in unsere Kabine. Wir schlafen in Stockbetten, nur Giulio nicht, der in der Mitte auf dem Fußboden schlafen muß, in einem Nest aus Wolldecken und Pullovern. Ama stellt ihm eine Schüssel hin, für alle Fälle. Wir hören, wie Horden von Säufern mit schweren Schritten durch die Gänge poltern. Die Flipper spucken Geld aus, und Kinder rennen und fallen den Erwachsenen zwischen die Beine. In unserer Kabine klingt das, als ob Töpfe und Pfannen in einem Küchenschrank herumklappern. Pado und Duccio tauchen auf, das Gepäck hinter sich den Gang herziehend. Sie stapeln es neben Giulio auf dem Boden. Pado läßt Amas Koffer auf das Ende ihres Betts fallen. Es ist ein glänzender Koffer, den sie in einem Warenhaus umsonst bekommen hat. Pado findet, daß es typisch englisch ist, etwas zu mögen, nur weil es kostenlos ist. Das Problem dabei ist bloß, sagt Ama, daß sie immer typisch irgendwas ist, gerade so, wie es Pado in den Kram paßt – typisch englisch, typisch französisch, typisch slowenisch, typisch holländisch. Sie jedenfalls ist überzeugt davon, daß Pado ein typischer Italiener ist, auch wenn die sizilianische Beimischung es fertiggebracht hat, ihn arabisch aussehen zu lassen, sagt sie.

Amas Koffer ist vollgepackt bis zum Bersten, obwohl Pado sie immer wieder bittet, nur mit dem absoluten Minimum zu verreisen, besonders was Kleidung betrifft. Eigentlich braucht man immer nur zwei Paar von allem, sagt er, weil man eins waschen kann, während man das andere trägt. Aber so ist es nie, weil Ama ganze Stapel neuer Kleider kauft, wenn sie darauf wartet, daß Pado aus seinen Konferenzen und Tagungen kommt. Das Auto ist fast nicht groß genug, daß alles hineinpaßt, und Pado muß alles einzeln im Kofferraum verstauen, die Unterhosen zerdrückt unter dem Reservereifen, die Strumpfhosen zwischen den Seiten seiner Aufsätze, die Hosen und Hemden zusammengerollt zwischen Reisetaschen. Ama protestiert ab und zu: «Nein, stopf das nicht darunter, das zerdrückt!» oder: «Da muß ich besser rankommen!» Er gibt keine Antwort. Das ist ein bißchen so, wie wenn man sich zwischen die Vordersitze beugt und fragt: «Wie weit ist es noch?» Darauf folgt auch nur Schweigen. Amas Koffer ist auch randvoll mit antiseptischen Tüchern in kleinen Plastikpäckchen. Außerdem hat sie kilometerweise Zahnseide mit. Bevor wir ins Bett gehen, teilt sie jedem ein reichliches Stück davon zu, damit wir anfangen, an unserem Zahnfleisch herumzusägen. Sie glaubt fest, daß irgendwo immer ein Essensrest sitzt, zwischen den Backenzähnen verschwunden, an der Zunge scheuernd, widerspenstig. Und dann hat Ama ihre Bücher, und zwar jede Menge. Sie sind unter ihren Kleidern. Sie liest mindestens fünf gleichzeitig, meistens französische und englische Romane. Das war schon immer ihre Lektüre, seit ihrer Kindheit, als Grand Maurice ihr jeden Tag neue Bücher gab. Die beiden haben sich stundenlang Passagen vorgelesen und über Eindrücke gesprochen. Dann, als wir anfingen umherzureisen, schrieben sie sich lange Briefe, in denen sie verschiedene Zeilen zitierten oder Schlüsse erörterten. Aber jetzt, wo Grand Maurice nicht mehr da ist, sitzt sie abends allein da und liest, während wir übrigen schlafen. Sie hat eine Taschenlampe, deren Licht mit knappen Bewegungen des Handgelenks die Zeilen entlang über das Bett und ins Dunkel fliegt. Manchmal finden wir Ama morgens halb schlafend, halb wach, ein Buch zwischen Daumen und Zeigefinger, als hätte das Gewicht der Geschichte sie zum Aufgeben gezwungen.

In Pados Aktentasche sind Artikel und Berichte, zusammengehalten von großen Klammern und mit roter Tinte in kraftvollen Zügen beschriftet: «Gesperrt», «Vertraulich» oder «Entwurf». Er blättert sie durch, macht Anmerkungen, oder er liest Ama eine Passage über eine klinische Erprobung vor und fragt sie auf italienisch, was ein Wort auf englisch heißt. Ama erfindet ein Wort für ihn, genauso wie sie es nachts macht, neue Wörter, die sie aus dem Alltag herausheben, die ihre Sorgen verschwinden lassen und die leeren Räume der Nacht füllen. Sie entwickelt neue Wendungen, spielt mit Verben, multipliziert und konjugiert die Sprachen in ihrem Kopf. Das ist der Grund, weshalb Pados Kollegen alle wollen, daß Ama für sie übersetzt. Sie weiß, was hinter einem Satz steht, kennt die Bedeutung, nach der alle suchen, die sie aber nicht finden können. Pado kann sich aber nicht länger bei Übersetzungen aufhalten. Er darf keine Zeit verschwenden. Wenn er die Ergebnisse der Erprobungen nicht schnell genug analysiert, könnten Leute überall auf der Welt die neuen Medikamente einnehmen, ohne sich darüber im klaren zu sein, daß ihre Lungen von Zysten und Krankheit kolonisiert werden.

Nachdem wir in unseren Koffern herumgewühlt und unsere Zähne mit Zahnseide bearbeitet haben, versuchen wir alle, mit den dünnen Laken und den steinharten Kopfkissen auf den Stockbetten zurechtzukommen. Ama gibt auf. Sie wird sowieso nicht schlafen, und es ist ihr egal. Aus den Lautsprechern kommt die Stimme des Kapitäns.

«Ich wünschte, dieser *stronzo* würde die Klappe halten, verdammt noch mal», murmelt Pado im Halbschlaf. Ich lausche angestrengt, um bei all dem Abschließen von Kabinentüren und Getrampel auf den Gängen zu verstehen, was er sagt.

Duccio sieht mich an. «Ich wette, es gibt wieder Sturm.»

Warum sagt er das? Schließlich geht die Stimme des Kapitäns in ein Alarmsignal über. «Wenn Sie dieses Signal hören, verlassen Sie bitte augenblicklich Ihre Kabine. Nehmen Sie nichts mit, und begeben Sie sich zu den Rettungsbooten.»

Ich lausche dem dreimaligen Tuten. Es sticht nach mir, gräbt sich tief in mich ein, bringt mich auf eine unauslöschliche Spur. Drei kurze, scharfe Panikhiebe.

Ich liege unbequem. Mein linker Fuß ragt unter Laken und Decke hervor, und jedesmal, wenn eine Welle gegen das Schiff schlägt, denke ich, daß es ein Stück ausgezacktes Treibholz ist. Die Fähre mäht darüber weg, und wir alle trinken und schlafen und laufen die Gänge entlang, ohne zu ahnen, daß das Holz sich um die Schrauben dreht, um dann ein Loch in den Rumpf zu schlagen und uns zu versenken. Schnell verberge ich mein Gesicht im Kissen und denke an etwas anderes. Dann weckt mich wieder das Geräusch der Wellen, und ich schaue in die einzelnen Betten. Pado knirscht mit den Zähnen, seine Kiefer zucken. Alle schlafen, sogar Ama! Ich kämpfe mich aus dem Bett und überzeuge mich aus der Nähe. Ihre Nasenflügel bewegen sich sacht. Ein schwacher Lichtstrahl läuft über ihre Wange. Er kommt von der Taschenlampe, die sie noch immer in der Hand hält. Ich betrachte genau die feinen Fältchen unter ihren Augen, die, sagt sie, jede Nacht, in der sie nicht schläft, ein bißchen tiefer werden. Ich sehe, wie sich der Saum des Lakens kaum merklich mit ihrem Atem bewegt. Ich kann es nicht glauben. Sie schläft! Ich wühle in Pados Koffer herum. Ich finde seinen Fotoapparat und nehme bei der Tür Aufstellung. Das Blitzlicht flammt auf, und Ama schießt senkrecht in die Höhe. Sie stößt sich den Kopf am Bett über ihr und ruft nach Licht. Ich mache, daß ich in mein Bett komme.

Ama kreischt: «Du Idiot, *espèce de crétin!*», und ich weine, weil sie schon wirklich wütend sein muß, wenn sie mich auf französisch anschreit, obwohl ich doch bloß versucht habe, ihr zu helfen, indem ich den Nachweis erbringe, daß sie möglicherweise geschlafen hat. Alle sind jetzt wach und sagen mir, daß ich blöd bin. Ama sieht müde aus. Vielleicht hat sie ja doch nicht geschlafen. Vielleicht hat sie noch nie geschlafen. Nie. Daß man die Augen zumacht, hat nichts zu sagen. Da ruht man sich nur aus, aber die Gedanken drehen sich immer weiter und betteln um eine Sekunde, nur eine einzige Sekunde Schlaf, um die Wogen des unaufhörlichen Wachseins und Denkens zu glätten. Ich lege meinen Kopf aufs Laken und zerknittere seine Weiße mit den Zehen.

Jetzt scheint die Nacht nicht enden zu wollen. Ketten klirren, und das Meer rauscht ums Schiff. Leute gehen und torkeln die Gänge entlang. Hin und wieder – gerade, wenn mir die Augen zufallen – ruft jemand etwas, oder eine nicht richtig festgehaltene Reisetasche stößt gegen die Wände. Zwischen drei und vier Uhr nachts will jemand aus Versehen unsere Tür öffnen. Die Klinke ruckt auf und ab, dann sagt jemand: «Scheiße, es ist ein Deck höher!» Diese Worte reichen aus, um mich völlig wach zu machen. Ich zittere und folge dabei den Schüttelbewegungen der teppichbespannten Decke. Ich bin sicher, daß ich eine tosende Welle gegen das Schiff habe anstürmen hören. Ich kann fühlen, wie sie sich über die anderen erhebt und im Begriff ist, uns in die Luft zu schleudern. Ich stehe auf und öffne die Tür einen Spalt. Kein Mensch zu sehen. Schnell mache ich sie wieder zu. Vielleicht war der Alarm schon? Im Halbdunkel der Kabine sehe ich mir die Instruktionen für den Notfall an, die an der Innenseite der Tür hängen. Alle Figuren tragen Schwimmwesten. Wo sind unsere? Ich schaue unter das Bett. Ich kann sie nirgends sehen. Schließlich entdecke ich ein am Fuß der Bettleiter verstautes Stoffbündel. Wenn ich jedoch zu weit hinunterlange, wecke ich Pado auf, und der schickt mich dann wieder ins Bett, und dann hört keiner den Alarm, und niemand kommt mehr rechtzeitig aus der Kabine, wenn uns die Wellen umkippen. Warum habe ich das jetzt gedacht? Das Herz schlägt mir bis zum Hals, zieht zum Kopf, der sich mit Fernseh- und Zeitungsbildern und Berichten von Schiffbrüchen füllt, von im Meer treibenden Leichen und gegen Felsen geschmetterten Schiffen, und die Gischt tanzt in der Luft. Das Licht aus dem Gang fällt unter der Tür durch. Ich stelle mir vor, wie das Wasser hereingesickert kommt. Ein Tropfen zuerst, dann zwei, dann ein Bach und dann eine Welle, die durch die Türen bricht und brüllend die Gänge und Treppen hinunterstürzt. Ich sehe, wie sich das Schiff mit Wasser füllt, während wir versuchen, an unsere Schwimmwesten zu kommen. Pado schreit, und Ama reißt Giulio vom Fußboden hoch, und das hereinströmende Wasser kräuselt sich um uns.

«Wir können nicht sinken. Die Fähre darf nicht sinken», beginne ich mir vorzusagen, langsam und stetig.

Ich denke an Grand Maurice und wie das Wasser des Sees ihm den Mund aufgezwängt haben muß, durch seine Zähne hineingeströmt und durch seinen Körper geflutet ist, dort unten zwischen den Wasserpflanzen. Eine Woche lang lag er auf dem Grund des Sees, ehe man ihn fand, und seine Augen und seine Ohren und seine Nase waren mit Wasser verstopft. Wenn ich mit ihm fischen gegangen wäre, wäre das nicht passiert, das weiß ich. Er wäre nicht ausgerutscht. Ganz unmöglich.

«Wir dürfen nicht sinken. Wir können nicht sinken.» Monoton wiederhole ich es, immer und immer wieder.

Ich spüre, wie die Tür in der langen, lastenden Stille im Gang ein wenig zittert. Ist überhaupt irgend jemand auf der Fähre? Vielleicht sind wir die letzten, die einzigen, während das Schiff außer Kontrolle auf die offene, stürmische See hinaustreibt. Vielleicht springen schon alle in die Rettungsboote, kämpfen um einen Platz und schreien um Hilfe. Mein Kopf pumpt. Ich stemme mich gegen die Tür. Wenn ich die Tür zuhalte, kann uns nichts passieren. Wir werden gerettet.

Ich zittere und weiß nicht, ob es die Kälte ist oder die hereinbrechenden Wellen, die jeden Augenblick über uns zusammenschlagen und uns ertränken werden. Ich ziehe eine Decke über mich. Ich drücke meinen Rücken mit aller Kraft gegen die Tür und behalte den Spalt darunter im Auge in Erwartung des hereinsickernden Wassers. Mein Kopf tut furchtbar weh.

Plötzlich streicht mir Ama übers Haar. «Was tust du hier, mein Liebling?» fragt sie mit trüben Augen.

«Ich mag mein Bett nicht», stottere ich, aber dann steigen mir die Tränen in die Augen, und ich muß sagen, daß ich Kopfschmerzen habe, stechende quälende Kopfschmerzen.

Wenn der Tag anbricht, wird der Gang lebendig – zuschlagende Kabinentüren, rennende Kinder und unausgeschlafene Morgenstimmen. Der Lautsprecher macht ein paar Ansagen bezüglich des Autodecks, der Ladenöffnungszeiten und der Einreisebestimmungen. Pado rasiert sich in dem ovalen Waschbecken. Er betupft sich das Gesicht mit Rasierwasser, und die Kabine ist erfüllt von seinem vertrauten Geruch. Er geht mit uns ins Restaurant. Er führt uns über den frisch gewischten, rutschigen Fußboden.

Als wir unsere Tabletts nehmen, sagt mir Giulio: «Ama sagt, daß sie mit dir zu einem Arzt gehen wollen.»

«Zu was für einem Arzt?» frage ich atemlos.

Er lotst mich hinter das Frühstücksbüfett, wo Cornflakes um ihre Schüsseln herum verschüttet sind. «Ama hat Pado erzählt, daß du nicht genug schläfst und deshalb immer ins Leere starrst und Kopfschmerzen kriegst. Ich habe es heute morgen gehört.»

«Was habt ihr beide da zu flüstern?» ruft Pado. «Wir müssen uns beeilen. Ihr könnt euch im Auto unterhalten.»

Ich habe keinen Hunger. Jetzt nicht. Mir fehlt nichts. Ich habe die Fähre vor dem Untergehen gerettet.

Die Fahrt die Rampe hinunter geht langsam. So ist es, wenn man nach England kommt. Man muß stundenlang warten, während jeder Paß und jedes Auto überprüft werden. Das macht Pado wütend. Er schließt sich der «Nichts-zu-verzollen»-Schlange an. Ama fragt ihn, ob das so klug ist, aber er bleibt stur. Unsere Mutter ist die einzige, die beim Zoll reden darf. Pado ist dafür zu dunkelhäutig. Ama hat die slowenische und holländische helle Haut unserer Großmutter Machance geerbt, aber sie antwortet trotzdem nicht so, wie sie sollte. Als wir uns der Zollkontrolle nähern, probt Pado mit Ama ein paar Antworten: «Wir sind privat hier.» – «Nein, wir führen nur die erlaubte Höchstmenge an Alkohol mit uns.» – «Ich bin britischer Staatsbürger.» Ama überprüft ihr Aussehen im Rückspiegel. Sie streicht ihr Haar auf eine Seite. Sie trägt schnell ein wenig Lippenstift auf.

«Klare Antworten. Klar und direkt», schärft Pado ihr ein. «Und vergiß nicht, bei der französischen Kontrolle sagst du, daß wir in England leben, und bei der englischen Kontrolle sagst du, daß wir in Frankreich leben. Okay? Hast du gehört, was ich gesagt habe? *Hai capito?*»

Ama kurbelt das Fenster herunter.

«Die Pässe, bitte!»

Ama hält fünf Pässe hin. Der Zollbeamte liest jeden

durch. Als er Amas Paß öffnet, findet er ein langes Stück Zahnseide zwischen den Seiten. Die Zahnseide bleibt an seinen Fingern hängen und wickelt sich um den Paß. «Entschuldigung», stammelt Ama verlegen. «Ich weiß nicht, wie das dahingekommen ist.»

«Mrs. Maseenou? Messounah? Mishina?» beginnt der Beamte und schüttelt dabei seine Hand, um die Zahnseide loszuwerden.

«Messina!» verbessert Ama ihn höflich.

«Italienisch, oder?»

«Der Mann ist ein Genie», murmelt Pado zu sich selbst.

«Wo ist Ihr ständiger Wohnsitz?» Der Zollbeamte gibt die Pässe zurück und wartet auf eine Antwort.

«Ja, ähm, er ist ... ähm.» Ama sieht Pado an, Panik durchzuckt ihr Gesicht. Pado erwidert ihren Blick mit weit offenen Augen, sprachlos. «Ah, ähm, hier, England! Ich meine Frankreich, tut mir leid, Frankreich, ja, genau, Frankreich», bemüht sich Ama weiter.

«Frankreich? Sie haben ein italienisches Auto.»

«Nein.»

«Was, nein?»

«Ja.»

«Also wann waren Sie das letztemal in England?»

«Oh, ähm ... vor zwei Wochen, glaube ich.»

«Geschäftlich oder privat?»

«Ähm, ach so ...»

«Wohin fahren Sie jetzt?» feuert der Zollbeamte seine nächste Frage ab.

«Dahin und dorthin.» Ama beschreibt einen großen Bogen mit der Hand.

«Wohin genau?»

«Wie ist denn das Wetter in letzter Zeit gewesen? Für diese Jahreszeit ist es ein schöner Tag, oder?» versucht Ama es plötzlich.

Der Zollbeamte sieht sie erstaunt an. Giulio fragt, was los ist. Der Beamte beginnt mit neuerwachtem Eifer, um das Auto herumzugehen. «Toll, absolut, verdammt toll. Vielen Dank, Ava», sagt Pado eingeschnappt. Er ist so gereizt, daß er den Prospekt der Fähre nimmt und darin blättert, um sich zu beruhigen. Er murmelt: «*Stronzo*, Scheißkerl», so daß der Zollbeamte es hört. Er haßt die Art, wie sie ihn ansehen. Er verachtet ihr spöttisches Grinsen, die schlichte Stimme, mit der sie in einfachstem Englisch erklären, daß dies hier England sei und nirgends sonst.

«Hast du gesehen, wie er mich angeschaut hat?»

Ama versucht, Pados wachsenden Zorn zu ignorieren, da der Zollbeamte immer neugieriger wird.

«Halt mal Ruhe, Liebling. Das ist der falsche Moment, um Verfolgungswahn an den Tag zu legen.»

Sie versucht krampfhaft, gelassen auszusehen, aber Pado ist nicht mehr zu bremsen: «Der denkt wahrscheinlich, ich bin irgendein hergelaufener Kanake, direkt vom Schiff runter, irgendein Bauer auf der Suche nach Arbeit! Da kann ich ihm und all den Scheißkerlen nur sagen, daß ich in diesem verdammten Land unterrichtet habe, an ihren verdammten Universitäten!»

«Um Himmels willen, beherrsch dich, Gaspare, und halt jetzt den Mund!» fleht Ama.

«Ich meine, schau dir doch diesen Idioten an», fährt Pado fort.

Wir können fühlen, wie Pados rabenschwarzes Haar vor Entrüstung zuckt. Er ist in diesem Land kein Fremder. Er hat unsere Mutter, und ihr ist blasse, reine Schönheit weiß über das ganze Gesicht gemalt. Wir lächeln, um ihn zu beruhigen. Vor Wut beißt er die Zähne aufeinander. Seine Hände zucken unruhig auf seinem Schoß, wollen unbedingt diesen Augenblick fortwischen. Ama ist nervös. Der Zollbeamte sieht ins Auto. Pado kann nicht lächeln, kann diesen Mann nicht anlächeln. Ama lächelt zuviel, viel zu viel.

«Würden Sie bitte den Kofferraum aufmachen, Madam?»

«*Figlio di* ... verdammt», knurrt Pado.

Ama hievt sich aus dem Auto, will versuchen, die Angelegenheit allein zu regeln. Der Zollbeamte beugt sich über den Kofferraum. Er beginnt, Weinflaschen herauszuholen. Bis jetzt hat er doppelt so viele wie erlaubt gezählt. Dann entdeckt er die Gläser mit den Lungen. Ama errötet, hustet und schnieft. Pado kann es nicht länger ertragen. Schon ist er ebenfalls draußen und wedelt mit seinen Bescheinigungen. Er hat die Nase voll. Wir auf dem Rücksitz schrumpfen zu einem Nichts zusammen. Giulio wird ein kleiner, fester Ball. Duccio ordnet seine Straßenkarten neu, nach Ländern, legt sie wie abgezirkelt aufeinander. Ich spüre, wie ich auf dem Sitz immer weiter hinunterrutsche. Ich beiße die Zähne zusammen und warte, versuche, Pado in Gedanken zu helfen. Ama will Pado aufhalten, aber seine Augen sind starr auf den Beamten gerichtet. Sie steht vor ihm, sie will ihn verteidigen und ihm helfen. Es wird gutgehen. Sie weiß, daß er es regeln kann. Er wird es regeln müssen.

Er macht seine Sache gut, erklärt ganz ruhig, worum es geht, und dann sagt er es – das Wort, das er nicht aussprechen kann: «unschuldig». Wir haben ihm schon hunderttausend Mal gesagt, daß es «un-schuldig» heißt wie in «Schokolade», nicht «unskuldig».

Der Beamte sagt: «Wie bitte?»

Pado spricht lauter: «Warum belästigen Sie unskuldige Leute?»

Der Beamte nimmt das nicht gut auf, und schon geht's los.

«Bitte folgen Sie mir, Sir.»

«Hören Sie zu ...»

«Tun Sie bitte, was ich sage!»

Ein zweiter Beamter kommt dazu. Sie führen Pado in einen Raum. Ama steigt weinend wieder ein. Sie knallt die Tür so fest zu, daß wir alle zittern. Sie sitzt da und legt den Kopf in ihre Hände, dann schaltet sie vorsichtig den Kassettenrecorder ein und sucht nach Musik, die sie von dem, was hier los ist, ablenkt. Statt Musik ist nur wieder Giulios Witz auf der Kassette. Seine ferne Stimme hustet und lacht. Wütend drückt Ama auf den Knopf, der die Kassette herausgibt. Sie fällt auf den Boden. Sie hebt sie auf und wirft sie auf das Armaturenbrett. Giulio macht sich an der Kekspackung neben mir zu schaffen, dabei drückt er sein Gesicht gegen die Scheibe, so daß niemand seine Augen sehen kann. Dann gebe ich Ama einen Keks, um sie zu beruhigen. Sie beißt einmal ab und wirft ihn aus dem Fenster. Eine Möwe schnappt ihn sich und läßt dafür einen großen, weißen Klecks auf die Motorhaube fallen. Pado kommt einige Zeit später mit einem Stapel zusammengehefteter Quittungen zurück.

«Was, zum Teufel, soll die Scheiße hier auf dem Auto?» schreit er.

Er läßt das Auto wieder an. Ama lehnt sich hinaus und versucht, die Motorhaube mit einem Papiertaschentuch abzureiben. Der Fleck geht nicht weg. Sie scheuert mit einem Stück Papier. Jetzt hat sie das Weiße an der Hand, und wir fahren los, nach England hinein. Pado schimpft laut über Zollbeamte und Möwen, die überall hinscheißen. Duccio lehnt sich gegen die Kopfstütze vor ihm. Ich sehe, daß er Ama beobachtet, die ihre schmutzigen Finger zusammendrückt; zwei Lagen antiseptischer Tücher sind um ihre Hand gewickelt.

6

Die Straße von Portsmouth nach London und dann weiter dorthin, wo Machance wohnt, ist immer stark befahren.

«Linke Seite, Liebling», sagt Ama zu Pado an jeder Kreuzung und jedem Kreisverkehr.

Wenn wir London erreichen, muß Pado sich zu ihr wenden und sagen: «Ja, ich habe begriffen, daß ich links fahren muß. Danke.»

Diesmal wird unsere Fahrt ein wenig länger dauern als sonst, weil wir in der Nähe des Regent's Park wegen eines Arzttermins halten. Ama zupft mich leise am Ärmel.

«Jean-Pio, wir haben mit einem Kollegen von Pado vereinbart, daß du bei ihm vorbeischaust. Er ist ein Spezialist für Kopfschmerzen. Ein sehr guter Arzt.»

«Was für Kopfschmerzen?» frage ich vorwurfsvoll.

«Komm schon, Liebling, bitte. Es dauert überhaupt nicht lange, und uns allen ist hinterher wohler.»

Es hat keinen Sinn zu widersprechen, denn Pado hat den Wagen bereits geparkt und angefangen, nach Hausnummern Ausschau zu halten. Giulio sieht mich an, als wollte er sagen: «Siehst du, ich hab's ja gewußt.»

Pado hilft mir aus dem Auto, und Ama wartet.

«Es macht alles nur kompliziert, wenn ich dabei bin, wirklich. Dein Vater kann das viel besser. Ich bleibe bei deinen Brüdern.» So macht sie mir Mut.

Pado drückt den Knopf einer Gegensprechanlage. Eine Frauenstimme schreit aus der Wand: «Vierter Stock!» Wir steigen eine mit braunem Teppich bespannte Treppe hoch. Bevor wir hineingehen, setzt sich Pado auf das Sofa auf dem Treppenabsatz. Er lehnt den Kopf auf die Arme und atmet lang und tief ein.

«Geht's dir gut, Pado?» frage ich.

Er sieht auf und stößt mir lächelnd den Finger in den Bauch. «Na klar. Ich bin heute nur ein bißchen müde, und ich weiß noch nicht, wann ich Zeit habe, die Forschungen für die nächste Konferenz zu machen. Egal, wir sind hier, um dich untersuchen zu lassen. Nicht mich. Komm, *caro! Andiamo!*»

Eine Sekretärin öffnet die Tür, und hinter ihr taucht der Arzt auf und begrüßt uns. Er kann es kaum erwarten, mit Pado über sein neuestes Buch zu reden. Pado hätte es lieber, wenn er gleich zur Sache kommen könnte.

«Wir haben es ein bißchen eilig, tut mir leid, aber wenn Sie zu meinem nächsten Vortrag kommen ...»

Der Spezialist ist enttäuscht. Er zieht seinen Stuhl zu mir. Während er mit Pado spricht, leuchtet er mir mit einer Taschenlampe in die Augen, mißt meinen Blutdruck und prüft meine Reflexe.

«Darum brauchen Sie sich nicht zu kümmern», sagt Pado. «Ich habe ihn schon durchgecheckt. Ich denke, Sie müssen ihn nur dazu bringen, daß er seine Symptome beschreibt.»

Ich weiß nicht, was ich sagen soll, außer daß ich im Auto und auf dem Schiff Kopfschmerzen kriege. «Kannst du mal beschreiben, wie es sich anfühlt?» fragt der Arzt. Ich kann es nicht. «Wo tut es weh?» setzt er hinzu. Ich weiß es nicht.

Pado mischt sich ein und unterbricht die Stille. «Diese Kopfschmerzen und Schwindelanfälle kriegt er jetzt schon seit einer geraumen Zeit. Eine Art Gleichgewichtsstörung oder Migräne. Es scheint immer dann aufzutreten, wenn er müde ist. Vielleicht ist er von Zeit zu Zeit ein bißchen dehydriert. Meine Frau sagt, daß er auch oft unkonzentriert ist. Ich persönlich sehe da keinen Zusammenhang.»

«Wie oft trinkst du Wasser?» fragt mich der Arzt.

Ich antworte ihm dasselbe, was ich Pado geantwortet habe: «Morgens, mittags und abends und, weil man mir gesagt hat, ich soll mehr trinken, auch noch nachmittags.»

«Wahrscheinlich bekommt ihm einfach das Reisen nicht, wie so vielen Kindern.» Der Arzt greift nach seinen Rezeptformularen. «Es gibt da sehr gute neue Tabletten, die gerade auf den Markt gekommen sind», versichert er Pado.

«Nein, wirklich», wehrt Pado ab. «Wir wären bestimmt nicht zu Ihnen gekommen, wenn wir nur ein paar Tabletten gegen die Reisekrankheit hätten haben wollen. Außerdem habe ich etwas über die Nebenwirkungen dieser Tabletten gelesen. Das klang nicht so toll.»

Ich fange an, auf meinem Stuhl hin und her zu rutschen, weil der Spezialist schnell nach irgend etwas zu suchen scheint, womit er Pado beeindrucken kann.

«Wissen Sie was», sagt er zu Pado, «vielleicht könnten Sie uns ein paar Minuten allein lassen. Ich möchte ihm bloß ein paar Fragen stellen.»

Pado macht jetzt ein Gesicht, als hielte er diese ganze Spezialistengeschichte für eine ziemliche Zeitverschwendung. Er gibt trotzdem nach.

«Wenn Sie meinen, das könnte helfen. Aber vergessen Sie nicht, er ist erst acht.» Pado klopft mir auf den Rücken. «Es dauert nicht lange. Versuche einfach, ihm zu erzählen, wie es ist.»

«Ja», sage ich lächelnd. Wie Ama gesagt hat: Uns allen ist hinterher wohler.

Ich bleibe mit dem Arzt allein, der einen Schreibblock hervorgeholt hat. Ich stelle mir vor, wie Pado zu Ama hinuntergeht. Vielleicht sitzen sie zusammen im Auto, hören Musik, die langsam im Gerät erstickt. Oder vielleicht ist Pado gleich nebenan und versucht, zwischendurch zu arbeiten, liest Zeitschriften oder schreibt sein

Buch um, das mit den Fotos von weißen Ratten und den fleischigen rosa Stummeln, die ihnen aus dem Rücken wachsen, und von aufgeschnittenen Lungen.

«Also, Jean-Pio, was kann ich für dich tun? Warum erzählst du mir nicht einfach, wie die Kopfschmerzen anfangen?»

Ich erzähle dem Arzt also noch einmal, daß mir manchmal im Auto bei scharfen Kurven oder starkem Gefälle ein bißchen schlecht wird, aber eben nicht schlecht im Magen, sondern daß ich Kopfschmerzen kriege, daß ich dann die Augen zumachen muß, damit die Kopfschmerzen weggehen. Und wenn dann meine Augen zu sind, ist mir noch schlechter. Und das ist alles. Mehr kann ich ihm nicht sagen. Daß ich das Auto vor einem Unfall bewahren muß oder die Fähre vor dem Untergehen, das würde er nicht verstehen. Oder daß ich, wenn ich gewußt hätte, Grand Maurice würde ganz allein zum Fischen gehen, den ganzen Tag daran gedacht hätte, damit er nicht ertrinkt und uns mit einer leeren Stelle in allem zurückläßt. Und jetzt, wo Grand Maurice nicht mehr da ist und wir alle für immer unserem Schicksal überlassen sind, habe ich keine andere Wahl, als den ganzen Tag schlechte Gedanken gegen gute einzutauschen, weil ich nicht begreifen kann, daß jemand einfach nur fischen gehen kann und dann nicht wiederkommt oder daß Hunderte von Menschen auf der ganzen Welt jeden Tag ertrinken und sterben und daß niemand versucht, sie zu retten, oder daß all diese Klimaanlagen tödliche Krankheiten ausspucken und keiner es weiß.

«Hast du sonst noch irgendwelche Schmerzen? Magenschmerzen? Kannst du schlafen?»

Ich blicke zur Decke hinauf. Ich will hier nicht sein. Ich will nicht, daß der Spezialist noch weiter mit mir redet.

«Nein, keine», sage ich.

Wir rutschen beide auf unseren Stühlen hin und her.

Der Spezialist steht auf und ruft Pado herein. Man hört keine Antwort.

«Ich wette, er ist runter zum Auto gegangen», sage ich.

Wir schauen aus dem Fenster und sehen Pado, wie er den Kopf durchs Autofenster steckt und mit Ama redet. Er bemerkt uns und macht sich wieder auf den Weg hinauf zur Praxis. Jetzt muß ich allein bleiben, während sich Pado anhört, was der Spezialist zu sagen hat.

Schließlich kommt Pado heraus, sagt: «Danke, daß Sie uns Ihre Zeit geopfert haben!» und geht mit mir die Treppe hinunter.

«Na?» fragt Ama, als wir wieder beim Auto sind. «Was hat er gesagt?»

«Liebling, du weißt genauso gut wie ich, daß es nicht so einfach ist. Reisekrankheit, glaubt er.»

«Das ist ja eine Überraschung», höhnt Ama. «Ich frage mich, wie er darauf gekommen ist.» Sie streichelt mein Gesicht. «Und Wasser?» Ama läßt nicht locker. «Ist Jean-Pio klar, daß er mehr Wasser trinken muß? Wir können so nicht weitermachen. Es wird langsam lächerlich.»

Giulio stößt mich an, er will hören, wie es war. Ich zähle einfach, damit die Zeit vergeht, ich will nichts sagen und nichts denken. Duccio hält eine Karte auf den Knien und zeichnet die Route ein, die wir von der Fähre bis London gefahren sind.

7

Bis zum Haus unserer Großmutter braucht man von London aus eine Stunde. Machance ist nicht alt, aber sie sieht alt aus, weil sie seit dem Tod von Grand Maurice und ihrer Rückkehr nach England eigentlich nicht mehr viel gegessen hat. Sie sitzt in ihrem kahlen Eßzimmer und sagt Ama, daß es schwer ist, allein zu sein.

Die meisten Tage verbringt sie damit, im Garten die welken Blüten abzuschneiden, und abends vertreibt sie sich die Zeit damit, daß sie sich die dünnen Haare, die sie am Kinn hat, mit einem plötzlichen Ruck ausreißt. Wenn es Nacht wird, liegt in ihrer Handfläche ein winziges Nest aus Haaren. In windigen Nächten wirft sie sie aus dem Fenster, und morgens sind sie fort. Ich stelle sie mir vor, wie sie sich auf der Rinde der Bäume sammeln und Ringe aus zäher Weichheit bilden, die sich um die Stämme schmiegen.

Bald nach unserer Ankunft bei Machance macht sich Ama an die Arbeit, sieht die zu bezahlenden Rechnungen durch und räumt das Durcheinander in den Zimmern auf. Sie hört damit auf, sobald Machance auftaucht, die nicht stören will und nichts erklären kann. Sie betrachtet die wenigen Möbel und die traurig an der Wand hängenden Bilder und ist verwirrt über die gestörte Ordnung im Haus.

Dann tauchen die ersten Leute auf, die Ama und Pado besuchen wollen. Diese Freunde und Gäste kommen und gehen, und sie sind traurig, daß wir nie länger an einem Ort sind.

«Warum bleibt ihr nicht ein Weilchen? Wir sehen euch ja nie!» – «Warum seid ihr immer so schnell wieder weg?»

Ama antwortet ihnen allen mit dem gleichen leeren Gesichtsausdruck und hat ihre Tasche für die nächste Reise in Gedanken bereits gepackt und fertig.

Zwei Gäste, Michael und Joan, bleiben etwas länger. Pado erzählt am laufenden Band Geschichten von Fällen, von denen er auf seinen Tagungen gehört hat – wie von dem der Frau, die so viel rauchte, daß ihre Lippen gelb wurden und sich in ganze Trauben von Tumoren verwandelten, die wie Lüster von ihrem Mund in ihre Lungen hinunterhingen. Michael hört Pado voller Entsetzen zu.

«Genug! Genug!» fleht er. «Du verleidest mir noch das Rauchen!»

Joan möchte unbedingt, daß Pado fortfährt. «Nur weiter, Gaspare. Er muß irgendwann einmal aufhören. Er kann ja jetzt schon beim Treppensteigen nicht mehr richtig atmen!»

Michael sagt zu ihr, sie solle nicht so albern sein, und steht ostentativ auf, um sich eine Zigarette anzuzünden. Machance bringt ihm einen Aschenbecher. Er stellt ihn so auf das Fensterbrett, daß er fast hinunterfällt, und bläst den Rauch nach draußen. Ich beobachte ihn vom Tisch aus, wie er inhaliert, wie er den Rauch in tiefen Zügen einsaugt. Pado und Ama gehen zu einem anderen Thema über. Machance erklärt Duccio etwas. Will denn niemand etwas zu Michael sagen? Will ihm denn keiner Pados Buch über Lungenkrankheiten zeigen? Ich sehe wieder Michael zu, wie er den Aschenbecher mit seinem Finger dreht. Jetzt klopft er die graue Asche ab, mit präzisen kleinen Schlägen mit der Zigarette. Der Rauch schlängelt sich um seinen Mund und haftet an seinen Lippen, wie die tödliche Luft einer Klimaanlage – rein, raus. Die Tumoren. Was ist mit den Tumoren? Seine Lippen werden dick werden und verfaulen. Er wird nicht mehr reden oder schlucken können, und der Schorf und die Klümpchen, die an seinen Lippen hängen, werden sich in Blutblasen verwandeln. Ich kann ihn vor mir sehen, wie er stirbt und die Ärzte darauf warten, ihm die Lunge herauszuschneiden für ein Foto oder ein Dia von einem Gewebsschnitt, auf dem sein abgeschlossenes Leben in trüben Farben eingeätzt ist. Ich fühle, daß ich Kopfschmerzen bekomme, spüre eine Übelkeit hinter den Augen. Ich bin wie versteinert und starre Michael unverwandt an.

Machance reißt mich aus meinem Starren und bittet mich, ihr dabei zu helfen, einige Gläser auf den Tisch zu stellen. Ich lehne mich über den Tisch. Ich sehe eine Packung Zigaretten in Michaels Jackett, das über den Stuhl gehängt ist. Ich muß immerfort hinschauen, wie sie da aus dem grauen Stoff ragt. Ich trage eine leere Schüssel in die Küche. Was ist, wenn Michael so endet wie Mr. Yunnan oder Grand Maurice und all die anderen Toten? Wir müssen das verhindern! Beim Kühlschrank erwische ich Giulio: Wir sollten etwas tun, und zwar schnell! Giulio sagt, er würde alle ablenken, und ich sollte mir die Zigaretten schnappen. Er läuft um den Tisch und will von Ama einen Schluck Kaffee haben. Sie meint, er soll sich beruhigen, setzt ihn sich auf den Schoß und wuschelt durch sein Haar. Als sie Giulios Haarsträhnen um ihre Finger zu wickeln beginnt, fahre ich mit der Hand in Michaels Jacke. Pado sieht mich seltsam an. Er fragt sich, was ich da mache, aber da er in erster Linie auf den nächsten Witz oder das nächste Lächeln wartet, interessiert es ihn nicht so sehr. Michael lacht mit Pado.

Ich fühle, daß das Zigarettenpäckchen mir die Hand versengt.

Giulio und ich sausen zum Badezimmer. Wir kommen an Machance vorbei, die die Äpfel des letzten Jahres auf den Fensterbrettern umdreht. Sie wendet jeden einzelnen Apfel um, jeden Tag, um sicherzugehen, daß sie nicht faulen. Obwohl das ziemlich egal wäre. Sie ißt sie sowieso nicht, weil sie an Grand Maurice denkt. Im Bad lassen Giulio und ich das warme Wasser laufen und füllen das Waschbecken bis zum Rand. Wir müssen schnell machen und fertig sein, bevor Michael versucht, sich wieder eine anzustecken. Wir lassen die Zigaretten ins Wasser fallen, eine nach der anderen. Sie schwimmen an der Oberfläche wie gefällte Baumstämme auf einem Fluß. Allmählich zerfallen sie zu Papierstreifen und zerkleinerten Blättern. Giulio zieht den Stöpsel raus. Die Zigaretten verstopfen den Abfluß und gurgeln. Draußen geht Machance vorbei. Wir haben nicht viel Zeit. Die Zigaretten wollen nicht hinunter. Erfolglos versuche ich, sie in den Abfluß zu drücken. Ich klappe den Deckel der Toilette hoch. Dann müssen sie eben da rein. Wir lassen sie in die Schüssel fallen und ziehen an der Spülung – ein langes, ersticktes Rauschen ertönt. Einige Zigaretten kommen wieder an die Oberfläche und schwimmen dort eine Weile, andere verschwinden auf Nimmerwiedersehen. Auf einmal wird uns klar, daß wir die Packung selbst noch haben. Wir werfen sie auch ins Klo. Wir zerdrücken sie mit der Bürste und verdünnen das Wasser mit blauem Desinfektionsmittel. Das ganze Badezimmer riecht sauber, und die Packung verschwindet.

Sie haben nicht bemerkt, daß wir nicht mehr im Wohnzimmer waren. Duccio sitzt ganz allein dort. Ihm hat niemand den Kopf getätschelt. Ama sagt, daß wir Duccio beschützen müssen. Es würde nicht oft passieren, daß jemand wie er geboren wird. Sogar der Fotograf, der mal gekommen war, um ihn in seinem Anzug zu fotografieren, bekam es nicht richtig hin. «Er sieht zu gut aus», seufzt Ama, und niemand kann das richtig würdigen. «Aber schöne Kinder werden nicht immer schöne Erwachsene», deshalb sollten wir seine Schönheit jetzt würdigen. Amas Freunde tun das. Sie hat eine Freundin, die uns zur Begrüßung küßt, und Duccio schwört, daß sie einmal seine Lippen mit ihrer Zunge berührt hat. Es sei wie ein warmes, nasses Stück Schinken gewesen. Giulio und ich verstehen das alles nicht. Er hat eine Nase und Augen und einen Mund wie wir, aber sie sehen ihn immer an, wie sie Ama ansehen.

Michael will sich eine neue Zigarette anstecken. Er nimmt den Aschenbecher vom Fensterbrett. Giulio zupft mich am Ärmel. Wir setzen uns hin und tun etwas. Etwas und nichts. Ich versuche, ganz ruhig zu denken. Michael durchsucht eine Tasche nach der andern, schlägt sich an den Kopf, um sich zu erinnern. Er steht auf und sieht in seinem Mantel nach, in Joans Tasche, in seinen Hosentaschen. Er ist außer sich und mag es nicht, daß alle weiterreden. Er muß seine Zigaretten finden. Jetzt! Es muß jetzt sein! Joan versucht, ihn zu beruhigen, aber er sagt: «Die Zigaretten können doch nicht einfach aufgestanden und aus dem Zimmer spaziert sein.»

Machance kommt an die Tür und hustet ein wenig, und dann verkündet sie, daß das Klo unten verstopft ist. Wenn wir zur Toilette müßten, sollten wir lieber nach oben gehen und außerdem aufpassen, daß wir nicht zuviel Wasser benutzen, weil der Tank klein ist. Ama und Pado verstehen nicht, wie das Klo verstopft sein kann. Vor zehn Minuten hat es doch noch funktioniert. Toiletten verstopften nicht einfach so. «Noch eine Sache, die wir für meine Mutter in Ordnung bringen lassen müssen, bevor wir fahren», sagt Ama sorgenvoll. Pado entschuldigt sich bei seinen Gästen und holt aus dem Kofferraum des Autos ein paar Werkzeuge. Er beginnt, zuerst mit einem Schraubenschlüssel, dann mit einem Hammer gegen die Anschlußteile am Abflußrohr zu schlagen. Michael ist wie ein Hund, er läuft herum und sucht. Pados Beine sehen unter den Wasserhähnen hervor; er versucht, das Abflußrohr aufzukriegen. Giulio und ich wissen, daß er das nicht schaffen wird. Machance hat ihre Rohre noch nie auseinandergeschraubt, und überall im Haus ist Rost. In ihrem Schlafzimmer ist ein Bild von Grand Maurice mit so viel Staub darauf, daß es wie ein Staubsaugerfilter mit einem alten Gesicht mittendrin aussieht. Ich darf nie daran denken, wie das Gesicht von Grand Maurice jetzt aussieht, vom Grund des Sees gefischt und in Wasserpflanzen gewickelt, eingeschlossen in seinem Grab.

Dann gibt das Rohr nach, und Pado sagt plötzlich: «Was ist das?»
Er will es gerade rausholen, als Ama schreit: «Nimm es nicht in die Hand, es ist eklig!»
Sie reicht ihm einen Plastikbecher. Wir haben immer welche im Werkzeugkasten. Er schöpft damit einen Klumpen Kleingehacktes heraus. Ama hält sich die Nase zu.
«Tu es weg, Gaspare, bitte, Liebling, es ist eklig.»
Pado ist sich nicht so sicher. Er hält den Becher ins Licht und läßt ihn kreisen.
«Sieht aus wie Gemüse mit Papierstückchen.»
Michael hat sich immer noch nicht beruhigt. «Ich könnte schwören, daß ich sie hatte. Ich hatte sie da drüben im Wohnzimmer!» Er wirft einen Blick in den Becher mit der kleingehackten Masse und sieht dann noch einmal hin. Er bittet Ama um einen Schraubenzieher oder dergleichen.
Er stochert damit in dem Becher herum. «Sieht komisch aus.»
Er fischt etwas Kleines, Weißes aus Papier heraus. Es hat sich fast aufgelöst, aber er weiß, daß es ein Zigarettenfilter ist. Er bittet Pado, im Rohr nachzusehen, und er stochert mit einer Stange darin herum. Giulio und ich wollen gerade den Rückzug antreten, als in einer Lawine aus verfilztem Tabak ein Haufen Filter herauskommt. Michael ist sprachlos.

Joan sagt: «Wie sind die denn da hingekommen?», und genau in dem Augenblick denke ich, daß er Glück hat, noch zu leben, den Tumoren entronnen zu sein. Sonst würde er nicht einmal sprechen können.

Michael ist so wütend, daß er anfängt, seine Sachen zusammenzusuchen. Er zieht den Mantel an und sagt zu Joan, daß sie jetzt gehen. Pado bemüht sich, die Sache in Ordnung zu bringen. Er bietet an, neue Zigaretten zu holen. Es sei zwecklos, sich den Kopf darüber zu zerbrechen, wie sie dort hingekommen sind, er werde schnell in die Stadt fahren und neue besorgen. Wir müssen ihn aufhalten! Er kann nicht einfach neue kaufen. Wir dürfen Michael nicht sterben lassen.

Ich rufe: «Er muß aufhören!»

Michael ist überrascht. «Was? Du kleiner Lausebengel!»

Ama ist die Sache schrecklich peinlich. Pado ist verblüfft. Er schickt mich aus dem Raum. «So was kannst du nicht machen. Die Zigaretten haben dir nicht gehört.»

Ich rufe Ama. Sie wirft mir einen verletzten und enttäuschten Blick zu. Sie schüttelt den Kopf: «Jean-Pio, wie konntest du? Ich kann das nicht glauben.»

Michael macht uns wilde Zeichen. Pado lotst mich sanft zu unserem Schlafzimmer. Er fragt mich, wie er das alles seinen Gästen erklären soll, und schließt hinter sich ab. Von unserem Schlafzimmer aus kann ich hören, wie alle herumstreiten und sich entschuldigen. Giulio versucht, mir etwas durch die verschlossene Tür hindurch zu sagen. Pado zieht ihn weg. Ich muß allein bleiben, sonst lerne ich nichts.

Es gibt im Schlafzimmer nichts, womit ich mich beschäftigen könnte. Ich starre die Höfe draußen an. Überall sind Kühe. Auf der Zufahrt schießt ein kleines weißes Auto davon mit Michael und Joan darin. Von hier aus kann ich ihre Köpfe nicht sehen, aber ich möchte Michael gern sagen, daß ich mein Bestes versucht habe, um ihn zu retten. Jetzt wird er sich weiterhin Zigaretten kaufen, und Joan wird zusammenbrechen, wenn er an den baumelnden Krebsklumpen, die ihm die Kehle verstopfen, gestorben ist. Ich liege auf dem Bett und starre an die Decke, die kommt und geht und sich vor mir zusammenzieht, bis das Zimmer sie mit ihren Farben an ihren Platz zurückschiebt. Ich stehe auf und wandere um das Bett herum. Hin und wieder rüttele ich an der Tür. Ich betrachte die Kühe auf der Weide. Ich kann sie nicht einmal zählen, weil sich die sechste oder siebente manchmal davonstiehlt und dann wieder zurückgelaufen kommt und aussieht wie die anderen. Mir ist schwindlig, auch ohne das Schaukeln des Autos; die geballte Stille dieser vier Wände droht mich zu zerstampfen. Ich muß hier raus. Ich hämmere an die Tür. Keine Antwort. Ich will hier drin keine Kopfschmerzen kriegen, nicht hier, wo ich allein bin. Ich kämpfe gegen die schmerzlichen Gedanken und Bilder, die sich einschleichen, weil sie wissen, daß ich in einem Zimmer eingeschlossen bin und nicht hinauskann. Ich trete noch einmal gegen die Tür und lasse mich dann aufs Bett fallen. Ich atme so wie Ama, wenn sie sich aufgeregt hat. Eins, zwei, drei und aus. Ich muß die Kopfschmerzen aufhalten. Eins, zwei, drei.

Es klopft an der Tür. Es ist Machance. Sie will wissen, warum die Tür verschlossen ist. Ich sage, daß Pado den Schlüssel hat und daß es meine Schuld ist, weil ich Michaels Zigaretten im Klo heruntergespült habe. Sie setzt sich draußen vor der Tür auf den Teppich. Auf der andern Seite des Holzes stelle ich mir vor, wie sie sich behutsam die Haare aus dem Kinn zieht. Ein sanftes Geräusch wie von einem Grashalm, der aus der Erde herausgleitet.

Machance sagt, daß sie nicht weiß, was mit unserer Familie los ist. Immer müde. Immer unterwegs. Und jetzt bin ich auch noch ungezogen. «Das ist wirklich nicht das, was Ama braucht. Sie ist ohnehin am Ende ihrer Kraft.» Als Machance jung war, sagt sie, ist alles anders gewesen, man hat einfach stark sein müssen. Es gab kein Fernsehen, kein Radio und keine Autos. Man konnte nicht einfach Musik anstellen, um sich seinen Tag zu verschönern, oder ins Auto steigen, wenn man etwas anderes sehen wollte. Damals mußte man seinen eigenen kleinen Bildschirm im Kopf haben, auf dem man die Bilder anstellen, abstellen und umstellen konnte. Aber das ist lange her. Jetzt ist sowieso alles anders, seit Grand Maurice in Frankreich im See ertrunken ist.

Sie erzählt mir, daß mir Grand Maurice ein wenig ähnlich gesehen hat, als sie ihn kennenlernte. Er hatte Haare, die sich nicht bändigen ließen, und er hörte nie auf, herumzulaufen und nachzudenken. Von morgens bis abends durchstreifte er die Gegend. Und so brach er auch eines Tages vor ungefähr vier Jahren zu einem Spaziergang auf und geriet mit einem Fuß in eine schartige Kaninchenfalle. Damals lebten Machance und Grand Maurice in ihrem Haus in Frankreich, und die Bauern stellten in den Feldern und Wäldern oft Fallen für Wild auf. Aber daran dachte Grand Maurice nicht, denn so war sein Gang: Kopf hoch erhoben und den Blick zum Himmel gewandt. Die Falle schnitt durch seinen Knöchel und schloß sich um seinen Fuß. Er schrie vor Schmerzen, aber niemand hörte ihn. Er zerrte an der Falle und hackte mit einem großen Stein darauf herum, aber sie grub sich nur um so tiefer in sein Fleisch. Je mehr er sich anstrengte, ihre Backen auseinanderzuzwingen, desto schlimmer wurde die Wunde. Und so wartete er. Er wartete drei Tage, drei volle Tage, bis der Mann, der die Falle aufgestellt hatte, kam, um ein totes oder noch quiekendes

Kaninchen herauszuholen, und Grand Maurice mit seinem fast abgetrennten Fuß, in dem das rostige Metall steckte, und das eingetrocknete Blut auf der Erde sah.

Während dieser drei einsamen Tage, in denen sich Machance nach einer Nachricht von ihm verzehrte, mußte Grand Maurice versuchen, bei Verstand zu bleiben. Er zählte die Bäume und fuhr sich mit der Zunge im Mund umher, bis er die Größe und die Form aller seiner Zähne genau kannte. Er fand heraus, daß die Backenzähne Löcher mit glatten Rändern hatten, die Vorderzähne dagegen waren uneben. Er merkte, daß einige schwarz wurden und andere Wurzeln hatten, die nicht loslassen wollten. Als ihm seine Zähne langweilig wurden und er den Schmerz kaum noch ertragen konnte, nahm er seine Zuflucht zu Erinnerungen an Reisen, Gesehenes und Gehörtes, und immer wenn er merkte, daß er nicht mehr konnte, riß er sich mit einem Gesicht aus der Vergangenheit wieder hoch und rüttelte sich mit einer Geschichte wach. Als sein Fuß anschwoll und zu eitern begann, dachte er mit aller Kraft an Machance und wie sie sich an einem warmen trüben Septembertag in London kennengelernt hatten. Er redete mit seinen Erinnerungen und mit sich selbst. Er kehrte in seine Kindheit zurück und stellte sich seine Mutter, seinen Vater, seine Schule, seine Freunde und seine Kleider vor. Er versuchte, sich an jeden einzelnen Augenblick seines Lebens zu erinnern. Angefangen bei seiner frühesten Erinnerung, ging er ein Jahr nach dem anderen durch, dann einen Monat nach dem anderen und schließlich eine Woche nach der anderen. Da gab es Lücken, riesige, ungeklärte leere Flecken, leere Monate, unvollständige Jahre, Gesichter ohne Namen, Namen ohne Leute dazu. Er strengte sich immer mehr an, bis er glaubte, sein Kopf würde platzen, aber es gelang ihm, sich an fast alles zu erinnern. Dann beobachtete er den Himmel. Er erfand neue Wörter, um die einzelnen Wolkenarten zu beschreiben. Er hörte den Vögeln zu. Er pfiff ihnen Antworten. Er hob Blätter von der Erde auf, fühlte ihre Form und die Art ihrer Oberfläche auf seinen Händen. Am letzten Tag hatte er sich geistig und körperlich so verausgabt, daß Vergangenheit und Gegenwart miteinander verschmolzen.

Nachdem man ihn aus der Falle befreit hatte und ihn dann mit genähtem und eingegipstem Fuß nach Hause brachte, war Machance so glücklich, daß sie alle seine Freunde zum Abendessen einlud. Während des Essens wurden die Schmerzen in seinem Fuß nur noch schlimmer, und er mußte aufstehen und sich bewegen, um nicht an sie zu denken. Mit Augen voll zorniger Traurigkeit schleppte er sich durchs Zimmer. Sein dicker Gipsfuß schaukelte ihn hin und her und hinterließ Spuren auf dem Parkett. Machance redete ihm zu, sich wieder hinzusetzen, aber er konnte nicht auf dem Stuhl sitzen bleiben. Er ging ins Bett, noch ehe die Gäste aufgebrochen waren. Durchs Schlafzimmerfenster konnte er hören, wie sie gute Nacht zu Machance sagten. Auf den Stufen vor dem Haus drehten sie sich um und fragten: «Wird er wieder gesund?» Das Geräusch ihrer abfahrenden Autos erfüllte das Haus. Machance räumte allein den Tisch ab. Sie blies eine Kerze nach der anderen aus. Sie legte sich neben Grand Maurice ins Bett und hielt sich durch das Bettuch an ihm fest.

Auf der anderen Seite der Tür kratzt Machance ein wenig auf dem Teppich.

«Die Ärzte haben es nie geschafft, seinen Fuß wieder richtig hinzukriegen. Der Knochen ist nie wirklich geheilt. Erinnerst du dich, wie er immer gehinkt hat? Deshalb hat er auch deine Hilfe beim Fischen gebraucht.»

Sie klopft mit ihren langen Händen an die Tür. Ich kann fühlen, wie feste, trockene Tränen an ihren Fingern hinabrollen und ins Holz eindringen. Sie sagt, ich soll noch ein bißchen Geduld haben. Pado kommt bestimmt bald und holt mich raus. Sie wird ihm sagen, jetzt ist es genug. Ich warte, liege auf dem Bett, und Grand Maurice' Leiden machen mich ganz schwindelig. Gedanken fressen sich in mich ein.

Pado dreht den Schlüssel um und kommt schwungvoll herein. Er lächelt nicht. Er sieht immer noch ärgerlich aus. Ich werde nicht mit ihm reden. Er setzt sich ans Fußende des Bettes. «*Ma Jean-Pio cosa facevi?* Du weißt, daß du das nicht hättest tun sollen, nicht wahr?»

Es ist mir egal, wenn er es nicht versteht. Überhaupt ist es seine Schuld. Er hat gesagt, daß Leute, die rauchen, sterben werden. Die Fotografien sind alle in seinem Buch. Jetzt kann ich ihm nichts sagen. Wenn Michael stirbt, dann ist es nicht meine Schuld, denn wir hätten ihn alle daran hindern können weiterzurauchen, aber statt dessen haben sie mit ihm herumgelacht, während Machance mit einer Kaninchenfalle in ihrem Kopf kämpfen mußte.

Pado sagt, es ist Zeit, wieder aufzubrechen, weiterzufahren.

«*Andiamo!* Pack deine Sachen. Die anderen warten schon im Auto.»

Es ist ein regnerischer Nachmittag, die Tropfen prallen von der Motorhaube ab. «Es wird nicht lange dauern», sagt Ama, so als müßte sie sich selbst davon überzeugen.

Vor uns liegt eine Rundreise – zu Freunden und zu der jährlichen internationalen Tagung der Spezialisten für die Legionärskrankheit. Pado erklärt uns noch einmal, wie sich die Mikroben und Toxine in den Klimaanlagen ansammeln und dann in die Räume eindringen, um sich im Mund von Leuten festzuklammern und sie zu töten. In einer Firma in New York war die einzige Person, die nicht krank wurde, der Portier, und dadurch hat man es herausgefunden, denn er war die ganze Zeit draußen und atmete nicht stillschweigend Erreger ein, um an ihnen zu sterben. Ich stelle mir vor, wie all diese Leute an ihren Schreibtischen sitzen und arbeiten, und dann fangen sie langsam an, einer nach dem anderen, zu husten, zu spucken und schwach und grau zu werden. Und das wär's dann, sie sind tot.

Auf dem Weg zur Tagung in London besuchen wir Elizabeth. Sie ist Malerin und mit Ama befreundet. Wir haben vor, Duccio bei ihr zu lassen, damit seine Schönheit auf einem Bild festgehalten wird. Elizabeth betrachtet Duccio von oben bis unten. Sie erklärt, daß sie noch nie einem so gutaussehenden Jungen begegnet ist. «Jetzt fängt es schon wieder an!» murmelt Giulio.

Duccio kriegt das jedoch nicht mit. Er kriegt es eigentlich nie mit, weil es ihm inzwischen egal ist. Er ist zu sehr mit seinen Pflichten beschäftigt. Er muß Karten lesen, Städte identifizieren, Fahrten planen, Autos benennen. Pado braucht ihn, weil Ama nicht mehr den Unterschied zwischen Autobahnen, Schnellstraßen, Seitenstraßen und Hauptstraßen erkennen kann. Es ist alles das gleiche für sie, eine einzige lange Reise nach nirgendwo. Duccio hat jedoch kleine Notizblöcke, auf die er lange Listen schreibt – alle Straßen, auf denen wir je gefahren sind, die Restaurants, die Städte in alphabetischer Reihenfolge, den Wert der verschiedenen Währungen. Wenn er seine Aufgaben erledigt hat, liest er Bücher über große Sportler. Wie Pado zu Ama sagt: Gutes Aussehen allein bringt einen nicht sehr weit im Leben.

Elizabeth meint, daß sie ein Porträt von Duccio malen kann. Es wird jedoch einige Zeit in Anspruch nehmen. Nicht bloß hin und wieder mal eine Stunde, sondern vielleicht zwei oder drei Wochen, in denen er ihr Modell stehen muß.

«So viel Zeit haben wir nicht», wendet Pado barsch ein.

Ama macht ein ärgerliches Gesicht. Wie sollen wir Duccio dann gemalt bekommen? Er wird bald zwölf, und das wär's dann, und wenn er erst dreizehn und vierzehn ist, ist seine Schönheit dahin. Elizabeth macht ein paar Polaroidaufnahmen von Duccio. Er fühlt sich offenbar nicht wohl in seiner Haut und seufzt schwer. Als die Bilder erscheinen, langsam wie blauer Himmel zwischen sich zerstreuenden Wolken, da kann man sehen, daß er seufzt. Wir müssen also von vorne anfangen.

«Liebling, gib dir Mühe», bittet Ama. «So was brauchen wir nicht.»

Wir machen uns davon und stöbern zwischen den Farben und dem Terpentin herum. Wir finden ein mit einem Stück Stoff zugedecktes Bild, das eine auf einem roten Tisch liegende nackte Frau zeigt. Sie liegt ganz still und hält sich eine Blume an den Mund. Es sieht aus, als würde sie an der Blume riechen oder sie sogar essen. Giulio holt Duccio, und ich bleibe da und lasse meinen Blick über die rosa Formen wandern und atme den scharfen Geruch von Ölfarben ein. Duccio sieht das nackte Bild nur ganz kurz an und sagt, es ist scheußlich. «Hört auf, da rumzuschnüffeln, und kommt her!» befiehlt uns Ama ärgerlich.

Diesmal sind die Fotos in Ordnung, aber Duccio weigert sich, auch nur ein Wort zu sagen.

Als wir alle wieder ins Auto einsteigen, gibt Duccio Giulio plötzlich einen Schubs, daß er nach vorn gegen die Kopfstütze fliegt, und steigt über ihn hinweg zu seinem Platz. Giulio schreit laut auf, und ich kann mich auch nicht hinsetzen, weil Duccio mich dauernd wegstößt. «Benehmt euch!» schreit Pado. Duccio setzt sich endlich. Ich lehne mich so weit wie möglich zu Giulio, um ihn nicht zu berühren. Duccio brodelt vor Zorn und steht kurz vor dem Platzen. Mir ist klar, daß ein Hagel von

Schlägen auf mich niedergehen wird, wenn ich ihn auch nur leicht berühre. Ich sitze aufrecht in der Mitte. Ich beobachte, wie die Regentropfen über die Windschutzscheibe getrieben werden. Ich bin sicher, die Scheibenwischer könnten sich schneller bewegen. Den Tropfen dort haben sie nicht erwischt und den auch nicht. Den da, den großen! Ich will mir gerade bei einem runden Regentropfen was wünschen, als Duccio explodiert. Er kann es nicht länger für sich behalten.

«Ich will auf dem Bild nicht nackt sein!» brüllt er.

Alle sind ganz schön verblüfft.

Ama beugt sich nach hinten. «Schatz, wer hat denn was von nackt gesagt?»

Pado lächelt in sich hinein. «Wie kommst du denn auf die Idee?»

Vielleicht sollte ich Ama von ihrer Freundin erzählen, die Duccio die Zunge in den Mund gesteckt hat, aber sie sieht nicht so aus, als ob sie das jetzt hören wollte. Unsere Mutter erklärt Duccio ruhig, daß niemand nackt sein wird, und damit basta. Es ist einfach nur ein Porträt von seinem Gesicht, und so etwas ist schön.

«Wir hängen es dann irgendwo an die Wand», setzt sie ruhig hinzu.

Ich weiß nicht, wo das sein soll, da wir immer unterwegs sind, und ich sehe nicht, daß wir es aufs Autodach kleben können, denn den Regen wird es nicht lange überstehen und ganz bestimmt nicht die Tagungen bei Rom, wo sie einem sogar die Reifen vom Auto stehlen. Pado ist aber sicher, daß das eine Übertreibung ist, daß überall sonst ebensoviel betrogen wird und nicht nur in Italien clevere Diebe am Werk sind.

Ama holt die Sandwiches heraus, die Machance gemacht hat. Lachs, Avocado und Tomate. Ich klappe meins auf, um mich davon zu überzeugen, daß kein Kinnhaar darin versteckt ist. Ich untersuche den Fisch, damit ich keine

Bazillen mitesse, die sich in die rosa Falten verirrt haben. Ich halte das Brot gegen das Licht. «Jetzt hör auf, dich so zu haben, und beeil dich!» sagt Pado. Wir müssen uns mit dem Essen beeilen. Die Legionärstagung fängt bald an. Pado überlegt, ob er sein Diagramm eines Wasserbehälters in einer Klimaanlage auf den neuesten Stand bringen soll. Ama meint, daß es klarer würde, wenn er die jüngsten Theorien über Kühlsysteme und die Vermehrung der Mikroben in der Luft mit einbezieht. Wir setzen Pado vor einem großen, grauen Gebäude ab. Er läuft die Treppe zum Haupteingang hinauf. Giulio ruft ihm nach, daß er sein Rattenbuch im Handschuhfach vergessen hat. «Das macht nichts», meint Ama schulterzuckend, «das hat er alles im Kopf.»

Wir fahren weiter, ohne so recht zu wissen, was wir ohne Pado machen sollen. Ama kauft eine Zeitung und überfliegt die Seiten mit dem Kinoprogramm und den aktuellen Ausstellungen. Immer wieder blickt sie auf ihre Uhr, aber wir haben nicht genügend Zeit, um irgend etwas anzuschauen. Mit einem resignierten Handumdrehen läßt sie das Auto wieder an, und wir fahren weiter zu einem Park. Ama hält am Eingang und sagt uns, daß wir aussteigen und auf einem kleinen Rasen vor ihr spielen sollen. Es regnet, und wir kommen nach ein paar Minuten zurück. Ama sieht wieder in die Zeitung. Sie hat einige Teile herausgerissen, Besprechungen von Theaterstücken und Büchern. Sie legt die Ausschnitte auf das Armaturenbrett und liest sie schnell. Als sie uns vor sich stehen sieht, faltet sie sie widerwillig zu einem Stapel zusammen und legt sie ins Handschuhfach – ein Stapel Erinnerungen an verpaßte Gelegenheiten.

Wir steigen wieder ein, und Ama fährt müde an ein paar Geschäften vorbei. Sie bittet Duccio, auszusteigen und nachzusehen, ob Kleider im Schaufenster sind. Er läuft neben dem Auto her, bleibt vor jedem Laden stehen und starrt ins Schaufenster. Er zeigt auf ein Kleid. Ama beugt sich über das Lenkrad und schüttelt den Kopf. Duccio versucht es mit einem weiteren Geschäft und dann noch einem, bis wir am Ende der Straße sind und abbiegen müssen. Zwei Straßen weiter finden wir schließlich etwas für Ama in einer Dekoration im Fenster. Wir parken, und Giulio bekommt die Anweisung, im Auto zu warten. Er schmollt, weil er nicht mitkommen darf. Er sagt, es ist nicht fair, daß immer er auf das Auto aufpassen muß, aber Duccio ist der Kartenleser, und ich muß die Benzinuhr im Auge behalten.

«Fang bloß nicht an! Mach mich nicht wütend, Giulio! Nicht heute! Jeder hat seine Aufgabe», warnt ihn Ama.

Sie winkt Giulio zu, als wir in das Geschäft gehen, und ruft: «Wenn eine Politesse kommt, dann tu so, als würdest du sie nicht verstehen. Sprich französisch oder irgendwas. Wir beeilen uns.»

Die Verkäuferin im Laden ist die Liebenswürdigkeit in Person. Ama versucht, etwas zu finden, das auch Pado gefallen würde. Duccio und ich ziehen sie auf und wiederholen, was Pado über ihren Po sagt, nämlich daß er auf der einen Seite zu rund ist. Ama findet das überhaupt nicht komisch, besonders in Gegenwart der Verkäuferin. «*Ça suffit. Assez!*» fährt sie uns an, auf französisch, damit nur wir es verstehen.

Es funktioniert nicht, denn die Verkäuferin fragt: «Wo kommen Sie her?», und Ama antwortet ziemlich spitz: «Aus England.»

Dann kommt ein Mann herein und wandert ziellos herum auf der Suche nach etwas zum Anziehen für seine Frau. Anscheinend mag die Frau Rot, deshalb weise ich ihn auf eine rötliche Hose hin, die ich auf einem Ständer in der Ecke gesehen habe. Kaum hat er sich in Bewegung gesetzt, da bemerkt er Ama. Er macht ihr ein Kompliment wegen des Kleides, das sie anprobiert. Ama zieht sich in die Umkleidekabine zurück, um ihm zu entkommen. Durch den Vorhang hindurch redet der Mann weiter auf sie ein.

Ich sehe ihren Kopf über dem Vorhang auftauchen. «Würden Sie mich bitte in Frieden lassen!» sagt sie kurz angebunden.

Die Verkäuferin versucht einzugreifen und fragt den Mann, was genau er in Rot haben möchte. Er kann darauf nicht antworten, weil er in Gedanken bei Ama ist und sich nicht mehr an die Figur und die Größe seiner Frau erinnern kann. Ama drängt sich mit einem schwarzgrauen Kleid in der Hand an ihm vorbei. Sie möchte bezahlen. Die Politessen sind auf dem Weg, und wir müssen los. Der anhängliche Mann, der etwas Rotes zum Anziehen sucht, folgt uns auf die Straße und streicht mir über den Kopf. Er lungert beim Auto herum und versucht, Ama beim Ausparken zu helfen.

Giulio fragt dauernd: «Wer ist der Mann? Was macht er?»

Ama antwortet nicht. Sie ist nervös. In dem Moment, in dem wir den linken Blinker setzen und losfahren, wirft der Mann Ama eine Kußhand zu.

Sie ruft: «*Petit con!*», und wir lachen alle, weil der Mann nicht versteht, daß sie ihn beleidigt hat.

Giulio mag ihn auch nicht, auch wenn er ihn nicht über den Vorhang der Umkleidekabine hat schielen sehen.

«Kein Wort davon zu eurem Vater», sagt Ama. Wenn er Wind von der Sache bekommt, wird er bloß wieder wie ein Irrer rasen und viel zu dicht auffahren.

Wir kommen gerade rechtzeitig, um Pado vor dem Tagungsgebäude abzuholen, bevor es wieder anfängt zu regnen. Er hat nur fünf Minuten gewartet, und so ist er guter Laune. Bei ihm ist ein Kollege aus Dänemark. Er pflichtet Pado bei: «Was wir brauchen, ist eine klare internationale Übereinkunft zur regelmäßigen Überprüfung aller Klimaanlagen.»

Zur nächsten Konferenz des Toxikologenverbandes werden wir zu spät kommen. Wir entwischen, ohne daß uns jemand Kußhände zuwirft, und rasen quer durch die Stadt. Pado ist in guter Stimmung und muß immer noch darüber lachen, daß Duccio gedacht hat, er würde sich für Elizabeth ausziehen müssen.

«War früher einmal eine hübsche Frau», erzählt uns Ama.

«Was mag mit ihr los sein?» überlegt Pado laut.

Ama erklärt ihm, daß Elizabeth in der letzten Zeit ein wenig unglücklich gewesen ist. Ein paar Dinge haben nicht geklappt bei ihr. «Jeden Tag macht sie von sich eine Aufnahme mit ihrer Polaroid, um zu sehen, ob sie alt wird. Sie hat Fotos von zwei Jahren gebunkert, eins für jeden Tag. Und wenn man das erste von vor zwei Jahren mit denen aus diesem Monat vergleicht, dann sieht man, daß ihr Gesicht seine Festigkeit verloren hat und die ersten Falten da sind. Aber wenn man sie von Tag zu Tag anschaut, bemerkt man keine Veränderung.»

Giulio würde gern wissen, ob sie sich morgens oder abends fotografiert. Ama kann es nicht sagen. Ich denke, daß sie sich morgens fotografieren muß, damit die Gedanken, aus denen ein Tag besteht, ihr Gesicht nicht niederdrücken.

Pado ist davon überzeugt, daß diese ganze Fotografiererei bloß beweist, daß Elizabeth immer noch nicht darüber hinweggekommen ist, daß ihr Mann weggegangen ist.

«Warum ist er weggegangen?» fragt Duccio.

«Das ist eine lange Geschichte», seufzt Ama. «Ihr Mann hat uns erzählt, daß er einfach nicht mehr zurechtgekommen ist, das ist alles.»

«Was heißt nicht zurechtkommen?» will Giulio wissen.

Ama sieht Pado an. «Das kann man nicht so schnell erklären.» Aber jetzt wollen Duccio und ich es auch wissen. «Okay, okay», sagt Ama. «Im wesentlichen war es, daß Elizabeth und ihr Mann eines Tages beim Frühstück saßen, und da merkte er, daß ihr Kiefer beim Kauen knackte.»

Wir sind alle etwas betroffen. «Ihr Kiefer?»

«Ja, ihr Kiefer», erwiderte Ama. «Er hatte das vorher nie so richtig bemerkt. Er versuchte, sich nicht weiter darum zu kümmern, aber je mehr sie aß, desto mehr knackte auch ihr Kiefer.»

«Und was passierte dann?» Giulio ist genauso neugierig wie ich.

«Na ja», fährt Ama fort, «er dachte, er würde imstande sein, es zu ignorieren, war er aber nicht. Ihr Kiefer knackte sogar noch, als sie gar nicht mehr aß. Er knackte auch, wenn sie redete. Es klang wie eine schlecht geölte Fahrradkette.»

«Warum hat er es ihr nicht gesagt?» wendet Duccio ein.

«Es gibt Dinge, die kann man nicht sagen», antwortete Ama.

«Und wie ging's dann weiter?» will Giulio wissen.

«Also», fährt Ama fort, «eines Abends, nachdem er während des ganzen Essens dem Knacken von Elizabeths Kiefer zugehört hatte, wurde ihm auf einmal klar, daß er dauernd aufstand, um das Geschirr abzuräumen, auf die Toilette zu gehen, Papiere in Ordnung zu bringen – alles mögliche, nur um diesem Geräusch zu entgehen. Elizabeth wurde ärgerlich und meinte, wenn er nicht ruhig sitzen bleiben könne, dann solle er wenigstens etwas Nützliches tun und mit dem Hund rausgehen. Er dachte daran, es ihr zu sagen, aber er konnte es nicht. Wie kann man jemandem sagen, daß sein Kiefer knackt?»

«Man sagt es einfach!» widerspricht Duccio. «Man sagt einfach: Entschuldige, dein Kiefer knackt.»

«Aber er konnte es nicht», beharrt Ama, «denn sie hätte dann bloß ‹Tut mir leid› gesagt, und das wär's gewesen. Sie hätte ihm erklärt, daß ein knackender Kiefer eben ein knackender Kiefer ist und kein Grund, um böse zu werden.»

«Ja, genau», erwidert Duccio, «war es nicht das, was er wollte?»

«Ich habe doch gesagt, daß es so einfach nicht war.» Jetzt kann Ama die Geschichte gar nicht schnell genug hinter sich bringen.

«Also was passierte dann?» frage ich.

«Er ging», antwortet Ama plötzlich ziemlich schroff. «Er ging einfach. Er stand auf, trug ihren Teller hinaus, tat den übriggebliebenen Käse in den Kühlschrank, ging zur Tür und verließ das Haus. Sie rief ihm nach: ‹Wo gehst du hin? Was hast du vor?› Aber er konnte nichts hören, außer dem Knacken ihres Kiefers, der auf und zu ging wie eine Tür mit einem kaputten Scharnier.»

«Und das ist der Grund, weshalb sie seitdem immer müde aussieht», setzt Pado hinzu.

«Und das alles wegen einem Knacken im Kiefer!» Giulio kann gar nicht darüber hinwegkommen. Und ich auch nicht.

Ich presse die Stirn gegen den Sitz vor mir und denke über die Geschichte nach. Hinter meinen geschlossenen Augen dröhnt der Motor unseres Autos, und ich kann nicht hören, was Ama Pado zu sagen versucht.

8

Jedes Frühjahr fahren wir nach Italien und bleiben zwei Wochen bei unseren italienischen Großeltern. So ist es schon immer gewesen: zwei lange Wochen Hitze und weites Land. Nicht lange nachdem wir die Grenze passiert haben, steigt Pado aus, um am Straßenrand tief einzuatmen.

«Es ist dieselbe Luft wie auf der anderen Seite, in Frankreich», seufzt Ama ungeduldig.

Pado dreht sich zu uns um und sagt lächelnd mit singender Stimme: «*Siamo arrivati!* Willkommen in Italien! *Benvenuti in Italia!*» Dann steigt er wieder ein und verkündet, daß er jetzt bessere Laune habe.

«Vielleicht sollten wir allein deswegen hierherziehen», lacht Ama.

Ama ist gar nicht gern bei unseren Großeltern und sagt auf der Fahrt dorthin zu Pado: «Ich verstehe immer noch nicht, warum wir ganze zwei Wochen bleiben müssen. Es ist viel zu lang, und es ist einfach eine zusätzliche Fahrt, als ob wir so noch nicht genug hätten!»

«Meine Mutter hat uns gern im Haus, und ich kann einiges aufarbeiten», erklärt Pado, aber Ama sagt, diese Erklärung reiche ihr nicht aus. «Deine Mutter hat mich bestimmt nicht gern im Haus», fügt sie hinzu. «Soviel ist sicher.»

«*Ma dai*, Unsinn, das bildest du dir einfach ein!»

«Ich sage dir, daß sie mich nicht mag», wiederholt Ama. «Sie hat mich noch nie gemocht. Sie denkt, daß ich dich von ihr weggenommen habe oder so etwas. Aber egal, je früher wir zurückfahren, desto besser.»

«Das ist toll. Genau das, was Kinder brauchen.»

«Sag du mir nicht, was Kinder brauchen, Gaspare!» Ama bringt Pado mit einem wütenden Blick zum Schweigen.

Die Strecke von der Grenze zu unseren Großeltern ist ein langer Weg mit schmalen Straßen und Kurven durch Zypressenwälder. Wenn es uns zuviel wird und Amas unterdrückte Klagen die Fenster zum Klirren bringen, dann biegen wir ab in Dörfer und Städte auf der Suche nach Kirchen mit kalten Steinfußböden. Wir stehen im Mittelgang und baden in der kühlen Luft. Pado erzählt uns von den großen Familien am Ort und sagt uns die Namen der Päpste. Wir bleiben stehen und fahren mit der Hand über eine Grabplatte oder versuchen, ein über einem Altar verstecktes, verblaßtes Fresko auszumachen. Pado läßt das Licht seiner Taschenlampe über Wände gleiten und macht uns mit dem Leben von Heiligen bekannt, oder er erzählt Geschichten aus der Bibel. Wir müssen uns hinsetzen und die Namen der Städte Italiens zur Zeit der Renaissance aufsagen und auswendig lernen. Giulio bleibt irgendwo im Süden hängen, ich bleibe bei Ferrara stecken. «Los, *ragazzi*», sagt Pado, «das könnt ihr besser.» Wir versuchen es noch mal und kommen diesmal bis ans Ende der Liste, ohne Fehler zu machen. «Nichts ist schlimmer, als zu faul zum Denken zu sein», mahnt uns Pado, während er uns zu der Gruft führt. Die Namen Giotto, Benozzo Gozzoli und Masaccio vermischen sich mit denen von Jesus und den Aposteln.

Ama stiehlt sich weg und zündet eine Kerze an.

«Wofür denn das?» fragt Giulio.

«Die ist für Grand Maurice», antwortet Ama und nimmt unsere Hände. Wir bilden einen Kreis. Wir sehen zu, wie die Flamme flackert und gegen den Zugwind ankämpft. Ama starrt auf den glänzenden Boden. Sie sieht plötzlich aus wie damals vor zwei Jahren, als Machance aus Frankreich anrief, um uns zu sagen, daß Grand Maurice zum Fischen an den See gegangen und nicht wiedergekommen sei. Mehrere Tage hielt sie uns auf dem laufenden, dann gab sie es auf. Eine Woche lang wagte keiner, etwas zu denken, und wir saßen alle still da und warteten auf eine Nachricht, bis ein französischer Polizist anrief, um uns zu sagen, daß man einen Ertrunkenen gefunden hatte. Ama legte den Hörer auf und verließ das Zimmer, und Pado folgte ihr. Erst Stunden später, als Pado wiederkam, sagte er, wir sollten uns hinsetzen, und erklärte uns, daß wir Grand Maurice nicht wiedersehen würden. Wir wollten Ama finden, wir wollten hören, ob es wirklich stimmte, es konnte ja nicht wahr sein, aber Pado sagte, Ama würde nicht herunterkommen. Ich wartete den ganzen Nachmittag vor ihrem Schlafzimmer und hörte zu, wie Amas ersticktes Schluchzen die Wände zum Zerbröckeln brachte. Ich drückte mehrmals auf die Klinke, aber die Tür war abgeschlossen, und wenn ich rief, konnte Ama mich nicht hören, weil ich vor Angst keine Stimme mehr hatte. Niemand machte an diesem Abend etwas zu essen, und Ama kam nicht zu uns. Wir holten uns Kekse aus der Speisekammer und aßen sie so. Pado saß mit einem Buch auf dem Schoß da und las immer wieder die erste Seite. Von da an zog sich Ama jeden Tag ein bißchen mehr in sich selbst zurück. Pado versuchte, sie zu trösten und dann uns, und schließlich konnte keiner mehr den anderen trösten. Ama schaffte es nicht, zur Beerdigung nach Frankreich zu fahren. Sie konnte kaum ihr Zimmer verlassen. Dann kam Machance zu uns, und das Gefühl des Verlusts durchzog uns alle.

Wenn die Hitze der italienischen Sonne das Auto zu stark belastet, kurbeln wir die Fenster so weit herunter, bis unsere Geräusche durch die ständig eindringende frische Luft gedämpft werden. Ama holt ihre vier Picknickdosen hervor, riecht an ihnen und will, daß wir augenblicklich anhalten, um zu essen. Pado kann nicht hören, was sie sagt, weil der Wind wie ein zerfetzter Drache ums Auto pfeift. Aber er kann sowieso nie glauben, daß unser Essen so schnell verdirbt.

«Aber wir sind noch nicht weit genug», sagt Pado laut. «Wir müssen zumindest an Pisa vorbei sein, bevor wir essen können. Du weißt das.»

«Wenn du nicht anhältst, kriegen wir eine Lebensmittelvergiftung!» warnt ihn Ama.

Pado schaltet einfach in einen anderen Gang. Das Auto schießt nach vorne. Ich versuche, die Bäume anzupeilen, die die Straße säumen, aber wir sind zu schnell dafür. Sie flimmern kurz auf wie Eisenbahnschienen unter einem Zug, dann sind sie weg, im Hintergrund verloren. Pado bittet Duccio, etwas in einem Führer zu überprüfen. Ama rutscht nervös auf ihrem Sitz hin und her und dreht sich dann zu Pado.

«Möchtest du uns umbringen, oder was soll das?» fragt sie. Zunächst leise, dann lauter. Ihr Haar fliegt nach oben, durch die Luft, die durch das Seitenfenster hineinkommt. Sie streicht es ungestüm auf eine Seite. «Möchtest du uns umbringen, oder was soll das?» ruft sie zum zweitenmal.

«Wovon redest du jetzt schon wieder?» seufzt Pado entnervt und sucht eine Lücke zum Überholen.

«Du weißt genau, was ich meine. Ich frage dich, ob du die Absicht hast, uns alle umzubringen, entweder indem du wie ein Verrückter fährst oder indem du uns mit vergammelten Lebensmitteln vergiftest», kreischt Ama.

Das reicht Pado. Er fährt an den Straßenrand, räuspert sich und setzt zu einem langen Vortrag über die Zersetzung von Nahrungsmitteln und die Ausbreitung von Bakterien an. Ama bleibt unbeeindruckt. Sie mag nicht wissenschaftlich geschult sein wie er, aber ob Essen verdorben ist oder nicht, das weiß sie. Sie hält die Sandwiches an ihre Nase und verzieht das Gesicht.

Eins legt sie aufs Armaturenbrett. «Das ist definitiv verdorben.» Sie sieht ärgerlich aus. «Es ist heiß. Die Kinder müssen essen.»

Pado unterbricht sie, hält mühsam seine Wut im

Zaum. «Warum können wir keine Kühlbox haben wie alle anderen auch, verdammt noch mal!»

Ama ist verblüfft. «Also, wenn ich ein Leben wie jeder andere auch hätte, verdammt noch mal, dann würde ich überhaupt keine verdammte Kühlbox brauchen, weil ich nicht in diesem verfluchten Auto sitzen würde», sagt sie wütend. «Außerdem», fährt sie fort, im Handschuhfach wühlend, «du bist doch derjenige, der mir als erster von den Gefahren von Kühlboxen erzählt hat.»

Ama zieht einen vergilbten Zeitungsartikel heraus, der die Krankheiten beschreibt, von denen die Benutzer von Kühlboxen befallen werden. Sie liest vor: «Kühlboxen sind eine Zufluchtsstätte für Krankheitserreger, es sei denn, man wäscht sie mit kochendem Wasser aus», und genau das kann man nicht, weil kochendes Wasser die Isolierung angreift, die außerdem, wie der Artikel weiterhin sagt, einen krebserregenden Stoff enthält, denn nur dieser Stoff kann die Kälte halten.

Als wir zu der Überzeugung gelangt sind, daß unser Essen schlecht werden könnte, müssen wir schnell einen Picknickplatz finden. Aber den richtigen Picknickplatz zu finden ist ungefähr so, wie den richtigen Pinkelplatz zu finden. Wir müssen darauf achten, daß er weit genug von der Straße entfernt ist, auf einer schönen Wiese, in der Nähe eines Flusses, und, was ganz wichtig ist, daß niemand hinter den Bäumen oder im Gras eine Urinlache oder Schlimmeres hinterlassen hat. Wir achten darauf, weil wir einmal während eines Picknicks in Italien eine böse Überraschung erlebt hatten. Wir saßen mit unseren frischen weißen Ziegenkäse-*panini* auf einer üppigen Mohnwiese und warteten auf Ama, die den Salat wusch. Sie untersuchte jedes Blatt nach Erde und Schnecken und wollte dann das Waschwasser noch einem nützlichen Zweck zuführen. Nicht weit entfernt entdeckte sie eine kleine rosa Blume und wollte gerade etwas über ihre Blütenblätter sagen und daß sie wohl Wasser brauche, als sie merkte, daß ihr Fuß in einem Haufen brauner Scheiße, mit weißem Klopapier garniert, steckte. Sie schrie laut auf vor Ekel und zog den Fuß schnell heraus, und dabei rutschte sie aus. Pado kam ihr eilends zu Hilfe, und wir alle standen auf, um unsere Brötchen vor einem Scheißeregen in Sicherheit zu bringen, als unsere Mutter verzweifelt ihren Fuß schüttelte.

«Halt den Fuß still, verdammt noch mal!» schrie Pado, aber sie hielt nicht still. Sie ekelte sich so sehr, daß sie immer nur zitterte und zitterte und den Fuß schüttelte. «Zieh den Schuh aus!» befahl ihr Pado. Sie brachte es nicht über sich. Also versuchte er es.

«Mach dir nicht die Hände schmutzig! Faß das bloß nicht an!» flehte Ama ihn an. «Hab ich was davon am Knöchel? Sag ehrlich, hab ich's an meinem Knöchel?» rief sie in Panik.

Schließlich gelang es Pado, sie wegzuziehen, ohne ihren Schuh, und sie setzte sich zitternd auf einen Baumstamm. Als nächstes machte sich Pado daran, die Decke mit den Picknicksachen woandershin zu schaffen. «Kommt, Jungs, helft mir mal.» Wir zogen die Decke den Hang hinunter, und das einzige, was zurückblieb, war der schmutzige Schuh unserer Mutter, eine kleine graue Insel der Eleganz, besudelt mit dreckigen Streifen von weißem Klopapier, die jetzt vom Wind in die Büsche und Bäume geweht wurden. Pado ging noch einmal zurück, um den Schuh zu holen, während wir versuchten weiterzuessen. Ama wollte überhaupt nichts essen, und Giulio erklärte, daß er etwas anderes zum Mittagessen brauche. Pado schaffte es nicht, den Schuh anzufassen, deshalb riß er ein großes Blatt von einem Baum ab und benutzte es, um den Schuh im Gras abzuwischen. Dabei bemerkte er, daß die Scheiße Blutspuren enthielt. Erstaunt betrachtete er das braunverschmierte Gras.

«Was machst du da, Gaspare?» Ama wurde ungeduldig und wollte aufbrechen.

Er winkte ihr. «Komm mal her und sieh dir das an!»

Sie hielt sich den Kopf. «Ich glaube es einfach nicht. Gib mir meinen Schuh zurück, mehr will ich nicht.»

«Nein, im Ernst, schau dir das mal an.» Er hatte sich einen langen Zweig abgebrochen und schnipste damit Scheiße von dem Schuh auf die Erde. Duccio stand jetzt, sich die Nase zuhaltend, neben ihm. «Sieh dir mal diese Blutspuren an», forderte Pado ihn auf. «Siehst du, wie sie in den Exkrementen geronnen sind? Ein ganz erstaunliches Muster!»

Das brachte für Ama das Faß zum Überlaufen. Laut zeternd humpelte sie zum Auto zurück. Uns beide nahm sie mit sich. Giulio warf sein Brötchen unter einen Busch und erklärte, daß er nie wieder etwas essen wolle. Ama hatte ein ganz spitzes Gesicht, was bedeutete, daß sie durchaus imstande war, auf der Stelle loszufahren und Pado und Duccio bei ihrem Studium von Scheißespuren auf einem grauen Lederschuh an der Straße zurückzulassen. Wir warteten mindestens fünf Minuten im Auto.

Ama fing an, zu hupen und mit der flachen Hand auf den Fahrersitz zu schlagen. «Was, zum Teufel, machen sie da bloß?» Pado und Duccio tauchten auf. Pado hielt einen Zweig vor sich, an dessen Ende der Schuh hing. «Sieh bloß zu, daß du das verdammte Ding los wirst!» flehte Ama.

«Nein, warte doch mal», sagte Pado, den Kopf ins Auto steckend, «schau dir bloß das Blut an.» Er hielt Ama den Schuh hin.

«Nimm ihn weg! Nimm ihn sofort weg! Bleib mir mit dem verdammten Schuh vom Leibe!» schrie sie in schrillem Ton.

Pado trat zurück. «Hör mir doch mal zu!» sagte er gereizt. «Ich möchte, daß du dir die Blutspuren anschaust.»

Aber Ama wollte nicht, und so starrten Giulio und ich von unserem Rücksitz aus auf die Spuren einer sich durch das faserige Braun windenden roten Flüssigkeit.

«Das», erklärte Pado, «ist entweder ein schwerer Fall von Verstopfung oder Krebs oder sogar etwas äußerst Ansteckendes wie eine Salmonellenerkrankung.»

«Dann schmeiß den verdammten Schuh weg! Bitte!» wiederholte Ama.

Pado setzte sich hinters Steuer, und los ging's. Der Schuh blieb am Straßenrand liegen.

Pado machte auch im Auto keinen ruhigen Eindruck. «Vielleicht sollte ich jemanden benachrichtigen?»

Ama war hysterisch. «Ich habe den Schuh berührt, nicht wahr? Ich habe ihn berührt!»

«Ich sollte vielleicht die Gesundheitsbehörde informieren, daß jemand hier in der Gegend ein ernsthaftes Gesundheitsrisiko darstellt», überlegte Pado.

Giulio machte ein ängstliches Gesicht. «Ist er sehr krank?»

«Sehr krank. Vielleicht stirbt er.»

Plötzlich kurbelte Ama ihr Fenster herunter und warf ihren anderen Schuh in einen Teich. Er klatschte auf dem Wasser auf. Wir fuhren so schnell, daß ich nicht sehen konnte, wie sich die Ringe um ihn herum ausbreiteten. Dann ließ Ama die Hände vor sich runterhängen wie zwei schmutzige Lappen.

Pado dachte, wir sollten vielleicht versuchen, den Kranken zu finden, sollten die Straßen nach einem Gesicht mit trüben Augen und schweißüberströmter Stirn absuchen, den verräterischen Zeichen. Wir faßten alle Vorüberkommenden scharf ins Auge, die Leute, die am Wegesrand picknickten und sogar die Bauern auf ihren Traktoren. Wir überholten einen keuchenden Mann in einer schäbigen blauen Jacke auf einem Fahrrad.

Duccio drehte sich um und starrte ihn an. «Der sah ganz schön krank aus, findet ihr nicht?»

«Fahr weiter!» rief Ama. «Wir wollen seine Krankheitskeime nicht in der Nähe haben!»

«Und was ist, wenn er es ist?» protestierte Pado.

«Wir können doch nicht jemanden anhalten und ihn fragen, ob er drei Kilometer weiter weg hinter einem Busch einen Haufen gemacht hat», meinte Ama ärgerlich.

«Warum denn nicht, wenn er eine Bedrohung für die öffentliche Gesundheit ist?» sagte Pado.

Duccio machte uns darauf aufmerksam, daß der Mann uns langsam wieder einholte. Pado fuhr langsamer. Der Mann wollte wissen, warum wir anhielten, und hielt neben uns.

«*Buongiorno!* Kann ich Ihnen helfen, haben Sie sich verfahren?»

«Berühr ihn nicht, atme nicht ein, komm auf gar keinen Fall in seine Nähe», flüsterte Ama vom Rand ihres Sitzes.

Pado kurbelte das Fenster herunter und sagte höflich, ohne dabei den Kopf hinauszustrecken, daß wir keine Hilfe brauchten.

«Okay, *va bene*, schönen Tag noch», meinte der Mann lächelnd und radelte davon.

«Er sah krank aus», sagte Duccio als erster.

Wir stimmten ihm alle zu. Aber es lag wohl mehr an seinen roten Augen und seinen verklebten Haaren als an irgendwelchen Zeichen einer gräßlichen Krankheit.

«Nein, ich glaube nicht, daß er es war», erklärte Pado.

«Laß uns zusehen, daß wir hier so schnell wie möglich wegkommen», flehte Ama.

Wir hatten keine andere Wahl, als bei einer Tankstelle anzuhalten, und gingen einer nach dem anderen mit Pado in den Waschraum. Er rollte unsere Ärmel hoch bis zu den Ellbogen und bearbeitete unsere Arme mit Seife und kochendheißem Wasser. Ama ging allein in die Toilette, blieb eine lange Zeit und trug ein frisches Paar Hosen, als sie wieder herauskam.

«Ich habe es geschafft, mir die Beine zu waschen», sagte sie, froh, das Krankheitsrisiko losgeworden zu sein. «Was soll ich mit meinen Söckchen und meiner Hose machen? Vielleicht gibt's hier irgendwo einen Abfalleimer.»

«Nein, wir sollten die Sachen woanders lassen», meinte Pado. Wenn man sie einfach in einen Abfallbehälter tue, könnte ein Kind sie finden, schlimmer noch, ein Hund leckt daran, und dann leckt er einem Kind das Gesicht, und das ist der Anfang einer Kette von Krankheiten, die die Straße entlang hinter uns hersaust.

Ich suchte überall im Auto nach Spuren von Scheiße und Blut. Wenn niemand hinsah, betrachtete ich meine Schuhsohlen und die meiner Brüder. Sie schienen alle sauber zu sein. Meine Hände waren immer noch rot vom Schrubben. Ich blickte aus dem Fenster und dachte an all die Leute, die vielleicht in dem Wald spazierengingen, sich hinsetzten und dann – mitten beim Essen – einfach tot umfielen. Ihre Freunde würden glauben, daß sie an ihrem Brot erstickt waren, aber die eigentliche, allen verborgene Ursache waren die winzigen Blutfädchen und Erreger, die aus dem braungefleckten Gras heraus an ihnen fraßen. Was war, wenn jemand den Schuh anprobierte? Was war, wenn die Krankheit an ihrem Bein empor in ihr Herz kroch? Und dann, wie war es überhaupt mit den Gedanken? Was wäre, wenn Krankheitserreger wie Gedanken sind und Gedanken wie Krankheitserreger, so daß man, wenn man etwas denkt, einen Menschen vergiften kann oder einen Ort oder die ganze Welt?

9

Als wir schließlich bei unseren Großeltern in Umbrien ankommen, sind wir ganz erschöpft. Sie haben ein weitläufiges, solides Haus mit so dicken Wänden, daß drei große Leute auf den Fensterbrettern sitzen können. Vor dem Haus erstreckt sich ein Weinberg aus verbranntem Grün. Die Wege zwischen den Rebstöcken nach unten meißeln ein Zickzackmuster in die Landschaft. Nonno, unser Großvater, verbringt die meiste Zeit oben auf dem Balkon, von wo aus er auf den Weinberg schaut. Um den Oktober herum, wenn die Trauben tiefrot und zum Platzen reif sind, gibt er den Befehl zur Ernte. Wenn man sich Nonno dort oben auf dem Balkon anschauen will, kann man ihn eigentlich gar nicht sehen. Alles, was man sieht, ist ein braunes Gesicht mit Reihen von Weinstöcken, die in grüne spiegelnde Augen strömen. Ama sagt, er ist so dunkelhäutig, daß es besser für ihn ist, wenn er nie nach England kommt, besonders nicht dorthin, wo Machance lebt. Dort gibt es alte Frauen, die auf hohen Absätzen durch die Gegend schwanken und in ihren Mündern und Köpfen Beleidigungen aufheben für das erste fremdländische Gesicht, das daherkommt. Außerdem, setzt Pado hinzu, hasse Nonno es, sein Haus in Italien zu verlassen, und er wird ihn niemals zu überreden versuchen, nach England zu kommen, weil er kein Englisch kann, und der Himmel hinge dort so tief, daß er das Gefühl haben könnte, er würde nicht zurechtkommen, und dann würde er einfach verkümmern.

Unsere Großmutter, Nonna, empfängt uns am ersten Abend mit einem Essen. Als alle etwas haben, gibt sie mir einen Löffel für die Soße, die am Rand der Schüssel festsitzt. Nach dem Essen hält sie die ausgekratzte Schüssel

Ama hin: «Guck mal, wie sehr sie unser italienisches Essen mögen. Das ist etwas anderes nach all den Sandwiches.»

Ama nickt abwesend und sieht sich nach Pado um.

Der Abend ist heiß. Nonna macht die Eßzimmertür auf. Der Lärm der Grillen draußen im hohen Gras überfällt uns. Nonna fächelt sich mit den Händen Luft zu, macht mit gespreizten Fingern eine große Bewegung von hinten nach vorn, um sich einen Luftzug heranzuharken. Ihre Hände wirbeln um den Kopf und stoßen gegen die Nacht. Wenn sie erst einmal damit angefangen hat, hört sie nicht mehr auf, auch während des Abendessens nicht. Und je dunkler die Nacht ist, desto wilder tanzen die Kerzenflammen auf dem Tisch, wenn Nonnas Hände Luftgirlanden raffen. Selbst im Winter, so erzählt Ama uns, sitzt Nonna auf den Stufen zum Haus und wirft die Hände hoch, um den feuchten Himmel und den Regen zu verjagen.

Nonno begrüßt den Regen. «In Sizilien hatten wir nie ordentlichen Regen», erklärt er uns. Umbrien, davon ist er überzeugt, hat das perfekte Klima, und deshalb besitzt er auch einen der besten Weinberge der Region. Das ist auch der Grund, warum der Bürgermeister dauernd seine Steuern erhöht – nur um ihn dazu zu bringen, der örtlichen Winzergenossenschaft beizutreten. «Aber ich gebe nicht nach!» Er schlägt auf den Tisch.

Pado ist damit beschäftigt, unsere Reisen zu beschreiben. Er erzählt seinen Eltern und ihren Gästen von unserem letzten Aufenthalt in England und daß er versuchen will, von seiner alten Universität in Rom weitere Forschungsmittel zu erhalten. Er holt sein neuestes Buch aus seiner Aktentasche und reicht es herum. Er erzählt, daß er bei unserem Aufenthalt in Brüssel vor zwei Monaten Amerikas berühmtesten Pathologen kennengelernt hat.

Nonna bewundert sein Buch, den bunten, glänzenden Umschlag. «Was für einen klugen Mann du hast», flüstert sie Ama zu und reicht ihr das Buch weiter.

Ama lehnt es ab. «Danke, ich will es nicht. Sei unbesorgt, ich kenne es in- und auswendig.»

Nonno ist niedergedrückt. Er hat seine beiden Freunde neben sich sitzen, und auch sie sind tief in Gedanken versunken. Pado möchte wissen, was los ist. Nonno erzählt uns von Aldo Moro, dem ehemaligen Ministerpräsidenten, der gerade entführt worden ist. Die Roten Brigaden haben ihn als Geisel genommen. Pado hat schon davon gehört. Er schüttelt ungläubig den Kopf, als man ihm beschreibt, wie Moros fünf Leibwächter umgebracht worden sind. Nonno setzt noch hinzu, daß die Regierung allem Anschein nach die Forderungen der Kidnapper nicht erfüllen will.

«Eine schreckliche Sache für Italien», seufzt er.

«Es ist durchaus denkbar, daß sie ihn umbringen, wenn nicht bald etwas getan wird», fügt einer seiner Freunde hinzu.

Dann reden sie über die Briefe, die Aldo Moro immer wieder an die Regierung schreibt, und darüber, wie die Briefe seiner Frau an ihn in den Tageszeitungen veröffentlicht werden, weil das die einzige Möglichkeit für sie ist, mit ihm in Verbindung zu treten.

«Erinnerst du dich noch an die andere Entführung, wo sie Teile von den Ohren und den Fingern der Geiseln geschickt haben, damit das Lösegeld bezahlt wird?» fragt Nonnos anderer Freund.

Während alle über die Entführung reden und ihre Geschichten den Raum aufsaugen, konzentriere ich mich auf einen Gecko, der draußen über die Fensterscheibe zum Licht kriecht. Er kommt um das Fenster herum und dann durch die Tür. Er hält sich am Scharnier fest und gleitet dann im Türspalt abwärts. In dieser unbequemen

Position zwischen Türangel und Wand hält er inne. Nonna steht auf. Sie geht zur Tür, will sie zumachen. Ich schließe halb die Augen. Ich sage mir, daß niemand Aldo Moro rettet, wenn der Gecko zerquetscht wird. Nonna stößt mit dem Fuß gegen die Tür. Der Gecko schießt davon. Die Tür schlägt zu. Ich springe auf und renne zum Fenster. Ich sehe, wie der Gecko in die Kletterpflanze an der Wand huscht. Aldo Moro wird leben!

«*Cosa fai?* Komm her und setz dich», sagt Nonna, führt mich zu meinem Stuhl zurück und gibt mir noch etwas auf den Teller.

«Das ist schon in Ordnung, er kann hinausgehen, wenn er will», sagt Ama zu ihr.

Wenn es sehr trocken ist und Nonno sich um seine Obstbäume zwischen den Weinstöcken sorgt, kommen die Landarbeiter mit einem Traktor über die Hügel und ziehen einen gefüllten Wassertank auf Rädern von dem Flüßchen unterhalb des Weinbergs herauf. Der Tank treibt dahin wie ein Schiff auf See, mit einem Rohr als Mast, aus dem sich literweise Wasser auf die nackten Wurzeln der Bäume ergießt – Aprikosen, Nektarinen, Birnen, Pfirsiche und Pflaumen.

Nonno dirigiert vom Balkon aus die Arbeiter: «Noch mehr Wasser für diesen Baum da. Der hat genug. Der braucht keins. Auf die Wurzeln! Auf die Wurzeln! *Ancora!*» ruft er.

Ich sitze hinter ihm und sehe, welcher Baum mehr verdient und welcher trocken bleiben muß. Nonno erklärt mir jeden einzelnen Baum. Er pflückt Blätter ab und zieht mit dem Finger ihre Form nach, damit ich ihre Namen behalte.

«Könnte ich dir doch bloß das Blatt von einem Mandelbaum zeigen!» sagt er. «Das ist der Baum Siziliens.»

Nonno ruft Duccio und Giulio herbei. Zusammen gehen wir durch den Garten, bis wir zu einem freien Platz zwischen den Bäumen kommen. Nonno sieht sich um, ob auch keiner schaut, packt mich bei den Armen und wirbelt mich im Kreis herum und herum, bis mir schwindelig wird. Die Zweige und Blätter streifen meine Füße, bedecken meine Knöchel mit kleinen, scharfen Schlägen. Ich hefte den Blick auf die Erde, die sich zwischen Nonnos Schuhen wölbt und durchbiegt. Meine Gedanken kippen um und purzeln in meinem Kopf herum, werfen die quälende Abfolge durcheinander, die jeden Tag in eine Kette von Drohungen und verpaßten Gelegenheiten verwandelt. Ich wünschte, Nonno würde ewig so weitermachen, bis sich die Gedanken legen und beruhigen, bis Grand Maurice nie gestorben ist, bis Aldo Moro freigelassen wird, keine Fähren mehr untergehen und die tödlichen Krankheiten sich nie mehr ausbreiten. Mach weiter, Nonno! Mach weiter! Mein Geist steigt auf und fällt, nichts ist an seinem Platz, nichts ist fest. Ich werde zu einem Ring aus sich bewegender Luft, und nichts bedeutet mehr etwas. Ich höre Duccios Stimme, wie ein Lied, das kommt und geht. Er will auch drankommen. Nonno läßt mich zu Boden sinken. Ich kann nicht aufstehen und falle ins Gras, beobachte die wogenden Wolken über mir.

Nonno versucht es mit Duccio und gibt gleich auf. «Du bist zu groß. *Sei troppo grande, caro!*» meint er entschuldigend. Dann sagt er, daß es wahrscheinlich auch mein letztes Jahr sei. «Nächstes Jahr werde ich bestimmt nicht stärker sein!»

Nonno schwingt Giulio im Kreis. Giulios Haare sind waagerecht ausgebreitet wie ein in der Luft flatternder Schal, eine Welle über seinem Kopf. Ich sehe, wie Giulios Augen blinken, sich mit Bildern füllen – Haus, Weinberg, Bäume, Flüßchen, Hügel, Himmel, immer rundherum, wieder und wieder. Nonno geht ebenfalls in der Bewegung auf, wird von Giulios Schwung am Boden gehalten. Er macht die Augen zu, um nicht zu fallen.

Während des Wässerns der Obstbäume herrscht ein solcher Aufruhr, daß Nonna immer versucht, uns im Haus zu halten. Etwa zehn Männer sind da, und der Traktor, der bei den Bäumen hält und dann wieder weiterfährt, macht einen Höllenlärm, und dazu kommt noch das Platschen des herausschießenden trüben Wassers. Der Hund ist wie wild und schafft es, nach draußen zu entwischen, um den Traktor bellend zu verfolgen. Nonna kann den Krach nicht ertragen. Jedesmal, wenn der Hund bellt, sieht sie aus, als ob sie gleich verrückt wird.
Sie fährt mit der Hand über den langen Küchentisch und bittet: «Dieser Hund soll aufhören! Könnte ihn jemand zum Schweigen bringen, bitte?»

Ich laufe los, um ihn zu holen. Aber immer wenn ich nahe genug dran bin, um ihn zu packen, rennt er schwanzwedelnd davon.

«Nicht so!» lachen die Landarbeiter. «Ruf ihn freundlich!»

Also locke ich ihn sanft: «Lorenzo, bitte komm her!»

Dann denke ich, daß er mich vielleicht nicht versteht, und sage es auf Italienisch, aber er gräbt bei den Obstbäumen in der Erde, wälzt sich im Schlamm und frißt irgend etwas Kleines, Schwarzes.

«Was frißt er da? Er soll das sofort lassen!» schreit Nonna aus dem Küchenfenster.

Ich sause hin und sehe auf einmal, daß überall um mich herum Hunderte von Kaulquappen nach Wasser lechzen, in der Sonne schrumpfen und sterben; ihre weichen Rücken trocknen im Schlamm aus, oder sie werden vom Hund gefressen. Ich stehe starr vor Entsetzen da.

Ich laufe zu den Männern, die die Bäume wässern, zupfe sie am Ärmel: «Hört auf! Hört auf!»

Ich zeige auf die Kaulquappen, von denen einige fast schon Frösche sind, die aus der Öffnung des Rohrs herausgeschossen kommen und jetzt, die winzigen Beinchen vom Gewicht des Wassers zusammengedrückt, strampelnd auf die Erde geschleudert werden. Einige fliegen gegen die Bäume, andere fallen in Pfützen, die gleich wieder verschwinden werden, schwimmen zwei Minuten lang darin herum und versinken, wenn das Wasser in der lockeren Erde verschwindet. Die Männer scheint mein besorgtes Gesicht nicht zu kümmern, sie machen sich einen Spaß und schubsen mich. Verzweifelt setze ich die überlebenden Kaulquappen in Wasserpfützen.

«Von denen gibt's hier jede Menge. *Non importa*», sagen die Männer.

Sie hören nicht auf, Ströme von Kaulquappen zwischen die Obstbäume zu schleudern.

Ich vergesse den Hund und laufe zum Haus. Ama fragt, was ich habe. Nonna will wissen, wo der Hund ist. Ich antworte nicht. Ich kann nicht antworten. Jetzt nicht. Tausende von Leben werden wie Kugeln in den trockenen Boden geschossen. Ich rase umher und suche einen Eimer, den ich mit Leitungswasser fülle. Wieder bei den Obstbäumen, werfe ich die Kaulquappen, so schnell ich kann, in den Eimer und sehe zu, wie sie auf dem Grund kreisen, dort liegenbleiben, mit dem Bauch nach oben hochkommen oder ein bißchen den Schwanz bewegen, um zu zeigen, daß noch Leben in ihnen ist. Ich weine, weil ich die Männer hasse, die das machen, und weil ich es offensichtlich nicht schaffe, die Kaulquappen schnell genug in den Eimer zu bringen. Sie liegen im Gras, zerschnitten von scharfen Halmen, kleben an der Rinde von Bäumen, ungesehen und ungehört. Sie sind überall. Ich kriege sie nicht alle auf einmal in den Eimer. Da wähle ich die größten und am wenigsten trockenen aus. Dann tut es mir leid, daß ich einige nicht beachte und andere aufhebe, und ich rase zurück, um die Liegengelassenen auch einzusammeln, man weiß ja nie. Aber diese Man-weiß-ja-nies fallen wie Steine auf den Boden des Eimers, und ihre Köpfe nicken tot gegen die Plastikwand. Andere schwimmen lahme Bahnen in meiner hohlen Hand und hören dann auf, sich zu bewegen. Eine Zeitlang mache ich das, dann kommt Nonna und zieht mich weg. «Das sind nur Kaulquappen. Laß sie sein, und komm ins Haus.» Aber sie hat nicht gesehen, wie sie ihre winzigen Mäuler auf- und zumachen, als würden sie stumm um Hilfe flehen. Ich mache weiter. Meine Knie sind dreckig und meine Hände vom Wühlen in der Erde aufgeschürft.

Ich laufe zum Flüßchen hinunter. Mein Eimer ist randvoll mit Sterbenden. Es sind zehn Minuten bis zum Wasser, das an den Mauern des Weinbergs vorbeigleitet. Ich trete fest auf, um die Vipern zu vertreiben, so wie Nonno es uns gesagt hat, aber ich darf auch nicht zu heftig stapfen, weil sonst die Kaulquappen aus dem Eimer rutschen. Plötzlich muß ich wieder an Aldo Moro denken. Ich sage mir, wenn ich es zum Fluß schaffe, ohne an ihn zu denken und ohne daß noch mehr Kaulquappen sterben, dann wird er gerettet werden. Aber nach wenigen Schritten habe ich bereits an ihn gedacht und mich gefragt, warum sie ihn nicht freigelassen haben. Die Gedanken sind jetzt überall um mich herum, in allen Büschen, unter den Steinen, eingewickelt in den Bäumen. Sie ringeln sich um meine Füße. Ich fahre mit der Hand in den Eimer. Ich versuche, die sterbenden Kaulquappen aufzuwecken. Ich bitte sie. Ich sorge dafür, daß sie sich bewegen.

Durch die Zweige sehe ich den Fluß unter mir dahinstrudeln. Mir sinkt das Herz, denn immer mehr Kaulquappen sehen tot aus. Ich setze sie in den Tümpeln am Ufer aus. Im Schlamm sind die Reifenspuren des Traktors zu sehen. Ich stelle mir das Rohr vor und das saugende Geräusch, mit dem es Wasser und dutzendweise Kaulquappen aufnimmt, sie rücksichtslos einsaugt, Schwänze und Köpfe abreißt, die Wasserpflanzen und

Steine aufwirbelt und in dem klar fließenden Gewässer Verwüstungen anrichtet. Ich fische die toten Kaulquappen aus dem Eimer und bewege sie durchs Wasser. Es ist frisch und voller Bläschen. Andere Kaulquappen sterben im Fluß und treiben dahin, werden davongetragen wie welke kleine Zweige, bleiben dann im Schilf hängen oder werden unter Steine gespült. Ein paar von ihnen schöpfe ich heraus und berge ihren Tod in den sicheren Falten meiner Tasche.

Nonno sagt uns, daß dieses Flüßchen die Grenze seines Landes bildet. Wenn man hinüber auf die andere Seite schaut, sieht man, daß die Bäume und die Felder anders sind, und das Licht, das in die Erde einsickert, ist weißer. Es zieht sich wie ein Gürtel um einen herum und hält einen fest. Nonno ist davon überzeugt, daß man dort drüben niemals Rebstöcke anpflanzen könnte. Die Zypressen am Horizont schwanken zum schäumenden Dahineilen des Flüßchens. Ich würde gern wissen, wohin die Kaulquappen gehen, wenn sie Frösche geworden sind. Wandern sie hinauf zum Schatten der Zypressen, oder bleiben sie auf dieser Seite, im Weinberg und in der felsigen Erde? Ein Baum ist über den Fluß gefallen. Der Stamm liegt ein wenig geneigt und berührt das Wasser. Ich weiß, daß wir nicht über den Fluß dürfen. Ich weiß, daß hier das Ende unseres Landes ist. Aber meine Taschen sind mit Toten vollgestopft, und ich muß sie auf der anderen Seite begraben. An einem Ort, den keiner stören wird.

Ich laufe über den Baumstamm und springe auf der anderen Seite hinunter. Ich steige den Hügel hinauf, hinter mir verschwindet der Fluß langsam in der Ferne. Ich halte auf die großen Zypressen zu, die den Horizont teilen. Sie reichen bis in die Bläue des Himmels hinauf, und mit ihren nach innen gekrümmten Ästen sehen sie wie flackernde Flammen aus. Das Haus meiner Großeltern unter mir ist ein verschwimmender Punkt. Man sieht genau, wo der Weinberg aufhört und das schimmernde Gras beginnt. Man kann sehen, wie sich der Fluß einen wäßrigen Weg bahnt, aber nicht den umgestürzten Baum darüber. Überall ist es jetzt dasselbe, dasselbe sich weiß ausbreitende Licht, dieselben ineinanderstürzenden Hügel, die das Haus dort hinten vergessen. Ich gehe von Zypresse zu Zypresse und bohre unter jeder mit dem Daumen ein kleines Loch, für jede Kaulquappe eins. Ich schiebe Erde über die schrumpeligen, vertrockneten Körper und trete den Boden fest. Ich laufe zum Fluß zurück, stolpere, falle ins unebene Gras. Ich habe keine Schwierigkeiten, wieder auf die andere Seite zu kommen. Es ist, als wäre der Weg, den ich vorher gegangen bin, mit seinen Fußspuren dageblieben, um mich zu führen. Ich rühre das Wasser mit den Füßen auf. Ich warte darauf, daß es meine Schuhe füllt, über meine Socken hinunter zu den Zehen. Es ist einmal kalt und einmal warm. Abgerissene Pflanzen und Zweige schwimmen vorbei. Die Erde gibt bei jedem Schritt ein wenig unter meinen Füßen nach, feiner Kies rutscht ganz allmählich ins Wasser hinab. Ich schaue zurück zu dem aufsteigenden Grashügel mit seinen aufgemalten Bäumen. Die Luft ist schwer vor Hitze.

10

Nonno verläßt nur selten seinen Garten, und wenn wir ihn bitten, mit uns in die Stadt zu kommen, hat er alle möglichen Entschuldigungen. Der einzige Grund mitzukommen, erklärt er, wäre, in die Kirche zu gehen, oder wenn wir ihm helfen würden, den Bürgermeister dazu zu bringen, ihn nicht länger wegen des Beitritts zur Winzergenossenschaft unter Druck zu setzen. Pado versucht schon seit Jahren, den Bürgermeister zum Aufgeben zu bewegen.

«Sie können es einfach nicht akzeptieren, daß ich die besten Weinstöcke in der ganzen Gegend habe», seufzt Nonno. «Außerdem kann man nicht einfach von allen die Weine zusammenmischen, wie sie das in der Genossenschaft tun. Was macht man, wenn die einen Trauben auf Sand und Felsen wachsen und die anderen an den sonnigen Hängen auf dem Weg zum Dorf? Das ist doch ein ganz anderer Geschmack.»

Ich weiß, daß Nonnos Wein dunkel und fruchtig ist wegen der Kaulquappen, die ihren Weg in die geheimen Furchen der Erde finden. Um die Wurzeln der Rebstöcke gewunden, sterben sie, und im Winter nähren sie sie mit ihrem verwesenden schwarzen Glanz.

Am Fuß eines der Weinberge befindet sich in einer Bodensenke ein Schuppen. Von dort aus kann man den Garten hinter dem Haus sehen. Ich weiß es nur deshalb, weil ich unter den Schuppen gekrochen bin und ganz unten in der Mauer ein Spalt war. Ich habe Duccio gesagt, er soll mich nicht darunter kriechen lassen, aber es half nichts. Er sagte, daß vielleicht in einer halb getrockneten Pfütze noch ein paar Kaulquappen leben würden und daß das ihre letzte Chance sei. Ich konnte mich zwei Tage nicht entschließen. Ich lief immer und immer wieder um den Schuppen herum und weigerte mich darunterzuschlüpfen. Ich saß in der Sonne und bemühte mich, den Geruch von feuchter Erde wahrzunehmen oder zu hören, wie den Kaulquappen die Hinterbeine wachsen, aber ich roch und hörte nichts. Dann sagte Duccio, daß es der letzte Zufluchtsort für sterbende Kaulquappen sein muß, weil es der tiefste Punkt im Weinberg ist und das Wasser dorthin fließt, und wenn das Wasser dorthin fließt, dann muß es dort von Kaulquappen nur so wimmeln, und je länger ich warte, um so mehr würden sterben. Also zwängte ich mich zwischen den Hacken und anderen Geräten hindurch und schnitt mich am Knie. Ich brauchte eine Weile, bis ich ganz unter dem Schuppen war, aber dann hörte ich meine Brüder nicht mehr und spürte auch nicht die Erde, sondern sah wie am Ende eines Tunnels den Garten unten. Im Garten sah ich Nonna und Ama, die sich in Korbstühlen gegenübersaßen. Ama versuchte, ihr Buch zu lesen, aber Nonna unterbrach sie fortwährend und zeigte dabei mit großen Bewegungen auf sie. Ama starrte mit ausdruckslosem Gesicht zu Boden. Nonnas laute Stimme sprühte Wörter in die Luft, die über das Haus hinausstoben. Ich versuchte angestrengt zu verstehen, was sie sagte, dann stand Ama plötzlich auf, stieß ihren Stuhl um und lief, ohne sich umzusehen, aus dem Garten. Von dort, wo ich war, konnte ich sehen, wie sie durch den Gemüsegarten rannte, über die niedrige Steinmauer kletterte und den Weg zum Flüßchen herunterstürmte. Sie hielt eine Minute inne, um wieder Luft zu bekommen, beugte sich nach vorne und streckte ihre Hand aus. Dann lief sie wieder los und verschwand in der Landschaft, die Farben ihrer Kleidung verschmolzen langsam mit dem trockenen, spröden Gelb des Grases. Ich wartete darauf, daß sie wieder auftauchte, dann gab ich auf. Ich zwängte mich wieder unter dem Schuppen heraus und kam ans Licht, wo Duccio und Giulio gespannt auf mich warteten.

«Wo sind die Kaulquappen?» fragten sie. Ich antwortete nichts. Ich erklärte nichts. Sie drehten sich beide um und schauten an mir vorbei in den Weinberg, als ob sie wüßten, daß etwas nicht stimmte.

Sonntags machen wir einen Fußmarsch durch steiles Gelände, brechen um zehn auf, damit wir um halb elf in der Kirche sind. Nonno und Pado ziehen es vor, uns später mit dem Auto zu folgen. Ama trägt einen kleinen Sonnenschirm. Den Hund nehmen wir nicht mit, Nonna achtet darauf, daß er an den Küchentisch gebunden ist, auch wenn Ama das grausam findet und meint, daß man mit so was in England nie und nimmer durchkommt, aber andererseits ist Italien nicht England, und abgesehen davon kann man nirgendwo einen Hund mit in die Kirche nehmen. Auf dem halben Weg zum Dorf, ungefähr fünfzehn Minuten von der Kirche entfernt, verfällt Nonna in Schweigen. Sie hört immer an der gleichen Stelle auf zu reden, kurz vor der Abzweigung zum Wald, wenn sie den Weinstock mit dem verbogenen und verdrehten Draht sieht, der wie ein Heiligenschein aussieht. Von da an müssen wir flüstern oder in großem Abstand hinter ihr gehen. Sie sagt ihre Gebete, bei denen ihre Finger eilig den Rosenkranz bewegen. Ich verfolge, wie ihre Lippen sich mit jedem Schritt und jedem geflüsterten Versprechen auf und ab bewegen. Wenn wir schließlich bei der Kirchentür mit dem Wulst aus geschnitzten Engeln an der Klinke ankommen, ist sie soweit, daß sie wieder aufblicken kann. Sie stößt die Tür auf, und ihre Augen trinken das bunte Licht der farbigen Glasfenster.

Während der Messe schaukelt Nonna hin und her. Ama hält meine Hand und fährt mit einem Finger die Zeilen der Gebete entlang, damit ich sie auch lesen kann. Pado und Nonno kommen zu spät und finden hinten nur noch einen Stehplatz. Ama dreht sich um, entdeckt ihre Gesichter und gibt ihnen einen kleinen Wink. Während er seine Verbeugung macht, ist die psalmodierende Stimme des Pfarrers mal leiser, mal lauter zu hören.

Ama sieht uns an. «Alles in Ordnung?»

Wir hoffen, daß keiner sie hat englisch sprechen hören. Der Junge da drüben hat es aber doch gehört, glaube ich. Er stößt jemanden an, und die beiden denken: Wer sind diese Kinder?

«*Allez*, Liebling, konzentriere dich bitte!» drängt Ama, diesmal auf französisch.

Jetzt starren uns auch noch die Frauen da drüben an. Ich weiß, wer sie sind. Es sind die, die Pado zu seinen drei Söhnen gratulieren, wenn wir herauskommen, und uns in die Backen kneifen und uns mit ihren runzeligen Händen das Fleisch umdrehen, bis es höllisch weh tut. Ich sehe den Priester an und die beiden Jungen in Weiß neben ihm. Sie klingeln mit den Glöckchen, bringen Bücher und knien nieder, wenn es erforderlich ist. Nonna möchte, daß Duccio und ich eines Tages auch so etwas wie die beiden werden. Aber was passiert, wenn wir an der falschen Stelle klingeln oder wenn Giulio versucht, uns von seiner Bank aus zum Lachen zu bringen?

«Solche Fehler macht ihr nicht.» Da ist sich Nonna ganz sicher. «Denn wenn ihr da oben seid, ist es anders, ihr seid in einer anderen Welt.»

Auf dem Weg hinaus geht Nonna mit uns zu dem Kreuz in der Seitenkapelle. Sie verneigt sich und nimmt ihren Rosenkranz fester in die Hand. Sie berührt das Kreuz und küßt ihre Hand. Dann müssen wir uns hintereinander aufstellen, um das gleiche zu tun. Ich versuche krampfhaft, meinen Kopf leer zu machen. Ich darf nichts Schlechtes denken, wenn ich das Kreuz berühre. Tue ich es doch, dann bleibe ich für immer daran kleben, und jedesmal, wenn ich es sehe, kann ich nichts anderes denken als den bösen Gedanken.

Nachdem wir vor der Kirche mit ein paar Leuten geschwatzt haben, gehen wir die kopfsteingepflasterte Hauptstraße hinunter zu den Marktständen. Ama prüft all die frischen Sachen, sie nimmt Obst in die Hand und riecht daran. Sie beginnt eine Unterhaltung mit der Käsefrau und fragt nach einem Rezept. Die Frau bietet ihr Käse an, den sie mit nach Hause nehmen kann. Ama lehnt ab und geht weg. Sie schaut verständnislos auf die

Einkaufstaschen und vollgepackten Körbe der anderen Marktbesucher; ihre eigenen Hände sind leicht und ziellos. Sie hält Giulio am Ärmel fest. Er reißt sich los und flitzt zu Pado. Ich halte Abstand von dem lärmenden Markt und beobachte meine Familie. Ich möchte unter einen der Stände kriechen und die vorbeistampfende Menschenmenge vorbeilaufen lassen. Irgend etwas in mir möchte die Füße meiner Eltern betrachten, wenn sie verzweifelt herumlaufen und versuchen, mich zu finden, und dann von der Menge fortgetragen werden, mit ihr verschmelzen und verschwinden. Völlig allein unter einem Stand, könnte ich mich in diesen leeren Raum verwandeln, der so ruhig und geschützt ist. Meine Brüder sind gut dran. Sie sitzen im Auto, jeder auf seiner Seite, und können sich mit den Ellbogen auf die Tür aufstützen. Sie haben auf den langen Reisen einen Halt. Ich dagegen schwebe, und nichts hält mich fest. Ich möchte so sein wie die Bauern auf dem Markt, die Woche um Woche hierherkommen. Ich möchte hierbleiben, jetzt, und nie wieder fortgehen.

Nonno und Nonna beschließen, zusammen zu Fuß nach Hause zu gehen. Wir lassen sie den Hügel hinuntergehen und zwängen uns in unseren Wagen. Alle Autos, die den Marktplatz verlassen, fahren wie wir die schmale Straße hinunter. Vor uns hält ein Lastwagen, und dann kommt von der Seite ein Lieferwagen. Wir halten an.

«Ich weiß wirklich nicht, warum wir nicht einfach zu Fuß gegangen sind», beschwert sich Ama.

Pado hupt und der Fahrer hinter uns auch.

«*Si! Si!* Gleich!» schreit der Fahrer vor uns.

«*Ma guarda questo cornuto! Cosa sta facendo?* Was für ein Idiot! Was, zum Teufel, macht er?» Pado schlägt mit der Hand auf das Armaturenbrett und hupt wieder.

Ama dreht den Kopf und sieht aus dem Fenster. Der Mann im Auto neben uns macht ihr irgendwelche Zeichen. Sie setzt sich schnell gerade hin und versucht, das Fenster mit Ellbogen und Schulter abzuschirmen, damit Pado nichts bemerkt. Es funktioniert nicht.

«Scheißkerl!» brüllt Pado, als er es sieht. Er will die Tür öffnen.

«Hör auf, Gaspare! Jetzt beruhige dich, um Himmels willen!» redet Ama auf ihn ein. «Ignorier ihn einfach. Bitte!»

«Ich bin hier zu Hause und tue zur Abwechslung, was ich will, verdammt noch mal!»

Der Mann steigt aus. Ama schlägt die Hände vors Gesicht und stößt immer wieder mit dem Fuß gegen die Tür. Pado denkt an alle seine englischen Lieblingsbeleidigungen, läßt sie sich auf der Zunge zergehen, kostet sie aus. Er setzt gerade an zu: «Saukerl, ver-», als der Mann plötzlich zur Salzsäule erstarrt.

«*Ma, ciao*, Gaspare! *Come stai?* Wie ist es dir ergangen? Schön, dich wiederzusehen!»

«Alessandro!» ruft Pado strahlend. «Ich kann es nicht glauben!»

Er springt aus dem Auto und schüttelt dem Mann die Hand. Die beiden treten an die Seite der Fahrbahn und tauschen Neuigkeiten aus. Die Fahrer hinter uns hupen jetzt noch ärgerlicher, immer und immer wieder. Die Minuten schwellen mit dem Lärm des Wartens an.

Ohne ein Wort zu sagen, setzt sich Ama hinters Steuer und fährt los. Pado merkt es erst nicht, dann rennt er hinter uns her und schreit, wir sollen anhalten. Giulio und ich können nicht aufhören zu lachen. Selbst Ama und Duccio kringeln sich vor Lachen. Pado brüllt und fuchtelt wie wild mit den Armen. Seine laufenden Beine füllen die Seitenspiegel mit Bildern von zusammenhanglosen Tanzschritten. Ama blickt abwechselnd in die beiden kleinen, silbrigen Glasvierecke, um Pado zu betrachten. Sie lächelt vor sich hin und zieht mit ihrem Lächeln die uns nachsetzende Gestalt immer näher an sich heran.

Pado ist jetzt direkt hinter uns. Sein Gesicht erscheint zwischen den Linien des Metallgitters auf der Heckscheibe. Seine Augen blinzeln in der Sonne. Wir fahren langsamer und biegen in die Einfahrt eines Hauses ein. Pado reißt die Tür auf, atemlos und schwitzend.

«Sehr komisch», keucht er. «Wirklich verdammt komisch.»

«Geschieht dir recht», kichert Ama.

Auf dem ganzen Weg zu Nonno zurück versuchen wir, nicht mehr zu lachen, und wir wissen, daß wir Ama nicht ansehen dürfen, falls wir doch lachen müssen. Ich bewahre diesen Augenblick auf. Ich gebe ihm seinen festen Platz – ein Bild, das ich gegen die Kopfschmerzen einsetzen kann, wenn sie kommen.

Als wir in die Auffahrt zum Haus einbiegen, flüstert Ama Pado etwas ins Ohr.

«Was?» fragt er.

«Denk daran, deiner Mutter zu sagen, sie soll aufhören, immer an mir rumzunörgeln», wiederholt Ama. «Ich habe wirklich keine Lust dazu. Ich werde mich nicht länger hinsetzen und mir ihre gemeinen Bemerkungen anhören.»

Pado schaut sie an und ist unsicher, was er sagen soll. Auf dem Rücksitz schauen wir einander an. Vielleicht wartet Pado darauf, daß wir aussteigen. Er fährt langsamer und parkt vor dem Schuppen. Wir klettern schnell aus dem Auto, um sie allein zu lassen, aber Ama steigt mit uns aus und macht ihre Tür zu. Pado bleibt auf seinem Sitz und starrt auf die Risse in der Schuppenwand.

Nachts dann im Bett betrachte ich die Geckos, die draußen in den Fensterbögen herumflitzen. Es fängt schon fast an, hell zu werden. Ich kann jemanden im Garten sehen, bei der Gruppe von Feigenkakteen auf den Stufen, die in den ersten Weinberg hinunterführen. Es ist Ama. Sie hat ein langes Nachthemd an und ein Paar kaputte

Strohschuhe, die Nonna anzieht, wenn sie Kräuter pflückt. Ama schaut nach, ob an den Kakteen Früchte sind. Vorsichtig den Dornen und den Brombeerranken darunter ausweichend, untersucht sie jede Pflanze. Sie hält den Kopf gesenkt, ihr Kinn verschwindet in den Falten ihres Nachthemds. Von hier hat sie im Dämmerlicht das gleiche Profil wie Machance. Ich hoffe, ihr fehlt nichts. Ich ziehe mir die Schuhe an und laufe im Schlafanzug zu ihr hinaus.

«Was machst du, Ama?»

Sie blickt überrascht auf. «O nein, Jean-Pio, jetzt sag bloß nicht, daß du wieder deine verdammten Kopfschmerzen hast!»

«Nein, ich –»

Ama unterbricht mich entnervt. «Hör zu, der Arzt in England hat gesagt, dir fehlt nichts. Bitte geh jetzt wieder ins Bett. Los, ab mit dir!»

«Aber ich wollte doch bloß –»

«Tu ausnahmsweise einfach mal, was ich sage!» bittet Ama.

Ich stehe sprachlos da, wie festgenagelt.

Ama sieht mir in die Augen. Sie wartet ein paar Sekunden, daß ich gehe. Ich kann mich immer noch nicht rühren, starre sie bloß an. Da schreit sie los, und ihre Stimme sticht wie eine Nadel in die Luft: «Sag mal, Jean-Pio, glaubst du wirklich, du bist, verdammt noch mal, der einzige hier, der Kopfschmerzen hat? Los, sag's mir! Denkst du jemals daran, wie es anderen Leuten geht? Hast du eine Vorstellung davon, wie es für mich ist? Meine Mutter nicht gesund und Grand Maurice tot? Und dieses elende Herumreisen und daß ich jetzt hier in diesem verdammten Haus bin, wo mir deine Großmutter den ganzen Tag hinterherrennt wie ein Hund? Wenn einem das keine Kopfschmerzen macht! Das ist ein wirkliches Problem, eine absolute Vergeudung von Lebenszeit!»

Sie kickt mit dem Fuß auf den Boden, heftiger und immer heftiger, bis ihre Schienbeine mit feinem braunem Staub bedeckt sind. «Eine absolute Vergeudung von Lebenszeit, das ist es. Verstehst du das? Kannst du das verstehen? Eine totale Vergeudung von Lebenszeit!» wiederholt sie.

Ama ist ganz benommen von ihren eigenen Worten, benommen und vorübergehend sprachlos. Sie läßt mich nicht aus den Augen, als ich mich umdrehe und zum Haus gehe. Dann läuft sie mir nach, packt mich und zieht mich zu sich heran. Sie drückt mich so fest an sich, daß ich kaum Luft bekomme. Sie vergräbt das Gesicht in meinen Haaren. Sie weint, stetig und leise. Ich spüre ihre nassen Augen auf meiner Kopfhaut. Sie hält mich fest, zieht mich immer fester an sich. Wir stehen eng aneinandergeschmiegt da. Dann läßt sie mich los und küßt mich.

«Es tut mir leid, mein Liebling, es tut mir schrecklich leid.»

Ich gehe zur Hintertür und öffne sie. Ama verschwindet die Stufen zum Garten hinunter. Ich gehe durch die Küche. Ich bin wie vor den Kopf geschlagen nach ihren Worten. Krampfhaft suche ich nach etwas, das ich an die Stelle dieses Augenblicks setzen kann. Zermartere mir das Hirn. Es kommt nichts.

Plötzlich steht Nonna hinter mir.

«Danke, daß ihr mich geweckt habt!» sagt sie. «Ihr habt ja einen schönen Krach gemacht! Was hat denn deine Mutter jetzt schon wieder?»

«Nichts», sage ich. «Es ist meine Schuld. Ich konnte nicht schlafen.»

«Schon wieder diese Kopfschmerzen! Dein Vater hat mir davon erzählt. Was für eine Art, Kinder aufzuziehen, also wirklich.» Sie fährt mir durchs Haar und nimmt mich beim Arm. Sie zieht mich den Flur entlang.

Sie hämmert an die Tür von Pados und Amas Schlafzimmer.

«Nein, nicht! Pado schläft!» versuche ich ihr zu sagen.

Nonna ist es egal. Sie klopft wieder, und als keine Antwort kommt, stößt sie die Tür auf und macht das Licht an. Pado reißt die Arme hoch und hält sie sich vor die Augen, weil es so hell ist.»

«Der Junge hat Kopfschmerzen!» sagt sie, auf mich zeigend.

Pado blickt, noch gar nicht richtig wach, im Zimmer herum.

«Was? Wer? Wo ist Ava?»

«Woher soll ich das wissen? Sie ist doch deine Frau!» sagt Nonna verärgert. Sie dreht sich um und sagt im Hinausgehen, daß Pado etwas für mich tun soll.

Pado setzt sich im Bett auf. Ein paar aufgeschlagene Bücher haben sich bei seinen Füßen in den Laken verirrt.

«Was hast du? Kopfschmerzen?» fragt er und sieht mich verschlafen an. «Geh wieder schlafen, das ist das beste bei Kopfschmerzen.» Pado stopft sich ein Kissen in den Rücken und lehnt sich gegen die Wand. «Treib deine Mutter auf, und sag ihr, sie soll wieder ins Bett kommen», setzt er müde hinzu.

Ich möchte ihm sagen, daß Ama in kaputten Schuhen im Garten herumläuft. Ich möchte ihm sagen, daß ich gar keine Kopfschmerzen habe. Daß Ama diejenige ist, der es nicht gutgeht. Ich knipse nur das Licht aus und gehe hinaus.

11

Es ist Zeit, wieder in Richtung England aufzubrechen, via Lyon, zu einer Tagung der europäischen Histopathologen. Giulio und ich wollen nicht weg. Wir laufen im Garten umher, um jede Minute, jede Sekunde, bevor wir wieder ins Auto steigen müssen, auszudehnen. Ich möchte ein letztes Mal in den Weinberg gehen. Ich will die Kaulquappen flußabwärts treiben bis dorthin, wo nur noch Wald ist und man mit dem Traktor nicht ans Wasser kommt. Ich versuche Pado einzureden, daß ich etwas im Weinberg vergessen habe. Statt dessen gibt er mir Koffer und Kartons zu tragen, um sicherzugehen, daß ich nicht verschwinde. Dann erzählt Pado mir, daß wir in Lyon wahrscheinlich Alberto Devoti treffen, einen Freund und Kollegen von ihm. Anscheinend ist ihm ein großer Durchbruch bei der Erforschung von Kopfschmerzen gelungen.

«Er kann dir bestimmt helfen», versichert mir Pado.

Er drückt mir Professore Devotis Buch in die Hand. Ich betrachte das Bild des Verfassers hinten auf dem Umschlag. Er sitzt mit übergeschlagenen Beinen an einem Schreibtisch. Auf einem Bord im Hintergrund steht ein Mikroskop. Ich will ihn nicht kennenlernen.

Wir müssen einsteigen. Nonna packt Pado. Sie hält seinen Kopf und küßt ihn auf die Stirn, preßt ihre Lippen auf die lange, nicht sehr tiefe Falte über seinen Augen. Sie seufzt: «Auf Wiedersehen, *figlio mio*, paß gut auf dich auf. Komm bald wieder. Bitte!» Sie umarmt uns alle. Als ich sie zu lange festhalte, schiebt sie mich mit einem Lächeln sanft weg und bringt ihre Bluse in Ordnung. Pado verstaut die restlichen Sachen im Auto, und Nonno sieht ihm besorgt dabei zu, denn heute ist Amas dreiunddreißigster Geburtstag, und bis jetzt hat ihn noch keiner erwähnt. Ama hat seit dem Frühstück praktisch noch nichts gesagt. Wenn man sie etwas fragt, antwortet sie kaum, und wenn man ihren Namen sagt, nickt sie bloß. Wir fahren los; Nonno winkt uns vom Rand des Weinbergs aus nach, und ich wende den Blick nicht von seiner verschwindenden Gestalt, trage seine Silhouette in mir, auf der Reise und für immer.

Ama krümmt sich auf dem Vordersitz zusammen und schließt die Augen. Pado greift hinüber und sucht ihre Hände. Er will ihre Fäuste öffnen. Sie gibt nicht nach. Ihre Augen sind fest geschlossen, ihre Fäuste geballt, die Zähne zusammengebissen. Es gibt keine Musik, keine ablenkenden Spiele, nichts Interessantes am Straßenrand wie Kirchen oder Kühe, nur eine still vor sich hin kochende Erbitterung. Als Ama schließlich bei einer sauberen Tankstelle zur Toilette geht, stellt Pado den Motor ab und erklärt uns ruhig, daß wir den Geburtstag nicht erwähnen sollen. Keiner soll «Alles Gute zum Geburtstag» oder «Herzliche Glückwünsche» sagen, nichts dergleichen. Höchstens ein Lächeln, wenn es sein muß, aber zum richtigen Zeitpunkt, sonst nichts. Wir möchten alle wissen, warum, weil Geburtstage normalerweise dazu da sind, daß man Kuchen und Geschenke bekommt – Ama selbst hat das gesagt. Pado erklärt uns, so gut er kann, daß Ama nicht allzu glücklich ist über die dauernde Herumfahrerei.

«Sie hätte sich wahrscheinlich etwas Gemütlicheres gewünscht, als den Tag im Auto zu verbringen. Versteht ihr? *Capito?*» sagt er.

Ama taucht mit einem zornigen Ich-weiß-daß-ihr-von-mir-geredet-habt-Blick wieder auf, steigt ein und zieht die Tür zu. Sie beobachtet die vorbeifahrenden Lastwagen, und in ihren Pupillen flackert die Außenwelt. Ich sinke auf meinen Sitz zurück. Duccio liest das Register in seinem Buch. Giulio schläft ein. Pado überholt den Wagen vor uns; er will um jeden Preis woandershin.

Vielleicht ist alles meine Schuld. Diese Fahrt zu einem Arzt, der nicht weiß, wie er helfen soll, weil niemand das mit den Kopfschmerzen verstehen kann. Vielleicht liegt es an den Gedanken, die ins Auto hineingesickert sind und die ich nicht schnell genug aus dem Weg räumen kann. Vielleicht sind sie es, die Amas Leben kaputtmachen. «Eine totale Vergeudung von Lebenszeit!» hat sie geschrien. Ich möchte, daß Ama so glücklich ist wie früher – so, wie sie mit Elizabeth lacht, so, wie sie lächelt, wenn Pado von einer Konferenz wiederkommt. Ich sammele glückliche Erinnerungen und schicke sie ihr in Gedanken. Ich stelle sie mir vor, wie sie am Strand entlanggeht, bevor wir auf die Fähre fahren, wie ihre Zehen sich über die Kieselsteine tasten und ihre Hände nach dem Himmel greifen. Ich denke angestrengt nach und kämpfe gegen die schlechten Tage, die Tage, an denen die Fäden der Nähte von Amas Vordersitz lose sind, weil ihre erregten Hände sie herausgezogen haben, und die Sorgen von Machance, die allein in England ist. Und dann Grand Maurice, der am Grunde eines Sees im Schlamm versank, während Machance ihn zu Hause zurückerwartete und aus dem Fenster in die Rebstöcke schaute. Vielleicht hatte sie ihm ein Glas Wein eingegossen. Vielleicht war es nie abgeräumt worden. Es stand da und wartete ewig. Die Flüssigkeit verwandelte sich in ein schimmeliges Braun und ließ einen trockenen, glatten Rand des Verlusts auf dem Glas zurück.

Ama hat uns einmal erzählt, daß Machance erst wirklich nervös wurde, als der Abend kam. Grand Maurice war oft bis zum Abendessen weggeblieben, hatte auf dem Weg vom See auf Wiesen oder in Dörfern eine Pause eingelegt. Aber an diesem Abend kam er nicht zurück. Machance ging mit einer Taschenlampe an den Weinbergen entlang und rief seinen Namen. Sie stieg auf den Hügel oberhalb des Hauses und sah zu, wie sich die Wege allmählich in der brausenden Nacht verloren. Sie horchte, ob das vertraute Geräusch seiner Schritte und seines Stocks auf dem harten Boden zu vernehmen war. Sie ließ die Küchentür offen und saß da auf einem Stuhl und wartete. Sie aß nichts. Sie konnte das in den Küchenschränken angehäufte Essen nicht erreichen, weil ihre Arme zerbrechlich waren vor Angst. Sie legte oben im Schlafzimmer ihre Sachen immer wieder neu zusammen, blickte in die Bäume draußen und bat sie, sie abzulenken. Sie ließ die Fensterläden offen, und die Nachtkäfer stießen enttäuscht gegen die Scheiben. Am nächsten Morgen, als es immer noch kein Zeichen von Grand Maurice gab, ging Machance zur Polizei. Die schickte Suchtrupps los durch die Weinberge und Felder und gab ihnen einen Hund mit, der ihnen half. Machance fuhr mit dem Bürgermeister des Dorfes im Auto die Wege ab, und sie hielten an den Stellen, die Grand Maurice liebte. Sie dachte an die Kaninchenfalle und daß etwas Ähnliches wieder passiert sein könnte. Sie bat die Bauern, ihre Gräben und Fallen zu überprüfen. Die Polizei ging zum See und fand nichts. Niemand fand irgend etwas, nur einsame Straßen und Leere. Die ersten zwei Tage machte Machance weiter wie immer und hoffte, Grand Maurice würde einfach wieder auftauchen. Sie machte, was sie sonst auch machte, und der Gang zur Post, um uns in England anzurufen, wurde eine neue kleine Gewohnheit für sie. Am dritten Tag hörte sie mit allem auf. Jetzt fing der Kummer an. Er riß die ganze Woche mit sich, bis ein Polizist vor der Tür stand und ihr sagte, daß ein Fischer die Leiche von Grand Maurice gefunden hätte, von Wasserpflanzen umwickelt und hin und her wogend über dem schlammigen Grund. Da verschloß Machance sämtliche Türen und Fenster und saß allein in ihrem Haus, bis sie wieder sprechen konnte, aber ihre Worte reichten nur aus, um die Beerdigung zu überstehen und nach England zu fahren.

Ich betrachte Amas Hinterkopf, ihre zusammengehaltenen und am Sitz nach oben gedrückten Haare. Da schreit Pado mich an: «*Ma non è vero?* Du hast nicht ordentlich aufgepaßt, Jean-Pio! Sieh dir die verdammte Benzinuhr an! *Merda!*»

Plötzlich ist das Licht rot geworden. Ich kann es nicht glauben. Wann? Wie?

«Jetzt reg dich nicht auf», fährt Ama ihn an. «Es ist doch dein Fehler, verdammt noch mal, wenn du nicht nachsiehst, wann wir zuletzt getankt haben! Soll der Junge denn alles machen?»

Pado würde zu gerne dankbar sein, daß Ama endlich etwas gesagt hat. Statt dessen machen ihn ihre Worte wütend. «Wir tanken eben in der nächsten Stadt», knurrt er.

«Du weißt schon, daß heute Sonntag ist, oder?» setzt Ama hinzu.

Normalerweise hätte Ama zu Pado gesagt, daß wir es nicht eilig haben, daß es nichts bringt, Nebenstraßen zu fahren, bloß um die eine oder andere Minute einzusparen, aber heute war ein Tag, an dem sie nicht reden konnte. Jetzt ist es zu spät. Vielleicht sollten wir anhalten und darüber sprechen, einen Plan machen, weil wir eindeutig mitten in der Wüste sind. Das letzte Dorf oder die letzte Stadt liegt mindestens zehn Kilometer hinter uns.

«Pado», platze ich heraus, «vielleicht sollten wir umkehren!»

Er sieht aus den Augenwinkeln zur Benzinuhr. «Mach dir keine Sorgen, es kommt bestimmt bald eine Stadt.«

«Was für eine Stadt soll das denn sein, Gaspare?» fragt Ama.

Ich kann nicht glauben, daß ich die Kilometer nicht überprüft habe. Für gewöhnlich tue ich das nämlich jedes

Mal, wenn wir volltanken. Ich rechne aus, wie viele Kilometer wir mit der Menge Benzin fahren können. Diese Entfernung schaffe ich immer vor dem roten Licht. Ich sinke auf meinen Sitz zurück. Duccio und Giulio sehen mich merkwürdig an. Duccio irrt sich nie beim Kartenlesen, und Giulio hält immer Pados Tagungsunterlagen in Ordnung. Ich sehe hinaus, halte verzweifelt nach der nächsten Stadt Ausschau. Aber überall sind nur Kornfelder und noch mehr Felder. In jeder Kurve bin ich sicher, daß jetzt ein Dorf kommt, aber immer ist es nur ein Weiler und keine Menschenseele in Sicht. Pado bittet Duccio nachzusehen, wie weit es bis zur nächsten Stadt ist. Duccio breitet seine Karte aus und mißt die Entfernung mit dem Daumen. Er schätzt, daß es ungefähr zwanzig Kilometer sind.

«Das sollten wir schaffen», seufzt Pado erleichtert.

Wir erreichen den Hauptplatz einer kleinen Stadt. Menschen strömen in die Kirche. Die Glocken läuten über uns. Alle Bürgersteige sind vollgeparkt. Die Fensterläden der Häuser sind gegen die Sonne geschlossen. Die Tankstelle am anderen Ende der Stadt hat zu.

Pado meint, wir sollten weiterfahren bis zur nächsten Stadt, die nur noch acht Kilometer entfernt ist. «Da hat bestimmt eine Tankstelle offen», sagt er.

Ama besteht darauf, daß wir bleiben. «Auf keinen Fall brechen wir mit nur ein paar Tropfen Benzin im Tank ins Ungewisse auf. Sei vernünftig!» faucht Ama, die mit verschränkten Armen am Auto lehnt.

Also marschiert Pado in die Kirche, um den Tankstellenbesitzer zu suchen. Mit einem großen Mann, Gino, kommt er wieder heraus. Dieser erklärt, daß er Pado schrecklich gerne helfen würde, daß er aber seit Tagen kein Benzin mehr geliefert bekommen hat. Er wartet immer noch. Nicht einmal einen Kanister kann er uns geben. Wir danken ihm freundlich und steigen wieder ein.

Pado ist eisern. «Wir haben keine Wahl. Wir müssen bis zur nächsten Stadt weiterfahren. Vielleicht können wir da wenigstens einen Kanister kaufen.»

Ama zischt etwas von «blöden Abkürzungen» und «in Italien ist immer alles geschlossen».

Wir verlassen die Stadt. Pado stellt jedesmal, wenn wir auf einer Anhöhe angekommen sind, den Motor ab und läßt den Wagen hinunterrollen. Nach ein paar Kilometern fängt der Motor bei einem riesigen Maisfeld an zu stottern und bleibt stehen. Pado tritt das Gaspedal mit voller Wucht durch, aber das Auto bewegt sich nicht. Ama kocht.

Wortlos steigt Pado aus. Er sucht im Kofferraum nach einem Benzinkanister und macht sich mit einem halb entschuldigenden, halb Wagt-ja-nicht-einen-Ton-zu-sagen-Winken zur nächsten Stadt auf. Wir sehen ihn, wie er flott die Straße entlangmarschiert. Er verschwindet in einer Senke, taucht weiter hinten wieder auf, kleiner. Ich kann nicht glauben, daß ich die Benzinuhr nicht überprüft habe. Was habe ich getan? Ama befiehlt uns auszusteigen. Sie bleibt bei hochgekurbelten Fenstern sitzen. Nach einiger Zeit hören wir sie weinen und sich mit ihren letzten Papiertaschentüchern die Nase putzen. Sie legt eine Liszt-Kassette ein und starrt mit ausdruckslosem Gesicht durch die Windschutzscheibe. Pado sagt, daß es die Autobatterie zu stark beansprucht, wenn man bei abgestelltem Motor das Bandgerät laufen läßt. Aber das ist ihr offensichtlich egal. Jetzt jedenfalls. Sie lehnt den Kopf ans Seitenfenster, und ihre weiße Wange spiegelt sich weich im Glas. Ich gehe ums Auto und versuche, sie auf mich aufmerksam zu machen und sie dazu zu bewegen, mir irgendein Zeichen zu geben, egal, was für eins.

Auf dem Feld, neben dem wir stehen, entwickeln Duccio und ich eine Methode, wie vertrocknete Maisstengel in Katapulte verwandelt werden können. Giulio zerrupft

Gras und häuft es auf. Wenn Pado nicht rechtzeitig zurückkommt, sagt er, brauchen wir eine Unterlage zum Schlafen. Schließlich steigt Ama aus dem Auto und findet unter einem Baum genug Schatten, um ihr Buch zu lesen. Giulio ist davon überzeugt, daß Ama vergnügter wird, wenn er für sie «Happy Birthday» singt. Ich bringe ihn davon ab. Wir sollten ihren Geburtstag nicht erwähnen, hat Pado gesagt. Duccio meint, das wäre gewesen, bevor wir stehengeblieben sind. Jetzt hat sie wirklich einen schlechten Geburtstag. Wir müssen uns schnell etwas einfallen lassen. Was ist, wenn Pado kein Benzin finden kann? Was ist, wenn wir hierbleiben müssen? Giulio ist der Meinung, daß er etwas für Ama tun muß. Er fängt an, von den Kohlpflanzen auf dem nächsten Feld Blätter abzureißen und von Erde zu säubern.

«Was machst du da?» fragen wir.

«Einen Kuchen für Ama», sagt er leise.

Ich folge seinem Beispiel und pflücke Kohlblätter. Sie sind hart und zäh, mit weißen Rändern. Ich zerreiße sie in kleine Stückchen und zerquetsche sie auf einem flachen Stein zu Brei. Aus dem Brei formen wir Klumpen. Die Klumpen kommen auf ein großes Blatt und werden zusammengepreßt. Dann garnieren wir die Ränder mit trockenen Stöckchen.

In einer Prozession tragen wir den Kuchen zu Ama hinüber. Sie bemerkt uns erst, als wir direkt vor ihr stehen. Erschrocken sieht sie auf, und wir schmettern los: «Happy birthday to you! Happy birthday to you! Happy birthday, liebe Ama!»

Verwirrt steht sie auf. Dann lehnt sie sich an den Baum und dreht sich um, die Stirn am Stamm. Wir reichen den Kuchen von einem zum andern und warten, daß sie sich wieder uns zuwendet. Das tut sie nicht. Duccio macht einen Schritt nach vorn und zieht an ihrer Bluse. «Ama, was ist los?»

Ama klammert sich noch fester an den Baum. Ihr vornübergebeugter Rücken zittert, Tränen fließen in ihre Worte. «Es tut mir leid, Jungs, es tut mir leid.»

Sie dreht sich um den Baum, ohne den Stamm loszulassen. Mit einer Hand nimmt sie unseren Kuchen und flüstert: «Was täte ich bloß ohne euch?» Dann sagt sie: «Geht schon. Geht spielen.» Wir stehen eine Weile herum, bevor wir weggehen, schauen uns aber immer wieder nach ihr um. Dann rennen wir, jeder in eine andere Richtung, und versuchen an ein Spiel zu denken, das uns ablenkt.

Ama geht zum Auto, um etwas zu trinken zu holen. Die Mineralwasserflasche im Kofferraum hat praktisch gekocht. Sie legt sie in den Schatten, damit sie abkühlt. Vor uns hält auf der Straße ein Lieferwagen. Das ist das erste Fahrzeug, das vorbeikommt, seit Pado losgegangen ist.

Ein großer Mann mit einem Hund steigt aus und kommt auf uns zu. «Signora Messina!» ruft er. Es dauert eine Weile, bis uns klar wird, daß es Gino aus der letzten Stadt ist. Er erzählt uns, daß ihn Pado vor ungefähr einer halben Stunde von der Tankstelle in der nächsten Stadt aus erschöpft angerufen hat, um zu sagen, daß diese Tankstelle auch geschlossen ist. Er, Gino, hat ihn schon abgeholt und über die Schnellstraße zurückgebracht, und jetzt ist er gekommen, um uns zu holen. Mit einem Seil bindet er das Auto an seinem Lieferwagen fest, und wir schaukeln durch die Kornfelder. Ama lenkt das Auto, das geräuschlos rollt. Gino erzählt uns, daß der Tankwagen nun endlich kommen und Benzin liefern wird. Sobald er dagewesen ist, können wir weiterfahren. Vor Ginos Zapfsäule steigen wir aus dem Auto. Dann erkennt Ama plötzlich Pado, der mit Ginos Familie im Haus an einem langen Tisch sitzt und sich gerade aus einer Schüssel etwas zu essen nimmt. Vor seinem Teller liegt ein wenig Parmesan verstreut. Gino bittet uns herein, aber Ama bleibt draußen und setzt sich auf eine Bank neben dem Auto. Sie zieht ein Buch aus der Tasche und liest. Wir rennen zum Haus und stürzen uns auf das Essen, das uns vorgesetzt wird. Im Nebenzimmer sehen Leute die Nachrichten. Der Fernseher plärrt. Aldo Moro hat einen weiteren Brief aus seiner Gefangenschaft geschrieben. Mein ganzer Körper krampft sich zusammen.

Alle essen weiter und hören den Nachrichten zu. Ich kann nicht mehr essen. Ich lasse meine Gabel auf den Tisch fallen. Ich schaue zu, wie auf dem Bildschirm Leute kommen und gehen, Erklärungen abgeben, verzweifelt sind, sich vor der Kamera verstecken, um ihren Schmerz zu verbergen. Ich muß schnell an etwas anderes denken. Ich laufe über den Asphalt zu unserem Auto. Ich klettere auf meinen Sitz und beobachte von dort Ama auf ihrer Bank. Ich kann mich auf nichts konzentrieren. Was machen sie mit Aldo Moro? Wo ist er? Vielleicht irgendwo hier in der Nähe, gefesselt und geknebelt in einem Keller, im Hinterzimmer eines Ladens? Vielleicht ist er in einer Höhle, irgendwo auf dem Land, ganz einsam. Was denkt er, so ganz allein, im Dunkeln? Ich zermartere mir das Hirn, suche nach einem Gedanken, einem Bild, um all das auszulöschen. Giulio kommt und klopft ans Fenster. Er sagt, daß Duccio meinen Teller aufessen will.

Wir tanken voll, dank Gino und seiner Familie. Ama steigt ins Auto und knallt die Tür zu. Pado sieht auf die Uhr.

«Gut, wir müßten eigentlich immer noch rechtzeitig nach Lyon kommen.»

Er bittet Duccio, uns um Genua herumzudirigieren. Duccio studiert die Karte. Pado fährt schnell. Der volle Benzintank gibt ihm neue Energie. Ama lehnt den Kopf zurück und schließt die Augen. Ihre gefalteten Hände hat sie vor sich auf dem Schoß liegen. Von Zeit zu Zeit hört man sie hastig die Luft einziehen. Ich beobachte, wie ihre Brust sich hebt und senkt beim Atmen, verkrampft ist vor lauter eingeschlossenem Schweigen. Um uns ragen Fabriken in die Höhe, umzingeln uns. In der Ferne taucht Genua auf. Lange Reihen von Lastwagen, hochbeladen mit Zement und Kies, verstopfen die Straße. Wir folgen ihnen im Schrittempo. Bald bedeckt eine dünne, graue Staubschicht Windschutzscheibe und Fenster. Der Staub dringt durch die Lüftungsschlitze und erfüllt das Auto mit einem erstickenden Nebel. Pado überholt die Lastwagen, schert zwischen ihren donnernden Rädern blitzschnell ein und aus. Sie überschütten uns mit immer mehr Staub. Er wirbelt im Wageninnern herum wie ein Sturm. Giulio hustet, und Ama rührt sich nicht. Ihre Augen sind fest geschlossen, wollen sich um keinen Preis öffnen.

Wir lassen die Lastwagen von Genua hinter uns und kommen in eine Stadt. Wir fahren die Hauptstraße entlang, mit heruntergekurbelten Fenstern, damit der Staub abzieht, als Ama plötzlich die Augen aufmacht, sich gerade hinsetzt, ihr Kleid glattstreicht und mit aller Kraft «HALT!» schreit. Pado macht eine Vollbremsung, und wir alle sehen sie erstaunt an. Auf das Armaturenbrett hämmernd, erklärt Ama Pado, daß jetzt Schluß ist. Sie kann nicht mehr. Sie will nicht mehr ständig unterwegs sein, will keine Tagungen mehr, keine schmutzigen Hotels und keine belegten Brote mehr. «Ich will ein Leben, Gaspare! Ich will, verdammt noch mal, ein richtiges Leben!»

Sie bricht in ein gewaltiges atemloses Schluchzen aus. Ihre Tränen bahnen sich durch den feinen Staub auf ihrem Gesicht einen sauberen Weg. Duccio fragt, ob wir aussteigen sollen. Pado meint, es ist besser, sitzen zu bleiben und weiterzufahren.

«Nimm mich gefälligst zur Kenntnis, verdammt noch mal! Ignoriere mich nicht einfach!» schreit Ama. Um zu verdeutlichen, was sie meint, macht sie das Handschuhfach auf, rafft seinen Inhalt zusammen und wirft die Sachen aus dem offenen Fenster. «Schluß!» wiederholt sie.

Vom Rücksitz aus kann ich die Liszt-Kassette, die Ama am liebsten mag, auf dem Asphalt liegen sehen, in einem bunten Durcheinander davonwehender Zeitungsausschnitte. Pado fährt weiter, zuerst langsam und zögernd, um zu sehen, wie sie reagiert. Dann gibt er Gas, und wir brausen durch die Stadt. Ama sagt warnend zu Pado, er soll anhalten. «Gaspare, hast du nicht gehört? Ich habe ‹anhalten› gesagt, verdammt!»

Wir brausen weiter, streifen Bordsteine, ignorieren Schilder. Wir kommen zu einer roten Ampel, vor der ein paar Autos warten. Pado hupt nervös. Ama stößt mit dem Fuß die Tür auf, dreht sich zu uns um und sagt: «Los, Jungs!»

Wir starren erst sie an, dann Pado.

«Ganz wie ihr wollt», seufzt sie und steigt aus. Entschlossen geht sie die Straße hinunter. Pado fährt schnell in eine Parklücke.

«Wo geht sie hin?» stottert Giulio.

Ich steige aus und laufe hinter ihr her. Giulio gleichfalls, und so stürmen wir den Gehweg entlang und rufen keuchend, Ama solle stehenbleiben. Wir umklammern ihre Beine. Sie hält uns fest und drückt uns mit zitternden Händen in die Falten ihres Rockes, die uns einhüllen.

Jetzt ist auch Pado bei uns. Er verstellt Ama den Weg. Duccio steht neben ihm; unbeholfen hält er die Karte fest und weiß nicht, wohin er schauen soll.

«Was, zum Teufel, ist in dich gefahren?» schnauzt Pado Ama an. «Was soll das Ganze? Wir kommen noch zu spät nach Lyon.»

Ama sieht aus, als würde es sie zerreißen.

«Sag mal, bist du taub, Gaspare? Ich habe ‹Schluß› gesagt. Genug! Kannst du das nicht verstehen? *Basta!* Es reicht!»

Ama stößt Pado zur Seite. «Genug. Es reicht. *Je n'en peux plus!*» wiederholt sie, ihm ins Gesicht. Und zu uns gewandt, schon im Gehen: «Kommt, Jungs. Das Meer kann nicht so weit weg sein.»

Wir stürzen ihr nach. Duccio drückt Pado die Karte in die Hand und folgt uns.

«Komm zurück, Ava!» brüllt Pado die Straße hinunter.

Ama bleibt vor einigen Schaufenstern stehen. Sie geht in ein Geschäft und kauft Handtücher und Sonnenschutzcreme. Sie fragt nach dem Weg zum Meer und sagt zu dem Ladenbesitzer: «Können Sie sich vorstellen, daß diese Kinder hier noch nie einen Tag am Strand verbracht haben?»

Der Ladenbesitzer sieht uns merkwürdig an. Auf dem Platz gegenüber ist ein großer Markt. Wir schlängeln uns zwischen den Ständen hindurch. Zwischen Palmen und Reklametafeln ragen Hotels empor. Amas Laune bessert sich. Sie sagt, wir sollen den Geruch des Meeres einatmen. Giulio bemerkt die erste Möwe.

«Los!» schreit er aufgeregt und läßt sein neues Handtuch um seinen Kopf kreisen.

Ama sagt, er wird noch jemandem das Auge ausschlagen, wenn er so weitermacht. Sie sieht als erste das Meer, einen blauen Fleck, der zwischen zwei Gebäuden auftaucht. Wir laufen um die Wette die Straße hinunter, weil Ama behauptet hat, daß sie schneller laufen kann als wir alle zusammen. Vor uns wird plötzlich das Meer sichtbar.

Es ist kaum jemand am Strand. Der Ladenbesitzer hatte uns gewarnt, er sagte, daß das Meer ein bißchen kalt sein könnte. Es ist eisig.

«Vielleicht ist Mai doch zu früh zum Schwimmen», ruft Ama lachend und hüpft im flachen Wasser von einem Fuß auf den anderen.

Duccio und Giulio wollen schwimmen. In ihren Unterhosen hechten sie ins Wasser und stoßen schrille Schreie aus, weil es so weh tut. Giulio verschwindet in einer heranbrandenden Welle. Ama sagt ihm, er solle in ihrer Nähe bleiben. Als ich hineingehe, ist es so kalt, daß ich einfach immer weiterschwimmen muß, um nicht zu schreien. Wir kommen zurück und breiten unsere Handtücher auf dem Sand aus. Giulio und Duccio sammeln Einsiedlerkrebse. Sie sammeln sie in einer alten Blechdose, die sie im Sand vergraben gefunden haben. Ama läßt Sand durch ihre Finger rieseln. Wir würden alle gern wissen, wo Pado ist, aber keiner wagt Ama zu fragen.

Amas Gesicht ist fleckig geworden. Sie schmiert es dick mit Sonnenschutzcreme ein. Ein Mann bleibt stehen und fragt sie, ob sie auch den Rücken eingecremt haben will. Er steht grinsend über ihr.

«Würden Sie mich bitte zufriedenlassen?» bittet Ama. «*Per favore!* Sehen Sie nicht, daß ich mit meinen Kindern hier bin?»

Als er weg ist, schimpft Ama leise hinter ihm her. Giulio meint, das mit dem Eincremen ist eine komische Frage gewesen.

«Lohnt sich gar nicht, darüber nachzudenken», beruhigt Ama ihn und windet sich ein Handtuch um den Kopf. Ein anderer Mann geht vorbei, der Pepsi und Eis verkauft. Wir beobachten das Kommen und Gehen der Leute. Amas Gesicht schwillt in der Hitze an.

«Mist», klagt sie, «ich dachte, mit meiner Sonnenallergie sei es besser geworden.» Wir stehen um sie herum und geben ihr mit unseren Handtüchern Schatten, aber die Sonne ist zu heiß. «Ich muß mir einen Schirm besorgen», beschließt Ama. «Aber ihr könnt hier nicht bleiben.»

Zusammen gehen wir den Strand entlang. Ich laufe zurück, um die Büchse mit den Einsiedlerkrebsen zu holen. Als Duccio und Giulio nicht hinsehen, schleudere ich sie ins Meer zurück, einen nach dem anderen, im Weitergehen. Duccio ertappt mich und wirft mir Sand ins Gesicht. Das ist mir egal. Die Einsiedlerkrebse sind in Sicherheit, jeder ist, von einem Gedanken begleitet, ins Meer zurückgeschickt worden. In einiger Entfernung sehen wir eine Bar. Es gibt eine schwarze Tafel, in einem Kübel eingepflanzt, auf der man lesen kann, was es zu essen gibt. Ama läßt uns am Tresen zurück und geht weg, um sich einen Sonnenschirm zu kaufen. «Bleibt, wo ihr seid, rührt euch nicht vom Fleck!»

Der Mann hinter dem Tresen gibt uns drei Flaschen Limonade und versichert, Ama kann bezahlen, wenn sie zurückkommt. Wir haben das noch nie gemacht, und Duccio hat seine Bedenken. Aber wir sagen uns, daß wir es einmal ausprobieren müssen, und trinken die sprudelnde Flüssigkeit mit Strohhalmen.

«Schmeckt eklig», sagt Giulio, verzieht das Gesicht, spuckt aus und reicht mir seine Flasche.

Ich bin mir auch nicht sicher, ob mir das Ganze gefällt. Der Barmann kommt und fragt, ob wir etwas anderes trinken möchten. Wir können alles haben, was wir wollen, «diesmal umsonst». Giulio sagt, er würde lieber ein Eis essen, und ich will auch lieber ein Eis. Duccio ist der einzige, der noch eine Limonade haben will. Ein zweiter Mann kommt hereingeschlendert und knallt eine Kiste auf den Boden.

«Sind sie nicht einfach wunderschön, diese Kinder?» ruft der Barmann ihm zu. Er sagt, Duccio solle sich auf einen anderen Stuhl setzen, und dann stellt er ihm alle möglichen Fragen, auf die Duccio keine Antwort weiß. Schließlich, als wir unser Eis fast aufgegessen haben, kommt Ama zurück, mit einem riesigen Sonnenschirm, auf dem «Pepsi-Cola» steht.

«Wo habt ihr die her?» ruft sie verärgert, als sie unsere leeren Eisbecher sieht.

Duccio erzählt ihr, daß der Barmann uns netterweise Eis und Limonade geschenkt hat.

Sie ist wütend. «Das ist ganz schlecht für ihre Zähne!»

«Ach, aber sie sind doch so reizend, man muß sie einfach verwöhnen», sagt der Barmann lächelnd.

Ama wirft ein paar Lire auf den Tisch, «Grazie!», und bugsiert uns schnell hinaus. Als wir wieder am Strand sind, läßt sie uns nicht von ihrer Seite. Sie scheint furchtbar besorgt zu sein.

«Hat er dich berührt? Sag, hat er dich berührt?« fragt sie Duccio.

«Wie, berührt?» fragt er verwirrt zurück.

«Du weißt schon», sagt sie und tippt auf ihren Po.

Darüber lachen wir uns halb krank. Ama ist erleichtert. Giulio streckt ebenfalls seinen Po in die Luft, macht Ama nach, indem er immer wieder draufhaut, und rast dann hysterisch lachend am Strand auf und ab.

Hinter uns auf dem Strand parkt ein Auto. Es ist Pado. Er hat uns gefunden. Er sitzt auf der Motorhaube und sieht uns zu. Die Arme hat er auf der Brust verschränkt.

«Seht nicht zu eurem Vater hin!» warnt uns Ama.

Wir blicken hinaus aufs Meer, konzentrieren uns auf die Wellen und trauen uns nicht, uns umzudrehen. Aus dem Augenwinkel erkenne ich allmählich, daß Pado seine Ordner auf der niedrigen Mauer vor dem Auto ausbreitet. Er liest seine Bücher und markiert die Seiten mit einem Stift. Er sieht dabei immer wieder auf, weil er hofft, daß Ama zu ihm kommt. Das tut sie nicht. Sie zeigt uns, wie man Kieselsteine übers Wasser springen läßt und wie man Strähnen von Tang aufreißt, so daß es ein lautes Geräusch gibt.

Schließlich springt Pado über die Mauer und kommt durch den tiefen Sand auf uns zugestapft. Ama stößt bei seinem Näherkommen einen kleinen, erschöpften Seufzer aus. Als Pado Ama von nahem sieht, starrt er sie entgeistert an.

«Was, zum Teufel, ist mit deinem Gesicht passiert?»

«Gar nichts», erwidert Ama. «Laß uns allein!»

«Es ist ganz rot und geschwollen. Euer kleiner Strandurlaub ist offensichtlich ein großer Erfolg gewesen.»

«Ja wirklich, danke», erwidert Ama. «Wir haben sogar überlegt, ob wir nicht hierbleiben.»

«Ich denke, dein Scherz ist jetzt weit genug gegangen, Ava. Morgen früh müssen wir in Lyon sein.»

«Wir müssen nirgendwo sein!» zischt Ama.

«Falls du es vergessen hast, ich wollte Jean-Pio in Lyon mit meinem Freund Alberto Devoti zusammenbringen. Oder ist dir die Gesundheit deiner Kinder gleichgültig?» bemerkt Pado.

Ama ist vorübergehend aus dem Konzept gebracht und sieht mich um Entschuldigung bittend an. «Tut mir leid, Liebling, wie dumm von mir. Trotzdem», fährt sie fort und legt ihre Arme um meinen Kopf, «macht es eigentlich nichts aus. Was er braucht, ist ein richtiger Urlaub, so wie wir alle.»

«Und was, meinst du, waren die zwei Wochen bei meinen Eltern?» schreit Pado.

«Schöner Urlaub!» knurrt Ama zurück.

Pado willigt widerstrebend ein, daß wir ein Hotel suchen. «Aber nur für eine Nacht!» sagt er immer wieder, als wir ins Auto steigen.

«Das sehen wir dann», sagt Ama drohend.

Wir fahren die Strandpromenade entlang, halten und fahren weiter, lassen Ama aussteigen, damit sie sich nach den Zimmerpreisen erkundigt, und so von Hotel zu Hotel. Wir erreichen den Stadtrand. Wir drehen um und versuchen es mit den Hotels in den Seitenstraßen. Ama findet, das *La Spiaggia* sieht annehmbar aus. Sie verschwindet durch die Tür, über der ein Plastikhummer von einem Topf mit Geranien herabhängt. Wir haben zu tun, daß wir mit unserem ganzen Gepäck und Papierzeug hinterherkommen.

Im Zimmer wirft Ama ein schmutzig aussehendes Kopfkissen in den Schrank. Sie schlägt die Decken zurück und fährt mit den Händen über die Bettwäsche. Auf Duccios Bett ist ein Fleck.

«Jetzt sieh dir das an», beklagt sie sich. «Es ist widerlich.»

Pado beugt sich darüber und untersucht die Stelle. «Scheint mir in Ordnung zu sein. Vielleicht ein bißchen Rost von der Wäscheleine.»

Ama ist nicht überzeugt. «Könnte auch Blut sein oder Kotze.»

«Das Bettuch ist durch die Waschmaschine gegangen», fängt Pado an zu erklären. Aber er gibt auf, bevor er seinen Satz beendet hat. «Gut, ich rufe bei der Rezeption an.» Innerhalb weniger Minuten ist der Hotelbesitzer mit seiner Frau da. Wir sind alle voller Bedauern und die beiden ebenfalls.

«Worum geht es denn?» erkundigt sich der Besitzer. Es bringt Ama ziemlich aus dem Konzept, daß er gekommen ist und nicht ein Zimmermädchen – das macht es schwieriger, von schmutzigen Laken zu sprechen.

Endlich platzt Duccio damit heraus. Es ist ja schließlich sein Bett. «Könnten wir ein sauberes Bettuch haben? Bei mir ist nämlich ein Fleck drauf.»

Die Frau des Besitzers ist peinlich berührt. Sie geht mit dem Bettuch zum Fenster, um es genau zu untersuchen. «Aber nein, das ist bloß ein bißchen Staub. Da, ist schon weg!» Und sie schüttelt das Bettuch kräftig aus, bevor sie es wieder aufs Bett legt.

Ama sagt auf englisch zu Pado: «Los, sag ihr, daß es kein Staub ist, sondern Blut. Ich lasse nicht zu, daß Duccio in diesem stinkenden Bett schläft!»

«Damit wäre dann wohl alles in Ordnung, nicht wahr, Professore Messina?» Der Besitzer lächelt, bevor Pado noch etwas sagen kann, und er und seine Frau verlassen, uns einen angenehmen Aufenthalt wünschend, das Zimmer.

«Tut mir leid, aber das reicht mir nicht!» schreit Ama. «Dann müssen sie eben zu zweit in einem Bett schlafen. Ich lasse nicht zu, daß einer meiner Söhne unter diesem blutigen Laken schläft!» Sie setzt sich ans Fußende des Bettes, ein gutes Stück von dem Fleck entfernt.

«Bitte, könntest du dich vielleicht mal beruhigen? Schließlich ist es nur so ein dummes Laken», sagt Pado.

«Du sagst es, genau das könnte es sein», spöttelt Ama. Dann fängt sie an, vor sich hin zu murmeln. «Sprich lauter», sagt Pado, und schon geht's wieder los.

«Also weißt du, das ist wirklich das letzte!» schreit Ama.

«Was denn?» fragt Pado außer Atem.

«Das Ganze hier!» schleudert ihm Ama an den Kopf.

Das kann sich Pado nicht gefallen lassen. Nicht nach dem, was heute war. «Es war deine verdammte Idee, hierherzukommen. Deine Idee, einen ganzen Nachmittag in dieser trostlosen Stadt zu verbringen! Und jetzt dieses ganze Getöse wegen eines unbedeutenden Lakens. Den ganzen Morgen im Auto warst du unerträglich. Immer mußt du übertreiben, immer mußt du dich beschweren! *Sei una* –»

Ama ist außer sich. «Ich übertreibe, ja? Ich nehme an, ich übertreibe auch, wenn ich sage, daß ich durch ganz Europa hinter so einem besessenen Wissenschaftler herzockele. Ja? Übertreibe ich? Los, sag's mir, Gaspare! Ist das ein normales Leben für eine Familie?»

Bei dem Wort «normal» zuckt Pado zusammen. Das

haßt er nämlich am meisten – normal, Normalität, den Durchschnitt, Leute, die ein durchschnittliches, langweiliges Leben führen. Er ist im Begriff, uns aus dem Zimmer zu schicken, aber Ama sagt nein.

«Ich finde, sie sollen bleiben, es ist auch ihr Leben. Ich denke, wir sollten sie fragen, ob ihnen dieses Leben Spaß macht – schäbige Hotels, Geburtstag im Auto, schmutzige Laken, Wochen bei deinen Eltern, Aufenthalt bei Freunden, belegte Brote, Übelkeit im Auto, Seekrankheit und was sonst noch dazugehört.»

«Was ist denn daran auszusetzen? Ich hätte nichts dagegen gehabt, so aufzuwachsen.»

«Ach, komm, du hattest doch alles. Aber was haben sie? Nichts. Das haben sie. Nichts als ein paar schmuddelige Bücher unter einem Autositz. Ist das eine Kindheit?»

«Jetzt fängst du wieder damit an! Sie sprechen mehr Sprachen als irgendein anderes Kind, das ich kenne. Sie sind kultiviert. Sie sind reif. Sie sehen etwas von der Welt.»

«Reif! Es sind doch bloß Kinder, Gaspare, verdammt noch mal, und falls du es nicht bemerkt haben solltest, das alles tut ihnen nicht besonders gut. Ich meine, findest du es in Ordnung, daß ein achtjähriges Kind wie Jean-Pio dauernd Kopfschmerzen hat? Oder daß Duccio in dreckigen Betten schlafen muß?» Ama beginnt zu weinen. Nicht die üblichen Tränen des Zorns, sondern ein angstvolles Schluchzen, voll von Müdigkeit, schlaflosen Nächten und Kummer, den sie nicht unterdrücken kann.

Pado sagt nichts. Er geht zögernd auf und ab, bis er ihr schließlich die Hand auf die Schulter legt. Sie schüttelt sie mit einer heftigen Bewegung ab. Giulio klettert auf Amas Schoß; er weiß nicht, ob er weinen soll oder nicht.

Pado fragt Duccio: «Was möchtest denn du?»

Duccio sieht Ama hilfesuchend an. Sie regt sich nicht. Er dreht sich um und sieht mich an. Ich schließe die Augen. Meine Gedanken treten aus mir heraus, springen von Pado zu Ama zu Duccio und Giulio und zurück, um einen Halt zu finden, um die Erinnerungen davon abzuhalten, auf mich einzustürzen.

«Ich weiß nicht», stottert Duccio.

Pado wirft eine Rolle Klopapier aufs Bett, damit Ama sich die Tränen abwischt. Statt dessen benutzt sie das Kopfkissen. In der dicken, weichen Weiße des Stoffs sind tiefe, feuchte Kuhlen. Pado müht sich weiter, er sieht Ama an.

«Was schlägst du also vor? Willst du wirklich das hier alles aufgeben? Was ist mit den Tagungen, meiner Forschung? Ich weiß, daß sich das alles in ein paar Jahren auszahlen wird. Ganz bestimmt.»

«Das ist mir inzwischen egal, Gaspare, völlig egal. Ich weiß nur, daß ich so nicht weitermachen kann. Wirklich nicht. Ich bin das alles so leid. Könnten wir nicht einfach eine Weile bei meiner Mutter bleiben und mit dieser Reiserei aufhören?» schlägt Ama vor.

«Ich kann das nicht, und das weißt du. Wir haben bald zwei Tagungen in Paris, vielleicht noch mehr, und du mußt in Deutschland dolmetschen. Außerdem können wir bei deiner Mutter nicht lange bleiben. Ich meine, seien wir ehrlich, das ist doch ein weiteres Problem. Was, zum Teufel, sollen wir mit deiner Mutter machen?»

«Was meinst du? Was heißt ‹mit ihr machen›?»

«Na ja, so ganz allein leben, das dürfte nicht mehr lange gehen. Sie hat doch nicht mehr alle Tassen beieinander.»

«Der Ausdruck lautet ‹alle Tassen im Schrank›», sagt Ama scharf. «Im übrigen ist alles in Ordnung mit ihr. Denk daran, was sie durchgemacht hat seit dem Tod meines Vaters. Woran sie leidet, ist tiefe Trauer, kannst du das nicht verstehen? Wahrscheinlich nicht, du mit deiner naturwissenschaftlichen Exaktheit. Außerdem ist der Aufenthalt bei deiner Mutter inzwischen auch eine einzige Tortur, wenn ich das sagen darf.»

«Mit anderen Worten, wir können so nicht weitermachen, wir können meine Eltern nicht mehr besuchen, wir können nicht in Hotels wohnen, aber wir müssen uns mit den Depressionen deiner Mutter befassen.»

«Sie hat keine Depressionen.»

«Entschuldigung, sie hat schlechte Tage.»

«Könnten wir beim Thema bleiben? Ich will einfach, daß mit der Herumreiserei Schluß ist, kannst du das nicht verstehen? Ich will etwas haben, wohin ich gehen kann. Ich verlange gar nicht viel. Alles, was ich möchte, ist ein eigenes Dach über dem Kopf. Ganz schlicht und einfach ein Haus.»

«Darüber können wir später reden. Jetzt ist nicht die Zeit dafür.»

«Nein, das sagst du jedesmal. Wie oft haben wir schon dieses Gespräch geführt? Wie oft sind wir schon in dieses verdammte Auto gestiegen, ohne eine Entscheidung getroffen zu haben?»

«Wir können uns kein Haus leisten. Das kannst du also vergessen. Wo soll ich plötzlich ein Haus hernehmen? Außerdem habe ich dir gesagt, daß ich auf keinen Fall in England wohnen will.»

«Mir ist egal, wo es ist. Ich will einfach ein Zuhause.»

«Also wenn das so ist, warum ziehen wir dann nicht eine Zeitlang in das Haus deines Vaters in Frankreich? Es steht leer.»

«Du hast Nerven! Du weißt doch sehr gut, daß im Augenblick weder meine Mutter noch ich dorthin zurückwollen. Das wäre zu schmerzlich nach alledem, was geschehen ist.»

«In der Not frißt der Teufel Fliegen.» Pado wartet darauf, daß Ama seinen Ausdruck korrigiert. Sie tut es nicht. Er holt sich aus dem Badezimmer ein Glas Wasser. «Wenn du ein Haus willst, in Frankreich hast du eins. Es ist schön. Es ist perfekt. Die Kinder haben es immer toll gefunden.»

«So einfach ist das nicht, Gaspare. Es ist ja nicht einfach irgendein altes Haus. Es hängen viele Erinnerungen daran.»

«Es ist Wahnsinn, es leerstehen zu lassen ...»

Es ist lange still. Ama blättert in dem Stadtführer, der neben dem Telefon auf dem Nachttisch liegt. Pado findet, wir sollten rausgehen und auf der Piazza eine Weile spielen. Er geht mit Duccio zum Fenster und zeigt ihm, was er meint. Duccio geht mit uns hinunter. Giulio möchte bleiben und an der Tür lauschen, um zu hören, was Ama sagt. Duccio zerrt ihn weg.

«Aber vielleicht sollten wir doch?» protestiere ich verzweifelt. «Was ist, wenn ...» Dann weiß ich nicht weiter. Ich weiß überhaupt nichts. Wir gehen auf den Platz und setzen uns auf den Rand eines Brunnens. Ich schaue hinein und zähle die Münzen auf dem Grund. Giulio bespritzt einen steinernen Löwen mit Wasser. Leute kommen und gehen. Zu unseren Füßen laufen Tauben umher. Keiner von uns hat Lust zu spielen. Ein Ladenbesitzer in seinem Geschäft beobachtet uns und fragt sich, was wir machen. Die Zeit vergeht, quälend langsam.

Ungefähr drei Stunden später macht Pado das Fenster auf und lehnt sich hinaus, um uns zu rufen.

«Wo, zum Teufel, seid ihr? *Cosa fate?*» schreit er herunter.

Er sieht uns zusammengedrängt auf den Stufen zum Brunnen kauern. Über die Schulter ruft er Ama, sie solle kommen und sich dieses Häufchen ansehen. «*Che tristezza!*»

Ama beugt sich über Pado, streckt auch den Kopf heraus. Sie kichert plötzlich. Die beiden lachen sich halb tot, können sich gar nicht beruhigen.

«Wir sitzen hier seit drei Stunden!» unterbricht Duccio sie ärgerlich.

Sie sind beide überrascht. «Wirklich? O je. Wo hatten wir nur unseren Kopf? Tut uns leid!» Dann kommen sie lachend die Treppe heruntergerannt.

«Los, gehen wir. Schnell, schnell!» ruft Ama und zieht uns hinter sich her die Straße entlang. Dann fangen Ama und Pado an zu schmusen und sich zu küssen, etwas, das wir schon seit langem nicht mehr erlebt haben. Duccio versteht das alles nicht. Wir machen uns viel zu große Sorgen, um sie zu fragen, was passiert ist. Nicht weit vom Hotel ist eine Pizzeria, und wir setzen uns an einen Tisch in der Ecke, weit weg von den Rauchern. Wir sagen, was wir möchten.

Ama lächelt. «Freut ihr euch schon auf eure Pizza?» Sie stößt Pado verschwörerisch an.

Der Kellner kommt, um unsere Bestellung aufzunehmen, und als er wieder fort ist, verbessert Pado sanft Giulios Italienisch. «Aber das ist nicht weiter schlimm. Dein Französisch ist jetzt am allerwichtigsten.»

«Wieso?» Duccio fragt als erster.

«Möglicherweise ziehen wir nach Frankreich», sagen Ama und Pado wie aus einem Mund.

Duccio, Giulio und ich starren sie verblüfft an. Und was ist mit dem Auto? Was ist mit Nonno und Nonna, mit Machance, so ganz allein, und mit Mr. Yunnan in seinen Kisten? Was ist mit den Tagungen und Konferenzen und den Straßenkarten?

«Wann?» frage ich.

«Noch nicht gleich, aber bald. Deine Mutter hat erst noch einen Übersetzungsauftrag in Deutschland, und wir müssen Machance fragen, ob wir das Haus von Grand Maurice in Frankreich benutzen dürfen.» Ich erschrecke, als sie den Namen Grand Maurice erwähnen. Das Gespräch ist voll von neuen Gedanken, die ich mich nicht zu durchdenken traue. Ich schlage vorsichtig mit meiner Gabel gegen den Rand meines Tellers, eine versteckte Melodie, die mir weiterhilft.

«Das Haus von Grand Maurice?» fragt Giulio verwundert. «Da sind wir schon Jahre nicht mehr gewesen.»

«Ich weiß», unterbricht Ama ihn. «Ich konnte es einfach nicht über mich bringen. Es war alles zuviel. Aber dein Vater hat recht. Wir haben jetzt keine Wahl.» Sie lächelt uns traurig, aber entschieden an. «Und außerdem ist es die einzige Möglichkeit, die ich habe, deinen lieben Vater dazu zu bringen, mit dem Reisen aufzuhören», fügt sie hinzu und stößt Pado in die Seite.

Giulio sagt, er erinnert sich an das Haus. Vielleicht tut er das, vielleicht nicht. Ich erinnere mich an alles, weil Grand Maurice gestorben ist, und sein Gang, sein Garten, was er angehabt hat, sein Gesicht und wie wir zusammen fischen gegangen sind, ist für immer in meinem Kopf aufbewahrt.

Dann lehnt sich Ama zurück und schaut mich mit einem überraschten Gesicht an.

«Du bist braun geworden, mein Schatz», sagt sie und untersucht meine Haut so eingehend, daß ich ihren Atem auf meiner Wange fühle. Sie nimmt ihren Make-up-Spiegel aus der Tasche und hält ihn vor mich, so daß ich es selbst sehen kann. «Verrückt», kichert Ama, als meine Augen im Spiegel zu sehen sind. «Ein paar Stunden am Strand, und jetzt schau dich an. Man kann das sizilianische Blut einfach nicht unterdrücken!»

«Was ist mit ihnen?» protestiere ich und sehe Duccio und Giulio an, aber sie, sagt Pado, hätten nicht Nonnos maurische Haut.

Ama steht auf und bittet die Kellner um Telefonmarken. Sie will Machance in England anrufen. Mit Hilfe der Leute an einem Nachbartisch bekommt sie zehn Marken zusammen. Beim Telefon in der Ecke des Restaurants schichtet sie sie zu einem kleinen Turm auf. Wir beobachten sie, wie sie wählt und die Marken umschichtet, während sie darauf wartet, daß sich Machance meldet.

Plötzlich führen ihre Hände und ihr Gesicht ein intensives Gespräch mit der Wand, sie bitten und erklären mit ausholenden, entschlossenen Gesten. Mehrmals steckt Ama Marken in den Automaten, wobei sie uns jedesmal ansieht und uns durch Zeichen auffordert, ohne sie weiterzuessen. Dann wendet sie sich ab. Die Marken sind zu Ende. Sie kehrt an unseren Tisch zurück. Ihr Gang ist langsam und schwerfällig.

Pado fragt sie, wie es gelaufen ist.

«Es wird nicht einfach sein», seufzt Ama, als sie sich setzt. «Machance ist nicht froh darüber. Ich glaube aber, wir sollten den Gedanken nicht aufgeben und einfach mal hinfahren. Laß uns sehen, wie uns dort zumute ist, nur einen Tag lang. Machance hat mir Madame Joignets Telefonnummer gegeben. Sie hat die Schlüssel.» Dann kratzt Ama den kalten Käse von ihrer Pizza und schiebt ihn zur Seite. Sie zerdrückt ihn mit ihrer Gabel. Sie nimmt den bloßen Teig in ihre Hände und rollt ihn vorsichtig zu einer Kugel zusammen. «Ich bin mir gar nicht so sicher, ob ich es schon kann. Es wird mir sehr seltsam vorkommen, so ohne meinen Vater», flüstert sie zu ihrem Teller hin und bietet Pado den Teig an.

Am nächsten Morgen stehen wir früh auf. Ama ist nirgends zu sehen. Pado ist beunruhigt. Er fragt die Frau an der Rezeption, ob sie sie gesehen hat. Die Frau sagt, sie hat sie vor einiger Zeit hinausgehen sehen. Ama hätte auch einen Travellerscheck bei ihr eingelöst. Pado sagt uns, wir sollten uns auf das Sofa im Foyer setzen. Er sieht fortwährend nervös auf die Uhr und aus dem Fenster. Plötzlich kommt Ama atemlos durch die Drehtür herein. Sie ist beladen mit Sachen für das Haus in Frankreich – Brot, Käse, Seife, Obst, ein paar Dosen und einem breitkrempigen Strohhut. Sie wirft den ganzen Einkauf auf das Sofa neben uns, auf einen Haufen.

Pado schaut zuerst Ama und dann den Berg von Sachen an.

«Für das Haus in Frankreich. Dann müssen wir dort nicht mehr so viel einkaufen», sagt Ama lächelnd, bevor er etwas sagen kann.

«Aber den willst du doch nicht etwa aufsetzen, oder?» stößt Pado hervor, als er den Hut sieht.

«Warum nicht?» widerspricht Ama. «Er ist doch hübsch.»

Pado kann es nicht glauben. Er dreht sich zu ihr hin und macht ein überraschtes Gesicht: «Na ja, er ist nicht gerade sehr elegante, oder?»

Ama fährt Pado mit dem Hut über den Kopf: «Es heißt elegant, Gaspare, nicht elegante. Wann wirst du endlich mal was lernen?»

ZWEITER TEIL

12

Wir fahren nicht nach Lyon. Vom Hotel *La Spiaggia* geht es zur französischen Grenze, die wir bei Ventimiglia passieren, und dann hinauf in Richtung Zentralfrankreich. Unzählige Male sind wir schon durch Frankreich gefahren, haben in Hotels an der Straße übernachtet, an Konferenzen und Tagungen in Lyon, Bordeaux und Paris teilgenommen, aber diesmal ist es anders. Das hier ist nicht Frankreich, sondern ein riesiger vorbeiziehender Raum zwischen England und Italien, ein Ort, wo wir vielleicht unser Zuhause finden werden.

Sobald wir die Küste hinter uns haben, lehnen Giulio und ich uns aus dem Fenster und mustern jedes Haus. «Sind wir bald da? Ist das nicht der Wald neben unserem Haus?»

Duccio hat die Karte von Frankreich auf den Knien ausgebreitet und fährt mit den Fingern die Kniffe entlang, als ob das alles nicht wahr wäre. Pado stößt eine Kassette in das Gerät. Ama macht nichts, weil die Berge in warmen Lichtblöcken über dem Auto aufragen und weil alle ihre Kassetten irgendwo auf einer Straße in Italien verlorengegangen sind. Es ist weiter, als Pado gedacht hat, viel weiter. Das Auto fährt stundenlang dahin.

«Wir sind auf dem Weg in die südliche Touraine», sagt Ama. Nach und nach hören die Dörfer und Häuser auf, und wir fahren nur noch durch leeres, trockenes Grün, und ein Wald nach dem anderen steht rhythmisch dröhnend in gleichmäßiger Entfernung zum Auto. In der Mitte fahren wir ins Landesinnere, und wir drei auf dem Rücksitz haben es aufgegeben, auf Häuser zu zeigen.

Ama nimmt Duccio die Karte weg und stopft sie unordentlich zwischen Sitz und Handbremse. Plötzlich sagt sie uns die Namen all der Dörfer, der Wälder und Weinberge. Sie zeigt uns einige Kirchen, die sie früher besucht hat, die Loire, die tief in den Felsen gehauenen Häuser, deren Schornsteine oben aus dem Boden wachsen. Immer weiter geht es, gerade, enge Straßen hinab, durch überwucherte Weinberge und Kornfelder. Ama dirigiert Pado über eine Nebenstraße zu einem Weiler. Auf der linken Seite der Straße ist ein Bauernhaus. Hier wohnt Madame Joignet. Ama zieht an einer Kette, und die Klingel weckt den an einem Pfosten angebundenen Hund. Laut bellend, umkreist er seine Hütte.

«Erinnert ihr euch an Casimir?» fragt Pado, auf den Hund zeigend.

Eine alte Frau mit einer langen blauen Schürze taucht auf. Ama weiß nicht, ob sie sie küssen oder ihr die Hand geben soll. Eine Weile stehen sie sich verlegen gegenüber, dann umarmen sie sich. Madame Joignet führt Ama ins Haus. Als Ama wieder herauskommt, trocknet sie sich die Augen mit dem Ärmel, und in der Hand hält sie die Post von zwei Jahren. Pado steigt schnell aus, um ihr zu helfen. Oben auf dem Stoß ungeöffneter Briefe liegen die Hausschlüssel. Ich werfe einen Blick auf den obersten Umschlag. Darauf steht in schwarzer Tinte der Name von Grand Maurice.

Ama sagt, sie würde lieber zu Fuß zum Haus gehen. Pado sagt, wir stellen das Auto ab und gehen alle mit ihr.

«Nein», wehrt sie ab. «Ich muß allein sein.»

Pado nimmt sie beiseite. «Ava, ich glaube, es ist wichtig für die Kinder, daß wir alle zusammen gehen. Damit sie das Ganze als etwas Positives sehen. Bitte. Ihretwegen.»

«Es ist etwas Positives. Etwas sehr Positives», sagt sie.

«Gut, dann zeig es auch. Versuch es!» beharrt Pado ruhig. «Du hast gesagt, daß du es schaffst.»

Ama steigt wieder ein. Während der Fahrt zum Haus blickt sie nicht ein einziges Mal auf. Statt dessen sortiert sie die Post und legt die an Machance adressierten Briefe zur Seite. Die an Grand Maurice bündelt sie mit ihrem Haargummi. Sie zieht daran und läßt es gegen die braunen Umschläge schnippen. Sie macht es noch einmal und dann immer wieder.

Wir biegen in eine schmale steinige Straße ein. Häuser gibt es hier nicht. Nur hin und wieder eine kleine steinerne Hütte inmitten von Wiesen. Die Asphaltstraßen gehen in holperige Feldwege über. Dann sieht man nur noch Rebstöcke, ein ununterbrochenes Meer von Grün und Holzpfählen und straff gespannten Draht und sonst nichts. Wir kommen zu einer scharfen Kurve bei einer Kastanie, und da ist es – das Haus. Ein ausladendes Durcheinander aus hellbraunem Stein, das aussieht wie umgeworfene Bauklötzchen vor einem Hügel. Keiner sagt ein Wort; es ist, als hätten wir alle die ganze Zeit gewußt, daß wir hier, am Fuß dieses weinüberwachsenen Hügels, zum Stehen kommen würden. Pado parkt das Auto zwischen den Bäumen und Weinstöcken. Der Motor läuft weiter, die Abgase lassen das hochgewachsene Gras trüb-braun werden. Ama dreht ihr Fenster hoch und will die Kurbel gar nicht loslassen. Wir betrachten die plötzliche Bewegungslosigkeit um uns herum. Die Straße wirbelt nicht länger an Schwarz und Weiß vorbei. Die fliegenden Gesichter, die durch die Windschutzscheiben hindurchscheinen mit Beschlag vor ihren Mündern, sind verschwunden. Die Bäume, die Häuser und der Himmel haben in unserer Stille Wurzeln geschlagen.

Einer der Fensterläden hängt ganz schief in den Angeln. Eine Dachrinne ist voller heruntergerutschter, gesprungener Ziegel. Pado springt als erster aus dem Auto. Er betritt die Teppiche des unbekannten Raumes vor uns und fällt fast vornüber. Er greift nach dem Gras, nimmt den neuen Grund in sich auf, winkt uns, daß wir ihm folgen, aber das vertraute Motorengeräusch und die abgestandene Luft halten uns im Auto gefangen. Pado geht durch den Garten zum Haus, um es genauer zu untersuchen. Ama folgt ihm mit den schweren Schlüsseln, bahnt sich mit Mühe einen Weg durch die Blumenbeete, wo sich das Unkraut und die ums Überleben kämpfenden Pflanzen zu einer dichten Decke verfilzt haben. Bis Ama an der Tür ist, sehen wir, daß sie sich schon einen anderen Garten erfunden hat, mit Blumen, an denen sie Halt findet, und Kräutern, die die Wege säumen. Sie tritt die Nesseln nieder, die die Stufen zur Eingangstür bedecken, und macht sich am Schloß zu schaffen. Bevor sie die Tür öffnet, dreht sie sich um und ruft nach Pado. Sie wiederholt seinen Namen zwei- oder dreimal. Pado ist hinter dem Haus verschwunden. Ama stößt mit dem Fuß gegen die Tür. Etwas Schmutz bleibt zurück. Sie kratzt ihn ab. Sie legt den Kopf an die Tür, und sie geht sachte auf. Ama geht hinein.

Bald öffnen sich im ersten Stock knarrend die Fensterläden. Man hört Holz gegen Stein schlagen, als sie außen an der Wand festgehakt werden. Ama winkt uns von jedem Fenster und jedem Stockwerk aus zu, ihr Gesicht ist gerahmt von den unregelmäßigen Formen der offenen Läden. Ihre Gestalt verschwindet vorn und hinten in den Räumen, sie beugt sich herunter, um etwas aufzuheben, faßt die Balken an den Wänden an, fühlt die abblätternden Tapeten, bleibt ständig in Bewegung.

«Los, Jungs, steigt aus!» ruft sie.

Das Gras ist so hoch, daß es die Weinstöcke, die den Garten auf allen Seiten umschließen, völlig überwuchert. Pado starrt ausdruckslos auf das von angeschwemmter Erde blockierte Tor. Er ist unschlüssig, hängt in der Luft, zwischen rasender Fahrt und lastender Unbeweglichkeit.

Ich stelle mir vor: keine Fahrten mehr durch die Nacht mit offenen Augen, keine Hotelzimmer mehr voller schlecht eingesteckter weißer Laken, keine Picknicks mehr mit Plastikdosen, die sich öffnen und schließen wie halbfertige Pläne, angefangen und nicht zu Ende gebracht. Ama ruft noch einmal, wir sollen aussteigen. Wir können uns nicht bewegen, wir sind wie festgeklemmt, starr in dem uns einschließenden Garten. Ama kommt ärgerlich herbeigestürmt.

«Nach alldem wollt ihr jetzt nicht einmal aussteigen? Das hier ist für euch, Kinder! Vielleicht wird es euer neues Zuhause.»

Ich starre auf den Garten, die Wege, die in den Weinberg führen, Grand Maurice' Garten.

«Ich verstehe euch nicht», seufzt Ama. «Aber euer Vater wird euch bestimmt nicht da drin sitzen lassen.»

Und wirklich, Pado holt uns einen nach dem anderen aus dem Auto. «Kommt schon, ihr faulen *cretini*.»

Giulio wird als erster rausgezogen und fällt in dem hohen Gras auf die Nase. Als er wieder steht, kann er kaum über die Halme hinwegsehen. Mir ist, als würde sich die Erde immer noch bewegen. So wie wenn das Auto die Fähre verläßt und der Boden des Hafens noch immer schaukelt. Der überwachsene Rasen läuft an mir vorbei, wogt auf und ab, dreht sich hin und her, Blumen sind wie Verkehrsampeln, farbige Bilder, die ich bewahren muß, denen ich tief in meinem Innern einen Platz geben muß.

«Warum hat Machance das Haus nicht verkauft?» will Duccio von Ama wissen.

«Weißt du, es ist sehr schwer, so etwas zu verkaufen, Liebling.» Und Ama zählt alles auf, was an dem Haus problematisch ist, die Elektrizität, die Rohre, die undichten Fenster und Türen, die Hitze im Sommer. «Außerdem», sagt sie zum Abschluß, «ist dies unser Haus. Hier ist Grand Maurice aufgewachsen. Er hat das alles hier geliebt. Die Weinberge, die Wildnis und das Licht. Das alles konnte Machance nicht verkaufen.»

«Wie weit ist es zum See, Ama?» fragt Giulio. Duccio und ich sehen ihn an. Wir wissen nicht, warum er das gefragt hat. Er weiß es auch nicht. Es kam einfach so heraus.

«Darüber reden wir ein andres Mal, Liebling», sagt sie verwirrt. «Heute», fügt sie leise hinzu, «haben wir zu tun.»

Ich weiß, wie weit es zum See ist. Ich bin der einzige, der Grand Maurice dorthin begleitet hat, wenn er Krebse fangen ging. Wir hatten unsere spezielle Methode mit dem Rad von einem Fahrrad und Fleischstückchen. Das ist die beste Methode, die es gibt. Er hat es mir selbst gesagt.

Giulio ist einem Trampelpfad im Gras gefolgt und ruft mich. Ich folge ihm, und Duccio folgt mir. Wir kommen zum Weinberg. Er ist umgeben von Wald, den Sandwege ausdünnen. Wir beobachten die Eidechsen, die über die Gartenmauern verschwinden, weil wir sie stören. Jeder Zentimeter des Gartens hat sich von der Welt dort draußen abgesondert. Die unter Bäumen und Büschen vergessenen Gerätschaften sind rostbraun geworden. Die Obstbäume haben um sich herum Schößlinge getrieben. Der Brunnen ist mit einem Gewirr aus Unkraut und Zweigen verstopft. Giulio erfindet ein Spiel. Wir müssen im Gras herumkriechen und versuchen, einander zu fangen. Das Gras ist so dicht, daß es durch unsere Kleidung sticht, sich um unsere Knie windet und an unseren Knöcheln zerrt. Mir ist, als würde ich unter Wasser sein, als hätte ich mich in treibendem Tang verfangen und würde auf die Lichtstrahlen von oben warten, die mich heraufrufen. Duccio und Giulio brüllen meinen Namen, um mir zu sagen, daß das Spiel zu Ende ist. Ich krieche immer noch umher, allein, und nehme die Gerüche dieser verborgenen Welt wahr, betrachte die Insekten. Ich möchte nicht gefunden werden, ich möchte mich über den ganzen Garten ausbreiten und mit dem Boden eins werden, bis die Gedanken und Erinnerungen, aus denen ein Tag besteht, in der Erde verschwinden.

Ama öffnet den Kofferraum und holt etwas zu essen heraus. Sie breitet im Gras vor dem Haus eine Decke aus. Sie reißt Brot in Stücke und gibt jedem einen Teller aus dem Haus. Ich stelle mir vor, wie Machance und Grand Maurice genau diese Teller herumreichen, deren blaue Ränder und gesprungene Glasur im Abendlicht blinken. Die Nacht bricht schnell herein. Pado stellt überrascht fest, daß der Strom nicht abgeschaltet worden ist. Er läuft nach oben und schließt eine Lampe an. Ein insektengesprenkelter Lichtstrom bricht die Dunkelheit des Gartens auf. Ama liegt auf dem Rücken und blickt zu den Sternen empor.

«Ich möchte hier schlafen», sagt sie. «Genau hier, und der Nacht zuhören.»

«Es könnte ein bißchen kühl werden«, warnt Pado sie.

Wir folgen Pado ins Haus. In der Küche macht Duccio eine große Bonbondose auf. Es ist nichts drin. Giulio fragt, wie es kommt, daß wir noch wissen, wo alles ist, und er nicht. Aber er war erst drei, als er das letztemal hier war.

«Das ist fast zu klein, um sich an irgend etwas zu erinnern», erklärt ihm Pado.

Wir gehen durch die Küche und die verzogenen Holzstufen hinauf ins Wohnzimmer, ins Eßzimmer und in die Diele. Ich höre das Geräusch knarrender Treppenstufen und das Auflachen von Grand Maurice, wenn er mit uns in den Kellerräumen Verstecken spielte. Dann das Geräusch seines Spazierstocks, wenn er über die gekrümmte

Lehne seines Stuhles fiel, wo er auf das Ende des Essens wartete. Pado macht eine Tür auf und prustet angesichts des aufwehenden Staubes. Wir steigen einen Stock höher. Keines der Betten im Obergeschoß ist brauchbar. Sie sind alle mit einer dunkelgrauen, feuchten Schicht überzogen. Die Terrakottafliesen des Fußbodens haben kleine Löcher, die voller Dreck sind. Giulio fragt, wo wir schlafen werden.

«Gute Frage», sagt Pado. «Vermutlich auf dem Rücksitz des Autos.»

Ama liegt immer noch vor dem Haus auf ihrer Decke. Ihre Arme sind in dem dichten, hohen Unkraut nicht zu sehen. Hin und wieder zieht sie ihre Hand heraus, um eine wildwachsende Blume genauer zu betrachten oder um ein Insekt abzuschütteln. Pado geht mit uns zum Auto. Ich klettere vorn hinein und umwickele den Schaltknüppel mit einer Steppdecke, damit er sich mir nicht in den Rücken bohrt. Giulio macht es sich auf dem Boden hinter den Sitzen bequem, so wie er schläft, wenn wir die Nacht durch fahren. Duccio legt sich auf die Rücksitze und benutzt seinen Pullover als Kopfkissen. Pado wartet, bis wir alle unseren Platz gefunden haben, und kehrt dann zum Haus zurück. Wir hören, wie er mit Ama spricht und dann in der Küche herumlärmt. Er kommt mit einer breiten Holzbank und mehreren Dekken heraus. Er legt sie neben Ama ins Gras. Er legt den Kopf in die warme, geschwungene Armlehne der Bank. Seine Beine ragen über das andere Ende hinaus. Im Licht, das aus dem oberen Fenster fällt, sehe ich durch den überwachsenen Rasen hindurch, wie Ama nach Pados Hand greift. Ihre Arme bilden einen Brückenbogen über dem Gras. Ich versuche, die Vorwärtsbewegung des Autos zu spüren, die sanft schaukelnde Bewegung in den Kurven, aber wir stehen hier wie angewurzelt im Gras, ohne einen Fahrer, der uns vom Fleck bringt. Das Haus ist immer noch offen, die Küchentür wird von einem Stein offengehalten. Der Garten ist voll von Grand Maurice, einer reglosen, dahinrasenden Stille.

13

Am Morgen weckt uns Ama mit Croissants und Apfeltaschen aus dem Dorf. Sie läßt sie durchs Autofenster baumeln und uns auf den Schoß fallen. Pado ist an ihrer Seite. Wir essen unser Frühstück und beobachten sie durch die Windschutzscheibe, während sie sich darüber unterhalten, ob sie das Haus nun nehmen sollen oder nicht. Ama ist schon auf dem Postamt gewesen und hat Machance angerufen. Machance sagte, wir könnten das Haus haben, wenn wir unbedingt wollten. Ama ist sich immer noch nicht ganz sicher. Sie sagt, wir könnten uns doch umsehen, ob wir in der Gegend etwas zum Mieten finden würden, bis sie sich bereit fühlt, hier einzuziehen.

«Das wäre reine Geldverschwendung, und dazu haben wir nicht genug, kannst du das nicht einsehen, Ama?» redet Pado ihr zu. «Und weißt du, wenn du es jetzt nicht kannst, wann kannst du es dann?»

Ama weiß nicht, was sie denken soll. Sie geht ins Haus. Sie kommt mit einem Stuhl heraus und stellt ihn ins Gras. Mit einem Tuch wischt sie ihn ab. Sie hält inne und macht dann weiter. Sie faltet das Tuch zusammen. Sie faltet Erinnerungen mit hinein. Pado tritt hinter sie und legt die Arme um sie. Sie dreht sich um und verbirgt ihr Gesicht an seiner Schulter. Das Tuch fällt ihr aus der Hand auf den Rasen. Es bleibt an einer hohen Pflanze hängen, zipfelt herunter, ohne den Boden zu berühren. Pado redet mit ihr, und sein Kinn liegt auf ihrem Kopf.

«Du hast recht», flüstert Ama. Und lauter sagt sie: «Du hast recht, wir sollten hierbleiben. Wir haben keine andere Wahl.»

Pado hebt ihr Gesicht hoch und teilt mit dem Finger sanft die Haarsträhnen, die ihr Gesicht bedecken. «Es sieht so aus, als hätte man sowieso schon für uns entschieden», sagt er lachend und zeigt auf Giulio, der ein Bündel Zweige schleppt. Er will sich hinter dem Haus eine Hütte bauen.

«Aber was wird aus meinem Übersetzungsauftrag in Deutschland?» sagt Ama plötzlich und windet sich aus Pados Armen. «Ich kann doch jetzt nicht mehr absagen. Es ist viel zu spät.» Sie sieht ihn betroffen an. «Ihr müßt alle mitkommen. Allein könnt ihr hier nicht bleiben.»

«Wir kommen allein sehr gut zurecht», versichert ihr Pado.

«Nein, ich kann euch hier nicht zurücklassen. Warum wartet ihr nicht in England auf mich? Zumindest kann meine Mutter dir mit den Kindern helfen.»

«Ich schaffe das schon. Mach dir keine Sorgen.»

«Nein, Gaspare, das wirst du nicht. Meine Mutter kann großartig mit den Kindern umgehen. Außerdem mußt du unheimlich viel arbeiten.»

«Die Kinder wollen jetzt gerne hierbleiben», sagt Pado.

Er nimmt Ama bei der Hand und redet auf sie ein.

Madame Joignet kommt auf ihrem Fahrrad. Sie bringt noch mehr Papier und Briefe für Ama und frisches Gemüse aus ihrem Garten. Sie will wissen, wie lange wir noch bleiben, da uns ihr Sohn Marc gerne besuchen würde, bevor wir wieder aufbrechen. Ich renne durch den Garten bis dahin, wo der Rasen aufhört und in den Weinberg mündet. Ich stehe da, und die Hitze, die von der rissigen Erde aufsteigt, dringt in mich ein. Ich will hierbleiben, für immer. Ich reiße den Grashalmen die

Köpfe ab. Ich zerdrücke die Samen. Ich atme die Luft ein. Ich muß hierbleiben. Ich muß einfach. Wir können das Haus von Grand Maurice nicht verlassen, seinen Garten, der ohne uns immer weiter wächst.

Die Morgensonne wird schnell heiß. Ama führt uns zu einem Durcheinander von Kletterpflanzen und Wein an der Seite des Hauses. Über einem Holztisch bildet ein von Stangen hochgehaltenes Pflanzengewirr ein durchhängendes Dach. Auf einer eisernen Bank liegt ein Kissen, das so steif ist wie Pergament. Pado versucht, die Küchentür zu richten. Mit dem Hammer aus dem Auto schlägt er auf das verzogene Holz ein. Ama findet einen Korb, den sie als Kind gehabt hat. Sie erzählt uns, Machance hat ihn für sie von den Zigeunerinnen gekauft, die zur Zeit der *vendange* kamen, um die Trauben zu pflücken. Das Echo der Hammerschläge hallt über den Garten. Ama sitzt auf den Stufen und blättert in ihrem Taschenkalender. Sie sagt uns, daß sie beschlossen hat, allein nach Deutschland zu fahren, für ein paar Tage, sie muß das tun.

«Es wird nicht einfach sein, aber ich werde Machance bitten, herzukommen und sich mit Pado zusammen um euch zu kümmern, während ich fort bin.»

Sie greift nach ihrer Handtasche und springt auf. «Ich gehe noch mal zum Postamt und rufe meine Mutter an», ruft sie Pado zu. «Kommt mit, Jungs, ich brauche eure Hilfe.»

Auf einem von welkenden Blumenbüscheln gesäumten Kiesweg folgen wir Ama zum Dorf. Sie zeigt uns die Schule und die *mairie* und dann den abseits gelegenen Friedhof. Es ist eine kleine Anhöhe, mit einem Feld darum herum, und der gelbe Weizen sticht nach seinen breiten Mauern. Wir gehen an der Kirche vorbei und dann hinunter zur Post. Unter einem großen gelben Schild treten wir ein. Das Postamt ist ein einziger langer Raum mit einer Tür in der Ecke, die zu einer Küche führt. Ein Mann begrüßt Ama. Sie stellt uns ihm vor. Er lehnt sich über den Tresen und gibt uns allen die Hand. Ama geht zur Telefonzelle in der Ecke. Der Mann am Schalter hantiert an einer Maschine und sagt Ama, sie könne den Hörer abnehmen. Ama beginnt mit Machance zu reden. Von Zeit zu Zeit dreht sie sich um und sagt uns, wir sollen noch Geduld haben. Sie ist mindestens fünfzehn Minuten in der Zelle. Dann ruft sie uns einen nach dem anderen herein, damit wir ein paar Worte mit Machance sprechen.

«Sag etwas Nettes zu ihr», fordert sie Giulio auf, den sie als ersten hereinholt.

Er hält den Hörer umklammert und wartet darauf, daß Machance etwas sagt.

«Rede!» fordert Ama ihn auf. Giulio stottert ein «Guten Tag.»

«Es ist sehr schön hier», sagt ihm Ama lautlos vor. «Es ist sehr schön hier!» Mit weit aufgerissenen Augen formen ihre Lippen unhörbare Worte. «Los, sag es!»

Giulio versteht nicht, was Ama will. «Was?» fragt er.

Ama zieht Giulio hinaus. Jetzt ist Duccio dran. Er sagt ein paar Sätze und wartet auf eine Antwort. Dann gehe ich hinein.

«Hallo, Machance. Ich bin's, Jean-Pio.»

Am anderen Ende höre ich keinen Ton.

«Machance! Hier ist Jean-Pio. Wir sind in deinem Haus.»

Ama meint, ich solle mich beeilen, aber es kommt noch immer keine Antwort.

«Machance! Kommst du zu uns?» versuche ich es erneut. Ich schüttele den Hörer ein wenig, drücke ihn fest an mein Ohr, bis er einen Kreis aus Schmerz hineinschneidet. Dann ist mir, als würde ich ein krächzendes Geräusch hören, einen leisen, gebrochenen Laut. Ama entreißt mir den Hörer und lauscht ebenfalls. Schnell schiebt sie mich aus der Zelle. Sie deutet zur Tür. Wir zockeln zum Ausgang.

«Mutter! *Maman*, hast du was? Hast du was?» wiederholt Ama. «Es tut mir leid. *Je suis désolée.* Ich dachte, es würde dich aufheitern, wenn du mit den Kindern redest.»

Ich stehe an der Tür und beobachte sie. Ama hält den Hörer an die Brust, und das ferne Schluchzen darin wird eins mit dem Klopfen ihres Herzens. Sie hängt auf und geht zum Schalter, um zu bezahlen.

«Sieht nicht so aus, als würde Machance kommen», sagt sie beim Verlassen der Post. Dann geht sie auf dem ganzen Rückweg allein vor uns her. Giulio läuft ihr nach. «Laß sie!» ruft Duccio knapp. Giulio bleibt stehen und wartet auf uns, bis wir ihn erreicht haben. Dann fällt er zurück und geht langsam hinter uns her.

Als wir zurückkommen, ist Pado immer noch mit der Küchentür beschäftigt. Ama räumt noch mehr Möbel aus den Zimmern. Ich folge ihr ins Haus. Alle Räume im Erdgeschoß haben beschädigte Parkettfußböden, und in den Fluren liegen schwarze und weiße Fliesen. Die Fensterscheiben haben Sprünge und Verfärbungen von faulendem Laub, weiche Flecken, die von den Eidechsen aufgesucht werden, wenn sie sich auf den Scheiben aufwärmen. Ama macht die Tür zum Wohnzimmer auf. Der verzogene Rahmen knarrt, als würde er gleich zerbrechen. «Noch etwas, um das sich dein Vater kümmern muß», denkt sie laut.

In jedem Zimmer, das sie betritt, öffnet sie die Fenster und läßt frische Luft herein. Sie hält inne, um Dinge zu betrachten, und stellt sie dann genau dorthin zurück, wo sie waren. Ich fasse nichts an. Alles so wie vorher. Gedanken und Bilder unberührt.

Dann ruft Pado, wir sollen ihm helfen, Sachen aus dem Auto auszuladen. Er trägt die drei Kartons, die Mr. Yunnan enthalten, zum Bord im Wohnzimmer. Er stapelt sie übereinander. Sie reichen fast bis zur Decke.

«Hier passiert ihm nichts», meint Pado.

Dieses Zimmer gehört jetzt Mr. Yunnan, sage ich zu mir selbst. Plötzlich kommt Ama mit einem riesigen Staubsauger herein. Sie tritt auf den Schalterknopf, und der Staub wirbelt auf und läuft vor ihr davon. Sie verfolgt ihn und knallt mit dem Staubsauger gegen die Fußleiste. Ich sehe Mr. Yunnans Kartons an. Sie wackeln ein bißchen.

«Aus dem Weg!» schreit Ama über den Krach hinweg, aber ich kann jetzt nicht hinausgehen. Ich stelle mich unter das Bord, um Mr. Yunnans Kartons aufzufangen, sollten sie herunterfallen. Ich kann mir nicht vorstellen, was passieren würde, wenn sie herunterfallen würden.

«Ich kenne keinen, der so viel Zeit damit verbringt, nichts zu tun!» sagt Ama aufgebracht, als sie fertig ist. Sie zeigt aus dem Fenster auf Giulio und Duccio. Sie machen mit Pado zusammen die Autositze sauber. «Das», sagt Ama zu mir, «ist etwas Nützliches!»

Am Abend bemerkt Ama, daß sie weder ans Abendessen gedacht hat noch daran, die Schlafzimmer für uns sauberzumachen. Pado findet, wir sollten schnell essen gehen und uns wegen der Schlafzimmer später Gedanken machen. Ama erinnert ihn an das Restaurant vor der Abzweigung nach Poitiers, in das sie immer mit Grand Maurice gegangen sind. Sie schleudert auf der Suche nach etwas Sauberem zum Anziehen ein Buch aus ihrem Koffer und verschwindet zum Umziehen in der Speisekammer. Sie kommt in einem weißen Kleid heraus, dessen Ärmel sich ausbreiten wie ein Fächer. Pado zieht ein dunkles Jackett an. Wir steigen ins Auto.

«Sieht ziemlich schäbig aus», meint Pado, als wir bei dem Restaurant ankommen, aber dann hört er auf, weil er sich erinnert, daß es seine Idee war, essen zu gehen. Der Kellner führt uns an einen Tisch und reicht uns ein paar wenig einladend aussehende Speisekarten in Plastikhüllen. Wir fangen an, uns durch die Liste der Gerichte hindurchzulesen. Ich lasse meinen Blick durch den Raum schweifen und denke, daß Grand Maurice hier oft gesessen haben muß, vielleicht sogar auf demselben Stuhl, auf dem ich jetzt sitze. Es kann sein, daß ich auf demselben Stuhl sitze, auf dem er saß, dieselbe Speisekarte in der Hand halte, die er in der Hand hielt, mit derselben Gabel esse, mit der er aß. Giulio zupft an einer Ecke der Weinkarte herum und läßt einen Fingernagel zwischen Papier und Plastikhülle gleiten. Duccio versucht, sich über den Unterschied zwischen zwei Gerichten klarzuwerden. Ich muß aufs Klo. Das sage ich Ama und mache mich auf den Weg nach oben, immer dem Zeichen nach. Am Ende der Treppe geht es einen Korridor entlang. Neben der Toilette ist ein Zimmer. Ein dünner Mann und eine Frau sitzen mit dem Rücken zu mir in einer Ecke und sehen fern. Gelegentlich schimpft der Mann leise vor sich hin. Ich gehe näher heran, um den Bildschirm zu sehen. Es sind die Nachrichten. Ein Nachrichtensprecher sitzt mit feierlichem Gesicht hinter einem Tisch. Dann plötzlich sieht man eine Straße voller Autos, blinkender Blaulichter und Polizisten. Sie sprechen italienisch. Dann ist da der offene Kofferraum eines Autos und darin ein zusammengekrümmter Mann. Die Kamera fährt langsam auf sein Gesicht zu. Der Nachrichtensprecher sagt, daß man Aldo Moro ermordet in einem Kofferraum gefunden hat. Ermordet! Das Wort springt aus dem Fernseher. Fährt ins Zimmer wie ein Schrei, alles andere übertönend. Ich halte mir mit aller Kraft die Ohren zu. Der dünne Mann brummelt etwas. Er steht auf und sucht nach einem Knopf. Bitte, stell den Fernseher ab! Bitte! Statt dessen stellt er ihn lauter. Halt! Halt!

Es kann nicht wahr sein. Aber der Nachrichtensprecher redet mit einem Mitglied der Familie Moro, und das Fernsehen zeigt Leute auf der Straße. Eine junge Frau schreit etwas und fuchtelt mit den Armen. Dann schwenkt die Kamera zurück zu dem zusammengedrückten Gesicht im Kofferraum, zu den wie in eine Kiste gezwängten, zusammengequetschten Gliedmaßen. Ich muß hier raus. Ich darf nicht länger zuhören. Ich drehe mich um und gehe in Richtung Treppe. Ich folge dem schwarzen Fernsehkabel an der Wand. Ich reiße am Stecker. Der Fernseher erstirbt mit einem Knistern. Der Bildschirm schrumpft und wird schwarz. Er ist nicht gestorben! Er kann nicht gestorben sein! In meinem Kopf dreht sich alles. Der dünne Mann schreit den sich entleerenden Bildschirm an. Die Frau neben ihm drückt auf ein paar Knöpfe. Ich schließe die Tür in ihrem Rücken und gehe den Flur entlang zur Treppe. Ich kann jetzt nicht aufs Klo gehen. Nicht jetzt. Ich erreiche die Treppe. Ich habe weiche Knie.

Mitten auf der Treppe bleibe ich wie angewurzelt stehen. Aldo Moros zusammengedrücktes Gesicht steht mir plötzlich wieder vor Augen. Die Stufen schwimmen in Bildern von seinem in den Kofferraum gezwängten Körper. Vielleicht war er es gar nicht? Nur wenn ich das glaube, schaffe ich es die Treppe hinunter. Aber der Nachrichtensprecher hat gesagt, er ist es. Ich höre immer noch, wie sein Name vorgelesen wird, ein kurzer Name, der zu seinem Ende gekommen ist: Aldo Moro. Ich zögere zwischen einer Stufe und der nächsten. Ich schaffe es nicht hinunter. Jede Stufe ist ein schrecklicherer Gedanke als der vorhergehende. Was ist, wenn jetzt die Roten Brigaden noch mehr Leute holen? Was ist jetzt mit Nonno? Und jetzt fangen alle Autos in Italien an zu hupen und zusammenzustoßen, und alle haben Leichen im Kofferraum. Ich sehe Aldo Moros Frau vor mir. Ihr stilles, trauriges Gesicht. Ich muß von dieser Treppe herunterkommen. Ich versuche, einen Fuß auf die Stufe unter mir zu setzen. Es geht nicht. Ich ziehe ihn zurück und setze ihn auf die übernächste Stufe nach oben. Dann springe ich schnell zwei Stufen hinunter, bevor ein anderer Gedanke kommt und mich packt. Ich habe eine Schonfrist, bin allein, lehne mich an die Wand, um nicht zu fallen. Ich versuche, an etwas anderes zu denken. Es kommt nichts anderes. Ich sitze fest. Ich werde kentern, in Gedanken ertrinken wie die junge Frau, die im Fernsehen geschrien und mit den Armen gefuchtelt hat. Ich fahre mit den Fingern über das Geländer. Die Holzpolitur beschmiert meine Hand. Ich kann mich nicht rühren.

Giulio ist ausgeschickt worden, um nachzusehen, was ich mache.

«Wo bist du? Los, beeil dich!» schreit er vom Fuß der Treppe zu mir herauf.

«Komme schon!» rufe ich zurück. Ich will nicht, daß er mich sieht. Er darf mich nicht sehen. Er kommt die Treppe herauf.

«Nun mach schon!» sagt er. Ich kann nicht. Giulio erreicht meine Stufe. Er steht neben mir.

«Also komm jetzt!» wiederholt er.

Ich schaffe es drei Stufen hinunter, und dann ist alles wieder da. Die nächsten Stufen sind wieder voll von Gedanken, und jede Stufe trägt das Bild Aldo Moros.

«Mein Schuh scheuert», sage ich. Schwer atmend setze ich mich hin. Ich fummele an meinem Schuh herum, damit Giulio geht. Er steht einfach da und wartet.

«Was ist denn los?» fragt er. Ich zeige ihm, daß meine Schuhe zu groß sind. Er sieht es nicht. Er faßt mich am Ärmel und will mich hinunterziehen.

«Nein!» schreie ich in schrillem Ton. Giulio läßt überrascht von mir ab. Ich habe jetzt Angst, und er begreift nicht, daß diese Stufe so schlimm ist, daß man nicht drauftreten kann und daß die andere dort gut ist und die da unten so lala.

«Hast du Kopfschmerzen?» fragt er. Ich spüre, wie die Stufen wegbrechen, das Gebäude unter mir zerbröckelt. Ich will, daß er aufhört, mir Fragen zu stellen.

«Es sind meine Schuhe», erkläre ich ihm immer und immer wieder.

Er sagt, er will Pado holen.

«Nein, laß nur. Es hat nichts zu bedeuten. Bitte!» Wenn diese Stufe nichts ist, vielleicht könnte ich dann zwei überspringen und die dritte nehmen? Ich springe und falle ein Stück die Treppe hinunter. Giulio kommt hinter mir her und ruft, ich soll aufhören. Ich springe wieder und versuche, die große, gebogene Eckstufe zu vermeiden – und die Traurigkeit, die möglicherweise die drei Stufen dazwischen vergiftet. Ich bin unten. Ich habe den Fuß der Treppe erreicht.

Giulio bringt mich zu meinem Platz zurück. Er ist verwirrt.

«Was ist denn mit dir los?» will Ama wissen. «Du siehst ja furchtbar aus!»

«Meine Schuhe scheuern», sage ich schnell und schiebe mich auf meinen Stuhl.

Ama wirft einen Blick auf meine Füße. «Sie sind doch völlig in Ordnung. Was redest du da?»

Der erste Gang ist Salat mit Käse.

«Stellt euch das vor! So was werde ich auch machen können, wenn ich erst die Küche in Schuß habe!» sagt Ama strahlend.

Giulio sagt, er will keinen Käse. Er will Salat mit Thunfisch. Pado bezweifelt, daß der Thunfisch frisch ist.

«Er ist bestimmt in Ordnung.» Ama nickt und bestellt ihn für Giulio.

Ich mag nicht viel Salat essen. Pado sagt, ich solle statt dessen mein Brot aufessen. Als wir beim Nachtisch sind, kommen langsam noch ein paar mehr Familien herein. In einer Ecke des Raumes ist ein Recorder, und ein Kellner legt eine Kassette ein. Ama summt die Melodie des Liedes mit, erinnert sich an den Text und schnippt im Takt mit den Fingern. Plötzlich springt sie auf und streckt Pado die Hand hin.

«Möchten Sie mit Ihrer Frau tanzen, *monsieur l'Italien?*»

Pado sieht sie verblüfft an und wir ebenfalls. Ama gleitet im Takt der Musik um den Tisch herum. Vor Pado wackelt sie mit den Hüften und zieht ihn am Revers seines Jacketts. Pado zögert. Er wirft einen Blick in die Runde.

«Los, komm! Erzähl mir nicht, du bist plötzlich schüchtern geworden!» neckt ihn Ama.

Sie streift mit dem Schenkel Pados Knie. Er steht auf und faßt sie um die Taille. Seine andere Hand legt er auf ihre Schulter. Ama legt den Kopf an Pados Brust. Zusammen gleiten sie durch den Raum, drehen sich auf den glänzenden Fliesen des Fußbodens. Wir beobachten sie stumm von unserm Tisch aus. Die Musik hört auf, der Kassettenrecorder gibt ein paar wirre Geräusche von sich und beginnt dann mit einer anderen Melodie. Ama hebt den Kopf, Pado küßt sie, einmal, zweimal, und schließlich lassen sie einander los und tanzen nur noch Mund an Mund.

Duccio langt nach den Autoschlüsseln, steht auf und schiebt seinen Stuhl an den Tisch. «Kommt, wir gehen raus.»

Wir folgen ihm auf die Straße. Innen im Restaurant dreht sich Amas weißes Kleid wie ein im Wind flatterndes Tischtuch, das alles sauberwischt.

Wir setzen uns ins Auto und warten auf Ama und Pado. Es ist fast dunkel, nur die Lampe vor dem Restaurant wirft einen spärlichen Lichtschein. Gelangweilt läßt Duccio die Autoschlüssel am Finger kreisen. Dann nimmt er sich einen Reiseführer und wirft einen Blick auf die Textspalten. Er markiert eine Reihe von Punkten mit einem Bleistift. Er hat nicht mehr viel zu tun, jetzt wo die Karten nicht mehr gebraucht werden. Dann sehen wir Ama und Pado aus dem Restaurant kommen. Wir fahren nach Hause. Die heruntergekurbelten Fenster lassen alle möglichen Geräusche herein – Grillenzirpen, die Rufe von Nachtvögeln und das Sprühen und Klicken der Bewässerungsanlagen in den Kornfeldern. Pado hetzt den Wagen die Zufahrt durch die Weinberge hinauf. Die Hubbel und Löcher schleudern uns hin und her. Pado springt aus dem Auto und zerrt an dem kaputten Tor. Es federt bloß immer wieder zurück. Wir sitzen da und sehen zu, wie er die Fersen in die bröckelnde Nachterde gräbt. Ama sagt, er solle es aufgeben. Wir lassen das Auto, wo es ist, am Rand des Weinbergs. Giulio ist eingeschlafen. Ama möchte nicht, daß wir noch eine Nacht im Auto verbringen. Pado sagt, wir sollen uns irgendwo im Haus hinlegen. Duccio und ich tragen den halb schlafenden Giulio in die Ecke des Zimmers, das Ama am Morgen, bevor sie zum Postamt gegangen ist, ausgeräumt hat. Da, wo es sauber ist, glänzen die Dielen im Licht, im Gegensatz zu dem Schmutz auf der anderen Seite.

«Ich bin gleich wieder da», sagt Pado.

Wir legen uns auf den knarrenden Holzfußboden. Pado taucht wenige Minuten später mit ein paar Decken und Kissen wieder auf. Er läßt sie auf uns fallen. Eine Decke landet halb auf meinem Gesicht. Ich lasse sie dort und atme durch den rauhen, juckenden Stoff.

Pado macht hinter sich die Tür zu. Ich sehe, wie sich im nächtlichen Windzug Staub zu kleinen Ballen formt, die um die Wette über den Parkettfußboden rasen.

Dann macht Pado die Tür wieder auf und kommt zu uns. «Ihr wart heute alle große Klasse», sagt er und beugt sich herunter, um jeden von uns zu küssen. «Ich bin stolz auf euch. *Buona notte, ragazzi.*«

«Warum ist das Huhn über die Straße gelaufen?» fragt Giulio. Ich kann Pado im Dunkeln des Zimmers lächeln hören, weil ihm keine Antwort einfällt. Als er unsere Tür zumacht, flüstere ich: «Pado.»

«Was?»

«Aldo Moro ist tot. Sie haben ihn umgebracht.»

Draußen auf dem Flur sagt Pado etwas zu Ama. Plötzlich beugt sich Giulio vor und übergibt sich auf den Fußboden. Das Erbrochene ist voller Thunfischstückchen. Duccio macht Licht an. Er wirft Giulio einen Putzlappen zu, mit dem er es wegwischen kann.

«Wir sollten Pado und Ama jetzt lieber nicht stören», sagt er.

Ich helfe Giulio beim Aufwischen. Er sieht mich nicht an. Ama und Pado werden nichts davon erfahren, und ich bin sicher, daß er niemandem erzählen wird, was auf der Treppe im Restaurant passiert ist.

14

Gleich nach dem Mittagessen verschwindet Ama wieder zum Postamt. Sie macht sich nach wie vor Sorgen um uns, weil wir zusammen mit Pado im Haus zurückbleiben, während sie in Deutschland ist. «Es hilft alles nichts, Machance muß einfach herkommen.»

Pado sorgt bald dafür, daß wir uns im Garten nützlich machen, Distelbüschel ausgraben und die Obstbäume von Efeu befreien. Wir tragen die herausgerissenen Wurzeln und den Efeu zu einem Haufen unter dem Walnußbaum. Dort riecht es nach Millionen von Kaulquappen, ein warmer, dampfiger Fäulnisgeruch. Pado meint, ich solle schneller graben, aber das geht nicht, weil jeder Wurm, den ich finde, wieder in sein Loch zurückgetan und jeder unerwünschte Gedanke, der auftaucht, wieder eingeebnet werden muß. Dann braucht Pado eine Harke. Er sucht im Haus und im Stall. Er kann keine finden. Im Dorfladen gibt es bestimmt welche, meint er. Giulio sagt, er wolle eine kaufen, aber Pado will ihn nicht alleine gehen lassen. Ich soll ihn begleiten.

Es ist ziemlich weit bis zum Laden, vorbei an der Kirche und an der Post. Wir denken die ganze Zeit, daß wir Ama treffen werden, aber wir sind die einzigen auf dem Weg. Als wir das Dorf erreichen, werden die Häuser lang und schmal, und sie haben weiße Fensterläden, und die Türen und Fenster sind in jedem Haus woanders. Der Ladeninhaber fragt, wozu wir eine Harke brauchen, und wir rufen wie aus einem Munde: «Disteln!» Er sagt, er ist sich nicht so sicher, daß eine Harke das Sinnvollste ist, aber er bringt die einzige, die er hat, und ich gebe ihm den Fünfzig-Franc-Schein, den Pado uns gegeben hat. Auf dem Rückweg trage ich die Harke wie eine Fahnenstange, und Giulio hebt abgefallene Blätter auf und spießt sie auf die scharfen Zinken. Bald haben wir ein ganzes Sortiment an Blättern, grüne, gelbe und rote. Ich versuche, auch eine leere Chipstüte aufzuspießen. Ich weiß, daß man kein Plastik auf den Komposthaufen tun darf, aber ich möchte es trotzdem tun.

Giulio will unbedingt zum Fluß hinuntergehen, deshalb schlagen wir bei der Kirche einen anderen Weg ein. Wir rennen das Sträßchen hinunter und schlagen mit der Harke nach überhängenden Zweigen. Die Chipstüte fällt von ihrer Zinke, und wir streiten uns gerade darüber, wer sie zurückstecken soll, als wir laute Stimmen hören. Wir spähen vom Straßenrand aus hinunter und sehen durch das Schilf und das Gras hindurch einen am Fluß geparkten Kleinbus. Eine Gruppe von ungefähr acht Jungen ist dabei, ein Boot zu beladen. Giulio und ich beobachten sie mindestens zehn Minuten lang. Hinten im Bus sind Campingsachen, und auf der Seite steht der Name einer Schule oder dergleichen. Über dem Nummernschild ist ein Aufkleber mit GB darauf. Giulio möchte sich das Boot ansehen, deshalb klettern wir die Böschung hinunter und gehen zu den Jungen hin. Sie hören auf mit dem, was sie gerade tun, und drehen sich zu uns um.

«Bonjour», rufen wir, «*on peut voir votre bâteau*? Dürfen wir uns euer Boot ansehen?»

Der größte der Jungen tritt ein paar Schritte vor. Er sagt etwas, das sich wie Französisch anhört, aber keins ist.

«*On peut voir votre bâteau*? Das Boot!» wiederholt Giulio.

«*Nous Anglais* ... Englisch!» antwortet der große Junge feindselig.

Giulio und ich sehen uns verblüfft an. Engländer. Wir können es gar nicht glauben.

«Dürfen wir uns das Boot ansehen?» rufen wir laut auf englisch und rennen los.

Die Jungen starren uns überrascht an. Sie bilden vor dem Boot eine Mauer.

«Seid ihr Engländer?» fragt einer von ihnen mißtrauisch.

Ich sehe Giulio an. Er versucht immer noch, zwischen ihnen hindurch einen Blick auf das Boot zu werfen. «So ’ne Art», antworte ich.

«Wieso könnt ihr dann so gut französisch?»

«Weil ... Dürfen wir uns euer Boot anschauen?» frage ich noch einmal. Keiner antwortet.

Sie sehen uns jetzt mit einem merkwürdigen Ausdruck an. Giulio weicht zurück, bis er neben mir steht. Der große Junge kommt näher und stellt sich direkt vor uns hin. Es vergeht eine lange Minute. Er mustert mich von oben bis unten.

«Wißt ihr, was das für welche sind?» ruft er der Gruppe in seinem Rücken zu. Er lächelt. «Das sind Pakis!»

Die Jungen wollen sich schieflachen. Einer lacht so sehr, daß er sich aufs Boot setzen muß. Die Steine am Rand des Flusses knirschen unter seinem Gewicht. Giulio und ich verstehen nicht, was sie haben.

«Wir möchten bloß euer Boot sehen», versucht es Giulio noch einmal.

Da wird der große Junge böse. «Ihr könnt unser Boot nicht sehen. Verpißt euch! Los, verpißt euch, ihr dreckigen Pakis!»

Er hebt einen Stein auf und zielt damit nach meinen Füßen. Der Stein prallt vom Boden ab und trifft mein Schienbein, was äußerst schmerzhaft ist. Ich packe Giulio, und wir klettern schnell den Abhang hinauf. Ein Junge hält mich an meinem Hemd fest und zieht mich herunter. Es gelingt mir aufzustehen, aber Giulio fällt neben mir hin. Ich hebe ihn auf. Ein anderer Junge packt mich am Kragen und reißt mich wieder zu Boden. Er tritt mir in den Rücken, in den Magen und schlägt mir ins Gesicht. Ein Junge ruft, den Kopf eigenartig hin und her wiegend und mit einem Akzent, den ich noch nie gehört habe: «Pakischwein, Pakischwein.» Giulio weint, und sie stoßen auch ihn zu Boden. Schließlich sammelt der große Junge einen Mundvoll Spucke, die er mir ins Gesicht genau zwischen die Augen spuckt. Sie läuft, nach Kaugummi und Bier riechend, herunter auf meine Nase und tropft mir schließlich in den Mund. Da ist der große Junge aber schon weg. Giulio hält meinen Arm, und ich halte Giulio fest. Eine Weile sitzen wir da, ohne uns zu rühren. Dann höre ich, wie jemand durchs Gebüsch kommt. Es ist ein Mann. Er sieht uns nicht. Er geht zum Boot und versammelt die Jungen um sich. Der Kleinbus fährt weg mit dem Boot, das auf einen Anhänger geschnallt ist. Meine Knie zittern und schlagen gegen die Grashalme, wie Zähneklappern. Giulio hebt die Harke auf und macht sich auf den Heimweg. Er zieht sie am Griff hinter sich her, so daß ihre Metallzinken über den Boden kratzen und knirschen und Wurzeln ausreißen. Giulios Kopf wackelt immer stärker.

Pado ist über einen Terrakottatopf gebeugt, den er von Erde und Wurzeln reinigt.

«Danke für die Harke, *grazie*.» Er hebt die Hand, ohne aufzublicken.

Als wir nicht antworten, richtet er sich auf und stößt einen Schrei aus. Giulio geht weiter in Richtung Haus. Ich bleibe stehen und sehe Pado an, und von meiner aufgeplatzten Stirn rinnt Blut die Nase hinunter. Pado läuft, über Gras stolpernd, schnell auf mich zu. Meine Augen sind immer noch weit aufgerissen vor Angst. Ich kann nicht erklären, wie es kam, daß wir übermütig losgerannt sind, um eine Harke zu besorgen, und kümmerlich und gebrochen zurückkehrten. Ama holt Giulio ein, faßt ihn an den Schultern und schiebt ihn in die Küche. «Giulio! Giulio!» schreit sie. Pado will eine Erklärung haben. Ama ist völlig außer sich, sie hält es in dem Raum kaum noch aus. Ich erzähle, was passiert ist. Giulio unterbricht mich. Er hat die Jungen unten am Fluß vor mir bemerkt. Es waren Engländer, deshalb haben wir sie angesprochen.

«Laß mich mal dein Knie sehen», fordert Pado Giulio auf.

Ich zeige ihnen meine Stirn und meinen Bauch, der von roten Prellungen ganz angeschwollen ist. Ama macht mir mit antiseptischen Tüchern den Mund sauber, weil Giulio erzählt hat, wie die Spucke in mein Gesicht geschossen kam und auf meine Lippen tropfte. Ich kann noch immer den Geruch an meinen Zähnen fühlen. Ich versuche mit aller Kraft zu verhindern, daß er in meine

Kehle, meinen Körper, meinen Verstand eindringt. In meinem Kopf jagen sich die Gedanken – Gedanken, geschwollen von Blut. Ich konzentriere mich auf den Schmerz, um nicht abzuschweifen. Ich darf mich an nichts davon erinnern, nicht an die Geräusche, nicht an die Worte, nicht an die Bilder, an gar nichts. Das alles muß vertrieben werden.

«Was hat die bloß geritten?» fragt Ama. «Weshalb tut jemand so was?»

Das genügt schon. Pado schreit, sie soll still sein, und sie würde aus einem Land von Barbaren kommen.

«Welches Land denn?» wehrt sich Ama. Dann sieht sie ein, daß es der falsche Moment und der falsche Ort ist, um sich mit Pado darüber zu streiten, wer woher kommt. Sie sagt, vielleicht hätten wir irgend etwas getan oder wären vielleicht zu freundlich gewesen.

«Zu freundlich!?» Pado ist außer sich. «Heißt das, wenn man freundlich ist, wird man verprügelt?»

Ama gibt ihm recht. «Nein, natürlich nicht. Aber es muß doch einen Grund geben.»

«Haben sie irgendwas gesagt?» fragt Pado.

«Sie haben auf einmal mit so einem komischen Akzent gesprochen», erzählt Giulio.

«Mit einem komischen Akzent? Mit was für einem Akzent?» will Pado wissen.

«Ich weiß nicht. Eben komisch. Dann haben sie gesagt: ‹Verpißt euch, Pakis!›»

«Was heißt Paki?» frage ich, aber Pado hat sich abgewendet und tritt gegen die Tür. Ama versucht, ihn davon abzubringen, denn wenn er so weitermacht, wird noch das Haus einfallen. Er tritt und tritt und tritt. Er wiederholt das Wort «Paki». Er schleudert es gegen die Wände und läßt eine Flut von Schimpfworten los. «Was für Scheißkerle tun so etwas?»

«Reg dich nicht so auf!» bittet Ama. «Wir rufen die Polizei.»

«Polizei, Polizei! Das bringt gerade was! Denen ist es doch völlig egal, wenn meine Kinder zusammengeschlagen werden, weil sie Pakis sind.»

«Also, irgendwem müssen wir das melden. Ich gehe jetzt zur *Mairie.*»

«Ach, komm, die lachen doch nur. Was interessiert sie eine Prügelei unter Kindern?»

«Sei nicht albern, das waren keine Kinder. Das waren Jugendliche. Außerdem dürften hier in der Gegend nicht allzu viele kleine englische Schulbusse herumfahren.»

Aber Pado will nicht auf sie hören und hämmert und tritt immer weiter gegen die Wände. Ich sehe, daß eine Tomate auf dem Fensterbrett gleich herunterfallen wird, und das ist alles, woran ich denken kann. Wenn sie fest ist, dann ist es nicht schlimm. Aber wenn sie reif ist, wird sie auf den Fliesen zerplatzen und ganz platt werden.

Pado faßt meine Hand. «Los, komm!»

Er zieht mich zum Auto. Duccio möchte auch mitkommen. «Du bleibst hier und paßt auf Giulio auf», befiehlt ihm Pado.

Pado schiebt mich ins Auto. Wir brausen den Weinberg hinunter und dann in Richtung Fluß. Pado rast um die Ecken und sagt in einem fort: «Paß auf, ob du sie irgendwo siehst!» Er fährt kleine Sträßchen hinunter, setzt zurück auf Lichtungen, wo Fischer Holzhütten errichtet haben.

«Sind sie das? *Ti ricordi?*» fragt er und zeigt auf ein paar Männer.

«Nein», sage ich.

«Was ist mit den dreien dort?»

Ich will sie sowieso nicht mehr sehen. In mir ist nur Angst. Ich reibe mir den Mund und spüre den Geschmack. Pado beruhigt sich nicht. Wir fahren immer schneller. Wir erreichen die Straße nach Châtellerault. Jemand schreit uns an, als wir einem Lastwagen ausweichen.

«Leck mich am Arsch!» brüllt Pado, und der Fahrer droht ihm mit der Faust. Wir fahren bergab und kommen auf Nebenstraßen, deren Pappeln das Land markieren wie Nadeln auf einer Landkarte.

«Sie müssen hier irgendwo sein.» Wir fahren ein Sträßchen nach dem anderen ab.

«Bitte, halt an!» sage ich zu Pado. Mein Bauch tut mir weh, und Gedanken trommeln gegen meine Schläfen. Ich verliere langsam den Verstand. «Bitte, halt an!»

Aber nein, wir fahren weiter. Ich sage: «Gib's auf.» Ich sage: «Wir müssen nach Hause, und vielleicht hat Ama überhaupt recht. Ich hätte ihnen gegenüber nicht so freundlich sein sollen.»

«Es war nicht, weil du zu freundlich warst. Damit hatte es nichts zu tun. Es hatte damit zu tun, daß jemand zu braun ist, verdammt nochmal», sagt er.

«Vielleicht bin ich ja zu braun», antworte ich.

«So etwas darfst du nicht einmal denken, niemals. *Mai! Mai!*» bellt er wütend. Aber ich habe doch gar nichts gesagt. Ich meine doch bloß, daß ich nicht so lange in der Sonne hätte bleiben dürfen, wie Ama gesagt hat, denn das Ergebnis sieht man ja jetzt.

«Du bist, wie du bist, vergiß das nie!»

Ich werde das kaum vergessen können, denn mein Gesicht legt immer davon Zeugnis ab. Ich denke an Nonno und daß er niemals sein Land verlassen kann. Ich sehe sein Gesicht vor mir, vielbefahren wie ein Weg, ein Weg, der am Rand seines Weinbergs geendet hat. Pado gibt Gas. Er braust durch unübersichtliche Kurven und stachelt mich hin und wieder an: «Bist du ganz sicher, daß es nicht die da drüben sind?» Ich kann mir nicht vorstellen, was er tun würde, wenn sie es wären. Würde er aussteigen und sie treten? Würde er schreien? Brüllen? Würde er still sitzen bleiben und darauf warten, daß sie auch ihm sagen, wie sehr sie ihn hassen?

Es wird allmählich dunkel. Draußen ist niemand mehr. In den Häusern werden Lampen angemacht. Aus dem Nichts treten die Umrisse von Zimmern hervor. Man schließt Fenster, zieht Fensterläden zu. Hinter einem Dorf biegt Pado nach links ab.

«Laß uns einfach ein bißchen fahren», sagt er und legt krachend einen höheren Gang ein.

Wir schießen davon. Die Abendsonne versinkt am Horizont und hinterläßt einen verschwommenen Lichtfleck in den Seitenspiegeln. Pado kurbelt sein Fenster herunter, und die Abendluft schlägt ihm ins Gesicht. Er rast die geraden Straßen entlang. Ich beobachte seine Hände am Lenkrad, die in den Kurven einander verfolgen. Er schaltet die Scheinwerfer ein, und die Straßen springen plötzlich vor uns auf. Jede Straßenbiegung wird breiter als die vorhergehende. Jeder Baum ragt höher auf. Die Scheinwerfer wissen den Weg. Die Straße gleitet voran, und wir gleiten mit. Ein Insekt prallt gegen die Windschutzscheibe, und seine Augen rutschen auseinander, während sein Leib ausläuft. Seine Fühler zeigen hierhin und dorthin. Seine Zunge rollt sich auf und zusammen. Seine Flügel fallen ab und rasen davon.

«Tut mir leid», sage ich lautlos zu ihm. «Das hier tut mir sehr leid.»

Gelegentlich springt uns ein Bauernhaus an, das sein Dach über die dünne Hecke streckt. Über uns ist jetzt dichtes Laubwerk. Zweige regnen aufs Autodach, hölzerne Tropfen klopfen darauf herum. Im Scheinwerferlicht schweben Nachtfalter. Auf der Windschutzscheibe wirbeln abgerissene zarte, durchsichtige Flügel und Beine. Eine neue Welt entsteht im Licht, das uns vorwärts zieht. Jetzt fangen die Strahlen wieder einen Nachtfalter und zwingen ihn in seine Spirale. Der Falter wirbelt auf uns zu, er begrüßt das Licht, in dem er zerplatzen wird. In der Mitte aufgerissen, klebt er ausgebreitet am Glas. Kleine Wolken einer gelben Flüssigkeit durchziehen unser Blickfeld. Ein Flügel bleibt hängen. Er will nicht nachgeben, sitzt fest, ist aufgeprägt. «Es tut mir leid», für immer, «leid, leid, leid.» Totenstille füllt den Raum zwischen unseren Sitzen. Ich treibe allein dahin, versunken in Gedanken an zerrissene, zerbrechliche Insektenkörper und Insektenflügel.

«Manchmal tut es gut, einfach zu fahren», murmelt Pado und legt den Kopf zurück. Die hereinströmende Luft zerrt an seinem Hemdkragen, und ich kann sehen, daß er weinen möchte und es nur meinetwegen nicht tut.

15

Machance wird herkommen. Ama hat es fertiggebracht, daß sie einwilligt – nach zehn Telefonaten. Sie bleibt allerdings nur eine kleine Weile.

«Wenn ich es schaffe, hierher zurückzukommen, dann kann sie es bestimmt auch», beruhigt Ama Pado. Er hat dafür gesorgt, daß einer seiner Kollegen, John Betlam, Machance mit dem Auto zu uns bringt.

Ama muß das Zimmer von Machance für sie herrichten. Sie geht durch den Garten und pflückt wilde Blumen, die sie in die Vase stellen will. Sie holt einen Besen, ein Kehrblech und saubere Wäsche.

Mir gibt sie einen Mülleimerbeutel. «*Viens.* Ich kann ein bißchen Hilfe gebrauchen.»

Ich folge ihr zögernd die Treppe hinauf. Hin und wieder bückt Ama sich, um vom Holz des Treppengeländers ein bißchen Staub zu entfernen, den sie übersehen hat. Ihr Gang ist schleppend. Niemand hat bis jetzt das Zimmer von Machance und Grand Maurice betreten.

Ama legt ihre Sachen vor der geschlossenen Schlafzimmertür ab. Sie holt einmal kurz Luft. Sie nimmt mich kurz bei der Schulter, dann faßt sie nach dem Türknauf, dreht ihn, und das Zimmer liegt vor uns. Wir stehen auf der Schwelle und blicken in die muffige Luft. Schließlich marschiert Ama zum Fenster. Sie öffnet es, stößt die Läden auf und befestigt sie draußen an der Wand. Zwei Jahre Dunkelheit ziehen langsam hinaus. Ama und ich stehen da und sehen zu, wie sich das Licht jede Ecke des Zimmers zurückerobert, sich wie vergossenes Wasser über den Fußboden ausbreitet und an den Wänden hinabläuft.

Das Bett ist ungemacht. Die Laken und Decken sind noch immer zu faltigen Hügeln zusammengeschoben, so wie sie damals zurückgelassen wurden. Auf einem Bord beim Fenster liegt ein kleiner Stapel Bücher. Neben dem Bett steht auf einem verschnörkelten Tisch eine Schale mit Dingen – einer Trillerpfeife, einer Taschenlampe, einem Bleistift und einem Notizblock. Neben der Schale liegt eine Postkarte von Notre-Dame-la-Grande in Poitiers ohne Briefmarke. Ama nimmt sie und dreht sie um. Sie betrachtet sie mit ausdruckslosem Gesicht. Sie legt sie auf den Tisch zurück mit dem Bild nach unten. Sie dreht sich um und sieht ein paar Sekunden aus dem Fenster, bevor sie weitergeht. Ich beuge mich vor, um die Karte zu lesen. Auf der linken Seite stehen nur unsere Namen und eine Adresse – die Adresse von Nonnos Haus in Italien. Ich erkenne die unaufdringliche Handschrift. Die immer stärker werdende Neigung der Buchstaben ist mir vertraut. Ich folge der Bewegung der Wörter, springe von einem zum andern, weiß bei jedem Strich, daß es die Handschrift von Grand Maurice ist. Vielleicht war dies das letzte, was er geschrieben hat, eine Karte an uns. Vielleicht ist dies der letzte Gegenstand, den er berührt hat. Hier muß ich aufhören zu denken. Ich darf mir die Wörter nicht vorstellen, die Grand Maurice auf unsere

Karte schreiben wollte, all die Sätze, die er mitgenommen hat und die ihm durch den Kopf gingen, als er im Wasser versank. Ich lehne die Karte gegen ein Buch. Sie starrt mich an, niemals abgeschickt, niemals geschrieben.

Ich nehme die Taschenlampe vom Tisch. Ich knipse sie an. Sie funktioniert ein paar Sekunden lang, dann läßt sie nach. Ich schüttele sie, und sie funktioniert wieder.

«Halte bitte den Mülleimerbeutel auf», sagt Ama mit müder Stimme.

Sie fegt den Fußboden und nimmt die Schmutzhaufen auf. Eine lange Haarsträhne hängt vom Ende des Besenstiels herab. Ama hält inne und reibt an einem Fleck. Dann lehnt sie sich mit dem Rücken an die Wand und gleitet zu Boden. Sie zieht die Knie hoch. Sie schließt die Augen und schlägt die Hände vors Gesicht.

Ich lege die Taschenlampe weg und setze mich neben sie. «Was ist, Ama, was fehlt dir?»

Sie versucht, mich anzulächeln. Ihre Stimme zittert, fast bleibt sie ihr im Hals stecken. «Vielleicht solltest du nach unten gehen und mit deinen Brüdern spielen, mein Schatz. Ich komme schon klar.»

Ich stehe auf, um zu gehen, aber an der Tür zögere ich und warte darauf, daß Ama mir noch einmal sagt, ich soll gehen. Sie sagt gar nichts. Sie scheint nicht zu bemerken, daß ich noch da bin. Sie macht mit dem Saubermachen weiter. Sie geht zum Fenster und schüttelt einen Vorleger aus. Ich höre kleine Teilchen wie Regentropfen unten in die Dachrinne fallen.

Dann sieht Ama auf die Uhr und sagt: «Jetzt ist Machance wahrscheinlich gerade dabei, sich zum Aufbruch fertigzumachen.»

Ich klettere aufs Bett, und meine Gedanken verdunsten in den Raum hinein. Ich stelle mir Machance vor, wie sie ihr Haus in England verläßt, genauso, wie sie dieses hier verlassen hat, wie sie entscheidet, was sie mitnehmen und was sie dalassen will. Ich sehe sie vor mir, wie sie erschöpft und müde zwischen ihren Koffern und Kartons hin und her geht. Sie geht von Zimmer zu Zimmer, zieht die Vorhänge zu, macht das Licht aus, taucht das Haus in abgeschlossene Stille. Vergessene Äpfel fallen herunter und rollen in die Ecken. Sie hebt sie nicht auf. Bei ihrer Rückkehr werden sie vertrocknet und verschrumpelt sein. Dann stelle ich mir vor, wie Pados Kollege John Betlam eintrifft. Er setzt sein Auto zurück bis an die Haustür, und beißende Abgase übersprühen das Haus. Wie Rauchschals hängen sie an Machance, wenn sie die Tür schließt und ihre Sachen in den Kofferraum legt. Das Auto fährt die Ausfahrt hinunter. Vielleicht hofft Machance, daß sie sich umdrehen und einen letzten Blick auf ihr Haus werfen kann. Dann bleiben die Bäume zurück, und die Langeweile der leeren Asphaltstraße beginnt. Machance redet nicht. Die Schatten vorbeiziehender Wiesen fallen über ihre blicklosen Augen. Jedesmal, wenn sie in ein Dorf kommen, seufzt sie das Fenster an und drückt ihr Gesicht an die Scheibe, die, von ihrem Atem beschlagen, kaum Durchblick gewährt. Sie gleitet an Häuserfronten vorbei, blickt in offene Türen. Wenn das Auto Plätze in Städten überquert, setzt sie sich gerade hin und schickt Wünsche zu den breiten Fassaden von Kirchen hin. Sie redet mit sich selbst, von Frankreich, von Grand Maurice und von ihrer Heimreise. Ich fühle, wie aller Verlust dieser Welt schnell mit ihr dahinströmt.

Ama tippt mir plötzlich auf die Schulter. «Jean-Pio! Seit zehn Minuten sitzt du da auf dem Bett und tust absolut nichts! *Mais qu'est-ce qu'on va faire de toi? Vraiment, mon chéri!* Das ist kein Scherz mehr!»

Sie zerrt mich vom Bett und zieht das alte Bettzeug ab. Von der Matratze darunter geht ein muffiger Geruch aus. Zwei längliche Kuhlen in der Größe von Körpern werden rechts und links im Stoffmuster sichtbar. Schnell entfaltet Ama das frische weiße Laken, das sie in den Händen hält, und breitet es über die Matratze. Sie schüttelt die Kopfkissen auf, öffnet das Fenster noch weiter, schiebt mich aus dem Zimmer und macht die Tür zu.

Wir essen schnell zu Abend. Ama hat es eilig. Während wir noch bei unserem Nachtisch sind, geht sie wieder nach oben, um die Zimmer in Ordnung zu bringen. Jeder von uns braucht sein eigenes Schlafzimmer, sagt sie, deshalb hat Pado den vorderen Teil des Dachbodens in ein Zimmer für Duccio umgewandelt. Er hat lange Stoffbahnen über die Balken gehängt und so etwas wie ein Zelt geschaffen, ein Versteck, nur über eine wacklige Leiter zu erreichen, wo Duccio ungestört ist. Ich versuche, über den Tisch hinweg einen Blick auf Pados Uhr zu werfen. Es ist fast dunkel. Machance muß jetzt auf der Fähre sein. Ich bringe meinen Teller zum Spülbecken. Mir ist ein bißchen schwindelig. Mir ist übel. Ich frage, ob ich hinausgehen darf. Was ist, wenn die Fähre untergeht?

Ich knie mich auf die Stufen vor dem Haus. Ich halte den Kopf tief gesenkt. Ich muß Machance retten. Ich denke mir Methoden aus, wie sie verhindern kann, daß das Wasser in ihre Kabine dringt. Dann denke ich daran, wie lange sie schon braucht, um nur ihre Strickjacke anzuziehen. Wie soll sie da schnell eine Schwimmweste anlegen? Bilder von sinkenden Schiffen, aufgerissenen Bootsrümpfen, in die das Wasser eindringt, und undichten Schwimmwesten stehen mir grell vor Augen. Ich stelle mir vor, wie Machance benommen die Gänge und Decks entlangtaumelt und nach einem Ausgang sucht, während ihr langer Rock sich dabei langsam mit Wasser vollsaugt. Das Schiff hüpft und schlingert auf dem rasenden Meer. Meine Gedanken zerbröseln, in meinen Ohren gellt die Panik. Wie soll sie entkommen? Wie soll sie laufen und alle wecken, wenn das Schiff untergeht?

«*Ma cosa stai facendo?* Was tust du denn da?» ruft Pado aus der Küchentür.

Ich blicke verwirrt hoch. Dann löse ich schnell ein Stück Moos von den Stufen und halte es Pado hin. Er kommt herüber.

«Moos?» sagt er lächelnd und nimmt es mir aus der Hand.

«Ein ganz besonderes Moos», erwidere ich mit unsicherer Stimme.

«Sieht man ihm gar nicht an», lacht Pado. «Trotzdem, Zeit für dich, schlafen zu gehen.»

Ich betrete mein neues Zimmer. Ama hat es leergeräumt und in Ordnung gebracht. In der Ecke steht ein schwarzes Metallbett mit frischen Laken. An der Wand hängt ein glattes Bücherbrett. Ich ziehe mich aus und lege den Kopf auf mein Kissen. Es hat einen chemischen weißen Geruch, ein bißchen wie das Reinigungsmittel in den öffentlichen Toiletten an den Autobahnen. Mir ist wieder ganz schlecht vor Gedanken. Ich versuche, mich auf mein Zimmer zu konzentrieren, aber das Bild von Machance auf der Fähre kehrt immer wieder. Ich hoffe nur, daß Machance ihre Tür nicht abgeschlossen hat und dann eingeschlafen ist. Ich stelle mir vor, wie ihr Schiff dreht und aufs Meer hinausfährt. Ich fühle, wie ich mich mit dem Bett drehe, getragen von schäumenden Wellen. Das Wasser tost hungrig. Ich vergrabe das Gesicht im Kissen. Ich atme tief ein und mit jeder vorgestellten Woge wieder aus. Ich knipse die Nachttischlampe an. Ich darf so nicht weiterdenken, sonst werde ich nie schlafen. Ich schabe an den Metallbeinen des Bettes, bloß um an etwas anderes zu denken. Noch schaukeln die Wellen unruhig auf und ab, schlagen aus und beschweren sich über die Last des Schiffes. Ich gehe auf die andere Seite des Zimmers. Das

Geräusch geölter rostiger Ketten knirscht in meinen Schläfen. Gleich sinkt die Fähre. Ich umklammere mit den Armen meinen Oberkörper. «Sie wird nicht sinken.» Ich sage es schneller und schneller. «Sie wird nicht sinken.» Meine Gedanken glühen, quälen mich. Fast verliere ich das Bewußtsein, während ich darauf warte, daß die ersten Toten zwischen den Autos treiben; auf dem Deck liegen die Leichen wild durcheinander, einige mit noch lebendigen Augen, andere mit Schwimmwesten und so leeren Gesichtern, als hätten sie nie gelebt. Wie lange hat Grand Maurice gegen das Wasser angekämpft? Was hat er gedacht, als der See ihn überwältigte und er im Schlamm versank? Hatte er, als er unterging, das gleiche Gesicht wie Aldo Moro in seinem Kofferraum? «Sie geht nicht unter. Sie kann nicht untergehen.» Ich sage es zehnmal hintereinander, lauter und immer lauter und dann wieder und wieder, bis ich die Wörter nicht mehr aussprechen kann. Ich mache Pausen zwischen ihnen, aber dann schlüpfen unerwünschte Gedanken in die Lücken, und ich muß ganz schnell gehen und das Fenster aufmachen. Unfertig hängt die Nacht vor mir.

Mein Kopfkissen umarmend, schlafe ich ein. Am nächsten Morgen renne ich hinunter. Ama ist allein in der Küche und macht sich gerade Kaffee.

«Warum ist Machance nicht da?» schreie ich sie an.

«Was für eine Art, den Tag anzufangen, Jean-Pio! Wie wär's mit ‹Guten Morgen›?» Ama sieht müde aus.

«Warum ist Machance nicht da?» wiederhole ich.

«Vor heute abend kommt sie bestimmt nicht. Es ist eine lange Fahrt von England hierher. Komm, setz dich hin und frühstücke.»

Ich trinke etwas Wasser.

Der Tag vergeht langsam, quält sich im Schneckentempo voran. Ama beschäftigt uns, indem sie uns Aufgaben gibt. Pado würde gern wissen, wie sein Kollege mit Machance auskommt. Ich wage nicht zu fragen, wo sie sind, denn es könnte ja sein, daß sie nirgends sind und tot auf dem Meer dahintreiben. Ich muß den ganzen Tag über meine Gedanken im Zaum halten. Ich muß Machance über Wasser halten. Ich konzentriere mich auf meine Arbeit. Ich gieße die Blumen, die Pado gepflanzt hat. Ich putze die Küchenfenster mit einer zerrissenen Serviette, die Ama gefunden hat und in die Machance' Initialen eingestickt sind. Ich tauche die Serviette in Seifenwasser und achte darauf, daß die Scheiben wirklich sauber sind. Dann knülle ich die Serviette zusammen und behalte sie den ganzen Tag über in der Tasche, taste immer wieder über die Initialen, damit Machance heil ankommt. Ama scheucht Pado im Garten herum, zeigt ihm, was zu tun ist, und schlägt alle möglichen Methoden vor, wie das kaputte Tor zu reparieren wäre. Es scheint, als würde es dem Haus gefallen, daß Ama wieder da ist, als würde es mit Erleichterung ihre vertraute Art spüren und froh sein, noch einmal zum Leben zu erwachen. Sie kurbelt es an wie eine müde Maschine und gibt ihm Anstoß, neu zu beginnen.

Nach dem Abendessen sitzen wir draußen auf dem Rasen, den Pado zu mähen versucht hat. Das Gras sprießt in ungleichmäßigen Flecken, und dazwischen klaffen Schnitte in der trockenen Erde, wo die Pflanzen bis über dem Boden abgemäht worden sind. Ama macht sich Sorgen. Von Machance keine Spur. Pado meint, wir hätten noch einmal zum Postamt gehen und sie anrufen sollen, für den Fall, daß sie beschlossen hätte, doch nicht nach Frankreich zu kommen. Ich denke an die Fähre, wie sie auf dem Meeresgrund entlangschabt, voller Ertrunkener, die niemals irgendwo ankommen werden. Ich weiß, daß die Fahrt von England hierher nicht so lange dauert. Ama teilt Kekse aus. Giulio zerkrümelt einen über seinem

Schoß und schnippt die Krümel dann in die Luft. Pado nimmt ihm den Rest weg und sagt, das ist Verschwendung. Dann kommen Scheinwerfer die Auffahrt heraufgeschwankt, ein stärker werdendes, durchdringendes Leuchten, das den Weinberg in Licht taucht. Ein silberfarbenes Auto hält unten vor dem Tor; seine Scheinwerfer sind auf die Vorderfront des Hauses gerichtet. Im Innern sind zwei verschwommene Gesichter. Wir springen auf und gehen auf das Auto zu. Ama zieht ihre Schuhe aus und rennt ein wenig, um vor uns da zu sein. Machance steigt aus. Wir umringen sie, um sie zu begrüßen und zu küssen. Sie steht in unserer Mitte, klein und regungslos. Wir überschütten sie mit Fragen, halten nach ihrem Gepäck Ausschau. Dann macht sie sich von uns los, durchbricht unseren Kreis und geht auf das Haus zu, taumelnd wie ein Nachtfalter, einmal im Lichtkreis der Scheinwerfer, einmal außerhalb davon, und hält die Hände dabei schützend vor die tiefliegenden Augen. Sie bleibt stehen und faßt suchend in die Tasche. Sie zieht einen eisernen Schlüssel hervor. Die Tür ist schon offen.

Im ersten Stock geht in einem der Fenster das Licht an. Machance hat ihr Zimmer erreicht. Ama läßt alles aus den Händen fallen und läuft über den Rasen ins Haus. Mit Pado zusammen laden wir das Auto aus. John Betlam, Pados Kollege, will sofort weiterfahren. Er muß noch vor Mitternacht in Clermont-Ferrand sein. Wir türmen das Gepäck im Gras neben dem Auto auf, zwischen Büschen und Rebpfählen. Pado tauscht mit John schnell ein paar Neuigkeiten aus und dankt ihm für seine Hilfe mit Machance. Das Auto wird wieder angelassen. Die Scheinwerfer hüpfen vom Haus weg und lassen alles hinter sich in Dunkelheit versinken. Wir helfen Pado, das Gepäck hineinzutragen. Ama kommt wieder heraus und holt den letzten Pappkarton, der noch neben dem Tor steht. Sie hält ihn hoch, damit sie sehen kann, wohin sie tritt, aber dann stolpert sie. In der Dunkelheit hören wir es platzen und reißen, als der Karton auf den Boden fällt. Irgendwelches Papier macht im nächtlichen Wind schabende, flappende Geräusche. Wir laufen hin, um ihr zu helfen. Mit den Füßen stoßen wir gegen etwas im Gras. Um uns verstreut liegen Fotografien in vergoldeten Rahmen auf dem Rasen. Wir kneifen die Augen zusammen, um die Gesichter auszumachen, die zu uns heraufstarren, versuchen, sie an ihrem Lächeln und ihrem Blick wiederzuerkennen. Ama kniet sich hin und sammelt die Fotos wieder ein. Sie tut sie in den aufgeplatzten Karton, den sie mit einem Arm zusammenhält. Sie preßt ihn an ihre Brust, und die Rahmen und das Glas klirren häßlich. Sie tastet durch das Dunkel, fährt mit der freien Hand über das Gras, um sicherzugehen, daß keine Fotos liegengeblieben sind.

Als wir am nächsten Morgen aufwachen, müssen wir Ama als erstes versprechen, daß wir besonders lieb zu Machance sein werden.

«Sie hat eine schlechte Nacht hinter sich. Sie braucht heute unsere besondere Fürsorge», erklärt sie uns und schwenkt als Anreiz drei Croissants, die sie auf dem Rücken vor uns versteckt hatte.

«Ja», versprechen wir einstimmig.

Ich wußte bereits, daß Machance heute Hilfe brauchen würde, genauso wie gestern, als ihr Gesicht sich bittend an die leeren Kirchen wandte und ich verhindern mußte, daß die Fähre untergeht.

«Ihr gefällt es hier nicht, oder?» sagt Giulio.

«Ihr gefällt es sogar sehr gut», entgegnet Ama. «Das ist das Problem. Sie ist immer sehr gerne hier gewesen. Die Rückkehr ohne Grand Maurice ist eben sehr schwer für sie. Sehr schwer.»

Ama geht mit uns zu dem großen Becken im Stall neben der Küche. Sie zieht uns aus und treibt uns unter den Wasserhahn. Der spuckt ein wenig trübes, kaltes Wasser aus. Mit Hilfe einer Blechtasse wäscht sie uns die Haare und übergießt uns mit Seifenwasser. Dann schickt sie uns mit Handtüchern zum Abtrocknen in den Garten. Wir sind noch nicht weit gekommen, als wir Leute sehen, die auf das Haus zugehen. Wir laufen hinein und warnen Pado. Die Besucher stehen eng zusammengedrängt im Eingang. Sie wollen zu Machance. Ama versucht, sie dazu zu bewegen, an einem anderen Tag wiederzukommen. «Morgen vielleicht oder übermorgen? Sie fühlt sich noch nicht imstande, Besuch zu empfangen.» Sie sagen, sie haben schon zwei Jahre gewartet.

Pado bittet sie widerwillig in die Küche und holt ein paar Stühle herbei. Er öffnet eine Flasche Rotwein und stellt ein paar Gläser hin. Die Besucher nehmen auf den Stühlen am Tisch Platz, drehen die Mützen in den Händen, lassen den Blick durch die Küche schweifen und schnuppern diskret an ihren beschlagenen Gläsern. Einer von ihnen sagt zu mir, daß ich genau wie Grand Maurice aussehe.

«Was für ein tragischer Unfall», seufzen sie schwer.

Machance erscheint, und sie stoßen bei ihrem schnellen Aufstehen die Stühle zurück, daß sie über den Fliesenboden kratzen.

«*Nos condoléances*, herzliches Beileid», sagen sie feierlich wie im Chor.

Ihre Beileidsbezeugung überrascht Machance. Sie duckt sich ein bißchen, bevor sie auf die Besucher zugeht. Sie ergreift ihre Hände, eine nach der andern, umfaßt sie sanft mit den ihren.

Die Besucher drängen sich um sie. Nach und nach und mit Mühe finden sie den Faden ihrer Geschichten und Fragen. Machance antwortet ihnen allen mit leblosem Blick. Einer der Besucher ist Monsieur Luzille, der Bürgermeister des Dorfes. Er hat einen Aktenordner mit Formularen dabei. Er zeigt sie Machance. Lautlos schält sie sie aus dem Ordner und legt sie auf den Tisch.

«Ich sehe sie mir ein andermal an», stammelt sie.

Dann gräbt Monsieur Luzille in seiner Aktentasche und fördert eine Plastiktüte mit einem offiziellen Siegel zutage. «Das hat mir die Polizei letztes Jahr gegeben, als der Fall abgeschlossen wurde. Vielleicht wollen Sie es zurückhaben.» Er legt die durchsichtige Tüte vor Machance hin. Ein zusammengeklapptes Federmesser, eine Rolle Bindfaden und ein Stück Draht sind unter dem Plastik, pressen dagegen, drängen nach draußen. Machance weicht auf ihrem Stuhl zurück, läßt die Hände von der Tischplatte gleiten. Sie starrt auf die Tasche, die vollgepackt und mit einem Klebeband umwickelt daliegt.

Ama schickt uns aus dem Zimmer. «Geht in den Garten, Kinder!» sagt sie, und wir können ihre Stimme kaum hören. Ich drehe mich um und werfe durch die sich schließende Tür einen Blick auf die Plastiktüte. Sie füllt den Spalt ganz aus. Dann fällt die Tür ins Schloß.

16

Unter den Stufen zum Vordereingang ist der Keller, ein dunkles Spiegelbild des Hauses darüber, ein offenes Muster ohne Türen. In der Mitte zwischen den Kellerräumen ist ein freier Platz, und von dort laufen nach allen Seiten stille, feuchte Gänge. Auf dem Platz gibt es ein wenig Licht, das lautlos hereintropft. Wir erforschen die Formen des sickernden Wassers und der lockeren Erde mit Taschenlampen und Kerzen. Wir teilen das Gebiet unter uns auf. Giulio bekommt den Teil mit der Tiefkühltruhe. Ich den Weinkeller. Duccio nimmt den längsten und dunkelsten Gang mit dem moosbewachsenen Boden, dem Öltank und der Jahreszahl 1850, die an das Jahr erinnert, in dem der Fluß den Keller unter Wasser setzte und Flaschen und Etiketten davonspülte. Wir finden die Vorsprünge und Löcher, wo wir mit Grand Maurice Verstecken gespielt haben. Ich bin sicher, daß ich, wenn ich nur gut genug suche, etwas Besonderes finden werde, das Grand Maurice gehört hat, und wenn ich es finde, dann behalte ich es für immer.

Machance bleibt am ersten Tag in ihrem Zimmer. Nur zum Mittagessen kommt sie herunter, und der Kummer verzerrt ihr Gesicht, als sie im Haus umhergeht.

«Ich wollte nicht hierherkommen», sagt sie zu Pado, als er versucht, sie aufzuheitern.

«Allein in England wärst du genauso unglücklich», versucht es auch Ama.

Machance nickt zustimmend, um zu verhindern, daß alle noch länger über sie reden. Dann macht sie sich wieder alleine auf den Weg durchs Haus. Türen öffnen und schließen sich. Sie bleibt stehen, dann hört man wieder ihre Schritte, gedämpft von der Erinnerung.

Bereits nach einem Tag ist Ama klar, daß Machance nicht in der Verfassung ist, für uns zu sorgen, während sie in Deutschland ist. Pado meint, er schafft es schon, aber Ama macht sich wieder auf den Weg zum Postamt und findet die Telefonnummer einer Agentur in Poitiers, die Au-pair-Mädchen und Haushaltshilfen vermittelt. An dem Morgen, an dem Ama nach Deutschland fährt, erscheint Marie-Jeanne. Sie kommt aus Bordeaux. Sie steht mit einem braunen Lederkoffer vor der Tür und fragt nach Ama. Giulio läuft los, um sie zu holen. Ich lächele das Mädchen an. Sie scheint nicht zurücklächeln zu wollen und will nicht einmal wissen, wie ich heiße. Sie betrachtet das Haus von oben bis unten, und ihr Blick wandert über die Staubschichten und die Treppe hinauf, deren Stufen bei jedem Schritt von Machance knarren.

Schließlich ruft Ama sie herein und verkündet, daß Marie-Jeanne von der Agentur in Poitiers kommt und sich um uns kümmern wird. Sie dankt ihr, daß sie sofort gekommen ist. Dann stellt sie uns schnell vor.

«Das ist Duccio, der Älteste. Er kommt allein zurecht. Das hier ist Jean-Pio. Er ist ein richtiger Träumer, falls Sie verstehen, was ich meine. Nicht wahr, Liebling? Er muß viel Wasser trinken.» Giulio tätschelt sie den Kopf. «Der kleinste hier macht keine Mühe, solange er nachmittags schläft. *Généralement il est adorable.*»

Marie-Jeanne blickt weder mich noch Giulio an. Ihre ganze Aufmerksamkeit gilt Duccio. Sie hat keine Fragen. Ama sieht ein wenig überrascht aus. Sie bleibt aber sehr höflich, obwohl man merkt, daß sie nicht sicher ist, was sie von diesem Au-pair-Mädchen halten soll. Allerdings hat sie keine Wahl. Entweder sie nimmt dieses lockige Mädchen, das nicht lächelt, oder sie muß sich auf Machance oder – noch schlimmer – auf Pado verlassen, der alle paar Minuten seine Forschungsarbeit unterbrechen müßte. Ama kann es sich nicht leisten, sich unseretwegen Gedanken zu machen, wenn sie dolmetscht und dabei in einem fort die eine Sprache gegen eine andere eintauscht.

Als Pado Ama zum Bahnhof in Tours fährt, ist Marie-Jeanne nirgends zu sehen. Machance ist davon überzeugt, daß sie schon irgendwo etwas Schlimmes ausheckt. Ama hatte ihr viel Glück wünschen und ihr sagen wollen, daß im Kühlschrank im obersten Fach ein paar Becher Joghurt sind und daß Giulio den mit Pfirsich mag und daß Duccio keinen Spinat ißt und daß ich nicht allein in meinem Zimmer bleiben soll, weil ich dann nur aus dem Fenster starre und nichts tue. Pado muß Ama zum

Auto scheuchen. Sie kann nicht aufhören zu weinen. Sie will nicht fort. Nicht jetzt, wo die ewige Reiserei aufgehört hat und wir uns in dem Haus eingerichtet haben. Sie bedeckt die Augen mit den Händen, die gespreizt sind wie zwei Fächer mit Spitzen.

Sie gibt uns einen Kuß und flüstert: «Viel Glück!»

Machance nimmt sie fest in die Arme und murmelt ihr: «Sei tapfer!» ins Ohr. «Bitte, mir zuliebe.»

Pado versucht, mit Hilfe der Karte den kürzesten Weg zum Bahnhof herauszufinden. Er berät sich mit Duccio. Dann nimmt Ama Duccio die Karte sanft aus der Hand und streicht ihm über den Kopf. Als sie wegfahren, sehe ich, wie Ama ihr Weinen in der Karte mit den schwarzen, roten und gelben Linien zu verbergen sucht. Was die Karte nicht zeigt, sind die leeren Hotelzimmer, die auf sie warten, und die Aussichtslosigkeit von Übersetzungen, die nie etwas sagen, die Enttäuschung angesichts des immer noch nicht enden wollenden Reisens.

Marie-Jeanne kommt in die Küche geschlendert. Sie ist unten im Dorf gewesen, Zigaretten holen. Machance zeigt auf die Zigarette, die sie hält. «Ich fürchte, das werden Sie zum Fenster hinaus oder draußen tun müssen.»

Vielleicht sollte ich Marie-Jeanne Pados Bild von dem Mann zeigen, der sechzig Zigaretten am Tag geraucht hatte und dem die dunkelroten Tumoren in Massen aus der grau werdenden Haut wuchsen. Giulio meint, es lohnt nicht. Er erinnert mich daran, was wir mit Michaels Zigaretten gemacht haben, als wir das letztemal in England waren.

Machance sortiert die Essenssachen, die Ama uns dagelassen hat. Sie stellt die Schüsseln und Teller in einer Reihe auf dem Tisch auf. Sie öffnet die Schränke. Alle ihre alten Sachen sind weg; Ama hat sie ungeordnet in große, schwarze Müllsäcke geworfen. Machance öffnet

Dosen und nimmt Deckel ab. Ganz und gar saubere, erst vor kurzem abgewaschene Gefäße funkeln ihr entgegen. Da steht eine Schüssel mit Brokkoli, randvoll, mit kleinen weißen Knoblauchstückchen bestreut. Haare von Machance' Kinn, die in den Furchen ihrer Nägel sitzen, gleiten über den Brokkoli wie Grammophonnadeln. Haare, die unsichtbare, klangerfüllte Rillen lesen. Machance macht sich Tee und trinkt ihn, als würde jeder Schluck sie ein wenig mehr verschwinden lassen. Sie sieht, daß wir sie erwartungsvoll anschauen. Sie bittet Marie-Jeanne, uns oben vorzulesen, während sie etwas zu essen macht. Aber Marie-Jeanne hat einen so starken Akzent und wir drei sehen nach zehn Minuten so enttäuscht aus, daß sie das Buch hinwirft und aus dem Zimmer stürmt.

Duccio hat schon ein paar Theorien über Marie-Jeanne. Sie hat ganz offensichtlich Heimweh, denn sonst wirft man Bücher nicht so auf den Boden.

«Wir haben schon ziemlich gelangweilt ausgesehen», sage ich.

Duccio meint, daß sie außerdem nicht ganz richtig im Kopf ist, und ganz bestimmt benutzt sie keine Zahnseide und, was noch schlimmer ist, sie hat die Toilettenspülung betätigt, ohne sich hinterher die Hände zu waschen. Giulio bestätigt, daß sie mit ungewaschenen Händen aus dem Klo gekommen ist. Sie hat sich bloß mit den Handflächen über den Rock gestrichen. Jetzt wandern ihre Hände in den Zimmern umher, bewegen sich wie Fliegenschwärme durchs Haus. Sie wird mit ihnen das Treppengeländer entlangfahren, Türgriffe umfassen und in der Küche Teller berühren, mit diesen Fingern, die schmutzig sind, weil sie an der Kette der Klospülung gezogen haben, und Pado sagt, die Klospülung ist eine Bakterienschleuder, sie hängt in der Luft wie ein verseuchtes Schwert. Und wenn sie dann in die Küche geht, wird sie schauen, ob auch keiner da ist, dann die Kühlschrankfächer inspizieren, mit den Fingern hineinfahren und sie hinterher ablecken.

Es fängt an zu regnen – ein heftiger Regen, der bereits die ganze Hitze des Sommers in sich trägt. Machance schleppt sich an uns vorbei in ihr Zimmer. Wir können hören, wie sie versucht, ihr hohes Fenster zuzumachen. Der Griff schlägt gegen den Rahmen, sie kann ihn nicht erreichen. Sie ruft nach mir, damit ich ihr helfe. Ihre Stimme kommt den Flur entlang, angetrieben von dem Regen draußen. Wir sehen uns an. Ich möchte ihr Zimmer nicht betreten wegen all der Fotos, die sie in dem Karton aus England mitgebracht hat, Fotos von Grand Maurice, ihren Eltern und vielen anderen Toten. Schließlich stehe ich auf und schlendere den Flur hinunter. In der Tür zu ihrem Zimmer bleibe ich stehen. Der Fußboden ist mit Büchern und Sachen übersät, und ein offener Koffer liegt auf dem Bett. Ob ich will oder nicht, ich muß die Fotos ansehen – Haltungen, Blicke und Lachen von Menschen, die es nicht mehr gibt. Ich balle die Fäuste, um alle Gedanken auszusperren. Ich bohre die Fingernägel in meine Handflächen. Machance schiebt mir einen Stuhl hin. Sie hilft mir hinauf. Regen tropft aufs Fensterbrett, prallt ab und springt auf den Boden. Ich reiße den Fenstergriff herunter. Der Regen drischt gegen die Scheibe. Ich bleibe auf dem Stuhl stehen und lausche auf das Trommeln des Platzregens über mir.

Ich versuche es zu vermeiden, die Fotos wieder anzusehen, aber sie tauchen vor meinen Augen auf, wo immer ich hingucke. Überall sind Bilder von Grand Maurice, vierzig Jahre alte Fotos, zwanzig Jahre alte, zwei Jahre alte, Bilder von ihm als kleinem Jungen, Schnappschüsse vom Haus hier. Machance sitzt auf dem Bett und klopft auf die Decke, damit ich mich neben sie setze. Aus der Menge der Fotos auf ihrem Nachttisch wählt sie eins aus und hält es mir hin. Es zeigt Grand Maurice als Kind zusammen mit seiner Großmutter. Er hat einen Matrosenanzug an, eine Mütze bedeckt sein Haar. Die Großmutter trägt ein langes Kleid, das den Boden berührt, und hält einen Sonnenschirm in der Hand. Machance wischt das Bild mit einem Zipfel ihres Ärmels ab und betrachtet es noch einmal, diesmal genauer.

«Hinter diesem Foto steckt eine ganze Geschichte», sagt sie langsam. «Die Großmutter von Grand Maurice erblindete mehr und mehr, aber er konnte das nicht akzeptieren.» Sie zeigt auf etwas an seinem Kinn, das wie ein Leberfleck aussieht. «Siehst du das?» Machance lächelt vor sich hin. «Er hat sich diesen Fleck speziell für seine Großmutter aufgemalt.»

Sie erzählt mir, daß Grand Maurice eines Nachmittags, als er im Haus seiner Großmutter auf dem Dachboden spielte, einen wunderschönen Schmetterling fand, der sich bei dem Versuch, ins Freie zu gelangen, mit den Beinen in einem Spinnennetz verfangen hatte. Er lag regungslos und völlig unversehrt auf dem Fensterbrett. Maurice säuberte ihn, blies den Staub von seinen Flügeln und legte ihn in eine Schachtel. Er rührte sich immer noch nicht. Maurice ging hinunter, um ihn seiner Großmutter zu zeigen. Sie war nicht da. Er rief und rief. Niemand kam. Schließlich fand er seine Großmutter im Garten. Sie hatte Gäste, saß mit ihnen zusammen auf dem Rasen.

Er sagte zu ihr: «Guck mal. Ist der Schmetterling hier nicht schön?»

Seine Großmutter drehte sich um, lächelte verständnislos und nahm dann wieder am allgemeinen Gespräch teil. Er zupfte sie am Ärmel. «Sieh dir doch mal meinen Schmetterling an», wiederholte er in einem fort, aber sie nahm einfach keine Notiz von ihm.

Eine Zeitlang stand er da und wußte nicht, was er tun

sollte. Er ließ die Schachtel von einer Hand in die andere wandern. Er betrachtete jeden einzelnen der essenden, redenden Gäste. Er versuchte wieder, die Aufmerksamkeit seiner Großmutter zu erregen, aber sie unterbrach ihr Gespräch nicht. Also lief er ans Ende des Gartens, wo er stand und in den Himmel sah. Er öffnete seine Schachtel und warf den Schmetterling in die Luft. Der Schmetterling fiel zu Boden und regte sich nicht. Er versuchte es wieder, half mit vorsichtigem Pusten nach. Jedesmal schwebte der Schmetterling einfach zu Boden, ohne sich zu regen. Seine Flügel verfingen sich im Gras, und je öfter er ihn aufhob, desto mitgenommener sah er aus. Dann fing es an zu regnen, aus heiterem Himmel, an einem sonnigen Tag. Es regnete heftig. Er hielt den Schmetterling in den offenen Händen, und der Regen trommelte auf den kleinen Körper, und schwarzer Staub von den gebrochenen Insektenbeinen blieb an seinen Händen haften. Er versuchte, den Schmetterling vor dem Regen zu schützen. Er barg ihn in seiner hohlen Hand. Ab und zu wischte er sich das Gesicht ab und verschmierte dabei den schwarzen Staub auf seinen Wangen und seinem Mund. Er ging zurück zum Haus. Seine Großmutter war ganz aufgeregt, führte ihre Gäste ins Haus und versuchte, ihre Haare vor dem plötzlichen Regen zu schützen. Hinter ihr standen Leute mit Tellern in der Hand und schauten, ob ihre Schuhe schmutzig waren. Er stand in der Diele; auf der einen Seite war der Spiegel, auf der anderen seine Großmutter. Er konnte sehen, daß sein Gesicht grau und schwarz verschmiert war. Seine Großmutter starrte ihn an, weil sie wegen ihrer Gäste in heller Aufregung war.

«Was mache ich bloß?» sagte sie immer wieder. «Sind meine Stühle noch draußen?»

Er sah sie an und konnte nicht sprechen, weil sie den Schmetterling nicht gesehen hatte und weil sein Gesicht jetzt schwarz war von dem toten Insekt, und sie hatte das alles nicht bemerkt. Sie ergriff ihn beim Arm und führte ihn schwerfällig zum Klavier. «Schnell, spiel etwas für die Gäste!»

Er spielte, mit dem Gesicht zu den Gästen, und sie klatschten und lächelten.

Als er ging, fragte ihn niemand nach seinem Schmetterling oder warum sein Gesicht schwarz und grau war. Er ging wieder nach draußen und stellte sich in den Regen. Die Tropfen liefen ihm übers Gesicht und wuschen es beinahe sauber.

Er trug die Überreste des Schmetterlings zurück auf den Dachboden und legte sie auf das Fensterbrett, wo die Spinne ihr Netz hatte. Er machte das Fenster auf. Das morsche Holz des Fensterrahmens knackte laut, und aus den Ritzen und Spalten im Dach drang ein Schwarm von Schmetterlingen. Über seinem Kopf kamen lauter Schmetterlinge aus ihren Puppen hervor. Er stand da und bewegte sich nicht. Er hätte sie am liebsten alle berührt, als sie sich vorwärts ans Licht drängten, von allen Seiten herbeiströmten und nach einer freien Stelle suchten. Bald wimmelte es überall von ihnen. Sie flatterten um die aufgestapelten Möbel, wirbelnd, kreisend, auf und ab und hinaus. Immer mehr kamen aus dem Holz hervor, sie kamen in rauhen Mengen und streiften ihn mit den Flügeln, so daß er blinzeln mußte. Mit den Händen lenkte er die Schmetterlinge aus dem Fenster. Als der letzte fortgeflogen war, ging er in sein Zimmer und sah in den Spiegel. Sein Gesicht, vom Regen abgewaschen, war wieder sauber bis auf einen Fleck am Kinn. Diese Stelle war schwarz, sehr schwarz, als wäre der tote Schmetterling unter seine Haut geschlüpft, hineingeglitten und hätte sich in seinem Gesicht verloren.

Als er am nächsten Tag aufstand, war der Fleck immer noch da und am Tag danach auch. Beim Abendessen, Mittagessen und Frühstück saß er da und wartete darauf, daß seine Großmutter «Wasch dir das Kinn!» sagen würde oder: «Was hast du da im Gesicht?» Sie tat es nicht. Er ging mit dem schwarzen Fleck im Gesicht durch den Garten, wandte das Gesicht der Sonne zu, spürte die Hitze auf seinem Kinn. Eines Abends saß er vor seiner Großmutter, die ihm das Haar kämmte. In einem fort legte er den Kopf zurück und hob ihr sein Kinn entgegen. Aber sie sah immer noch nichts. Sie kämmte ihm die Haare und kämmte und kämmte. Sie streichelte sogar seine Wange, sagte jedoch nichts von dem Fleck.

In der zweiten Woche, sagt Machance, überprüfte Grand Maurice sämtliche Spiegel im Haus seiner Großmutter. Er wollte sehen, ob einige von ihnen den Fleck vielleicht nicht zeigten. Einige hingen in dunklen Zimmern, und er mußte lange suchen, um den Fleck zu finden. Andere befanden sich in der Nähe von Fenstern und wurden von Licht überflutet, und der schwache Umriß schwarzer Wolken auf seiner Haut war deutlich zu sehen. Er wollte immer noch, daß seine Großmutter aufmerksam wurde, daß sie innehielt und fragte: «Was, in aller Welt, hast du da im Gesicht?» Er wollte, daß sie ihn zu sich rief und seinen Kopf besorgt in die Hände nahm. Dann wurde das Wetter schön, Tag für Tag war der Himmel blau, und ein Ende der schönen Tage war nicht in Sicht. Jeden Morgen blickte Grand Maurice zum Himmel empor und sah nicht eine Wolke, nichts, was er auf sein Gesicht zeichnen konnte, keine Form, die ihn forttragen würde. Er hörte also damit auf, den Fleck auf seinem Kinn mit Tinte zu umranden. Statt dessen erfand er Wolken. Er stellte sie sich in allen möglichen Formen und Größen vor, riesige weiße Gebirge, die durch die Bläue zogen, und er wartete darauf, daß es regnete. Dann kamen seine Eltern, um ihn abzuholen, und als er ihnen entgegenlief, sagte seine Mutter.: «Was hast du denn da am Kinn?», holte ihr Taschentuch hervor und wischte den Fleck weg.

Machance hört so plötzlich auf, wie sie angefangen hat, ist sich nicht bewußt, mir irgend etwas erzählt zu haben, und es ist, als wäre Grand Maurice' Geschichte einfach so, von ganz alleine, aufgestiegen und davongeflattert. Ich spüre durch mein Hemd hindurch die rauhe Wolle von Machance' Pullover an meiner Schulter. Das ist das einzige, woran ich denken kann.

Ich gehe los und suche Giulio. Wir vertiefen uns in einen Stapel medizinischer Zeitschriften, die Pado gehören.

«Duccio sagt, Marie-Jeanne ist komisch», erzählt er mir beim Umblättern.

17

Erschöpft kehrt Ama von ihrer Konferenz in Deutschland zurück. Ihr Auftrag hat ihr keinen Spaß gemacht. «Dolmetschen ist auf die Dauer nichts. Das ist kein Leben. Gottlob ist es damit jetzt vorbei.» Sie hält uns fest an sich gedrückt.

«Froh, daß ich wieder da bin?» flüstert sie uns ins Ohr. Sie streicht Machance übers Haar. «Wie ist es dir ergangen, *Maman*?»

Pado bringt vom Auto Amas Unterlagen und eine zum Platzen volle Aktentasche herein. «Soll ich die Sachen raufbringen?» fragt er.

«Wo ist Marie-Jeanne?» will Ama wissen. «War sie euch eine Hilfe?»

Duccio fängt an, ihr zu erzählen, daß Marie-Jeanne nie etwas zu essen gemacht hat, und wird von Machance unterbrochen, die schildert, wie sie dauernd raucht, und von Giulio, der sich über ihr Vorlesen beklagt.

«Was soll das heißen: Sie raucht dauernd?» Ama ist wütend. Ich versuche, der Reihe nach zu erzählen, aber die andern fallen mir ins Wort. «Halt, halt, nicht alle gleichzeitig!» ruft Ama. «Wieso hat sie nicht gekocht? Inwiefern konnte sie nicht ordentlich vorlesen?» Sie ruft Pado zu: «Gaspare, was ist los gewesen hier? Ich kann das alles nicht glauben!»

Pado versucht, sie zu beschwichtigen. «Ich glaube, sie war hier einfach nicht am rechten Platz, das ist alles», sagt er fröhlich.

«Da siehst du, was passiert, wenn ich nicht hier bin», seufzt sie. «Du hättest doch bloß die Agentur anzurufen und um ein anderes Au-pair-Mädchen zu bitten brauchen. Also wirklich, kannst du nicht mal das tun?»

«Ist ja schon gut. Du bist ja jetzt wieder da», erwidert Pado.

Ich möchte hinzufügen, daß die Dinge so einfach nicht liegen. Ich habe Marie-Jeanne im Garten gesehen, allein, wie sie lustlos die Wege entlangging und den Kies wegkickte, als wären es Brocken der Einsamkeit. Ama bereitet das Abendessen zu und deckt den Tisch. Marie-Jeanne taucht auf und beschwert sich, daß Duccio noch nicht gebadet hat.

«*Oh, bonjour!* Wie waren die Ferien?» beginnt Ama in sarkastischem Ton.

Pado nimmt Ama beiseite und flüstert, daß man, wenn Marie-Jeanne ausnahmsweise mal etwas Nützliches tun will, sie es auch tun lassen sollte, vor allem weil sie noch gar nicht weiß, daß sie eher eine Last als eine Hilfe gewesen ist.

Duccio sieht peinlich berührt aus. «Ich kann sehr gut alleine baden», sagt er.

«Wenn du zwölf bist, kannst du darüber nachdenken», erklärt ihm Ama.

Pado findet, er ist alt genug, um allmählich alleine in

die Badewanne zu steigen, aber Ama hat immer Angst, wir könnten mit nassen Händen nach dem Lichtschalter langen oder wir könnten einschlafen oder, noch schlimmer, wir könnten, ohne die Temperatur zu überprüfen, in die Wanne springen und uns verbrühen.

Als Duccio von Marie-Jeanne hinausgeführt wird, sieht er uns auf eine ganz bestimmte Weise an, und während das Essen im Backofen gart, denkt Giulio darüber nach, bis ihn irgend etwas in seinem Kopf dazu veranlaßt, Ama zu sagen, daß Duccio nicht froh ist. Gleich darauf klingelt der Backofenwecker.

«Was meinst du damit?» fragt Ama überrascht.

Ich hätte ihr auch sagen können, daß Duccio nicht in die Badewanne gehen wollte. Giulio läßt nicht locker. «Ich bin sicher, daß Duccio jetzt aus der Wanne raus will.»

«Kann er doch», meint Pado, aber Giulio weiß, daß er es nicht kann, und nimmt Ama bei der Hand und zieht sie die Treppe hinauf. Die Badezimmertür ist zu, aber nicht abgeschlossen, und Ama braucht sie nur ganz zwanglos aufzustoßen. Ein kleiner Schubs mit dem Zeigefinger.

Wir unten hören plötzlich über uns ein großes Durcheinander und ein Scharren über den Dielen. Pado blättert in seinem Bericht und merkt gar nicht, daß die Zimmerdecke bebt. Wasserhähne werden zugedreht, Handtücher heftig von Haltern gezerrt, nackte Haut zittert in der Kälte. «Du kleines Flittchen!» schreit Ama gellend, so daß Pado einen Moment verwirrt aufschaut.

Dann spuckt das Badezimmer seinen Inhalt aus – naßgespritzte Kleidung, nasse Füße, unter deren Schritten sich der Teppich im Flur in großen Abständen wellt. Ich zähle die Schritte, bis Marie-Jeannes Zimmertür aufgerissen wird, bis zur Erklärung.

Giulio sagt später, Marie-Jeanne hätte sich nicht umgedreht. Sie läßt sich von Ama mit wütenden Schritten vorwärtsstoßen, die Augen geschlossen, Handtücher heruntergerutscht, mit Händen, die nicht wissen, wohin. Ama ist angeekelt von dem nackten Körper des Mädchens, ein nasser Haufen dort auf dem Teppich. Sie zerrt Marie-Jeannes Koffer hinter der Tür hervor. Sie leert den Inhalt der Schubladen und des Schranks aus, fegt alles vom Tisch, stopft Kleider, Hosen, Stiefel, Höschen in den Koffer, nichts zusammengelegt, alles durcheinander und mit wütenden Fäusten zusammengedrückt, so daß der Koffer fast platzt. Sie leert Regalbretter, holt alles unter dem Bett hervor. Es soll keine Spur zurückbleiben. Halbherzig versucht Marie-Jeanne, sie aufzuhalten. Ihr nackter Körper stellt sich Amas wütenden Armen in den Weg, als sie Parfümfläschchen und Lippenstifte umwerfen. Ama schluckt herunter, was sie sagen möchte. Sie erstickt ihre Schreie, preßt die Hände auf den Mund, aber ein bestimmtes Bild geht ihr nicht aus dem Kopf.

Machance läßt inzwischen das Essen Essen sein. Es ist sinnlos. Das Geräusch von Gabeln und Messern ist durch laute Schritte auf der wackligen Treppe ersetzt worden – Ama hat Marie-Jeanne am Kragen gepackt und kommt mit ihr herunter. Raus, ohne ein Wort zu sagen, und im Dunkeln ins Auto, Koffer auf den Schoß. Giulio und ich laufen hinaus, um das Auto losfahren zu sehen. Ama fährt mit dem Mädchen davon, das hinten sitzt und nicht genau weiß, ob es seine Hände benutzen soll, um die Tür zuzumachen oder um uns zum Abschied zuzuwinken. Giulio macht nicht die geringsten Anstalten zurückzuwinken. Weil er es nämlich gesehen hat und ich nicht. Er hat die Badewanne gesehen und die nackte Marie-Jeanne, wie sie Duccio zwischen den Beinen festhielt. Und nicht nur das. Er hat gesehen, daß Duccio völlig sprachlos war.

Ich verstehe nicht. «Wer hat denn nun gebadet, Duccio oder sie?»

«Beide, und ihr ging das Wasser bis zu den Schultern.»

Am nächsten Morgen sind die Teller immer noch nicht abgeräumt und stehen am gleichen Fleck wie am Abend zuvor. Ama ist zu fassungslos, um irgend etwas zu tun, und von dem Augenblick an, als das Auto davonschoß, während Marie-Jeanne die Wagentür zuzuziehen versuchte, hat niemand gewagt, Ama auch nur anzusprechen. Ihr Teller steht immer noch im Kühlschrank, unberührt bis auf die Soße, über deren Oberfläche Machance mit einem langen, knochigen Finger gefahren ist, um das erstarrte Fett aufzubrechen. Ich gehe am Tisch entlang in die Küche. Ich versuche herauszufinden, wo der gestrige Abend geblieben ist, ob den Sitzen noch etwas von Duccios Verwirrung anhaftet. Duccio verbringt den Tag in seinem Zimmer. Ama bringt ihm ein paar Sportmagazine und ein Brettspiel. Er will das alles nicht haben. Er schleudert die Sachen die Treppe hinunter, und Giulio und mir ist klar, daß wir sie lieber nicht aufheben sollten, weil er sonst am Ende auch noch auf uns losgeht.

Pado sagt, es ist eine Erfahrung wie jede andere auch. «Das mußte ja eines Tages passieren. Lieber eine scharfe Siebzehnjährige als ein alter Mann auf der Straße.»

Das findet Ama überhaupt nicht komisch. «Von so was kann ein Kind einen lebenslangen Knacks wegkriegen.»

«Also, jetzt komm!» sagt Pado gutmütig.

«Es ist mein völliger Ernst», faucht Ama.

«Was tust du denn da drin, Jean-Pio?» ruft Ama plötzlich, Pado unterbrechend. Ihre Stimme springt mich an.

Ich zähle die Schachteln und Flaschen in der Speisekammer und starre dabei in die Küche. Dort liegt ganz allein am Rand des Tisches die Plastiktüte mit Grand Maurice' Sachen. Sie ist immer noch mit dem Klebeband der Polizei versiegelt.

«Wut braucht eine Weile, bis sie abklingt.» Das sagt Pado zu uns.

Es dauert mindestens zwei Tage, bis sich die Situation beruhigt. Inzwischen häufen die frühen Sommerwinde Blätter und gemähtes Gras vor dem Haus auf. Machance ist so niedergeschlagen wie am Tag ihrer Ankunft. Sie bricht morgens zu langen Spaziergängen auf, ist den ganzen Tag unterwegs und bringt abends die Dämmerung mit ins Haus. Sie geht am Tisch vorbei und hinauf in ihr Zimmer, ohne Appetit und ohne ein Wort. «Ich bin müde, einfach nur müde», sagt sie, wenn Ama mit ihr zu reden versucht. Pado glaubt, daß es ihre Trauer um Grand Maurice ist, die jetzt herauskommt.

Ama macht sich Sorgen. «Sie ißt überhaupt nichts, Gaspare», seufzt sie ängstlich, wenn Pado sie davon zu überzeugen versucht, daß es normal ist, daß Machance jetzt gern allein ist.

«Sie muß die Dinge überdenken. Hierher zurückzukehren war sehr schwer für sie, das ist ganz natürlich», sagt er beruhigend. «Im übrigen ißt sie bestimmt etwas.» Sonst wäre sie gar nicht imstande, kilometerweit zu laufen und nur die Felder zu sehen, die sie von ihren Gedanken ablenken. Ich habe sie gesehen, wie sie in der Küche über das Essen gebeugt stand und daran roch, aber nichts davon aß.

Eines Morgens – Machance sitzt gerade auf einer Bank am Ende des Gartens, unten bei den Weinstöcken – kommt Pado und gibt mir eine Scheibe Toast mit Marmelade und einen Apfel.

«Hier, bring das Machance.»

Ich betrachte das Brot, das auf der Wärme meiner Handfläche schwimmt. Ich bin nicht sicher, daß sie es haben will. Wir müssen es versuchen. «Wenn wir das nicht tun», sagt Ama, «wird sie immer kleiner und schwindet schließlich völlig dahin.»

Machance bemerkt mich gar nicht, und als ich ihren Namen rufe, dreht sie sich nicht einmal um.

«Machance! Ich bin's. *C'est moi.*»

Machance hat keinen Hunger. Sie schiebt die Scheibe Toast so weit wie möglich von sich weg, und die braune Krume des Brotes scheint mit jeder ihrer Weigerungen ein bißchen härter zu werden. Schließlich bringe ich sie dazu, von dem Apfel abzubeißen. Sie kaut schnell auf dem Fruchtfleisch herum, um es nicht schmecken zu müssen. Sie nimmt mir die Scheibe Toast aus der Hand und legt sie neben sich auf die Bank. Die Marmelade fließt an den Seiten herunter. «Nein, nein, du mußt es essen!» beharre ich.

«Ich kann nicht. *Je ne peux pas*», wiederholt sie. «Ich kann nicht.»

Dann ist es, als wäre ihr Mund wieder still, und ihre Worte kämen nirgendwoher. Ich setze mich neben sie und schaue mit ihr zusammen ins Gras. Sie sagt, das ist so, wie wenn sie morgens den Teppich in ihrem Zimmer anschaut. Sie kann sich, wenn sie wach im Bett liegt, in den unzähligen kleinen Teppichfäden verlieren, die sich vor ihr winden und ineinanderschlingen wie diese Grashalme, jeder Faden in unzähligen Farben und jede Farbe anders als die vorige. Sie kann den Fäden folgen, wie sie hin und her laufen und sich zu Mustern schlängeln, auf den Staub, die Flecken und die Gerüche zu, die in sie hineinsickern. Das ist der Augenblick, wenn die Gesichter aus der Vergangenheit in den winzigen, komplizierten Formen der Schmutzflecken erscheinen, und jedes Gesicht führt in den Teppich hinein und taucht auf aus dem Nichts, aus Linien, die wieder verschwinden, aus Schatten und Taschen, die mit einem Blinzeln der Augen entstehen und vergehen.

Machance spricht von Grand Maurice. Ich spüre bereits die Gedanken, die durch meine Ohren und meinen Kopf ziehen, wenn sie ihn beschreibt, wenn der Klang seines Namens in mich eindringt. Ich stehe auf und will fortgehen, aber ich merke, wie ihre Worte in mir hängenbleiben. Meine Gedanken setzen sich in Gang, stoßen einander an wie fallende Dominosteine. Machance weiß, daß ich hinter ihr bin, daß ich in der Luft hänge, sie braucht sich gar nicht umzudrehen. Sie rutscht auf der Bank hin und her. Ich will nicht reden, nicht jetzt.

«Es wird schon gutgehen», flüstere ich ihr zu, mir zu.

Machance hört mich nicht. Sie möchte reden. Sie erzählt mir, daß Grand Maurice, nachdem er mit dem Fuß in die Kaninchenfalle geraten war, nicht einen einzigen Schritt gehen konnte, ohne vor Schmerzen aufzuschreien. Sein Fuß war ständig geschwollen und entzündet. Er verbrachte ganze Tage wie angewurzelt an einem Fleck, nur um sich nicht bewegen zu müssen. Meistens blieb er in ihrem Schlafzimmer, und während der ganzen Zeit mußte Machance Mittel und Wege finden, ihm zu helfen. Sie kaufte ihm einen Stock und spezielle Schuhe. Sie brachte ihn dazu, mehr zu laufen. Sie konsultierte Ärzte. Sie wechselte jeden Tag seine Kleidung, stellte fortwährend die Möbel von einem Raum in den anderen. Der Garten und das Fischen waren seine einzigen Freuden, und Machance drängte ihn, neue Blumen und Bäume zu pflanzen. Er baute das Gewächshaus und errichtete die Steinmauer beim Gemüsegarten. Immer wieder saß er für Stunden auf der Mauer, schichtete die Steine um, lauschte dem Garten. Gelegentlich nahm er das Auto und fuhr zum Fischen hinunter an den See. Wenn er zurückkam, aßen sie zusammen Krebse, und Grand Maurice knackte jede Schale wie eine auszulöschende Erinnerung. Eines Tages dann sagte er Machance, er wollte den ganzen Weg bis zum See zu Fuß gehen. Sie freute sich sehr darüber. Sie reichte ihm seinen Stock und sah ihm nach, als er zwischen den Rebstöcken verschwand. Sie dachte daran, ihn zu begleiten, und überlegte, ob sie ihm nachrufen sollte:

«Ich komme mit, warte!», aber das hätte Grand Maurice nicht mehr gehört. Er war schon zu weit weg, arbeitete sich immer weiter vor, hinkend und auf seinen Stock gestützt, und aus Angst, daß die Schmerzen in seinem Fuß ihn dann übermannen würden, konnte er nicht mehr stehenbleiben. Das war der Tag, an dem er ertrank.

«Er hat euch alle so sehr geliebt, besonders dich», sagt Machance am Ende, und ihre Worte versiegen. Ich empfinde Angst, fühle mich fern von mir selbst und auf betäubende Weise einsam. Ich werde von jemandem geliebt, der nicht mehr da ist und nie wiederkehren wird, der in einem See ertrunken ist.

«Von Tag zu Tag wird es schwerer für mich, nicht leichter», flüstert Machance langsam. «Er fehlt mir so sehr. Zu sehr.» Sie schlägt mit den Absätzen gegen die Bank. Von ihren Schuhen fallen kleine Stücke harter Erde zu Boden.

Ich drehe mich um und laufe zum Haus zurück. Ich stoße auf Ama, die ein paar Übersetzungen für Pado überarbeitet. Sie stellt Wörter und ganze Sätze um. Ich sehe ihr dabei zu, wie sie schnell schreibt, nachdenkt, innehält, um ein Wort auszuradieren und dann noch eins und dann neu anfängt.

Sie sieht mich an. «Was ist los, Schatz? Du siehst irgendwie bekümmert aus.»

«Machance ist nicht glücklich!» stoße ich hervor.

«Ich weiß», sagt Ama und drückt meinen Arm. «Wir müssen uns um sie kümmern.» Sie nimmt ihre Hand nicht fort; ihre Finger krampfen sich in den Stoff meines Ärmels, und ich weiß nicht, ist es meinetwegen, ihretwegen oder wegen Machance.

18

Duccio wächst ein feines, schwarzes Haar auf der Oberlippe. Sein erstes. Ama sagt, sie hat es schon vor einer ganzen Weile bemerkt und gehofft, es würde wieder verschwinden. Pado will, daß er es abrasiert. Ama besteht darauf, daß es ausgerissen wird. Wenn man es abrasiert, wächst es nur um so kräftiger nach. «Rasieren regt das Wachstum an.»

Ama wühlt in ihrer Kosmetikschublade herum und sucht ihre Pinzette. Damit faßt sie Duccios einsames Haar. Er macht eine Grimasse und tritt nach ihr, als sie kräftig daran zieht. Schließlich hat sie es und geht damit zum Fenster, um es besser sehen zu können. Sie pustet es auf ihrer Handfläche herum. Es rutscht ihr durch die Finger, ehe Pado es auch untersuchen kann. Über Duccios Oberlippe ist eine winzige rote Schwellung. Er reibt sie wie wild. Ama blättert in ihrem Notizbuch auf der Suche nach Elizabeths Nummer. «Die Zeit wird allmählich knapp», murmelt sie.

Am Nachmittag ist schon alles arrangiert. Ama war im Dorf auf dem Postamt. Elizabeth kommt von England herüber, um Duccio zu malen.

Pado fährt nach Poitiers, um Elizabeth vom Bahnhof abzuholen. Sie hätte in Tours oder Chinon aussteigen sollen, aber sie ist im Zug eingeschlafen. Ama meint, das ist ganz typisch. Als Elizabeth ankommt, denkt sie nicht daran, sich zu entschuldigen. Sie ist vielmehr richtig froh.

«Ein Glück, daß ich in Poitiers gelandet bin. Das hat mir eine ganze Stunde mit Pado im Auto eingebracht!»

Ama murrt etwas, und Duccio macht sich beleidigt davon, als Elizabeth ihre klapprige Staffelei aus dem Kofferraum zieht. Sie ist voll getrockneter Farbe, Rosa, Gelb-

und Rottöne über verschiedenen Blaus. Dann lädt Elizabeth ihre übrigen Sachen aus. Jedes Gepäckstück gibt einen durchdringenden Terpentingeruch von sich. Ama führt Elizabeth in ihr Schlafzimmer. Sie hat ihr einen kleinen Strauß Feldblumen in einem Marmeladenglas auf den Nachttisch gestellt. Ama macht uns die Tür vor der Nase zu. «Los, geht spielen! Wir haben zu reden.»

Wir können die beiden da drinnen schwatzen hören. Giulio meint, daß Ama Elizabeth sagt, wie sie Duccio malen soll. Das erzählen wir ihm aber lieber nicht, um ihn nicht noch mehr aufzubringen. Plötzlich hören wir es drinnen klacken und laufen zurück. Wir lauschen an der geschlossenen Tür. Giulio glaubt, es ist Elizabeths knackender Kiefer, dessentwegen ihr Mann sie verlassen habe. Ich kann es auch hören. Es klingt eher so, als würde sie ihren Koffer auf- und zumachen. Wir müssen der Sache später, während des Abendessens, nachgehen.

Machance hat beim Tischdecken die Messer und Gabeln so weit unter den Tellerrand geschoben, daß man sie nicht sehen kann. Sie versteht nicht, warum Giulio und ich unbedingt Elizabeth gegenübersitzen wollen.

«Seit wann ist sie eure beste Freundin? *Franchement vous êtes idiots*», sagt sie kopfschüttelnd. Wir überzeugen sie davon, daß wir in Elizabeths Nähe sitzen wollen, um sie aufzuheitern, weil Ama uns erzählt hat, daß sie es nicht leicht hatte. Das Abendessen verläuft allerdings enttäuschend, denn wir können Elizabeths Kiefer überhaupt nicht knacken hören. Ich versuche, ganz genau hinzuhören. Vergebens. Giulio hat eine bessere Idee. Wir sollten sie dazu bringen, bestimmte Wörter auszusprechen.

«Was findest du besser, das englische ‹*Ouch!*› oder das französische ‹*Aie!*›?» fragt er.

Sie sieht uns komisch an, aber sie überlegt. Sie zieht

Aie vor. Ihr Kiefer knackt nicht, als sie das Wort ausspricht.

Als wir am nächsten Morgen aufwachen, hat Elizabeth bereits ihre Staffelei auf dem Rasen hinterm Haus aufgestellt und sich mit Pado lange über die frisch umgegrabenen Blumenbeete unterhalten. Pado und Madame Joignets Sohn Marc haben tagelang das Gras gemäht und eingegangene Pflanzen durch neue ersetzt. Am Anfang war Marc nicht sehr glücklich darüber. Er sagt, Grand Maurice hat sich nie etwas aus einem gepflegten Rasen und dergleichen gemacht. Er hatte am liebsten überall wildwachsende Pflanzen und Blumen, auch mitten im Rasen. Machance und Ama besprechen, was Duccio für Elizabeths Bild anziehen soll. Ama ist froh, daß sich Machance für etwas interessiert. Elizabeth wollte ursprünglich etwas Naturburschenhaftes mit nackter Brust. Nach der Marie-Jeanne-Episode hält Ama das mit der nackten Brust allerdings für unklug. Sie kann sich nicht zwischen Duccios rotem Hemd und der Hose, die sie ihm im vergangenen Jahr in Paris gekauft hat, und seinen üblichen vergammelten Alltagskleidern entscheiden. Wenn er zu hübsch angezogen ist, lenkt das nur von seinem Gesicht ab, betont Elizabeth.

«Er muß stark aussehen, wie ein edler Wilder», setzt sie hinzu.

Machance seufzt ungeduldig. «Wie sieht denn ein edler Wilder aus?» fragt sie.

Gerade will Elizabeth zu einer Beschreibung dessen, was sie meint, ansetzen, als Giulio herunterkommt, um allen mitzuteilen, daß Duccio sein Zimmer nicht verlassen will. Er läßt Ama ausrichten, daß er sich, wenn er für ein Porträt sitzen muß, die Haare abschneiden wird.

Giulio sagt, er meint es ernst. Duccio hat da oben eine Schere, und die Tür zum Dach ist zu. Ama hastet die Treppe hinauf, dicht gefolgt von Elizabeth.

Duccio hat seine Tür fest verschlossen und sogar einen Stuhl dagegengestellt. Ama fleht ihn vom Fuß der Bodenleiter aus an.

«Bitte, Liebling, es dauert auch nicht lange!»

Sie rüttelt an der Leiter. Duccio sagt, daß er aus dem Fenster klettert und wegläuft, wenn sie ihn nicht allein läßt. Dann hat Ama eine Idee. Sie sagt, wenn Duccio herunterkommt und Elizabeth Modell sitzt, kann er einen Go-Kart oder ein Fahrrad haben. Die Tür springt auf, und Duccio kommt aus seinem Dachzimmer herunter. Ama wußte es. Triumphierend umarmt sie Duccio. Er schiebt sie weg. So leicht gibt er nicht nach. Er will wissen, wann genau er einen Go-Kart bekommt und wie er aussehen wird. Ama sagt, sie muß zuerst mit Pado darüber sprechen.

Draußen im Garten macht Ama, während Elizabeth mit ihrer Staffelei beschäftigt ist, bei Pado einen Vorstoß wegen des Go-Kart, ohne daß Duccio es hören kann.

«Einen Go-Kart? Du spinnst wohl! Die sind viel zu teuer», protestiert Pado.

Ama legt ihm die Hand auf den Mund. «Komm schon! Ich bin mir sicher, daß wir uns einen leisten können, einen ganz einfachen», sagt sie und küßt ihn.

Elizabeth macht ein paar Entwurfszeichnungen, mit großen schwarzen Linien, die fast das Papier durchstoßen.

«Es dauert seine Zeit», sagt sie, als wir uns erwartungsvoll um sie versammeln. «Und im übrigen muß ich erst eine Inspiration haben.» Sie steht auf, und die Farbtuben und Pinsel auf ihrem Schoß fallen zu Boden. Pado leiht ihr das alte, ramponierte Fahrrad, das er im Stall gefunden hat. Sie fährt los, den Weinberg hinunter in Richtung Dorf.

Es ist ein glühendheißer Nachmittag. Machance sitzt mit einem Hut auf dem Kopf unter dem Lorbeerbaum bei der Küchentür und schläft. Ama ist damit beschäftigt, Elizabeths Skizzen zu sortieren. Sie breitet sie auf dem Rasen aus. Kleine Insekten springen auf das weiße, körnige Papier und wieder hinunter. Wir vertreiben sie. Ama hält die Zeichnungen in die Höhe und fragt uns, was wir von ihnen halten. Einige Stunden später taucht Marc auf. Er sieht verlegen aus. Er möchte mit Pado sprechen.

«*C'est urgent.* Schnell!» sagt er.

Pado fragt sich, was los sein kann, und kommt herausgerannt. Marc nimmt ihn beiseite und flüstert ihm etwas ins Ohr. Pado sieht besorgt aus, dann fängt er an zu glucksen.

«*Mais c'est grave*», beharrt Marc.

Pado versucht, ihm beizupflichten. «Natürlich, *oui, bien sûr.*» Aber er kann nicht aufhören zu lachen.

Ama will unbedingt wissen, was so lustig ist. Marc will es ihr nicht sagen. Er findet es auch nicht im geringsten komisch.

«Was? Los, worüber lachst du?» ruft Ama immer wieder. Wir schreien alle mit. Schließlich gelingt es Pado, sich zu beherrschen, und als Marc weggegangen ist, um Machance guten Tag zu sagen, erzählt er uns, daß jemand Elizabeth gesehen hat, wie sie oben ohne in den Weinbergen herumgefahren ist.

«Oben ohne!» ruft Ama aus.

Marc sagt, daß man Elizabeth zuerst unten beim Hof der Girauds gesehen hat. Dann ist sie hinaufgefahren, vorbei an Henri Pourdins Weinberg, und dann hinunter zum Fluß, dort, wo er neben der Straße nach Tours fließt. Als sie bei Pascal Charvels Weinberg ankam, war Marc bereits von seinem Cousin angerufen worden, der ihm sagte, er soll auf den Hügel steigen und schauen, ob es stimmt. Marc sagt, er hat ohnehin hinaufgehen wollen, und gerade als er oben angekommen ist, hat er diese blonde Frau vorbeiradeln sehen, mit nacktem Oberkörper und baumelnden Brüsten. Er hat gedacht, es ist eine deutsche Touristin von dem Campingplatz in der Nähe. Aber bei genauerem Hinsehen hat er Elizabeth erkannt, die ihr T-Shirt wie einen Schal um den Kopf geschlungen hatte. Er konnte es nicht glauben. Er war so schockiert, daß er sich hinter einem Baum versteckt und den Blick abgewandt hat, als sie vorbeikam. Pado fragt sich, wie weit er wohl den Blick abgewandt hat. «Egal», sagt Ama, «es muß trotzdem eine ziemliche Überraschung für ihn gewesen sein. Der Ärmste!»

Machance ist außer sich.

«*C'est une honte*, ich kann es nicht glauben», sagt sie Marc immer wieder. Ama versucht, sie zu beruhigen. Machance will sich nicht beruhigen lassen. «Ihr seid erst kurze Zeit hier, und schon passiert so was.» Ama macht ihr eine Tasse ihres Lindenblütentees und gießt Marc ein Glas Rotwein ein. Sie lenkt die Unterhaltung auf den Garten, und bald reden alle darüber, wie sie den Wipfel des alten Walnußbaums hinter dem Haus kappen werden. Plötzlich sieht man Elizabeth in der Ferne; sie radelt durch die Weinberge zu uns zurück. Marc steht auf und will gehen. Er will nicht dabei sein, wenn es Ärger gibt. Pado sagt, daß es nicht den geringsten Grund gibt, sich aufzuregen.

«Laßt sie doch machen, was sie will. Mein Gott, sie hat ihren Titten ein bißchen frische Luft gegönnt!» sagt er, und dann fängt er wieder an zu lachen. Machance meint, wenn einer seiner Gäste in seinem Dorf in Italien nackt herumgeradelt wäre, hätte er das auch nicht besonders komisch gefunden.

«Und Nonna wäre bestimmt nicht entzückt gewesen«, setzt sie hinzu.

Als Elizabeth über den Rasen kommt und das Rad behutsam ins Gras fallen läßt, sieht sie sich einem vielköpfigen Begrüßungskomitee gegenüber.

«Meine Güte, bin ich fertig!» keucht sie. «Es ist ja so schön hier. Ich wollte einfach immer mehr sehen.» Der Schweiß läuft ihr als kleines, transparentes Rinnsal den Nacken hinunter auf die Schulter. Er fließt wie aus einem stillen Hahn, quillt aus den Tiefen ihres blonden Haars und rieselt in Windungen über ihre Haut.

Ama packt sofort den Stier bei den Hörnern. «Bitte, Elizabeth, fahr nie wieder ohne Oberteil. Es hat da einige Probleme gegeben.»

Elizabeth wird ein wenig verlegen. «Was? Woher, in aller Welt, wißt ihr das? Niemand hat mich sehen können, ich schwör's.»

«Hier haben die Bäume Augen», mischt sich Pado ins Gespräch und deutet dabei auf Marc, der abgezogen ist und durch den Garten den Heimweg angetreten hat.

«Es tut mir leid, wirklich.» Elizabeth lächelt Ama kläglich an.

«Mir ist das egal. Meine Mutter regt sich darüber auf. Vielleicht könntest du ihr sagen, daß es nicht in deiner Absicht lag, Anstoß zu erregen.»

«Natürlich wollte ich das nicht», beteuert Elizabeth und geht zu Machance hinüber.

Machance hat ihr den Rücken zugewandt. Sie nickt bloß, als Elizabeth etwas Entschuldigendes hervorbringt – die Landschaft war so überwältigend, und sie hat sich so frei gefühlt, als könnte sie fliegen. «Schön, schön, *c'est bon*», sagt Machance matt, «aber wenn Sie mal wieder fliegen wollen, dann tun Sie es doch bitte hier hinterm Haus.»

«Vielleicht mache ich das wirklich mal», entgegnet Elizabeth. Das hatte Machance eigentlich nicht hören wollen. Aber sie ist erleichtert.

Elizabeth fährt nicht mehr mit dem Rad los, trotzdem redet inzwischen das ganze Dorf über sie. Machance kann nicht glauben, daß es so viele Leute geschafft haben, sie in den Weinbergen zu sehen. Pado schätzt, daß sie mindestens drei Stunden unterwegs war. Da hatten alle genug Zeit, sie sich anzuschauen. Allem Anschein nach hatte Marcs Cousin auch einige Mitglieder der Familie Pourdin angerufen, und Jean-Marc Pourdin hatte seinen Freund Fernand jenseits der *Route nationale* nach Tours angerufen, und auch der stand dann mit seinem Traktor bei seinem Weinberg bereit und ließ sich den Anblick nicht entgehen.

Elizabeth hält sich jetzt ans Malen. Sie wandert im Garten herum in der Hoffnung auf eine Eingebung. Sie hat eine Reihe von Entwürfen gemacht und die Pose ausgewählt, die ihr am besten gefällt. Duccio soll im Gras sitzen, die Beine angezogen, mit den Armen um die Knie. Er soll träumerisch in die Luft sehen wie ein junger Krieger vor dem Losbrechen der Schlacht.

«Lächerlich. *Complètement ridicule!*» sagt Machance schnaubend zu jedem, der es hören will.

Monsieur Luzille, der Bürgermeister, besucht uns jetzt fast täglich. Ama ist davon überzeugt, daß er bloß kommt, weil er irgendwie hofft, Elizabeth nackt beim Sonnenbaden anzutreffen, aber er scheint auch einiges hinsichtlich der Unterhaltung der Wege und Weinberge rund ums Haus klären zu müssen. Er hofft, mit Machance sprechen zu können, aber am Ende redet er immer mit mir, während er darauf wartet, daß Machance aus ihrem Zimmer kommt.

«Ich habe deinen Großvater sehr gemocht», erzählt er mir jedesmal. Einmal, als er schon im Begriff ist, ins Dorf zurückzugehen, hält er mich noch einmal zurück. Sein Atem riecht nach Wein, und die Stoppeln um seinen Mund machen, wenn er redet, ein Geräusch wie Sandpapier.

«Da habe ich immer gesessen und mich mit deinem Großvater unterhalten», seufzt er und zeigt auf einen großen Baumstamm ein paar Meter von uns weg. «Aber das war, bevor er mit dem Fuß in diese verdammte Kaninchenfalle geraten ist. Danach war ihm nie mehr besonders nach reden zumute.» Ich sage nichts darauf. Ich sitze ganz still, verschließe mich gegen alles, sogar gegen die Geräusche und die Helligkeit des Gartens.

Elizabeth malt den ganzen Tag, jeden Tag.

«Hier ist es wirklich himmlisch», flüstert sie Ama zu, als sie es sich im Gras vor ihrer Staffelei gemütlich macht.

Ama hat ihr eine Tasse Tee gebracht und Duccio eine kleine Flasche Orangensaft. Elizabeth drückt den Teebeutel in ihrer Tasse mit einem Bleistift aus. Das Wasser färbt sich dunkelbraun. Duccio steht auf und vertritt sich die Beine.

«Warum kommst du nicht und schaust es dir an?» ruft Elizabeth ihm nach. Ihn interessiert das Bild nicht. Zu sehr fiebert er Pados Rückkehr aus Poitiers entgegen und dem Go-Kart. Giulio meint, wenn er sich lange genug in Elizabeths Nähe herumtreibt, dann macht sie vielleicht schnell eine Zeichnung von ihm, und er kriegt auch einen Go-Kart. Elizabeth dreht das Bild hin und her und betrachtet es aus verschiedenen Blickwinkeln, während Duccio in der Nähe des Tors auf und ab geht und den Weg hinuntersieht.

«Er ist in Wirklichkeit schöner», murrt Ama, das Bild betrachtend. Elizabeth zuckt die Achseln. Sie sagt, es ist schwer, jemanden zu malen, der nicht gemalt werden will. «Aber das Wichtigste ist ohnehin, deutlich zu machen, was er fühlt.»

Ama korrigiert Elizabeth. «Nein, ich wünsche mir eine realistische Wiedergabe seiner äußeren Erscheinung. Sein Gesicht, so wie es jetzt ist, bevor es zu spät ist. Das ist dir klar, ja?»

«Man sieht, daß du keine Malerin bist», lacht Elizabeth.

Ich glaube, daß es schon ein bißchen zu spät ist, Duccio so einzufangen, wie er jetzt ist, weil er sich so schnell verändert. Er interessiert sich nicht mehr für seine Hotellisten und sein Buch über große Sportler, und wenn ihn jemand anspricht, ist er gleich aufgebracht und geht weg.

Elizabeth will nicht, daß jemand das Bild im letzten Stadium der Fertigstellung sieht. Sie bewahrt es sorgfältig verhüllt im Stall auf und läßt keinen in seine Nähe.

«Ich muß allein sein, wenn ich daran arbeite», sagt sie zu Ama, immer wenn diese ein wenig Neugier zeigt.

Pado sagt, vielleicht wird er sich mitten in der Nacht hinunterschleichen, um einen Blick auf das Bild zu werfen.

«Das würde ich dir nicht raten!» droht ihm Elizabeth im Scherz.

Zur Sicherheit schließt sie die Stalltür ab und steckt den Schlüssel in die Tasche. Duccio schließt seinen neuen Go-Kart ebenfalls ein. Mit einem Messer hat er mit schwungvollen Buchstaben seinen Namen in die Unterseite geritzt: Duccio Messina.

An Elizabeths letztem Abend soll es als Abschiedsessen Lasagne geben. Ama möchte, daß Machance ihr hilft, und versucht ihr Bestes, sie dazu zu bringen. Machance ist nicht interessiert. Sie sagt, sie würde es sogar vorziehen, oben in ihrem Zimmer zu essen. Ama ist enttäuscht, versteckt aber ihre Gefühle. Sie will sich keine Sorgen machen, denn schließlich ist es ein besonderer Abend. Duccios Bild ist fertig. Es soll an der Wohnzimmerwand hängen, wo es alle sehen können. Elizabeth legt im Stall letzte Hand an das Bild. Giulio und ich decken den Tisch unter dem Blätterbaldachin, den Grand Maurice gebaut hat. Pado gibt uns große Weingläser. Sie tönen wie Glocken, wenn man sie sacht aneinanderstößt. Ama bringt das Essen heraus. Als Topflappen benutzt sie Teile eines zerrissenen Kleids.

Elizabeth ist traurig, daß sie weg muß. «Ich kann es

gar nicht glauben, daß ich morgen wieder in London sein werde. Es war so wunderbar hier.»

Alle reden durcheinander, und ich frage Ama, ob ich Machance noch etwas zu essen bringen soll.

«Laß gut sein, Schatz», beruhigt mich Ama. «Sie ist zu müde. Sie möchte, daß man sie in Ruhe läßt.» Ich weiß das, weil ich ihr erschöpftes Gesicht gesehen habe, als sie die Treppe zu ihrem Schlafzimmer hochging und dabei die durchsichtige Plastiktüte mit Bändern und Drähten von Grand Maurice in der Hand hielt.

Dann bittet Ama Elizabeth, die Staffelei herauszubringen und uns ihr Bild zu zeigen. Duccio stößt mit voller Absicht einen lauten Seufzer der Langeweile aus und trommelt mit den Fingern auf den Tisch.

«Ach komm schon, du siehst toll aus», neckt ihn Elizabeth, als sie in den Stall verschwindet.

«Ich kann es gar nicht erwarten», meint Ama und rutscht unruhig auf ihrem Stuhl herum.

Elizabeth braucht Hilfe beim Tragen der Staffelei. Pado stellt sie mit ihr zusammen am Ende des Tisches auf. Das Bild ist mit einem weißen Tuch verhüllt.

«Eins, zwei, drei!» ruft Elizabeth und tanzt mit einem Zipfel des Tuches in der Hand um den Tisch. Sie zieht daran. Der weiße Stoff fällt zusammengeklumpt auf den Boden.

Das Bild ist Duccio, Duccio, wie er leibt und lebt. Giulio und ich sind uns einig. Der Rasen im Hintergrund des Bildes steigt in die Höhe und füllt die Leinwand mit einem trüben, trockenen Grün, umgibt Duccios Kopf mit einer gräsernen Aureole. Pado steht auf, um das Bild von nahem zu betrachten. Er studiert die Farbe und zeigt mit dem Finger auf Details.

«Geh mal aus dem Weg», sagt Ama mit einer Armbewegung. Ihre Stimme hat etwas Ungeduldiges, das höre ich. Duccio ist aufgestanden und weggegangen.

«Hast du ihn überhaupt mal angesehen?» fragt Ama plötzlich Elizabeth.

Elizabeth erklärt Pado gerade voller Eifer Duccios Haltung. Sie hört nicht, was Ama sagt.

«Entschuldigung! Hast du ihn überhaupt mal angesehen?» wiederholt Ama mit etwas lauterer Stimme.

«Wen?» fragt Elizabeth beunruhigt, indem sie sich umdreht.

Ama zeigt auf Duccio, der gerade langsam über den Rasen geht. «Ihn! Die Person, die du eigentlich hättest malen sollen.»

Elizabeth setzt sich Ama gegenüber. «Wovon redest du, Ava?»

«Das ist nicht Duccio. Das ist nicht mein Sohn.»

«Aber wir waren uns doch einig!»

«Nein, du hast dich bereit erklärt, das zu malen, was du siehst. Aber das hast du nicht getan. Dieses Bild da ... das ist ... Ich weiß auch nicht. Das ist jemand anderes. Sieh dir doch sein finsteres Gesicht an!»

Ama will, daß Pado ihr Schützenhilfe leistet. Ihm gefällt das Bild aber eigentlich ganz gut.

«Es hat Intensität, *molto forte.*» Er klopft Elizabeth auf den Rücken. «Das ist Duccio, ganz ohne Zweifel.»

«Aber er ist überhaupt nicht schön auf dem Bild. Er sieht aus wie ein Straßenjunge», sagt Ama.

«Straßenjunge? Er sieht wild und unberechenbar aus. Einfach phantastisch!» versichert ihr Elizabeth. «Ich fühle, daß er etwas von deinem Vater hat, diesen nachdenklichen, verschlossenen Ausdruck.»

«Mein Vater!» Ama wird wütend. «Was weißt du über meinen Vater? Was in aller Welt hat er damit zu tun? Ich verstehe dich nicht, Elizabeth. Ich kann nicht glauben, daß du mir das antust.»

«Ich habe dir doch gesagt, daß ich seine Gefühle ausdrücken will. Das habe ich getan. Allen gefällt das Bild, nur dir nicht.»

«Ich habe dir vertraut!» Ama steht auf. Sie zeigt mit anklagendem Finger auf all die Mängel, die sie in dem Bild sieht. Sie zeigt auf den Kopf, die Augen, die Haltung, die Farben. «Alles ist wild. Die Farben sind schrecklich! Wo ist die Wahrheit in dem Bild?»

«Was ist Malerei ohne Emotionen?» will Elizabeth wissen.

«Ich glaube, es sind deine Gefühle, die du da gemalt hast. Du hast einfach deinen eigenen Zorn gemalt, das ist es.»

«Meinen Zorn? Wovon redest du?»

«Von deiner Bitterkeit, Elizabeth, davon rede ich. Schau doch, was mit dir los ist, seit dich dein Mann verlassen hat.»

«Moment mal! Hör auf! Was ist los? Was ist in dich gefahren?»

Pado fordert uns streng auf, den Tisch abzuräumen. Wir stellen das Geschirr zusammen und sammeln die Gläser ein. Ama hält ihres fest. Elizabeth legt ihre Staffelei zusammen, um sie gleich im Auto zu verstauen. Als wir in der Küche sind, sagt Giulio, er hat Elizabeths Kiefer knacken hören. Wirklich. Ein deutliches «Knacks». Duccio saust in seinem Go-Kart an uns vorbei. Wir wollen auch mal fahren.

«Keine Chance!» ruft er zurück.

Er strampelt, so schnell er kann, den Weinberg hinunter, um von uns wegzukommen – und von dem Bild, auf dem er von grünem Gras umgeben ist und so böse aussieht, daß Ama weinen muß. Wir sehen ihm nach, wie er über die Steine holpert. Seine schwarzen Haare sind staubbedeckt. Es ist fast dunkel, und als er unten ankommt, können wir ihn schon nicht mehr erkennen. Pado deponiert die Autoschlüssel und Elizabeths Fahrkarte bei der Haustür, so daß er sie am nächsten Morgen gleich findet.

19

Die Zimmer im oberen Stock füllen sich mit Möbeln, die Ama auf dem Flohmarkt in Poitiers gekauft hat, und das Durcheinander im Keller lichtet sich immer mehr. Ich sichte alte Flaschen, Kisten und Kästen und suche. Duccio läßt es jetzt nicht mehr zu, daß wir im Keller Licht machen. Es könnte ja sein, daß ich etwas von ihm finde. Er verbietet Kerzen, Taschenlampen und Streichhölzer. Wir müssen uns umhertasten und uns an das feuchte Dunkel der Wände gewöhnen. Wir passen uns unseren Räumen an. Wir überwinden unsere Angst vor der Dunkelheit und schneiden uns von den Geräuschen oben ab. Das Echo der Schritte und die Erinnerung an unsere Spiele mit Grand Maurice sind unsere Orientierungshilfen. Wir sprechen kaum, und wenn, dann nur, um einen ins eigene Revier eindringenden Bruder abzuwehren oder um zu sagen, daß wir etwas Neues gefunden haben. Die Tage verlieren sich in langen, dunklen Gängen, in denen uns jedes Zeitgefühl abhanden kommt.

«Was macht ihr eigentlich da unten?» fragt Pado von Zeit zu Zeit.

Er kommt aber nicht, um nachzusehen. Er muß ein neues Buch schreiben. Machance rüttelt gelegentlich an der Tür, auf dem Weg in ihr Zimmer. Ama, in Küchengerüche gehüllt, ruft uns zum Essen. Sonst ist es ihr egal. An manchen Tagen scheint sie glücklich zu sein. So wie nie zuvor.

Machance erzählt mir, daß Grand Maurice monatelang an dem Gewächshaus und der Feldsteinmauer gebaut hat. Jetzt ist ja nicht mehr sehr viel davon übrig, weil der Regen und der Wind solche Zerstörungen angerichtet haben. Ama findet, wir sollten das Gewächshaus wieder aufbauen, um Pflanzen zu ziehen. Pado meint, das ist jetzt nicht vorrangig; zunächst muß das Haus winterfest gemacht werden. Im Gewächshaus steht zwischen verfaulenden Brettern und gesprungenen Blumentöpfen eine hölzerne Kiste, auf der ein paar Gartengeräte liegen. Schon seit einiger Zeit überlege ich, ob ich sie aufmachen soll. Eines Abends, als Duccio und Giulio unten im Keller sind, stemme ich den Deckel hoch. Die Metallzapfen innen sind rostig. In der Kiste sind ein paar große, ineinandergestellte Glasglocken, ein Paar Gummistiefel und ein Maßband. Wucherndes, bleiches Unkraut drängt sich unter dem Deckel ans Licht.

Ich ziehe die Stiefel heraus und drehe sie um. Eine kleine Bonbondose fällt heraus. Ich schraube sie auf und finde ein paar Münzen. Ich mache sie wieder zu und stecke sie in die Tasche. Ich probiere die Stiefel an. Sie sind riesengroß, und der rechte ist an einer Seite ausgebeult. Beim Gehen schlagen sie Falten und brechen. Ich gehe mit ihnen den Gartenweg hinauf und falle über meine Füße. Ich muß lachen, weil ich kaum gehen kann, und Giulio kommt heraus und folgt mir.

«Laß mich auch mal!» sagt er in einem fort.

Ich kann nicht aufhören zu lachen. Pado sieht aus dem Fenster, und auch er lacht vor sich hin, als er mich in meinen verkrusteten Riesenstiefeln dahinstolpern sieht. Giulio macht ein solches Geschrei, weil er sie auch anziehen will, daß Ama und Machance herauskommen. Sie bleiben wie angewurzelt stehen. Ama versucht, Machance umzudrehen und zurück in die Küche zu dirigieren. Zu spät! Machance stößt sie weg und marschiert mit starrem, benommenem Blick auf mich zu.

«*Mais qu'est-ce que tu fais?*» schreit sie. «Gib mir sofort die Stiefel!»

Ich versuche verzweifelt, aus ihnen herauszukommen,

bevor sie mich erreicht. Ganz plötzlich sieht sie furchterregend aus. Giulio sucht ebenfalls Deckung.

«Mutter, bitte!» sagt Ama. «Es macht doch nichts!»

Ich stolpere aus dem Weg. Machance holt sich die Stiefel mit einer schnellen Bewegung. Dabei wühlt sie Erde und trockenes Gras auf.

«Was ist denn? Was habe ich denn gemacht?» frage ich Ama, als mich Machance mit abwesendem Blick anstarrt.

«Hast du denn nicht gesehen, daß das die Stiefel von Grand Maurice waren?» sagt Ama wütend.

Machance steht da, in jeder Hand einen Stiefel, und lange schwarze Tücher der Erinnerung flattern in ihrem Kopf. Ama hält sie von hinten bei den Schultern und läßt sie leise schluchzen. Ich schaue den rechten Stiefel mit der Beule an. Ich sehe Grand Maurice' von der Kaninchenfalle entstellten Fuß vor mir. Ich kann ihn hier bei uns liegen sehen.

Ich laufe den Weg hinunter zum Weinberg. Ich habe es nicht gewußt. Es war mir nicht klar. Ich sehe immer noch Amas zorniges Gesicht vor mir, höre ihre wütende Stimme. Giulio will mitkommen. Ich renne schneller. Ich will niemanden bei mir haben. Ich rase durch den Garten und unter der dichten, gestutzten Hecke hindurch, die die Grenze von Machance' Land markiert. Ich folge dem Pfad zum Fluß hinunter, nicht weit von dem weißen Kalksteinweg zum Dorf. Die Abendluft gehört mir, bloß mir. Ich werfe Steine in die Binsen und sehe zu, wie die Ringe immer größer werden, dann drehe ich um und steige den Hügel hinauf. Ich bin jetzt schon ein paarmal hiergewesen, oberhalb des Hauses, dort, wo der Himmel die Weinstöcke kappt. Die reifenden Trauben fangen die dunklen, dumpfen Gerüche der Erde ein. Im Gras rascheln Millionen von Insekten. Die Abendsonne ist so heiß, daß sie beinahe Löcher in die Steine brennt, die um die Rebpfähle gehäuft sind. Meine Knöchel brennen und zerbröseln. Mir ist, als würden sich noch immer die Falten von Grand Maurice' Stiefel um mich legen, die die Gedanken anstacheln und anspornen und unerwünschte Bilder hervorbringen. Ich habe Grand Maurice' Stiefel getragen. Ich habe meine Füße in sie gesteckt! Ich bin verwirrt, mir ist schwindelig. Vielleicht glaubt ja Machance, ich hätte es absichtlich getan? Habe ich nicht! Wie hätte ich das tun können? Ich wußte nicht, daß es Grand Maurice' Stiefel waren. Ich stelle mir vor, daß Machance wieder weint und dabei den trockenen alten Stiefel mit dem geschwollenen Knöchel in den Händen hält. Vielleicht hat Grand Maurice die Stiefel am Tag seines Todes angehabt. Vielleicht hat er sie zusammen mit der Gelddose sorgfältig in die Kiste gelegt, hat Machance auf Wiedersehen gesagt und ist zum See hinuntergegangen, um Krebse zu fangen? Vielleicht hatte er das Geld zur Seite gelegt, um etwas zu kaufen, und jetzt warten die Münzen in der Dose immer noch auf ihn. Ich laufe los, um einen klaren Kopf zu bekommen. Zum Haus zurück kann ich nicht, ich kann Machance nicht gegenübertreten. Ich hole tief Luft. Ich schwimme unter den Weinstöcken dahin, vorbei an dem verrosteten braunen Draht und den grüngelben Blättern. Ich möchte tiefer eindringen, dorthin, wo die Rebstöcke zu geheimen Labyrinthen verschmelzen. Ich möchte verlorengehen. Von hier bis zum Rand der Welt nichts als Reihen von Rebstöcken. Ich laufe schneller und immer schneller. Ich springe und schnelle von den Steinen und vertrockneten Wurzelballen hoch. Um mich ist ein warmes Licht. Der Horizont ist voll davon, Wärme, wie ein Schleier aus Sonnenlicht.

Ich hole die Dose mit den Münzen aus der Tasche und lasse sie zu Boden fallen. Der Deckel rollt davon. Zehnfrancstücke, Fünffrancstücke und Einfrancstücke hängen rostig aneinander. Ich breche sie auseinander und tue sie in die Dose zurück. Ich vergrabe Grand Maurice' Dose in der Erde. Ich binde ein Büschel Mohnblumen an einen Pfahl dicht dabei, um die Stelle zu markieren. Hier ist Grand Maurice' Geld, sein wartendes Geld. Von hier aus kann ich das ganze Dorf überblicken und unser Haus auf der Seite. Im Dorf brennt schon hier und da Licht. Es muß Abendessenszeit sein. Ich gehe nicht zurück, jetzt noch nicht. Ich werde unten auf dem Hof der Joignets Marc suchen. Sein Traktor steht gegenüber dem Tor. Die Küchentür ist verschlossen. Ich gehe hinter das Haus. Der Hund fängt an zu bellen und zerrt an seiner Kette. Sein Halsband gräbt sich tief ein und erwürgt ihn fast, als ich dastehe und nach Marc rufe. Madame Joignet taucht aus der Scheune auf.

«Reiz den Hund nicht!» ruft sie. Sie kommt zu mir. Sie trägt einen Eimer mit Getreide. «Wieso bist du um diese Zeit unterwegs?» fragt sie. Ich murmele irgendeine Begründung, und sie scheint sie nicht in Zweifel zu ziehen. «Du suchst also Marc?» fragt sie. Ich nicke. «Es dauert noch eine Weile, bis er zurückkommt. Warum hilfst du mir nicht inzwischen, die Hühner zu füttern?»

Ich folge ihr zum Hühnerhof unten bei der Scheune. In dem Gehege, das umgeben ist von Hecken und einer Wellblechbarrikade, geflickt mit Kühlgittern von Autos, laufen ungefähr ein Dutzend braune Hühner und ein paar weiße Zwerghühner herum. Madame Joignet nimmt eine Handvoll Körner und streut sie auf ein Brett auf der Erde. Die Hühner kommen über die Wiese gerannt. Sie drängen sich und streiten um das Futter.

«Die mag ich am liebsten», sagt Madame Joignet und zeigt auf eine kleine, weiße Henne. «Sie ist letztes Jahr genau an meinem Geburtstag geschlüpft. Los, heb sie mal hoch. Es macht ihr nichts aus.» Ich nehme die Henne hoch. Sie sitzt ganz zutraulich auf meinem Arm. Ich streichele ihre sauberen weißen Federn und ihre Brust. «Siehst du, wie zahm sie ist!» Madame Joignet lächelt. Sie macht sich im Hühnerhaus zu schaffen und fördert aus den langen, mit Heu gefüllten Holzkisten Eier zutage. «Möchtest du nicht ein paar für deine Großmutter mitnehmen?» fragt sie und hält mir in der hohlen Hand drei Eier hin. Ich will sie nicht.

«So, und jetzt müssen wir nachsehen, ob die verflixte Katze schon ihre Jungen hat», seufzt sie und zieht mich mit sich fort. «Ich muß sie unbedingt finden, bevor sie zu alt sind. Es ist gräßlich, sie ertränken zu müssen, wenn sie schon ganz anschmiegsam und samtig sind.» Ich lasse das weiße Huhn fallen.

«Was meinen Sie?» keuche ich.

Sie hat viel zu viele Katzen auf dem Hof, sagt sie, die sich bloß in die Haare kriegen und sich dauernd vermehren und gefüttert werden müssen. «Eine einzige Katastrophe!» regt sie sich auf. Sie zeigt mir einen schweren Leinensack, den sie bereithält.

«Ich tue einfach ein paar Steine hinein, binde oben zu und werfe sie von der Brücke in den Fluß.» Sie sieht, daß ich entsetzt bin. «Sei ganz unbesorgt, sie spüren nichts, sie sind ja erst ein oder zwei Tage alt, winzigkleine rosa Dinger. Sie können noch nicht mal richtig sehen.»

Ich schaue in den Sack. Sechs große, rauhe Steine liegen auf dem Grund, bohren sich in den Stoff. Zwischen den Steinen haben die Kätzchen Platz, rosa Leben, das darauf wartet, zugeschnürt und ertränkt zu werden. Wenn sie von der Brücke ins Wasser fallen, müssen die Steine die Kätzchen zerquetschen. Und dann, wenn der Sack aufs Wasser auftrifft, werden sie das letzte Leben mit ihrem Gewicht in den Fluß hinunterdrücken, und der Sack wird sich mit erstickendem, alles verschluckendem Wasser füllen. Dann wird er langsam auf den Boden des Flußbetts hinuntersinken, wo er mit der Strömung davontreibt. Ich spähe noch einmal in den Sack, dringe mit Kopf und Armen in die Dunkelheit, um die Steine zu berühren. Ich taste unten im Sack herum. Meine Schultern streifen das rauhe Sackleinen. Hier drin kann nichts überleben. Plötzlich tut mir der Kopf weh. Ich mühe mich, schnell herauszukommen. Grand Maurice' nasser, im Wasser treibender Bauch und Aldo Moros schlimm zugerichteter Leichnam erheben sich mit mir zusammen aus dem Sack. Mit einem hastigen Fußtritt stoße ich ihn weg. Mein ganzer Körper kribbelt. Ich suche nach Gedanken, die mich retten können. Ich betrachte meine Fingerspitzen, die durch das Berühren der Steine mit winzigen Schmutzspuren bepudert sind. Ich wische sie an meiner Hose ab.

Madame Joignet zieht mich weg. «Was machst du denn da? *Viens*, jetzt laß mal den Sack.» Dann zeigt sie auf eine mit Heu gefüllte Holzkiste, die sie für die Katze hergerichtet hat. «Siehst du, wenn ich eine Schüssel mit Futter hierherstelle, dann kommt die Katze und bringt ihre Jungen hier zur Welt.» Sie dreht sich um und ruft: «Boulette! Boulette!» Und wieder zu mir gewandt: «Ich wette, morgen ist sie hier.»

Sie legt letzte Hand an die Kiste, tut noch ein bißchen mehr Heu hinein. «Gut, gehen wir.»

Ich will nicht gehen. Ich kann nicht gehen! Was ist, wenn die Katze kommt und ihre Jungen direkt vor Madame Joignet zur Welt bringt? Sie braucht sie dann nur noch in den Sack zu tun und sie in hohem Bogen übers Brückengeländer zu schleudern. In meinem Kopf dreht sich alles, mir ist vor Schreck ganz schlecht.

«Ich gehe jetzt nach Hause», sage ich zu ihr. Sie sieht mich überrascht an.

«Oh, *d'accord*. Aber ich dachte, du wolltest Marc besuchen? Er ist in ein paar Minuten hier.»

«Ich sehe ihn dann morgen», sage ich und winke ihr zum Abschied zu.

Ich gehe in Richtung Tor. Als Madame Joignet damit beschäftigt ist, ihre Haustür aufzuschließen, renne ich hinter ihrem Rücken zur Scheune. Der Hund bellt. Sie sieht sich nicht um. Ich lege mich neben der Katzenkiste auf den Boden und warte. Es ist jetzt schon spät. Marc kommt auf den Hof gefahren, stellt sein Auto ab und geht ins Haus. Durch die Fenster fällt so viel Licht, daß ich gut sehen kann. Als erstes muß ich das Katzenfutter verschwinden lassen. Denn ohne Futter kommt die Katze nicht. Ich gehe mit dem Teller hinaus auf den Hof und vergrabe das Futter unter einem stachlig aussehenden Metallteil, das zu einem Traktormotor gehört. Ein Fleischstückchen hebe ich auf, für alle Fälle. Die Hühner sind unruhig geworden, von meinen Geräuschen aufgestört. In der Kiste bringe ich alles durcheinander, aber zu auffällig darf es nicht sein. Unter dem Heu verstecke ich ein paar spitze Steine, damit es für die Katze ungemütlich ist. Mit ausgestreckten Beinen sitze ich da und warte. Vielleicht kommen Ama und Pado her und suchen nach mir. Ich kann nicht nach Hause gehen. Nicht jetzt. Ich kann die kleinen Katzen nicht sterben lassen.

Ich höre ein langgezogenes Miauen. Ich sitze ganz still. Die Rufe werden immer lauter. Eine Katze taucht auf und steht vor mir. «Boulette!» rufe ich leise. Ich werfe ihr das Stückchen Fleisch hin, das ich aufgehoben habe. Gierig frißt sie es auf. Sie hat einen ganz dicken Bauch, der tief herunterhängt und über den Boden schleift. Sie kommt zu mir und streicht mir um die Schienbeine. Ich streichele sie. Sie sitzt eine Weile da und atmet keuchend. Vielleicht braucht sie Wasser? Hier ist keins. Ich nehme den Teller und flitze zum Hühnerhof. Ich schöpfe aus dem Trinknapf dort Wasser und trage es in die Scheune. Die Katze liegt in der Kiste.

«Nein!» rufe ich ihr zu. «Sch!» Ich gieße ihr ein wenig Wasser auf den Kopf. Sie rührt sich nicht von der Stelle, leckt nur die Wassertropfen von ihrem Fell. «Bitte!» flehe ich sie an. Ich trete gegen die Kiste, nicht sehr stark, und die Katze faucht. Ihr Bauch nimmt fast die ganze Kiste ein. Die scharfen Steine unter dem Heu scheinen sie nicht zu stören. Sie macht es sich bequem und legt die Schnauze auf den Kistenrand. Ich hebe etwas Erde vom Boden auf und lasse sie über sie rieseln. Wieder faucht sie ärgerlich. Ich kann es nicht glauben. Sie wird hier ihre Jungen zur Welt bringen, und Madame Joignet braucht sie nur zu nehmen und umzubringen. Ich muß die Katze fortschaffen. Es ist die einzige Lösung. Ganz vorsichtig hebe ich die Kiste auf. Unten fallen Erdklumpen und Heubüschel heraus. Die Katze sieht nervös aus. Ich fange an zu laufen. Die Katze steht auf. Ich laufe so schnell, daß sie schwankt und wieder umfällt. Ich erreiche den Waldrand. Die Katze ist mit einem Bein durch die Bodenlatten der Kiste gerutscht. Als ich versuche, das Bein zu befreien, schlägt sie wütend nach mir. Ihre Krallen reißen die Haut auf meinem Handrücken auf. Ich blute. Die Katze hinkt in den Wald und legt sich unter einen Busch. Ich warte eine Zeitlang. Sie sieht aus, als hätte sie sich beruhigt. Ich bringe die Kiste in die Scheune zurück und stelle sie wieder dorthin, wo sie gestanden hat. Im Heu sind Blutspritzer. Ich decke Gras darüber.

Ama und Pado sind mit Taschenlampen draußen im Garten. Ich höre, wie sie meinen Namen rufen. Die langen Lichtstrahlen gleiten über die Baumwipfel und schwanken im Zickzack über den Rasen. Ich muß mir schnell etwas ausdenken. Ich weiß nur nicht, was. Ich bin blutig. Ich werde wohl sagen müssen, daß ich hingefallen bin. Ich schaue meine Hand an. Allerdings sieht sie nicht so aus, als wäre ich hingefallen. Es ist offensichtlich, daß mich etwas gekratzt hat. Drei dicke rote Striemen ziehen sich über meinen Handrücken. Ich werde sagen, daß ich einen Hund gefunden habe, der sich verlaufen hatte, und daß ich ihm helfen wollte und er mich gekratzt hat und dann weggelaufen ist. Ich denke ein bißchen über die Geschichte nach. Sie klingt überzeugend.

«Hier bin ich!» rufe ich. Das Licht der Taschenlampen erlischt kurz und springt dann auf mich zu.

«Wo, zum Teufel, bist du gewesen?» schreit Ama sehr laut.

«Ist alles in Ordnung, Jean-Pio? Ist mit dir alles in Ordnung?» Das ist Pado, der Ama überholt hat.

«Du kannst doch nicht so verschwinden. Wir haben uns zu Tode geängstigt!» Ama ringt die Hände. Ihre Taschenlampen schwanken und blitzen wie ein Feuerwerk.

«Tut mir leid, ich habe mich verlaufen», sage ich. «Ich habe nicht gewußt, daß es schon so spät ist.»

Pado umarmt mich. «Ist schon gut. Jetzt bist du ja wieder da.» Er küßt mich auf den Kopf.

«Wo warst du? Was hast du gemacht?» will Ama wissen.

Ich erzähle ihnen meine Geschichte von dem Hund, der nicht nach Hause gefunden hat, und Ama verschlägt es den Atem. Entsetzt sagt sie zu Pado: «Tollwut, Gaspare, was ist mit Tollwut?» Pado besieht sich im Licht der Taschenlampe meine Hand. Kein Zweifel. Es sind offensichtlich Kratzspuren von einem Tier. «Streunende Tiere sind die schlimmsten. Hat er dich gebissen oder gekratzt, Jean-Pio?» fragt Ama aufgeregt.

Pado geht sofort mit mir ins Haus. Duccio, Giulio und Machance sitzen am Tisch. «Wo bist du gewesen?» fragen sie wie aus einem Mund.

Pado setzt einen Kessel mit Wasser auf, und Ama holt eine antiseptische Lösung. Sie verbrühen mir fast die Hand mit kochendem Wasser, dann verbinden sie sie. Ama stopft Kekse und Käse in mich hinein.

«Jetzt ab ins Bett. Morgen früh fahren wir als erstes zum Arzt.» Ich möchte ihnen sagen, daß es unwichtig ist. Daß es Madame Joignets Katze war. Ich kann es nicht.

Am nächsten Morgen weckt mich Ama um sieben und sagt mir, daß Pado schon im Auto sitze. Sie streift mir ein paar Sachen über, paßt auf, daß ich mir die Zähne putze, und gibt mir einen Apfel und ein Stück Brot.

«Nun lauf!» sagt sie.

Pado studiert die Karte. Der beste Arzt in der Gegend ist anscheinend der in Châtellerault.

Er wirft mir die Karte auf den Schoß. «Immer diese gelbe Linie da entlang, und achte auf die Abzweigung nach rechts.»

Er meint, daß ich wahrscheinlich nichts essen darf, falls mir im Auto schlecht wird. Wir werfen mein Brot und den Apfel aus dem Fenster.

«Da werden sich ein paar Vögel freuen», meint er.

Ich hoffe bloß, daß ich das Brot weit genug zur Seite geworfen habe. Denn wenn ein paar Spatzen kämen und mein Brot auf dem Asphalt essen würden und dabei von einem Auto überfahren würden ... Ich drehe mich um und versuche, etwas zu sehen. Aber wir sind schon zu weit.

«Na, *figlio mio*», sagt Pado lächelnd. «Wie steht's mit den Kopfschmerzen? Kriegst du sie immer noch?»

Ich weiß nicht, warum er mich das jetzt fragt. Ich zucke die Achseln. «Manchmal.»

«Manchmal?» fragt Pado zurück.

«Ja, manchmal», antworte ich. Ich sehe auf der rechten Seite den Wegweiser nach Châtellerault.

«Sollten wir sie dem Doktor gegenüber erwähnen?» fragt Pado.

«Mir fehlt nichts», sage ich. Jetzt sind wir genau bei der Abzweigung nach Châtellerault.

«Schon komisch, nicht mehr so viel auf Achse zu sein, nicht?» setzt Pado noch hinzu.

«Ja, komisch.»

«Sei ganz unbesorgt, Jean-Pio, dieser Arzt soll sehr gut sein.»

Wir halten vor einem großen Haus mit einem Arztschild. Ich blicke hoch zu den Fenstern und rate, welche zu der

Arztpraxis gehören. Die Wohnung mit der Wäsche auf dem Balkon kann es nicht sein und die mit den Geranien unter den Fensterläden auch nicht und schon gar nicht die mit den Vogelkäfigen, die an den Fenstergriffen befestigt sind. Ein Arzt würde nie Vögel in Käfigen halten. Pado geht mit mir ein paar Treppen hinauf, und es ist die Wohnung mit den Vogelkäfigen.

«*Bonjour, Professeur*», wird Pado von dem Arzt begrüßt.

«Guten Tag.»

Der Arzt und Pado sitzen mindestens zehn Minuten da und unterhalten sich, während ich mir die Vögel in ihren Käfigen genau anschaue. Sie hüpfen lustlos auf ihre Stange und wieder hinunter. Ununterbrochen. Ich versuche, ihre Aufmerksamkeit auf mich zu lenken. Vor lauter Langeweile sehen sie gar nichts.

«Magst du Tiere?» fragt der Arzt.

Um nicht unhöflich zu sein, nicke ich, aber ich weiß, daß er das Leben der Vögel vergeudet, weil er sie zwingt, in einem winzigen Käfig auf und ab zu hüpfen, Tag für Tag, für immer, bis sie sterben. Er führt Pado zu seinem Bücherregal.

«Schauen Sie», sagt er stolz, «ich besitze Ihr Buch über Atemwegserkrankungen.»

Pado sagt, das ist eine ältere Ausgabe und es gibt eine neuere, überarbeitete.

«Ich schicke sie Ihnen, wenn Sie mir Ihre Karte geben.»

Der Arzt sucht auf seinem Schreibtisch herum und gibt Pado eine Visitenkarte. Dann will er die Kratzer auf meiner Hand sehen. Er rollt meinen Ärmel hoch und nimmt mir etwas Blut ab.

«Sieh einfach nicht hin», rät mir Pado und streicht mir über den Kopf. Ich sehe zu, wie sich die Spritze mit Blut füllt. Dann prüft der Arzt noch dies und das und schreibt eine kurze Krankengeschichte.

Er erzählt uns, daß es Tollwut nur in bestimmten Gegenden Frankreichs gibt und daß diese hier mit Sicherheit frei davon ist. Er holt eine Karte aus einer Schreibtischschublade. Die roten Flecken zeigen die Gegenden an, wo man tollwutkranke Tiere gefunden hat. Dort werden alle Katzen und Hunde eingeschläfert, es sei denn, sie besitzen einen Impfausweis. Hunderte von Katzen und Hunden innerhalb weniger Tage.

Er mißt meinen Blutdruck. Pado sieht ihm aufmerksam zu.

«Scheint alles in Ordnung zu sein», sagt der Arzt und packt das Gerät ein.

«Er bekommt öfter Kopfschmerzen», fügt Pado noch hinzu, fast beiläufig und ohne mich dabei anzusehen.

Warum hat er das gesagt?

Der Arzt macht ein interessiertes Gesicht. «Oh, ich habe gerade ein ausgezeichnetes Buch von einem italienischen Professor gelesen, Alberto Devoti. Er beschäftigt sich mit der Erforschung von Kopfschmerzen, sehr beeindruckend. Haben Sie von ihm gehört?»

Pado nickt. «Ja, natürlich.»

«Wie fangen die Kopfschmerzen an?» fragt mich der Arzt.

Ich starre Pado an, weil ich nicht glauben kann, daß er ihm von den Kopfschmerzen erzählt hat, obwohl ich gesagt habe, daß mir nichts fehlt. Ich weiß nicht, was ich sagen soll. Ich sehe den Arzt mit leerem Blick an. Dann erkläre ich ihm, daß die Kopfschmerzen manchmal so sind, wie wenn man außer Atem ist. Und dann wieder entstehen sie, von Herzklopfen begleitet, hinter den Ohren und ziehen sich höher, trüben einem den Blick und hüllen das ganze Gesicht ein. Der Arzt wird aus dem, was ich sage, nicht schlau. Pado will mir mit anderen Wörtern zu Hilfe kommen, aber meine Wörter sind gar nicht falsch. Der Arzt macht etwas an meinem Hals und hinter meinen Ohren.

«Dann wollen wir doch mal einen Blick in deine Ohren werfen», sagt er und biegt meinen Kopf zur Seite. Bei dem plötzlichen Stoß des Metalls zucke ich. «Entschuldigung», sagt er, «tut das sehr weh?»

«Ein bißchen schon», antworte ich.

«Klingt, als würde etwas mit seinen Ohren nicht stimmen.»

«Ich bitte Sie!» sagt Pado lachend. «Seine Ohren sind völlig in Ordnung. Keine Infektion, nichts. Das habe ich alles überprüft.»

«Sehen Sie, es muß nicht unbedingt eine Infektion sein. Es könnte eine Form von Migräne sein, als Folge einer Nahrungsmittel- oder Stauballergie, oder es könnte auch ein kleiner Defekt im Ohr sein, der von einer lange zurückliegenden Infektion herrührt. Oder ganz einfach daher, daß jemand Ihrem Sohn kürzlich einen Fußball an den Kopf geschossen hat. Sehr viel ist möglich. Er könnte auch Ohrensausen haben. Klingt es dir in den Ohren?»

«Allergien!» Pado wechselt das Thema. «Das ist ein interessanter Gesichtspunkt. Schon möglich.»

Der Arzt sieht mich mit einem breiten Lächeln an. «Du machst allerdings einen durchaus gesunden Eindruck. *Tu as l'air solide*, Jean-Pio.»

Ich starre zu Boden, warte darauf, daß dies alles endlich vorbei ist.

«Sagen Sie, könnte man nicht einen Allergietest machen?» fragt Pado.

«Also, wenn Sie eine Allergie für möglich halten, dann würde ich ihn an Ihrer Stelle von Milchprodukten fernhalten. Bei Kindern in seinem Alter ist das normalerweise die richtige Antwort. Überempfindlichkeit gegenüber Nahrungsmitteln ist weiter verbreitet, als man glaubt.»

Pado will mehr darüber erfahren. Der Arzt gibt ihm ein Buch. «Hier finden Sie alle Antworten. Großartiges

Buch, *vraiment intéressant*, direkt aus den Staaten», sagt er.

Ich könnte jetzt aufstehen. Ich könnte ihnen sagen, daß es keine Allergie ist, daß mir nichts weh tut, sondern daß da nur diese bohrende Angst vor einem Gedanken ist, der uns alle hinwegfegen könnte, wenn man ihn nicht aufhält. Das könnte ich ihnen sagen, jetzt und hier. Sie würden es nicht verstehen. Wie könnten sie auch verstehen, daß jeder beliebige Gedanke zu einem schlimmen Gedanken werden kann, zu einer Gefahr, einer Gefahr für uns alle, einer Panik, die gerade dann kommen kann, wenn man sie nicht erwartet. Jederzeit und überall.

«Los, komm, gehen wir!» sagt Pado lächelnd zu mir. «Danke für Ihre Mühe. Wir halten Sie auf dem laufenden.»

Der Arzt drückt freundlich meine Schulter. «Sei wegen deiner Kopfschmerzen ganz unbesorgt. Wenn du ordentlich ißt und nicht an sie denkst, dann gehen sie von allein weg.»

Er fragt mich, auf welche Schule ich gehe. Ich sage ihm, daß ich noch nie zur Schule gegangen bin. Er sieht ein wenig überrascht aus.

«Dafür sind wir nie lange genug an einem Ort gewesen», erklärt Pado. «Trotzdem, schauen Sie ihn sich an! Er ist in fast jedem Land Europas gewesen. Er spricht fließend englisch, französisch und italienisch. Nicht schlecht für einen Achtjährigen, was?»

Der Arzt bringt uns zur Tür. «Ich setze mich mit Ihnen in Verbindung, wenn ich irgendwas in seinem Blut feststelle», sagt er und winkt uns zum Abschied nach. «Aber machen Sie sich wegen der Tollwut keine Sorgen!»

Auf dem Heimweg denkt Pado laut. «Vielleicht ist Schule gar keine schlechte Idee, jedenfalls für eine Weile», sagt er.

«Fahren wir wieder zu Konferenzen?» frage ich ihn.

«Vorläufig nicht, Jean-Pio», sagt er. «Eines Tages werden wir es bestimmt wieder müssen, aber bitte, erzähl deiner Mutter nicht, daß ich das gesagt habe!»

Als wir zurückkommen, ist Ama allein in der Küche und bereitet das Essen vor. Sie hat einen Teller mit Auberginenscheiben neben sich stehen. Jede Scheibe ist mit einer gleichmäßigen weißen Salzschicht überzogen.

«Wo sind denn die anderen?» fragt Pado und schaut in den Raum nebenan.

Ama sieht entnervt aus. Sie hört nicht auf, die Auberginen mit Salz zu bestreuen. Dabei erzählt sie uns, daß Machance mit Giulio und Duccio zum Grab von Grand Maurice auf den Friedhof gegangen ist.

«Ich fürchte, ich war nicht dazu imstande mitzugehen. Nicht heute.»

«Aber du bist noch nie dagewesen, Ava», sagt Pado, ihr übers Haar streichend.

«Ich weiß ja, ich weiß. Bitte kritisiere mich nicht. Ich habe es heute einfach nicht fertiggebracht. Zum erstenmal und dann mit meiner Mutter...» Sie wendet sich wieder den Auberginen zu und zerschneidet sie in kleinere Stücke.

Ich bin erleichtert, daß ich nicht hier war. Ich weiß nicht, wie ich es jemals fertigbringen soll, auf diesen Friedhof zu gehen und vor einem Grab zu stehen und zu wissen, daß unter diesem Stein der Körper von Grand Maurice liegt, den man vom Grund des Sees heraufgeholt hat. Wie werden wohl Duccio und Giulio aussehen, wenn sie zurückkommen? Ich drehe mich um und laufe in den Garten und in die Weinberge.

20

Ama kommt in den Keller. Es ist das erste Mal, daß sie uns hier unten besucht, und daher wissen wir, daß etwas im Busch ist. Sie sagt uns, daß wir in die Schule gehen müssen. Das haben Pado und sie beschlossen. An einem Montag, nach einem Wochenende, das wir mit der eifrigen Suche nach Füllfederhaltern und Linealen verbracht haben, machen wir uns mit Ama auf den Weg zur Dorfschule. Zum Schutz vor der Sonne trägt Ama ihren Strohhut. Die Schulleiterin, Madame Tressetout, kommt heraus, um mit Ama zu sprechen.

«*Bonjour, les enfants*», sagt sie lächelnd.

Ama handelt eine zweiwöchige Beobachtungsphase mit ihr aus. Während der ersten beiden Wochen sollen wir einfach nur dasitzen, die andern beobachten und uns mit der neuen Umgebung und den neuen Fächern vertraut machen. Womit ich mich hauptsächlich vertraut mache, ist das Geräusch, das beim Zuschnallen von Hosengürteln entsteht und beim Herabfallen von Röcken. Mein Pult steht nämlich direkt neben den Toiletten. Ich weiß, wer sich die Hände wäscht und wer nicht. Madame Tressetout steht vor mir und wiederholt die Sätze, aber ich habe nicht zugehört.

Mein Banknachbar ist Laurent. Er hat ein gebrochenes Nasenbein und ein Fahrrad. Er kann den steilsten Berg im Dorf hinauffahren, ohne anzuhalten, und auf dem Rücken trägt er einen kleinen Ranzen, in dem er getrocknete Maisblätter aufbewahrt. Er pflückt sie vor dem Sommer und trocknet sie, um sie dann zu rauchen. Der ganze Dachboden bei ihnen zu Hause ist voll davon, und wenn er raucht, quellen ihm die Augen aus dem Kopf. Wir toben bei ihm auf dem Hof unten am Fluß herum, jagen die Enten und spionieren den Leuten in ihren Häusern und auf den Höfen in der Nähe nach. Er erzählt mir von einem ihrer Nachbarn, Pierre Jacquet, der von allen Hunden, die er je besaß, kleine Statuen hat. Sie säumen in einer schnurgeraden Reihe den Weg zu seinem Gemüsegarten. Pistolet, Henri, Chantilly, Papi und Camomille sind alle schon vor Jahren gestorben. Henri war der größte, erinnert sich Laurent, aber er geriet unter ein Auto und sah hinterher aus wie eine entsteinte Olive, die man halbzerkaut wieder ausspuckt. Wenn er wirklich so gestorben ist, dann kann er nicht im Innern seiner Statue eingeschlossen sein, das weiß ich, obwohl Laurent steif und fest das Gegenteil behauptet. Er sagt, daß er eines Tages über den Zaun klettern und die Statue um die Augen herum aufkratzen wird, um zu sehen, ob Henri da drinsteckt. Er fragt sich, ob man im Innern des massiven Steins Haare fühlen und Hundegeruch riechen kann.

Laurents Mutter verkauft Kaninchenpastete und Eier auf den Märkten in Loches und Châtellerault. Ich sehe sprachlos zu, wie sie die Kaninchen aus ihren Ställen zieht und ihnen mit dem gebogenen Griff einer Maurerkelle eins auf den Kopf gibt. Sie wehren sich gegen das Sterben, aber wenn das Messer, das ihnen an die Kehle geht, herausgeholt wird, werden sie still. Wie gelähmt stehe ich da und kann die Augen nicht abwenden. Mein Mageninhalt kommt mir hoch. Einmal bat mich Laurents Mutter, ihr zu helfen. Ich konnte nicht sprechen, folglich konnte ich auch nicht ablehnen. Sie reichte mir mit Schwung ein glänzendes schwarzes Kaninchen. Ich hielt es, so weit ich konnte, von mir weg. Sie band ihm die Hinterläufe zusammen, und ich machte die Augen zu. Sie zog in der einen Richtung und ich in der anderen. Ich hielt das warme Fell des Kaninchens umklammert, mir selbst zum Trost. Ich spürte, wie die Zuckungen erst zunahmen und dann aufhörten. Es war ein Tag des Verrats, ein Tag, an dem unerwünschte Gedanken immer und immer wieder zurückgedrängt werden mußten.

Manchmal fordert mich Laurents Mutter auf, zum Mittagessen dazubleiben. Normalerweise gibt es dann eins der Kaninchen, die sie an dem Tag geschlachtet hat. Es kommt in einer Kasserolle auf den Tisch, unter Sauce versteckt. Zwischen seinen Beinen hält es Kräuter, und auf seinem kahlen Kopf türmen sich Kartoffeln. Wenn ich das Kaninchen vorher lebend gesehen habe, flüstere ich ihm mit jedem Mundvoll, den ich esse, «Vergib mir!» zu. Und Laurent sieht mich die ganze Zeit über mit einem Vollen-Bauch-Grinsen an. Beim Kauen wiege ich sacht den Kopf hin und her, um ihn von Gedanken frei zu bekommen. Ich will mich nicht an die sanften, ängstlichen Augen erinnern, an die zuckenden Hinterläufe. Ich schüttele den Kopf so heftig, daß es weh tut. Mir ist, als wäre mein Mund mit Fell gefüllt. Ich fühle, wie sich das zähe Fleisch beim Hinunterschlingen in kuschelige weiche Haare verwandelt, erst in graue, dann in schwarze und braune. Sie kitzeln meine Lippen und meinen Gaumen. Laurents Mutter ißt gierig ihre Beute, schaufelt sie mit ihrer Gabel vom Teller. Ich wende mich von ihr ab. Ich kann nicht schlucken. Ich kann es einfach nicht. Mein Mund ist voller Haarbrei, und ich fühle, wie das Herz des Kaninchens in der Kasserolle hämmert. Ich bitte, aufstehen zu dürfen. Ich laufe zum Abort im Garten, den Mund vollgestopft mit Fleisch. Das Klo ist ein Häuschen mit Bildern von nackten, auf Autos liegenden Frauen. Eine von ihnen liegt mit angezogenem Bein halb auf der Seite. Sie schaut wie ein Kaninchen. Der Abort hat zwei geriffelte Platten für die Füße, eine herabbaumelnde Kette aus Metall und ein tiefes, gähnendes Loch im Boden. Diese Öffnung ist so groß, daß man, wenn man ausrutscht, hineinfallen kann. Ich spucke mein ganzes Essen in das Loch.

Madame Tressetout nimmt im Unterricht keine Notiz von Laurent. Sie mag ihn nicht, weil er aus einer Familie ohne Elektrizität und ohne fließendes Wasser, aber mit Läusen kommt und weil seine Mutter den ganzen Tag in einer zerrissenen Schürze herumläuft. Laurent wechselt seine Kleidung auch nie und putzt auch seine Schuhe nicht. Wenn wir in der Schule nach Läusen untersucht werden, gibt ihm Madame Tressetout eins hinter die Ohren und sagt «Typisch!» zu mir, wenn sie Nissen in seinem Haar findet. Als sie bei mir Läuse findet, sagt sie, das ist nicht weiter schlimm, und zuckt die Achsel. Sie steckt meinen Kopf unter einen Heißwasserhahn, bis der Ausguß voller winziger Tierchen und Eier ist. Dann bespritzt sie mein Haar mit einer chemischen Flüssigkeit und klebt mir dabei Strähnen auf die Ohren. Als ich nach Hause gehe, rieche ich wie ein Süßigkeitenstand auf dem Jahrmarkt. Laurent sagt, wenn ich Ama etwas von den Läusen erzähle, erlaubt sie mir nicht mehr, daß ich ihn besuche.

Laurent trägt die ganze Zeit eine Kaninchenpfote mit sich herum, und er gibt mir auch eine. Meine ist weiß mit einem Stich ins Bräunliche. Zuerst will ich sie nicht. Er besteht darauf, daß ich sie nehme. Er sagt, sie bringt Glück. Sie ist etwas Besonderes. Laurents Vater hat für mich eine Schleife darumgebunden. Auf der Schleife ist ein Bild von der Kathedrale Notre-Dame in Paris. Vorher war sie um ein Osterei gebunden. Ich versenke sie tief in meiner Tasche.

21

Wenn wir in der Schule Pause haben, ist Laurent mit Pascal zusammen. Pascal sagt nicht viel, aber alle lassen ihn zufrieden, denn er ist riesengroß. Sein Vater ist riesengroß und seine Mutter ebenfalls. Pascal will mir nicht glauben, daß ich englisch und italienisch kann. «Wie kommt es dann, daß du französisch sprichst?» sagt er höhnisch, als hätte er mich damit überführt.

Laurent beharrt darauf, daß ich englisch und italienisch kann und daß ich ihm auch ein paar Worte beibringe.

«Na los, dann sag mal was!» fordert mich Pascal auf. Ich weiß nicht, was ich sagen soll. Er schubst mich.

«Wie wär's mit ‹*Hello, it's a sunny day*› oder ‹*My name is Pascal*›?» versuche ich es.

Er starrt mich verständnislos an. Es hat ihn nicht überzeugt.

«Jeder kann irgendeinen Unsinn quasseln», lacht er.

Laurent wird jetzt böse. «Jean-Pio spricht englisch und italienisch, und du bist ein dicker, fetter Blödmann, wenn du es nicht glaubst.»

Pascal wird Laurent gleich eins auf die Nase geben, wenn ich nicht schnell etwas sage.

«Wie wär's mit ‹Madame Tressetout hat große Titten und einen großen Arsch›?» schnaubt Pascal. «Los, sag das auf italienisch oder englisch!» Er wartet. «Ich wette, du kennst die Wörter für Titten und Arsch gar nicht, weder auf italienisch noch sonstwie», spottet Pascal.

Laurent starrt mich voller Panik an. Ich darf ihn nicht im Stich lassen.

«Gut», sage ich, «aber ihr müßt schwören, daß ihr es niemand weitersagt.» Sie schwören es. Widerwillig bringe ich die Wörter heraus. Als ich fertig bin, schweigen sie.

Pascal sagt: «Woher sollen wir wissen, daß er das nicht erfunden hat?» Aber in Wirklichkeit weiß er, daß es nicht so ist. Ich wiederhole meinen Satz. Dann muß ich ihn noch einmal sagen. Laurent verspricht mir eine zweite Kaninchenpfote dafür.

«*Signora Tressetout, teets, tiiites, aarrse, harse, couloo, culo*», versucht Laurent mir nachzusprechen. Sie kreischen vor Lachen.

«Was ist mit Muschi? Wie heißt die?» fragt Pascal.

Ich versuche, mich an all die Wörter zu erinnern, die Pado beim Autofahren benutzt. Plötzlich ruft mich Madame Tressetout über den ganzen Schulhof hinweg.

«Jean-Pio, komm einmal her!»

«*Culo*», flüstert Pascal. Ich renne zurück zum Klassenzimmer. Pascal folgt mir. Er kann vor lauter Lachen kaum laufen. «Sag mir lieber später, was Muschi heißt», sagt er und zwinkert mir zu.

Madame Tressetout erklärt mir, daß Duccio während der Pause nicht hinausgegangen ist, sondern die ganze Zeit in den Erdkundebüchern liest.

«Er mag Geographiebücher», sage ich.

«Sehr schön», sagt Madame Tressetout, «aber er braucht auch frische Luft. Richte ihm von mir aus, er soll herauskommen.»

Ich gehe in das Klassenzimmer. Duccio sitzt auf seinem Platz in der Ecke und hat einen Stapel Bücher vor sich.

«Madame Tressetout sagt, du mußt rausgehen», sage ich zu ihm.

Er blickt auf, sieht mich an und vertieft sich wieder in seine Bücher.

«Ich mache, was ich will.»

Ich traue mich nicht, noch etwas zu sagen. Sogar Pascal sagt, daß Duccio jeden haut, der ihn ärgert. Ich gehe wieder hinaus. Vielleicht kann Giulio ihn überzeugen.

«Er kommt», deute ich Madame Tressetout durch Gesten an und gehe dann Giulio bei den Bäumen am anderen Ende des Pausenhofs suchen.

Als der Unterricht vorbei ist, sagt Laurent, ich muß mit ihm nach Hause kommen, da ihre Küken jederzeit schlüpfen können. Wir rennen aus der Schule und springen auf sein Fahrrad. Er fährt, und ich sitze auf dem Gepäckträger. Wir schliddern durch die Weinberge, entlang der Gräben, die Kieswege hinunter.

Seine Mutter empfängt uns mit den Worten: «Macht schnell, sonst sind sie alle schon geschlüpft!»

Die Henne will uns nicht in ihre Nähe lassen. Wir können sehen, wie ihre Brustfedern sich bewegen, wenn die neuen Lebewesen aus ihren Eiern hervorbrechen. Laurent hat das Warten satt und schiebt die Henne mit einem Stock zur Seite. Wütend hackt sie danach. Wir können ein paar zerbrochene Schalen und einige winzige Köpfe sehen. Ein paar Eier sind noch geschlossen. Wir warten eine Stunde und dann noch eine. Laurent raucht mindestens drei aufgerollte Maisblätter, bis sich die Henne endlich zum Aufstehen entschließt. Unter Glukken treibt sie ihre neue Brut, die noch kaum laufen kann, vor sich her. Ein Ei liegt noch da. Laurent sagt, daß unter den Eiern immer eine Niete ist. Entweder ist das Ei nicht befruchtet, oder ein Küken ist zu schwach, um die Schale zu zerbrechen. Er macht sich auf, der Henne zu folgen. Ich bleibe zurück und betrachte das unausgebrütete Ei, das allein in der Mitte des Nestes liegt. Ich nehme es auf. Es fühlt sich warm an. Wenn ich die Hand ausstrecken würde, könnte ich es bestimmt leicht zittern sehen. Ich halte es ans Ohr und glaube, das leise Pochen des Schnabels gegen die Schale zu hören. Vom Bord in der Scheune hole ich ein Taschenmesser und bohre das Ei vorsichtig an der Spitze auf. Dann pelle ich Stückchen für Stückchen behutsam die Schale ab, bis die dünne

Haut darunter zum Vorschein kommt. Ich kann klebrige nasse Federn sehen, die gegen die Schale drücken. Einen winzigen Herzschlag, der hinausgelassen werden will. Ich entferne die restliche Schale, und ein triefnasses Küken mit einem Kopf, den es kaum heben kann, kugelt ins Stroh. Vor Ekel wollen mir beide Hände beinahe den Dienst verweigern, weil es so zerbrechlich und so sonderbar ist – seine klebrigen Federn, sein großer, schwerer Kopf, sein Schnabel, der ins Leere hackt. Ich entferne Schalenreste von seinem Rücken und stütze seinen matter werdenden Kopf mit den Fingern. Sanft ziehe ich an seinen Flügeln, damit sie frei werden, und strecke seine Beinchen aus. Laurents Mutter kommt, um nachzusehen, was ich mache.

Sie sagt, ich hätte das Küken im Ei sterben lassen sollen. «Was willst du jetzt damit machen? Es wird bloß ein paar Stunden leben. Man soll der Natur nicht ins Handwerk pfuschen!»

Ich sage, daß ich mich um das Küken kümmern werde, verspreche, alles zu tun, um es am Leben zu halten.

«Aber es kann nicht leben», beteuert sie. «Wie kann so etwas leben? Es hat nicht leben sollen. Sieh dir doch seinen Kopf an, seine glasigen Augen. Gib es her, *allez, vite*! Ich mache es tot und erlöse es.» Ich lasse sie stehen und laufe schnell weg.

«Ganz wie du willst», lacht sie, «aber dann heule auch nicht, wenn es stirbt!»

Ich stecke das Küken in meine Brusttasche und laufe, ohne Laurent Bescheid zu sagen, den Weg zum Fluß hinunter nach Hause. Das Küken hängt fast leblos zwischen den Falten meines Hemdes. Ich renne wie verrückt im Zickzack den ganzen Weg nach Hause. Ich weiche den Unebenheiten im Weg aus und bleibe von Zeit zu Zeit stehen, um in meiner Tasche nachzusehen. Die Federn des Kükens sind getrocknet, und es öffnet den

Schnabel in dem verzweifelten Wunsch nach Luft. Ich blase vorsichtig in meine Tasche. Zu Hause laufe ich hinauf in mein Zimmer. Ich achte darauf, daß Ama und Pado mich nicht sehen. Sie dürfen nicht herausfinden, daß ich etwas dem Tod entrissen habe. Vielleicht hat es eine Krankheit? Ich schalte Amas Fön ein und bedecke den zusammengekrümmten, schwachen Körper des Kükens mit Wellen von warmer Luft. Es hebt langsam den Kopf. Ich hole einen kleinen Karton und stehle etwas Watte aus dem Badezimmer. Ich mache mit der Wärme weiter, und bald stolpert das Küken auf schwachen Beinen in seinem Karton herum. Machance kommt an meiner Tür vorbei.

«Was machst du denn da mit dem Fön?» fragt sie. Noch ehe ich mir etwas einfallen lassen kann, ist sie in meinem Zimmer und beugt sich über den Karton. «Du brauchst sehr kleine Körnchen, wenn das da überleben soll», erklärt sie. Sie setzt sich und erzählt mir, daß sie sich von früher her mit Küken ein bißchen auskennt und daß sie am Anfang ganz spezielles, feinkörniges Futter brauchen. «Ich bin sicher, Marc hat welches. Geh und frag ihn. Ich warte hier und passe auf das Küken auf.»

Ich habe keine Zeit, Machance zu danken oder ihr zu sagen, daß Ama und Pado nichts davon erfahren sollen. Ich sause durch den Garten und dann zu Madame Joignets Haus. Marc ist mit seinem Traktor am Rand des Weinbergs. Ich erzähle ihm von dem Küken und dem Futter.

Er fährt mit mir auf dem Traktor zum Hof, füllt ein Gefäß mit Kükenfutter und wünscht mir zum Abschied lächelnd viel Glück. «Aber sei nicht traurig, wenn es stirbt.»

Es wird nicht sterben, sage ich mir immer wieder, als ich nach Hause laufe. Ich halte meine Kaninchenpfote umklammert, drücke sie ganz, ganz fest. Es kann nicht sterben. Gar kein Gedanke daran! Es wird nicht sterben.

Machance hat wieder den Fön eingeschaltet. «Es muß warm gehalten werden», sagt sie. Am besten ist es, sagt sie, wenn man den Karton in die Nähe einer Glühbirne stellt. Sie hilft mir dabei, Futter hineinzustreuen. Das Küken reagiert nicht. Es wankt umher und bleibt gelegentlich stehen, um zu zittern.

«Ich habe es Giscard getauft», sagt Machance. «Wenigstens wirst du dann behalten, wie der Präsident von Frankreich heißt.»

«Giscard!» rufe ich. «Es weiß noch nicht, wie es heißt», sage ich.

Machance kichert. Es ist das erste Mal seit unserer Ankunft, daß ich sie lachen sehe.

22

Man weiß immer, wenn sich ungebetene Gäste eingefunden haben, denn dann sitzt Machance in der Küche und stößt lange, zischende Seufzer aus. Zuerst sind sie nur ein etwas heftigeres Ausatmen, aber dann werden sie zu einem langen, an- und abschwellenden Zischen, das von ihren Füßen aufsteigt, den Bauch durchquert und schließlich aus ihrem Mund geschossen kommt. Die Küche füllt sich mit Gereiztheit, die wie eine Wolke von Parfüm über dem Essen hängt.

Das kann jedoch die Besucher nicht abhalten. Jeden Sonntag nach der Kirche kommen sie, um Pado zu konsultieren. Sie kommen, in Gruppen oder allein, über den Weinberg und humpelnd die Wege entlang. Sie wollen ärztlichen Rat, eine Untersuchung, ja sogar Rezepte. Ama möchte diesen Ansturm nichtzahlender Patienten, die mit schmutzigen Fingerspitzen ungeduldig an das Küchenfenster tippen, abwenden. «Bleib bei deiner Legionärskrankheit, Gaspare. Du hast doch schon vor Jahren mit der Allgemeinmedizin aufgehört!»

«Ja», sagt Pado, «aber versuch mal, das denen da draußen klarzumachen! Im übrigen ist nichts dabei, womit ich nicht fertig werde, bloß Halsschmerzen und Erkältungen. Die meisten von ihnen habe schon ich bei meinen Gängen durchs Dorf gesehen.»

An manchen Sonntagen stehen sie vor der Waschküche Schlange, die zur Klinik umfunktioniert worden ist. Widerwillig legt Ama saubere Handtücher auf dem Tisch bereit, und eine zusammengefaltete Schürze dient als Kopfkissen, wenn sich jemand hinlegen muß. Duccio, Giulio und ich sitzen da und versuchen zu raten, weshalb die Leute kommen.

«Die Frau dort hat Arthritis. Der Mann da hat es an der Blase, und die dort hat Herzschmerzen.»

Ob wohl irgend jemand wegen Kopfschmerzen kommt? Es muß doch einer hier sein, der schlechte Gedanken gegen gute austauscht und endlich unbedingt jemandem davon erzählen muß. Vielleicht diese Frau da mit dem breiten Gesicht oder der Mann, der vor Pado sitzt und jammert und jammert, über seine Füße, seine Knie, seine Brust, seine Arme, seine Haare, egal worüber, nur um nicht von den Gedanken in seinem Kopf zu reden.

«Ihnen fehlt nicht das geringste», wird Pado zu ihm sagen. «Wirklich, das kann ich Ihnen versichern.» Und Pado wird ihn sicherheitshalber noch einmal abklopfen und nicht erkennen, daß der Mann von einem Gedanken nach dem anderen gefoltert wird und daß ihn das wahnsinnige Verlangen erfüllt, die unerwünschten Worte und Bilder hinauszuschreien, aus sich herauszureißen, Worte, die mit einer so schrillen Stimme in ihm laut werden, wie man es nicht sagen oder sich auch nur vorstellen kann.

Das ist der Augenblick, in dem der Mann aufstehen wird, um zu gehen, und wenn er schon den Türgriff in der Hand hat, sagt er vielleicht: «Da ist noch etwas», und dann wird er schweigen und nie mehr etwas sagen, denn es könnte ihn doch keiner jemals verstehen.

Wir erfahren nie, ob unsere Diagnosen stimmen oder nicht. Wenn uns gerade keiner sieht, schleichen wir zum Waschküchenfenster und spähen hinein. Pado schwatzt mit den Leuten, fühlt ihnen den Puls, fordert sie auf, irgendein Kleidungsstück auszuziehen. Dann winden sie sich aus ihrer Kleidung, um einen Arm, einen Schenkel oder noch mehr freizumachen. Einmal sehen wir sprachlos zu, wie die Frau aus der Dorfkneipe ihren Büstenhalter aufmacht, ihre herabhängenden Brüste in Pados Hände legt und weint.

An dem Tag, an dem Ama ein Glas mit Knochenstückchen und herausgebrochenen Zähnen in der Waschküche findet, gerät sie außer sich.

«Hast du nicht gesagt, du gibst nur Ratschläge? Was, zum Teufel, ist das für ekelhaftes Zeug?»

«Ich gebe wirklich nur Ratschläge», beteuert Pado, «aber das ist ein besonders interessanter Fall, und ich dachte, ich könnte ihn für meine Arbeit gebrauchen.»

«Ich werde es wegwerfen, Gaspare.» Ama kocht. «Ist dir klar, was du da tust? Schick den Betreffenden gefälligst zu einem Spezialisten.»

Ama marschiert mit dem Glas in Richtung Abfalleimer. Pado läuft ihr nach und versucht, es ihr zu entwinden. Ama will es nicht loslassen. «Das ist wirklich das letzte, Gaspare! Sieh dich doch an! Diese vergammelten Knochen hier interessieren dich mehr als deine eigene Familie!»

Pado drückt Ama auf einen Stuhl in der Küche. «Jetzt hör mir mal zu, ja? Ich übertreibe nicht. Diese Knochen gehören zu einem sehr interessanten Fall. Sie zersetzen sich auf ganz ungewöhnliche Weise. Da ist etwas, was ich einfach nicht verstehe. Ich will sie in Tours untersuchen lassen. Das wird dem Mann helfen, der sie mir gebracht hat, und dazu wird es noch meiner Arbeit nützen.«

«Was für ein verdammter Mann?» schimpft Ama. «Wer ist das?»

«Laß mich bitte meine Arbeit machen!» sagt Pado mit Nachdruck.

Schließlich stellt Ama den Behälter mit den gelblichen Knochen und Zähnen wieder hin. «Also gut, wie du willst. Aber ich will einfach nicht, daß du mit all diesen Krankheiten herumspielst, für die du, offen gesagt, nicht ausgebildet bist. Und keine Sonntagssprechstunde mehr!»

Eines Nachmittags fährt Pado alleine nach Tours, um die Knochen und Zähne analysieren zu lassen. Duccio und ich versuchen herauszukriegen, wer sie ihm gebracht hat. Wir wissen jetzt, daß sie von einem Mann kommen, aber wer es ist, bleibt im dunkeln. Ich nehme an, daß es der Mann in dem schwarzen Mantel war, der vergangene Woche über schmerzende Beine geklagt hatte, aber Duccio sagt, daß jemand, der so viele zerbrochene Knochen und Zähne mitbringt, nicht mehr richtig gehen kann. Dann könnte es der junge Vater gewesen sein, der vor zwei Wochen mit seiner blonden Tochter gekommen war. Er hinkte und hatte eine riesige Beule auf der Stirn. Schließlich einigen wir uns darauf, daß es dieser Mann gewesen sein muß.

Als Pado aus Tours zurückkommt, sieht er verwirrt und beunruhigt aus.

«Was ist los?» fragen wir alle.

«So einfach ist das nicht, Jungs, wie ich zuerst gedacht habe», erwidert er. «Die Knochen und Zähne stammen nicht von einem Menschen, sondern von einem Tier.

Und jetzt hab ich ein Problem: Wie erkläre ich das Monsieur Talarbe?» Er geht Ama suchen, die im Schlafzimmer ist.

«Wenn du mir gleich gesagt hättest, daß es sich um Monsieur Talarbe handelt, hättest du dir die ganze Aufregung sparen können», sagt Ama, als sie hört, was los ist.

«Wer ist Monsieur Talarbe?» wollen wir wissen.

Pado geht zum Telefon und ruft den Mann an. Am anderen Ende der Leitung bleibt es längere Zeit sehr still, so daß Pado fragt: «Sind Sie noch da? Ist alles in Ordnung?»

Der Mann sagt, daß er in ein paar Minuten bei uns sein wird, und Pado bittet uns, in unsere Zimmer zu gehen.

«Und du auch», sagt er zu Ama. «Der alte Herr klang am Telefon ganz schön aufgewühlt.»

«Kein Wunder», jammert Ama, «schließlich hast du ihm und seiner Frau falsche Hoffnungen gemacht.»

«Sieh mal ... ich wollte das untersuchen», versucht Pado zu erklären, aber dann gibt er auf. In der Küche marschiert er hin und her.

«Wollt ihr bitte rauf in eure Zimmer gehen! Jetzt!» sagt er.

Wir stehen im Kreis auf dem oberen Treppenabsatz. Ama erzählt flüsternd die Geschichte von Monsieur Talarbes einziger Tochter, die vor fast dreißig Jahren verschwunden ist. Wenn sie noch lebte, wäre sie heute älter als Ama. Vielleicht lebt sie noch, irgendwo anders. Keiner weiß es genau. Alles, was Ama sagen kann, ist, daß sie eines Tages verschwand, als sie in den Feldern in der Nähe ihres Hauses unterwegs war. Deshalb pflügt Monsieur Talarbe dauernd sein Land um. Man sieht ihn häufig, wie er den Boden durchwühlt und Erdklumpen zerschlägt, um zu sehen, ob etwas darin ist. Wenn er irgend etwas findet, läßt er es von Experten untersuchen. Der Gemeinderat hat sogar zusammengelegt, damit die Talarbes einen Metalldetektor kaufen konnten. Mit so einem Ding wollten sie Knöpfe vom Kleid ihrer Tochter, ihre Schuhe, eine Kette oder einen plombierten Zahn finden. Für die Eltern konnte jeder Stein, klein oder groß, einen Hinweis auf die verlorene Tochter enthalten.

Als der alte Mann kommt, gehen wir oben ans Fenster, um zu sehen, in welcher Verfassung er ist. Er parkt sein Auto vor dem Tor. Als er aussteigt, zieht er seine Jacke zurecht. An der Küchentür dreht er sich um und winkt jemandem im Auto zu.

«Habt ihr das gesehen?» fragt Duccio.

Wir laufen schnell hinunter ins Wohnzimmer. Von da kann man in das Auto sehen. Auf dem Beifahrersitz sitzt eine Frau mit grauen Haaren. Sie hat einen langen Schal um ihren Hals gebunden. Sie fummelt dauernd an den Fransen herum und sieht sich nervös um.

Ama befiehlt uns zu bleiben, wo wir sind, und geht zu dem Auto hinaus. Sie klopft an die Windschutzscheibe und beugt sich zu dem offenen Fenster hinunter. Madame Talarbe sieht sie überrascht an. Dann zieht sie den Schal über ihr Gesicht und schluchzt. Ama streckt ihre Hand durchs Fenster und hält sie bei der Schulter. Giulio sagt, daß er zu Ama will. Duccio sagt ihm, er soll den Mund halten. Er preßt das Gesicht gegen die Scheibe. Er kann den Blick nicht von dem Auto abwenden, das von dem Schluchzen der Frau erschüttert wird. Monsieur Talarbe kommt aus der Küche und geht zum Auto. Bevor er einsteigt, nimmt er das Glasgefäß mit den Knochen, dreht es um und stampft den Inhalt mit den Füßen in den Boden.

23

Es ist der 11. November, der Tag des Waffenstillstands, und ich bin mit Laurent zur Kirche gegangen, weil uns Madame Tressetout hingeschickt hat. Die Bankreihen sind voll mit alten Männern, die Medaillen an ihre Jacken heften und auf Trompeten Stücke einüben. Ein paar kommen zu mir und fragen mich, wer ich bin.

«*Ah! Le petit fils de notre ami Maurice!* Der Enkel von Maurice!» ruft einer laut aus, damit es auch alle hören. Ich freue mich, mit Leuten zusammenzusein, die Grand Maurice gekannt haben, bis ich einen der Männer den Kopf schütteln sehe. «*Pauvre Maurice*, was für ein schrecklicher Unfall», murmelt er vor sich hin.

Der Mann unserer Schulleiterin, Monsieur Tressetout, nimmt mich beiseite.

«Kannst du das?»

«Das Vaterunser kann ich», antworte ich.

«Das meine ich nicht», sagt er und führt mich an der Schulter in einen Raum an der Seite des Kirchenschiffs. «Warte hier», sagt er und geht, um mit dem Priester etwas zu besprechen.

Der Raum ist groß und düster, mit nichts darin außer einem Schrank an der Wand, von dem eine Lampe einen hellen Lichtfleck auf den Holzfußboden wirft. An dem Schrank ist ein Wappen. Monsieur Tressetout kommt wieder herein, öffnet erst den Schrank und dann einen hochkant stehenden Kasten. Darin ist ein goldenes Kreuz auf rotem Samt, das fast so groß ist wie ich.

«Nimm es heraus», sagt er. «Na komm!»

Was meint er? Warum soll ich es herausnehmen? Er führt meine Hände zu den glitzernden, kalten Seiten des Kreuzes, die in dem Samt stecken. Ich spüre schon im voraus, wie metallisch glatt sich das Kreuz anfühlen wird. Meine Hände zittern. Plötzlich bestehe ich nur noch aus Gedanken. Mir geht durch den Kopf, daß ich mein Denken reinigen muß, bevor ich das Kreuz anfasse, aber Monsieur Tressetout hat schon seine großen Hände um die meinen gelegt und drückt sie auf das Kreuz. Zusammen heben wir es heraus. Es wackelt und schwankt. Es gelingt mir, es an meinen Kopf zu lehnen und auszubalancieren. Jetzt stehe ich allein da. Ich atme seinen Geruch ein, seinen sauberen, polierten, zarten Geruch.

«Ich möchte, daß du zu Beginn des Gottesdienstes dieses Kreuz bis zum Friedhof trägst und dann wieder zurück», erklärt mir Monsieur Tressetout. «Hinter dir geht die Blaskapelle.»

Ich sehe ihn benommen an. Nein, das können sie nicht mit mir machen! Ich kann dieses Kreuz nicht durchs Dorf tragen! Ich kann nicht auf den Friedhof gehen! Was ist, wenn mir ein Gedanke kommt? Was ist, wenn ich es nicht mehr halten kann? Wenn ich stolpere und hinfalle? Wenn ich Grand Maurice' Grab sehe?

Ich lege das Kreuz wieder in den Kasten. Tiefes Atmen. Ruhe, dann Panik, dann wieder Ruhe.

Monsieur Tressetout ruft: «Gut, das wäre also abgemacht», und geht hinaus. «Sei in ungefähr zwanzig Minuten bereit», sagt er noch, bevor er die Tür zumacht.

Durch die Wand kann ich hören, wie sich die Kirche mit Familien füllt, wie die Schuhe unbekannter Frauen über den Boden klicken, höre Husten, das Rascheln von Röcken und Mänteln, den Handschlag der alten Soldaten, die sich begrüßen. Ich kann das hier nicht! Ich zittere am ganzen Körper und merke, wie mir vor Angst alles vor den Augen verschwimmt. Ich mache den Kasten wieder auf. Schnell, ehe ein Gedanke kommt, versuche ich, das goldene Kreuz zu berühren. Aber noch schneller ist vorher ein Gedanke an Grand Maurice und den Friedhof da, weil ich denke, daß ich nicht daran denken darf. Der Gedanke versucht, meine Entschlossenheit zu durchlöchern. Ich fange noch mal von vorne an. Ich lege das Kreuz zurück. Ich wasche mir die Hände in der Luft. Ich leere mein Denken. Ich drücke meine Kaninchenpfote, spüre das Fell in der Handfläche und zwinge mich, an etwas anderes zu denken. Ich brauche gute Gedanken: Bilder davon, wie Ama und Pado vor der Tür auf mich warten oder wie Machance durch das letzte Stück des Weinbergs geht. Ich fasse schnell nach dem Kreuz und reiße es hoch. Es schwankt vor mir hin und her, schwer und kalt. Ein Banner über meinem Kopf. Ich gehe zur Tür, mit kleinen, geduldigen, unaufhaltsamen Schritten. Das Geräusch umhergehender Menschen kommt näher. Was ist, wenn ich das Kreuz fallen lasse? Diesen Gedanken kenne ich. Es ist der, der in mich einzubrechen versucht, seit ich das Kreuz zum erstenmal hochgehoben habe. Beachte ihn nicht! Beachte ihn nicht! Langsam, Schritt für Schritt. Was ist, wenn ich auf dem Friedhof stolpere, sobald ich Grand Maurice' Grab erblicke? Diesen Gedanken kenne ich ebenfalls. Ich muß weitergehen. Ich muß schlicht und einfach weitergehen. Dann das Kreuz. Was ist, wenn ich es den falschen Weg entlangtrage? Was ist, wenn ich aus Versehen auf das Grab von jemandem trete, meine Füße auf seinen Kopf, seinen Sarg setze? Was ist, wenn ich an Grand Maurice denke, der in der Erde unter mir begraben ist? Meine Arme tun weh. Ich gehe im Kreis herum. Ich kann die Tür nicht öffnen. Monsieur Tressetout. Wo ist Monsieur Tressetout? Jesus am Kreuz. Ich muß an Jesus am Kreuz denken. Keine Gedanken. Reine Gedanken, Gedanken für Jesus. Die Füße Jesu sind neben meinen Händen, ein Nagel ragt hervor. Ich fühle den Nagel. Nein. Halt. Nicht den Nagel! Sie haben ihn durch seine Füße geschlagen. Sie haben seine Füße zusammengenagelt, einen über dem anderen. Ich klopfe an die Tür: «Bitte aufmachen!» Der Priester unterhält sich eingehend mit einer kleinen Frau.

«Warte noch, Jean-Pio», sagt er zu mir.

Ich darf nicht stehenbleiben. Wenn ich stehenbleiben würde, würde ich den Verstand verlieren. Ich muß weitergehen. Meine Hände. Ich muß meine Hände ein Stück nach unten schieben, damit der Nagel nicht mehr in meine Haut einschneidet. Dann das Blut. Was ist mit dem Blut, das aus Jesu Wunden stürzt und strömt? Ich schüttele den Kopf. Ich schüttele ihn, damit die Gedanken aufhören. Das Kreuz fängt an zu schwanken. Ich kann fühlen, wie sich sein oberer Teil über meinem Kopf hin und her bewegt und dreht, mich wie einen Derwisch dreht. Ich werde gleich hinfallen.

Ich kann die alte Frau murmeln hören: «Er sieht ein bißchen wacklig auf den Beinen aus.» Dann fragt sie: «Ist das nicht der Enkel von Grand Maurice?»

Meine Knie geben nach, sacken weg. Im Kreis herum, immer im Kreis herum. Das Kreuz kreist mit mir mit. Ich kann nicht in den Nebenraum zurück, und ich kann nicht stillstehen. Jesu Beine? Was war das mit seinen Beinen? Sie haben ihm in die Seite gestochen und ihm die Beine gebrochen. Jetzt erinnere ich mich wieder. Meine Hände sind vor erschöpfter Angst ganz naß. Jesu Blut fließt auf mich herab. Das Kreuz schwankt wie ein dünnes Bäumchen. Ich taumele. Monsieur Tressetout. Wo ist er? Ich muß ihm das Kreuz zurückgeben. Ich mache kehrt, eine stolpernde, unsichere Kehrtwendung, und das Kreuz vergießt sein Blut, und die Knochen fallen herunter. Ich gehe direkt auf Monsieur Tressetout zu. Ich muß wieder klar denken. Hör auf! Was ist, wenn die kleine Frau mir nicht aus dem Weg geht? Was, wenn ich sie mit dem Kreuz treffe? Die Seiten meines Kopfes brennen, ich spüre lange Hitzewellen, die durch beide Ohren eindringen. Meine Augen bohren ihre Höhlen tiefer in meinen

Schädel. An meinen Händen ist warmes Blut. Nein. Hör auf. Hör auf zu denken!

Monsieur Tressetout fragt: «Was ist denn mit dir los?», und das reicht.

Ich stoße ihm das Kreuz vor die Brust und breche zusammen.

Madame Tressetout eilt herbei. «Ich wette, er hat nicht genug Wasser getrunken. Seine Mutter hat mich darauf aufmerksam gemacht. In der Schule ist es auch so.» Sie fühlt meinen Puls und sieht in meine Augen. Ich kann sie nicht sehen. Ich kann an ihren Fingerspitzen Kreide und Wandtafel riechen. «Ihm fehlt nichts. Hol ihm ein Glas Wasser.»

Ich will nichts haben. Ich möchte in Ruhe gelassen werden. Ich stehe auf, entziehe mich ihrem Griff. Ich möchte meine Eltern sehen. Ich öffne die Kirchentür. Dutzende von Menschen stehen in Gruppen beisammen, tauschen Neuigkeiten aus. Giulio und Duccio sitzen in der letzten Reihe. Sie sehen mich und winken. Wo ist Ama? Ich schaue suchend in die Bankreihen, auf und ab, schnell, verzweifelt. Ich kann sie nicht sehen. Ich gehe nach draußen. Der Schulhof neben der Kirche ist zum Parkplatz gemacht worden. Glatter, harter, grauer Asphalt ohne Risse, nur hier und da ein Stein, der hervorragt. Ich versuche, mich daran zu erinnern, wie die Schule vor zwei Tagen war, als Laurent hinter der Mauer Maisblätter rauchte, als das vertraute Öffnen und Schließen der Türen zu hören war, ich denke an die Handstände, die geschlagenen Räder, die durch die Luft sausenden Beine und Arme.

Dann sehe ich Machance. Ganz allein sitzt sie vor der Kirche. Sie ruft mich. Ich gehe zu ihr und falle neben ihr auf die Bank.

«Was ist mit dir?» fragt sie besorgt. Sie ordnet mein Haar und zieht meinen Pullover glatt.

«Ich möchte das Kreuz nicht zum Friedhof und wieder zurück tragen», sage ich.

«Das ist aber eine große Ehre, Jean-Pio. *C'est important.* Du solltest dich freuen, daß du es tun darfst», sagt sie aufmunternd. «Du wirst das ganz wunderbar machen», setzt sie hinzu, mein Knie tätschelnd. «Denk immer daran, daß du es nicht für dich tust, sondern für all die Männer, die im Krieg ihr Leben gelassen haben. Und ich werde am Friedhofstor stehen und auf dich warten. Ich bin da, ganz bestimmt.»

Sie steht auf und geht die Stufen hinunter. Der Platz vor der Kirche füllt sich mit immer mehr Leuten. Autos fahren auf die Bürgersteige, halten dort. Fahrräder stehen aneinandergekettet zwischen Bäumen. Eine saubere französische Fahne hängt an der Fassade des Rathauses.

«*Enfin.* Wo hast du denn gesteckt?» erregt sich Monsieur Tressetout, als er mich sieht. «Wir müssen gleich los!» Er zieht mir schnell ein weißes Gewand über den Kopf, und der Priester legt mir eine Schärpe über die Schulter.

«Jetzt aber schnell, hol das Kreuz!» drängen beide.

Ich gehe in den Nebenraum zurück. Das gedämpfte Stimmengewirr in der Kirche folgt mir. Ich öffne den Kasten und ergreife das Kreuz, ohne mir Zeit zum Denken zu lassen. Ich hebe es hoch. Dann fange ich an zu zählen: «Eins, zwei, drei» – und so weiter, mit jedem Schritt. Ich betrete die Kirche. Die Blaskapelle fängt an zu spielen, und die alten Männer nehmen schlurfend hinter mir Aufstellung. Ich biege um den Altar. Vor mir erscheint eine Welle von Gesichtern. Ich darf Giulio und Duccio nicht ansehen. Ich zähle wieder. Zahlen, keine Gedanken. Ich gehe durch den Mittelgang auf das Portal zu. Laurent steht dort, verteilt Programmzettel. Auch ihn darf ich nicht ansehen. Als ich an ihm vorbeikomme, kann ich seinen Blick wie mit Leim ans Kreuz geklebt fühlen. Das Kreuz geht knapp durch die Tür. Draußen im Freien schmettert die Musik erst richtig los. Die Trompete hinter mir ist verstimmt, und der Trompeter schlägt sie dauernd aus. Ich kann den dumpfen Schlag des metallenen Instruments gegen sein Hosenbein hören.

«Du machst das sehr gut», flüstert mir Monsieur Tressetout von hinten zu.

Ich zähle immer noch. Meine Füße schwellen an von vergangenen Zahlen, gegenwärtigen Zahlen, zukünftigen und nicht gezählten Zahlen. Ich bin fast bei fünfhundert. Gleich biegen wir zum Friedhof ein. Ich erkenne eine gebeugte Gestalt in einem schwarzen Rock. Es ist Machance. Sie ist da. Langsam! Ich muß langsam gehen. Das Kreuz trägt mich nach oben. Ich fühle meine Arme nicht mehr. Ich schwebe, schwanke dahin. Ich habe die Rückseite von Jesu Beinen vor mir, zwei goldene Stäbe, die wie Muskeln geformt sind. Machance lächelt. Ein Willkommen heißendes, besorgtes Lächeln.

«Bleib bei dem Gedenkstein in der Mitte des Friedhofs stehen, und setz das Kreuz ab», flüstert Monsieur Tressetout laut.

Jetzt nur noch ein paar Schritte. Machance steht direkt vor mir auf den Stufen. Zwischen den Mauern hindurch betrete ich den Friedhof. Ich bleibe vor dem Obelisken stehen, der mit Fahnen umhüllt ist. Monsieur Luzille ist da, und die Trompeten spielen eine ernste Melodie. Der Bürgermeister verliest Namen, Dutzende von Namen. Ich stehe für diese toten Soldaten hier, wie Machance gesagt hat. Meine Füße kribbeln vor Angst. Ich lege meine Hände auf den Querbalken des Kreuzes. Die angenagelten Hände Jesu sind neben den meinen. Die Namen der Toten kommen und gehen. Ein paar erkenne ich, es sind dieselben wie in der Schule. Bernard, Bertrand, Blenet, Brigeaud, Bugol, Camsarre, Coudert, Cussard, Denis, Doriot ... Ich sehe mich nach Machance um. Sie ist weg. Dort, wo sie gestanden hat, steht jetzt ein bärtiger Mann mit Hut. Er sieht mich an. Ich drehe mich um. Ich entdecke Machance ganz hinten auf dem Friedhof. Ihr schwarzer Rock liegt auf dem Gras wie eine gesenkte Fahne. Sie kniet an einem Grab und zupft welke Blüten von einer Topfpflanze ab. Sie nimmt die Blüten und streut sie auf den Grabstein. Alles vor mir schrumpft zusammen. Der Boden schwillt an. Ich sehe Grand Maurice' Grab. Dort hinten, zum erstenmal. Die Namen der Toten rasen weiter auf dem Friedhof umher, reißen Gräber auf, schlüpfen in Ritzen und Spalten. Ich klammere mich an das Kreuz, den Blick auf Grand Maurice' Grab geheftet. Ich drehe die geflochtene Krone, die mit einem Stift an Jesu Kopf befestigt ist. Der Kies zwischen den Gräbern knirscht unter unseren Schuhen. Kränze und Blumengebinde rascheln. Die Musik setzt wieder ein. Wir gehen los, zurück zur Kirche. Ich zähle wieder und wieder, und die Namen der Toten springen zwischen die Zahlen. Ich will Grand Maurice' Namen hören. Wo ist sein Name?

24

Machance meint, wir sollten uns noch ein paar Hühner zulegen, damit Giscard Gesellschaft hat. Sie schreibt einen Zettel für Madame Joignet und schickt mich damit zu ihr.

«Es ist aber nicht so einfach, Hühner zu halten», meint Madame Joignet seufzend, nachdem sie das Briefchen gelesen hat. «Möchtet ihr Legehennen haben? Junge Hühnchen zum Essen? Ein paar Zwerghühner?»

Ich bin nicht sicher – aber bestimmt nichts zum Essen.

«Und ihr müßt ein Stück vom Garten einzäunen, damit sie euch nicht alles kaputtmachen können. Und dann müßt ihr bedenken, daß es Füchse gibt und Baummarder und Wiesel.»

Sie sagt, sie will sehen, was sich machen läßt, vor allem, weil sie damit etwas für Machance tun kann.

Zwei Tage später kommt Marc und hilft Pado, eine Ecke des Gartens einzuzäunen. Sie schleppen einen alten verzogenen Schrank voller Holzwürmer aus dem Haus und stellen ihn dort auf. Marc nagelt ein Stück Wellblech darauf als Dach. Wir halten den Schrank dann mit einem in die Erde getriebenen Pflock fest. «*Va bene!* Ein perfektes Hühnerhaus!» Pado lächelt zufrieden.

Ich stelle ein paar Obstkisten als Nester hinein. Marc erklärt mir, daß wir mehrere große Steine brauchen, um den Maschendraht auf der Rückseite damit zu beschweren.

«Das überlasse ich dir», sagt er, als er nach Hause geht.

Ich weiß, daß bei Grand Maurice' Feldsteinmauer am Gemüsegarten lose Steine herumliegen. Ich laufe hin. Ich hebe die erstbesten Steine auf, die ich dort im Gras liegen sehe. Sie sind viel zu schwer. Ich ruckele an einigen, die oben auf der Mauer liegen. Steine reiben an Steinen, geben nach, machen ein kalkiges Geräusch. Ich ziehe einen kleinen, flachen Stein heraus, und da kommen andere los und poltern zu Boden. Ich springe zurück, damit sie mir nicht auf die Füße fallen. Ein Stein ist sauberer als die anderen, es sind keine Regen- oder Schmutzflecken darauf. Ich zerre daran, und plötzlich sehe ich ein Stückchen Papier hervorschauen. Es ragt heraus wie eine beschädigte Feder, wie ein Abzug, der gespannt, aber nie betätigt worden ist. Als ich es anfasse, entrollt es sich auf meiner Handfläche. Es ist mit der Hand beschrieben, von oben bis unten. Elegante, schwungvolle Bögen in schwarzer Tinte bilden Wörter mit feinen Akzentstrichelchen darauf. Es steht auch ein gedrucktes Datum da, denn es ist eine Seite, die aus einem Kalender herausgerissen wurde. 18. März 1976. Ich versuche weiterzulesen, aber Erde und Kalk haben die Wörter aufgefressen. Die Schrift ist durch Löcher im Papier gerutscht. Sätze sind ausgelöscht, an den Rand gedrückt, in staubigem Gestein verlorengegangen. Am Ende der Seite kommt ein Stückchen, das noch ein wenig vollständiger aussieht. Da steht: «Heute verstehe ich nichts.» Ich schiebe die Steine beiseite und finde mehr Seiten. Ich ziehe unter einem Stück ungebranntem Ziegel eine fast durchsichtige Seite hervor, auf der Muster sind wie Fingerabdrücke. Darauf steht dasselbe Jahr: 1976, 24. Mai. Neben dem Datum steht «Warum?», dasselbe oben auf der Seite. Unten auf der Seite kann ich gerade das Wort «Zeitverschwendung» lesen. Ich erkenne die Handschrift, irgend etwas kommt mir bekannt vor. Ich erkenne die Art wieder, wie die Buchstaben sich zur Seite lehnen. Ich erinnere mich an die Postkarte in Machance' Zimmer, auf der die Adresse sorgfältig in eine Ecke geschrieben ist. Es ist die gleiche Handschrift, es sind die gleichen Bögen und Linien. Das ist Grand Maurice' Schrift. Ich kann es nicht glauben! Meine Hände zittern. Ich drehe die Seite um, nichts, ich kann nichts mehr darauf lesen.

Ich fahre mit den Fingern über die Steine. In einer der Ritzen stecken noch ein paar Seiten. Sie weisen dieselbe vertraute Schrift auf, aber jetzt ist sie zittrig, schwach, aus den Zeilen rutschend, geschrieben mit unsicherer Hand. Diese Seiten sind wie Listen angelegt. Eine beginnt mit: «Nichts, diese Woche, nichts ...» Die anderen Seiten stammen aus einer Woche im Mai des Jahres 1976, und auf ihnen gehen die Wörter und Wochentage in kurzen, frustrierten Federstrichen ineinander über. Neben dem Datum steht eine andere Aufzählung. Dieser Teil ist kaum lesbar, nur hier und da ein Wort, Tintenbruchstücke, mit denen eine Zeile anfängt. Da steht: «Der Sommer ist leer.» Ich setze mich ins Gras. Ich weiß, daß mich niemand beobachtet, und doch spüre ich, daß Grand Maurice da ist; er schüttelt irgendeinen unbekannten Schmerz aus der Mauer.

Ich verstehe das nicht – versteckte Seiten eines Tagebuches von vor zwei Jahren, Wörter wie Listen für Grand Maurice, die sein Leben abschätzen, die festhalten, daß sein Leben anders hätte sein können, als es war. Ich fühle die schwache Abendsonne auf meinen Händen, während ich nach weiteren Geschichten auf den zerknitterten Seiten grabe, die aus dem Nichts gekommen sind. In der Mauer ist nichts mehr. Ich lese die krakelige Schrift, lese sie immer wieder. Ich lege mich ins Gras und schaue zu den Wolken hinauf. Ich erfinde neue Wörter, um den Himmel darzustellen, Gedanken, um diesen Augenblick zu beruhigen. Ich lausche dem Wind, wie er die Seiten zum Flattern bringt, die aus der Vergangenheit herausgerissen wurden, Schichten von Enttäuschung und Bedauern. Meine Blicke verschmelzen mit dem Himmel. Mein Gesicht ist von Blau und weißen Wolkenbänken durchzogen, die mein Unbehagen zudecken. Vielleicht sollte ich Machance oder Ama herbeiholen und ihnen sagen, daß Grand Maurice gelitten hat, weil kleine Fetzchen alten Papiers aus diesen Steinen nach ihm riefen. Ich weiß, daß ich das nicht tun darf. Nicht das. Das ist etwas, was man nicht sehen soll, es ist noch etwas, was sich einem jeden Tag gegen die Schläfen drängt, damit man weiter schweigt. Ich gehe zum Haus hinauf und setze mich auf einen Küchenstuhl bei der Tür. Von dort aus kann man die Schachteln und Dosen in der Speisekammer sehen und die Balken an der Decke wie schwimmende Säulen in der Luft. Giulio taucht auf und fragt, ob ich mit ihm spielen komme. Ich will nicht. Duccio will auch nicht mit ihm spielen. Er hat eine Stelle im Garten gefunden, wo es

Quarz gibt, den man in kleine Stücke schlagen kann. Er sagt, er will sie mit in die Schule nehmen und sehen, ob er sie verkaufen kann. Ich werde in Ruhe gelassen. Der Raum läuft davon mit Bildern von Grand Maurice, der Steine umwendet, der Welt seine Traurigkeit vorträgt. Ama kommt herein und fällt fast über mich.

«Was sitzt du da auf dem Stuhl?»

Ich versuche ihr zu sagen, daß ich mich ausruhe. Sie findet das nicht gut. «Du lieber Himmel, Jean-Pio, tu doch mal was, Schatz. Sitz nicht den lieben langen Tag nur rum und guck Löcher in die Luft. Ich habe dir doch gesagt, daß ich das nicht ausstehen kann. Wirklich nicht.»

25

Madame Joignet kommt mit zwei großen Pappkartons, in denen oben Löcher sind. Machance und ich begrüßen sie aufgeregt. Ich mache einen der Kartons auf, und unter meinen Händen ducken sich zehn verängstigte Junghennen.

«Dreh den Karton einfach um, und schon sind sie draußen», sagt Madame Joignet lachend.

Ich streichle die Hühner ein bißchen. Sie drängen sich in einer Ecke zusammen. Schließlich tue ich, wie sie gesagt hat, und kippe den Karton auf das Gras. Die Hühner drücken sich, vor Angst zitternd, in ihrem neuen Gehege eng aneinander.

«Und was ist mit dem anderen Karton?» fragt Madame Joignet. «Willst du den nicht auch aufmachen?»

Machance stubst mich an, als wollte sie sagen, sie hätte da schon lange so was gewußt. Ich klappe schnell die Papplaschen hoch. Im Karton sitzen ein paar schwarze

Entchen. Duccio und Giulio sind angerannt gekommen, um sich das alles auch mal anzusehen. Wir stehen staunend dabei, als die Enten über das Gras davonwatscheln und anfangen, an den Halmen zu knabbern.

Beim Abendessen erkläre ich, daß wir für alle neuen Hühner und Enten Namen finden müssen. Ama sagt, wir sollen französische Namen von hier nehmen. Giulio fragt, warum wir sie nicht einfach nach uns benennen. Eine Ente könnte Pado sein, die große, weiße Henne Duccio und so weiter.

«Es sind nur Tiere», sagt Pado, «sie brauchen keine Namen.»

Machance lächelt abwesend in sich hinein. Ama freut sich, daß sie etwas fröhlicher aussieht. Ama sagt: «Wo es dir so gut geht, warum ißt du nicht noch ein bißchen von deinem Fisch?»

Machance befingert den Fisch und stößt ihn mit dem Brot an. Als niemand hinschaut, nimmt sie ihn und wirft ihn mir auf den Teller.

«Machance!» will ich schon protestieren, aber da legt sie einen Finger auf die Lippen, damit ich den Mund halte. Ich betrachte das angefaßte Stückchen Fisch auf meinem Teller. Ich möchte es ihr zurückgeben, möchte ihr sagen, daß sie es essen muß. Sie sieht mich jedoch durchdringend an. Ich esse das Stück, denn ich weiß, daß ich meine Hühner und Enten ihr verdanke.

26

Machance geht es nicht gut. Sie bleibt jetzt meistens in ihrem Zimmer. Ama und Pado sagen, daß das schon in Ordnung ist, sie muß nur essen. Das tut sie nicht. Ich weiß es.

«Machance!» Ich schüttele sie. «Du liegst jetzt schon eine Woche im Bett!»

Ich zähle ihr die Gründe auf, warum sie aufstehen muß. Ich gehe die Liste mit ihr durch. Sie muß dieser Benommenheit ein Ende machen, die davon kommt, daß sie immer in ihrem Zimmer bleibt. Ich hebe ihre Beine aus dem Bett und stelle ihre Schuhe vor sie hin. «Nun komm schon! Bitte! Laß uns nach unten zu den anderen gehen.»

Sie drückt mich mit ihren löffelartigen Fingern weg. «Nein, nicht, Jean-Pio, laß mich schlafen.»

Selbst wenn sie nicht in der Lage ist aufzustehen, darf sie nicht so bleiben, so eingehüllt in ihr Schweigen. Ich schlage auf die Laken, um ihren Lärm freizulassen. Ich möchte in ihr Denken einbrechen. Vielleicht würde sie dann wieder sprechen. Ihr Schweigen würde sich plötzlich in Wörter verwandeln. Auf ihr Kopfkissen ist Spucke getröpfelt, hat dort einen Fleck hinterlassen. Machance legt ihre Wange auf die feuchte Stelle, atmet gepreßt. Sie schiebt den Kopf tiefer in die Laken. Sie treibt ihr Gesicht in das Weiß hinein, bis es weh tut.

Ich ziehe sie zurück. «Machance!»

Sie weint innerlich, weil sie über nichts mehr laut weinen kann. Erbrochene Wörter fließen ins Zimmer, verschlungene Muster an der Decke, nach Bedeutung suchend. Sie lösen sich auf, gleiten die Wände hinunter, werden zu Sätzen der Ablehnung und der Ohnmacht – Sätze, die sie nicht unterbrechen, Gefühle, die sie nicht verhindern kann.

Ich bringe Machance Essen hinauf in ihr Zimmer. Ich halte das Essen vor ihr Gesicht, damit sie den Geruch einatmen kann. Sie spielt damit herum, schmiert es auf dem weißen Teller hin und her, zerreibt es, bis nichts mehr da ist. Ich hole Äpfel und Kekse aus meinen Taschen. Sie stößt sie weg. Sie will, daß ich alles selbst esse. Ich muß. «Für sie, für Grand Maurice», sagt sie. Ich setze mich hin und esse das Essen, das sie nicht will. Ich starre auf den Boden, um die Fotos nicht sehen zu müssen, die jeden Tag in neuer Ordnung auf den Regalen stehen. Ich will vermeiden, daß mein Blick auf die durchsichtige, am Nachttisch hängende Tüte fällt, die noch von der Polizei versiegelt ist, gefüllt mit losen Bändern und Drähten, die sich in das Plastik bohren.

Wenn ich sie zum Sprechen bewegen kann, erzählt Machance mir von Grand Maurice, wie sie sich kennengelernt haben und wie sie mit Ama als Kind durch Europa gefahren sind. Sie springt von Geschichte zu Geschichte, schneidet Episoden ab, läßt Orte und Namen aus, stolpert über Erinnerungen. Sie tastet sich wandernd durch Augenblicke, die es nicht mehr gibt, versucht zu verstehen. Ich muß Wörter aus ihr herausholen. Ich sporne sie an. Ich muß weitermachen, ihr mit klaren Bildern und Gedanken den Rücken stützen, damit sie gegen diese in ihr eingeschlossene Leere ankämpfen kann. Dann flüstert sie: «Genug!» und lehnt sich zurück, den Kopf an der Wand. Sie küßt meine Hand. Sie hält die Vergangenheit auf ihrer Zunge zurück. Sie schluckt verzweifelt, und je heftiger sie schluckt, desto trockener wird ihr Mund. Ihre Lippen berühren meine Hand, zwei trockene verbrannte Stellen.

27

Laurent sagt, jemand hat ihm etwas über Grand Maurice erzählt, er hat aber versprechen müssen, es mir nicht zu sagen.

«Wer?» frage ich flehend. «Wer?»

«Ich darf es nicht weitersagen. Ich hab's versprochen», erwidert er.

Ich weiß, daß Laurent ziemlich schnell nachgibt, wenn man ihm nur etwas bietet.

«Ich gebe dir Geld», sage ich.

Er sieht mich argwöhnisch an. «Was für Geld? Woher hast du denn Geld?»

«Ich hab's eben», antworte ich. «Aber du kriegst es erst, wenn du mir erzählt hast, was du über ihn gehört hast.»

Laurent denkt eine Weile nach. «Gut», stimmt er schließlich zu, «dann gib mir jetzt zehn Franc.»

«Ich hab sie nicht dabei«, erkläre ich ihm. «Du mußt mit mir mitkommen.»

Ich springe auf den Gepäckträger von Laurents Fahrrad, und er saust wie verrückt den Dorfhügel hinunter, am Fluß vorbei zu unserem Haus. Unten an der Auffahrt bremst er so scharf, daß ich fast vom Rad falle.

«Ich warte hier», sagt er.

«Ich hab's gar nicht hier», sage ich, «wir müssen in den Weinberg.»

Er kann wegen der abgeschnittenen Zweige, die auf dem Boden herumliegen, und dem alten Draht nicht zwischen den Weinstöcken hinaufradeln. Er schiebt sein Rad hinter mir her und fragt mich die ganze Zeit, ob ich wirklich Geld habe. Wir halten bei dem Rebpfahl, an dem ich das Büschel Mohn angebunden habe. Ich sage ihm, er soll sich umdrehen, während ich das Geld ausgrabe. Er tut es halbherzig, versucht dauernd zu gucken. Ich werfe eine Handvoll Erde nach ihm, und er hält still. Ich finde Grand Maurice' Dose gleich. Ich nehme den Deckel ab, hole vorsichtig ein Zehnfrancstück heraus und vergrabe die Dose wieder.

«Hier», sage ich und gebe Laurent die Münze.

Erst will er sie nicht haben, weil sie verrostet ist. Aber nachdem er sie noch ein bißchen untersucht hat, nimmt er sie an. «Gut!»

«Also, wer ist es?» frage ich.

«Rate», versucht er es, obwohl er sehen kann, daß ich langsam die Geduld verliere. «*Bon, bon*, beruhige dich! Es war mein Vater!»

«Was weiß der schon von Grand Maurice?» frage ich verächtlich.

«Ich habe versprochen, es nicht weiterzusagen», erwidert Laurent.

«Jetzt brauche ich ihn ja nur zu fragen.» Ich grinse ihn an. Ich kann sehen, daß er Angst hat, denn sein Vater braucht keinen großen Vorwand, um jemandem eine Ohrfeige zu geben.

«Du würdest dich nie trauen, ihn zu fragen», sagt er.

«Würde ich wohl», antworte ich, und Laurent weiß, daß das stimmt.

«Gut, ich sag's dir, aber du mußt mir noch eine Münze geben.»

«Noch eine Münze!» rufe ich aus. «Ich gebe dir kein Geld mehr, du Lügner. *Sale menteur!*»

«Dann etwas anderes.» Laurent geht hinter mir zwischen den Weinstöcken bergab. «Dann gib mir etwas anderes. Wie wäre es mit einem deiner T-Shirts?» fragt er.

Ama würde sofort merken, wenn ich ihm eins meiner T-Shirts geben würde. Mir fällt ein, daß ich ihm Mr. Yunnan zeigen könnte. Ich wette, er hat noch nie die Knochen von einem Menschen gesehen, die eingewickelt in drei Kartons liegen. Wenn er das sieht, wird er mir sofort alles erzählen.

«Ich habe da was, was ich dir zeigen kann», sage ich, «aber du darfst es in der Schule niemandem weitererzählen. Schwör's!»

«Nein, ich will etwas haben. Ich will nichts anschauen.»

«Das ist aber was Besonderes», füge ich hinzu, um ihn zu überzeugen, und ich sehe, wie seine Neugier langsam die Oberhand gewinnt. Als wir in die Nähe des Hauses kommen, ist er einverstanden.

Wir legen sein Fahrrad unten beim Tor hin und gehen über den Rasen. Pado liegt im Schatten in einem Liegestuhl. Eine volle Tasse Kaffee steht kippelig auf seinem halb geöffneten Bericht.

Ama ist unten im Gemüsegarten. Ich gehe mit Laurent gleich in das Wohnzimmer mit den hohen Regalen. Er kann nicht glauben, wie unordentlich es im Haus ist.

«Wir haben das alles noch nicht eingeräumt», sage ich, wenn er sich vorbeugt und durch die Türen der Zimmer schaut, in denen Möbel und Kisten voller Bücher stehen.

Ich sage ihm, er soll den Stuhl festhalten, auf den ich steigen muß, um die drei Kartons mit Mr. Yunnan herunterzuholen. Ich hasse es, die Schachteln anzufassen, das Seidenpapier zu entfernen und die weißen, blankgescheuerten Knochen zu sehen, weil ich weiß, daß jetzt Gedanken in mich eindringen können. Ich nehme zuerst die kleinste Schachtel, die mit dem Schädel. Bevor ich sie öffne, frage ich Laurent, was sein Vater erzählt hat. Er sieht betreten aus.

«Mein Vater», flüstert er dann, «hat deinem Großvater an dem Tag, an dem er gestorben ist, sein Krebsnetz besorgt, und dein Großvater hat es kaputtgemacht, weil er zu viele Steine reingetan hat. Mein Vater hat zu mir gesagt: ‹Kein Wunder, daß er ertrunken ist›, weil er nicht gewußt hat, wie man ein Krebsnetz richtig auslegt. Es war viel zu schwer, und deshalb hat sich sein kaputter Fuß darin verheddert und ihn auf den Grund des Sees gezogen.»

In meinem Kopf tanzt alles wild herum. Wovon redet Laurent? Grand Maurice hat doch nie ein Netz benutzt. Er hat immer das Rad von unserem alten Fahrrad genommen, so haben wir es immer gemacht, mit dem Rad von einem Fahrrad, auf das wir Fleischstücke getan haben. Ich stehe auf dem Stuhl und halte die Schachtel in den Händen. Ich kann nichts fühlen. Der Raum bläht sich unter mir auf, das Parkett schwillt an und springt aus seinem Muster und seiner Form heraus. Laurent klopft an den Karton. «Na los, mach schon. Zeig mal, was da drin ist.»

Mechanisch öffne ich den Deckel der kleineren Pappschachtel und nehme das dünne, weiße Einwickelpapier weg. Laurent begutachtet den Inhalt.

«Ist der echt?» stottert er und starrt mit aufgerissenen Augen den Schädel an.

«Sein Name ist Mr. Yunnan. Er wurde in den Hinterkopf geschossen», antworte ich kraftlos.

Ich zeige auf die Öffnung über dem Nacken, decke den Schädel wieder zu und greife nach der nächsten Schachtel. Wieder nehme ich das Papier weg. Laurent besieht sich die Hände und die Rippen. Dann hole ich die letzte Schachtel herunter, und Laurent mag gar nicht glauben, daß Beine und Füße so zerbrechlich aussehen können. Er wartet, während ich die Kartons an ihren Platz zurückstelle. Ich sage kein Wort. Er verabschiedet sich schnell, und ich beobachte durchs Fenster, wie er sein Fahrrad aufhebt und den Weg hinuntersaust. Ich setze mich auf das lange, blaue Sofa und starre auf die Wand mit ihren feuchten Flecken, die die Konturen der Mauersteine sichtbar machen. Die Farbe ist rissig geworden und in der Ecke schon abgeplatzt. Jetzt sieht man dort zerbröckelnde Ziegelsteine. Wie viele Steine hat er in das Krebsnetz gelegt? Er hätte nie und nimmer ein Netz benutzt. Wir hatten das Rad. Es war die beste Methode der Welt. Das hat er immer gesagt.

28

Ich sitze im großen Klassenzimmer und sehe Ama, wie sie mit besorgtem Gesicht auf die Schule zugelaufen kommt. Was will sie hier? Als sie mich sieht, klopft sie ans Fenster und geht schnell weiter zu Madame Tressetouts Büro. Ich stürze hinaus, um sie abzufangen, und hoffe die ganze Zeit, daß sie französisch mit mir spricht und nicht ihr lautes Englisch. Sie drängelt, will, daß ich so schnell wie möglich fertig werde. Laurent beobachtet mich verstohlen. Auch Pascal und Jean-Louis. Ama hat keine Zeit für Einzelheiten. Wir müssen ins Krankenhaus. Machance ist krank.

Krank? «Wie krank?» frage ich.

Duccio und Giulio kommen auch, und wir sammeln so schnell wie möglich unsere Bücher und Ranzen zusammen. Ama läßt den Motor des Autos an. Aus allen Fenstern starrt man uns nach.

«Was für ein Glück, daß Ama ihren Strohhut nicht aufhat», flüstere ich Giulio zu. Er lacht nicht, ich auch nicht. Ich habe es nur gesagt, um nicht denken zu müssen, um etwas zu sagen, irgend etwas anderes.

Folgendes war passiert. Machance war nicht heruntergekommen, nachdem wir das Haus verlassen hatten, und Ama war zu ihr hinaufgegangen und hatte sie nach Atem ringend im Bett vorgefunden. Der herbeigerufene Arzt hatte nur einen Blick auf Machance geworfen und dafür gesorgt, daß sie auf schnellstem Weg ins Krankenhaus kam. Pado hatte versucht, ihn davon abzubringen; er sagte, er würde sich um Machance kümmern, aber der Arzt sagte, es ist jetzt nicht mehr allein eine Frage der Nahrungsaufnahme, sie braucht eine wirksame medizinische Betreuung.

«Was wird ihr der Doktor zu essen geben?» will Giulio wissen.

Das frage ich mich auch. Ich denke, sie werden ihr Äpfel geben, so wie wir. Die kann sie in den Händen hin und her rollen und sich mit dem Essen Zeit lassen. Ama ist nervös. Sie schaltet mit ruckartigen Bewegungen, während ihre Augen die Straßen nach Schildern zum Krankenhaus absuchen. Am Krankenhaus fährt sie so abrupt in eine Parklücke, daß Duccio vom Sitz rutscht. Sie sagt, wir sollen aussteigen und auf dem Rasen vor dem Krankenhaus auf sie warten. Danach kommt Pado in Marcs Wagen angefahren. Er setzt sich zu uns. «Keine Sorge, *ragazzi*», sagt er. Er erklärt uns, daß Machance in letzter Zeit ein bißchen schwach geworden ist, weil sie nicht ordentlich gegessen hat. «Nichts Ernstes.» Ein kurzer Aufenthalt im Krankenhaus, und dann ist sie ganz schnell wieder daheim. Ama kommt heraus, und dafür geht Pado hinein. Der Arzt möchte ihn unter vier Augen sprechen. Ama sagt dasselbe wie Pado. «Es ist nur, weil sie ein bißchen schwach ist. Wir werden uns jetzt besonders intensiv um sie kümmern müssen. Sie muß essen.»

Wir fahren vom Krankenhaus nach Hause. Pado fährt hinter uns her. Wir halten bei Madame Joignet, damit er Marc sein Auto zurückgeben kann. Dann setzt sich Pado vorn zu Ama. Er fragt sie, was es zum Abendessen gibt. Sie sagt, daß sie an Essen nicht interessiert ist.

«Jetzt fang du auch noch damit an!» zieht er sie auf.

Aber Ama sieht ihn nur verblüfft an. «Wirklich sehr komisch!» sagt sie scharf.

Das Essen ist schnell gemacht.

Ama wiederholt dauernd Sätze wie: «Hast du gesehen, wie schockiert der Arzt war? Er konnte gar nicht fassen, daß wir ihn nicht eher gerufen haben. Konntest du nicht sehen, daß Mutter krank war, Gaspare? Du bist doch derjenige, der sich auf dem Gebiet auskennt.»

Pado antwortet, er habe ihr schon vor einer Ewigkeit gesagt, daß Machance unter schweren Depressionen leidet, aber sie habe nicht auf ihn hören wollen.

«Depressionen!» Ama zuckt die Achseln. «Ich rede nicht von Depressionen, verdammt noch mal. Der Arzt sagt, sie ist total unterernährt. Zusätzlich zu allen anderen Komplikationen.»

«Es hängt alles mit den Depressionen zusammen», erwidert Pado, «und das solltest du eigentlich wissen.»

Ama knallt eine große Schüssel in die Mitte des Tisches und schaufelt mit einer verbogenen Gabel Spaghetti mit Tomatensauce auf unsere Teller.

«Eßt auf, Jungs», sagt sie trübe. Duccio will wissen, ob wir bald Nonno und Nonna in Italien besuchen fahren.

«Die Reiserei ist vorbei», sagt Ama schnell, um Pado zuvorzukommen. «Wir bleiben jetzt hier.»

Duccio ißt und liest gleichzeitig in einem Buch. Keiner verbietet es ihm. Ich starre aus dem Fenster. Keiner bemerkt es. Ama fängt an, das Geschirr in das Spülbecken zu räumen. Sie dreht den Heißwasserhahn voll auf und schaut zu, wie der dampfende Wasserstrahl auf den Boden des Spülbeckens schießt. Sie wäscht eine Bratpfanne mit angebrannten Essensresten ab. Pado zuckt zusammen, als der Metallrand gegen das Email des Beckens schlägt.

Nach dem Essen gehe ich allein nach draußen. Ich überprüfe den Maschendraht um das Hühnerhaus und das Wasser im Napf. Die Hühner sehen von ihrer Stange nervös zu mir herüber. Ich nehme Giscard auf und streichle seinen schimmernden Rücken, lasse die Federn die Gedanken von meinen Händen wischen. Die anderen Hühner rücken von mir ab. Wie soll ich mich um sie alle kümmern ohne Machance? Als ich ins Haus zurückkomme, verlangt Pado, daß ich mir noch einmal die Hände wasche, und hält mir einen weiteren Vortrag über die Papageienkrankheit und all die anderen Krankheiten, die man sich bei Vögeln holen kann.

«Hygiene ist lebenswichtig!» sagt er zu mir, als ich in mein Bett steige. «Du mußt sehr vorsichtig sein.» Bevor er die Tür zumacht, bleibt er noch ein Weilchen unschlüssig stehen. «Hast du irgendwelche neuen Fakten für mich?» fragt er.

«Nein, Pado», antworte ich, und er beläßt es dabei.

«Sie wird bald wieder da sein», versichert er mir. «*Buona notte, caro.* Gute Nacht.»

Ich kann nicht einschlafen. Ich schaue aus dem Fenster in den dunklen Garten. Pados und Marcs neue Wege sind nicht mehr so neu. Disteln sind darauf gewachsen, und die sauberen Ränder werden durch den darüberwuchernden Rasen bereits unscharf. Ich stütze meinen Kopf auf das Fensterbrett. Ich kann Duccio oben in seinem Zimmer herumwandern hören. Auch er ist unruhig. Ich gehe zurück ins Bett. Ich schlafe ein, wache aber immer wieder auf. Ich kann Machance nicht aus meinen Träumen herauskriegen. Sie ist überall, redet mit mir und ruft mich, füllt mein Zimmer mit ihrer Stimme und ihrem Bild. Ein Traum kehrt immer wieder. Ich sehe Machance, wie sie aus dem Krankenhaus kommt und in der obersten Etage eines hohen Gebäudes an einem Ort, den ich nicht kenne, eine kleine Wohnung bezieht. Sie stellt auf dem

Kaminsims Fotos von uns allen auf. Grand Maurice' Foto steht in der Mitte, ein Bild seines Gesichts bis zum Hals, das von einer Tapete im Hintergrund umrahmt und gepolstert wird. Sie verteilt alle ihre Sachen. Sie klopft sie ab. Ihren Kamm. Ihr Haargummi. Ihren langen, roten Schal. Ihre Pinzette. Ihren Kulturbeutel. Ihre Zahnbürste. Ihren Kuli mit dem Aufdruck eines Hotels in Nizza. Sie legt ihre Kleider über eine Stuhllehne, Röcke auf Strickjacken. Sie steckt die Zahnpastatube in ihre Tasche.

Machance legt eine Kassette in den Radiorecorder ein, der auf dem Kaminsims steht. Das Lied erinnert sie an irgend etwas, deshalb läßt sie die Kassette vorlaufen zum nächsten Lied und dann weiter zum nächsten, weil jedes Lied mit einer Erinnerung verbunden ist, die sie nicht unterdrücken kann. Schließlich kommt eine laute, eingängige Melodie, und sie trommelt auf dem Kaminsims mit den Fingern den Takt. Sie sieht sich in dem Garderobenspiegel im Bad. Draußen ist ein Geräusch zu hören. Sie läuft zur Wohnungstür. Sie späht durch den Spion. Da ist niemand. Sie geht ins Badezimmer zurück und schaut wieder in den Spiegel. Sie hält ihre Hände in das Waschbecken und läßt ein wenig warmes Wasser laufen. Es trifft auf ihre Handgelenke und rinnt daran hinunter, warmes öliges Wasser, braun von den Rückständen in den lange unbenutzten Rohren. Sie geht mit dem Gesicht nah an die Lampe heran und zieht an einem grauen Haar, das auf ihrem Kinn wächst. Es gleitet aus seinem Haarbalg, und an seiner Stelle erscheint ein dunkler Fleck. Sie drückt darauf, anfangs sanft, dann gräbt sie ihre Fingernägel hinein. Die Haut ist verletzt und blutet. Sie geht zum Fenster. Die Straße unten ist noch immer still und verlassen. Dann kommt wieder ein Geräusch aus dem Treppenhaus. Durch den Spalt unter der Tür sieht sie einen Schatten, der sich auf und ab bewegt. Sie reißt die Tür auf. Da ist nichts. Sie läuft die Treppe hinunter und auf die Straße hinaus. Ein paar Menschen tauchen auf, aber keiner kann sie sehen. Sie geht schwankend bis zum Rand der Stadt. Vor ihr sind Weinberge. Sie sucht nach Trauben, um sie zu essen. Es sind keine Trauben da. Keine Blätter an den Rebstöcken. Sie langt in ihre Tasche und holt die Zahnpasta heraus. Sie setzt sich hin und drückt die weiße Paste aus der Tube in ihren Mund. Sie ruft mich, und meine Lippen bewegen sich mit den ihren. Es liegen Steine da, in die Vorwurf eingemeißelt ist, Steine, die das Licht aufsaugen, so daß die Wolken freiliegen. Sie hebt ein paar kleine Steine auf und säubert sie von der Erde, um dann ihre glatten Rundungen zu befühlen. Da sind keine Botschaften, überhaupt keine. Wenn sie statt Gedanken Wörter hätte, würde sie diese Steine nehmen und vollschreiben mit Wörtern, die den Verlust auslöschen und die Bitterkeit vertreiben. Sie läßt die Steine auf die Erde fallen.

Sie sieht Grand Maurice. Er sitzt auf einer Mauer, seine Füße baumeln herab. Er scheint nicht in der Lage zu sein, sich vor- oder zurückzubewegen. Sein Rücken ist kerzengerade, als wäre er an der Luft befestigt. Er hält ein Maßband und einen Spazierstock in der Hand. Er steht auf und zerteilt ein paar Büsche. Er schneidet das Gras weg. Er wirft die Grasbüschel hinter sich. Er trampelt auf der Erde herum und glättet sie mit der Hand. Dann legt er sich hin. Er legt sein grau werdendes, schwarzes Haar auf einen heruntergefallenen Ast. Er prüft den Sonnenstand, den Duft der Blumen und die Geräusche, die mit dem Wind kommen und gehen. Er wendet sich zu Machance und sagt, daß er die ideale Stelle gefunden hat, um begraben zu werden. Er fordert sie auf, sich neben ihn zu legen.

Machance läuft zurück zum Haus, versteckt sich hinter Büschen, Weinstöcken, hinter allem. Sie verriegelt Türen, verschließt Fenster mit Schnur und Draht, klemmt Zweige und Blätter ein, sperrt das Licht aus. Bei jeder Runde ums Haus schreit sie einen neuen Vorwurf, eine neue Klage heraus, immer mehr Wörter kommen hervorgesprudelt. Wir versuchen alle, von innen die Tür aufzubrechen. Grand Maurice sagt, daß er jetzt zum See will. Er winkt im Davongehen. Ich muß ihn aufhalten. Noch ehe ich ihn erreiche, fällt Ama zu Boden. Wir drängen uns um sie. Pado stützt mit den Händen ihren Kopf. Sie starrt uns mit leerem Blick an. Ich fahre hellwach im Bett hoch. Ich halte das Bettuch gepackt. Ich taste nach dem Lichtschalter. Ich renne in Amas und Pados Schlafzimmer. Ich spüre, wie die Nachtkälte der Fußbodenfliesen in mir aufsteigt. Ich spähe durch das kaputte Türschloß. Ama sitzt lesend im Bett, das Licht der Nachttischlampe hüllt ihre Hände ein.

Ich öffne langsam die Tür.

«Jean-Pio! Was willst du denn hier? Es ist halb fünf Uhr morgens!» sagt Ama gequält.

«Ich habe Kopfschmerzen.»

«Ich dachte, das hätten wir hinter uns», seufzt Ama. Sie geht ins Bad und füllt ein Glas mit Wasser. «Hier, trink das.» Ich nehme das Glas, trinke aber nicht. Ich habe zum Abendessen drei Gläser getrunken. Ich habe mitgezählt. Pado dreht sich im Bett um, brummt etwas. Ama legt einen Finger auf die Lippen. «Still. Sch!»

Sie macht neben sich im Bett ein bißchen Platz frei. Ihre Augen sind voller Schlaflosigkeit. Ich liege dicht bei ihrem Kopfkissen und sehe zu, wie sie liest, die Seiten ihres Buches umblättert, bis der Tag anbricht.

29

An einem Samstagmorgen stehen wir früh auf, um ins Krankenhaus zu fahren. Der Arzt sagt uns, daß Machance im hinteren Teil des Gebäudes im Erdgeschoß ein eigenes Zimmer bekommen hat. Ama ist erleichtert, weil Machance jetzt wenigstens in den Garten hinaussehen kann. Die Flure sind lang und grau, an den Seiten stehen Tragbahren auf Rollen. Ich laufe vorneweg, spähe durch die dicken, runden Fensterchen in den Türen in alle Zimmer hinein. Alte Leute, junge Leute, mit Schläuchen und Apparaturen im Rücken, erwidern meinen Blick. Ich streiche mit meiner Kaninchenpfote über alle Türen und flüstere: «Sterbt nicht!»

Ich finde Machance' Zimmer vor den anderen und öffne die Tür. Machance versucht aufzustehen, um mich zu begrüßen. Sie hat schon einen Fuß auf den Boden gesetzt, als Pado hereinkommt, gefolgt von Ama.

«O nein, bleib du mal schön im Bett, *Maman*», bedeutet ihr Ama.

Einen Augenblick lang weiß ich, daß sich Machance fragt, warum wir alle da sind, ihr Zimmer mit unserer Besorgtheit füllen. Sie starrt uns stumm flehend an. Sie sinkt ins Bett zurück. Ohne sich noch einmal zu rühren, vergräbt sie sich tiefer und immer tiefer in sich selbst, bis sie nicht mehr hört, wie wir drauflosschwatzen. Wir müssen sie schlafen lassen. Aber sie möchte gar nicht schlafen. Ich berühre ihren Arm durch das Bettuch hindurch, und er ist voll von einer Empfindung, die ich nicht beschreiben kann. Duccio zieht mich weg.

Ama beschäftigt sich damit, die Blumen und Papiertücher neben dem Bett zu ordnen. Pado geht hinaus, um die Krankenschwestern zu suchen und mit ihnen über das Krankenblatt zu sprechen, das am Bettgestell angebracht ist. Ich schaue auf Machance' graues Haar, das über den Rand des Bettuchs fällt. Ob sie die winzigen Fleckchen Schmutz und Staub auf den Bettüchern so wahrnimmt wie die auf dem Teppich in ihrem Zimmer? Ein Fleck, ein Pünktchen, eine lange, dunkle Strähne, ein ausgefranster Riß, ein Splitter, ein Klecks, eine Falte, ein Geruch, eine Erinnerung, ein Gesicht aus der Vergangenheit? Die unendlich vielen verschlungenen Muster, die einen Gedanken bilden, sind in ihr Zimmer geglitten, und ich kämpfe mit ihnen, damit unser Denken sauber bleibt. Sie wendet den Kopf und öffnet den Mund, um etwas zu Ama zu sagen. Aber die Worte verblassen auf ihren Lippen.

Ama stellt ein paar Fotos von uns auf den Kaminsims gegenüber der Tür. Sie zieht ein Foto von Grand Maurice aus ihrer Handtasche, entscheidet sich dann jedoch anders. Sie sieht zu Machance hin, um festzustellen, ob sie etwas gesehen hat. Machance' Blick ist wieder abwesend. Als wir gehen, besteht sie darauf, aufzustehen und uns bis zur Tür ihres Zimmers zu begleiten. Pado meint, es ist gut für sie, aufzustehen und ein bißchen herumzugehen. Sie muß wieder zu Kräften kommen. Wir gehen den Flur entlang zurück, drehen uns dabei immer wieder nach Machance um. Machance lächelt matt. Sie steht bewegungslos da, eine Hand um die Türklinke geschlossen. Wir erreichen das Ende des Flurs und schieben uns durch die Brandschutztür. Ein letztes Mal drehen wir uns um und schauen zurück. Machance ist noch da, die Türklinke liegt in ihrer Hand wie der Griff eines Spazierstocks. Ich stelle mir vor, wie sie stundenlang dort stehenbleibt. Ganz unbeweglich, so daß sie allmählich, nichts mehr erwartend, eins wird mit den Wänden, hineingleitet in die Mauerrisse. Vielleicht kommen ihr keine

Gedanken mehr. Nur noch eine Reihe von Bildern. Gesichter, die auftauchen und wieder verschwinden. Kräftige Farben, in denen sie schwimmt, bis sie verblassen. Farben, die sie nicht mehr auffordern zu handeln, aus sich herauszugehen. Kein Wort kann sie jetzt mehr bewegen. Kein Geräusch zieht sie aus sich heraus. Leise tröpfeln die Überbleibsel der Vergangenheit aus ihr heraus. Es tropft aus unzähligen kleinen Löchern auf die Dielenbretter, bis das Holz splittert. Als wir ins Auto steigen, kann ich hören, wie dieser bittere Regen den Erdboden überschwemmt. Warum haben wir sie mit ihrem Schmerz allein gelassen?

«Sie muß wieder nach Hause zurück!» rufe ich Ama und Pado zu. Duccio rückt weg von mir, wischt meine Stimme weg. Giulio sieht mich unbehaglich an. Ama bewegt sich nicht, dann dreht sie sich zu mir um. «Ich werde morgen mit dem Doktor sprechen.»

«Ich glaube auch, daß sie zu Hause besser aufgehoben wäre», versichert uns Pado.

30

Der Krankenwagen, der Machance zu uns nach Hause bringen soll, verfährt sich in den Weinbergen, weil Machance hinten drin auf der Trage liegt und den Sanitätern nicht sagen kann, wie sie fahren müssen. Ama ist beunruhigt, weil sie schon seit gut einer Stunde hätten da sein müssen. Glücklicherweise sieht der Fahrer des Krankenwagens Marc, der die Bäume stutzt, und fragt ihn nach dem Weg. Dann kann Pado mal wieder das Tor nicht aufbekommen, und Machance muß in einem Rollstuhl über den hubbeligen, trockenen Rasen geschoben werden. Sie ist glücklich, wieder bei uns zu sein, und als sie dann die Treppe hinaufgebracht wird, kann ich sehen, daß sie sich auf den Frieden in ihrem Zimmer freut. Ama hat es vorher saubergemacht. Machance ist zu schwach, um sich über die Veränderung zu beklagen, und in ihrem Inneren ist sie vielleicht auch froh darüber. Giulio, Duccio und ich haben ein paar Zeichnungen für sie gemacht. Ich habe ein kleines Huhn gezeichnet und bunt ausgemalt, das wie Giscard aussieht. Giulio hat einen Mann gemalt, der mit einem langen, grünen Stab die Sonne zurückschiebt, und Duccio ein paar Katzen vor einer Fahne, die auf einem Boot weht. Er weiß nicht, warum.

Wir werden bei unserer Begrüßungsparty durch das Hupen eines großen Lieferwagens draußen unterbrochen. Es sind Techniker von *France Telecom*, die das Haus an das Telefonnetz anschließen wollen.

«Vollkommen unnötig», stöhnt Ama so laut, daß wir alle es hören.

Pado schafft eifrig Platz für sie, damit sie an die Wand herankommen und die Kabel verlegen können. Er geht die verschiedenen Kosten und Tarife durch und sieht zufrieden aus.

«Das Telefon wird wohl in ein paar Tagen angeschlossen sein», sagen die Techniker, bevor sie wieder davonfahren.

Ama legt los: «Und was, bitte schön, willst du mit diesem Telefon machen?»

«Was meinst du wohl?» antwortet Pado.

«Du weißt genau, was ich sagen will», redet Ama gereizt weiter. «Wenn es bloß der Forschung oder der Fertigstellung eines weiteren Buches dient, meinetwegen, aber wenn du es benutzen willst, um wieder diese verdammten Tagungen zu organisieren ...»

Pado beruhigt sie. «Hör zu, Ava, ich muß dieses Telefon einfach haben, das ist alles. Wir brauchen Geld, und ich kann einfach nicht so weiterarbeiten, abgeschnitten von der Welt.»

Die Auseinandersetzung findet ein plötzliches Ende, weil uns allen bewußt wird, daß wir Machance oben sich selbst überlassen haben. Ama rennt los und wirft laut eine Tür hinter sich zu.

Eine Woche später, am Sonntagmorgen, als Ama gerade auf dem Markt in Loche ist, versammelt uns Pado um das Telefon, weil er Nonno und Nonna in Italien anrufen will. In der Leitung knackt und spuckt es, und schließlich springt uns ein «*Pronto.* Hallo?» an. Es ist Nonna. Sie freut sich, von uns zu hören, und wir müssen ein paar Minuten warten, weil sie einen Stift suchen geht, um die neue Nummer zu notieren. Dann nimmt Nonno den Hörer und fragt, wann wir mal wieder kommen.

«Lorenzo, der Hund, vermißt dich, Jean-Pio», sagt er zu mir.

Pado spricht mit Nonno. Wir hören Pado sagen: «Wirklich sehr interessant, *va bene.*»

Als wir alle auf Wiedersehen gesagt haben und Nonna noch einmal an den Apparat gekommen ist, um uns durchs Telefon einen ohrenbetäubend lauten Kuß zu geben, fragen wir Pado, was Nonno gesagt hat. Pado antwortet, daß Professor Alberto Devoti in Italien in allen Zeitungen ist, weil er eine wissenschaftliche Entdeckung gemacht hat, und daß er eine Vortragsreihe zu dem Thema seiner Forschungen organisiert. Er hat sogar Nonno angerufen, um zu erfahren, wo Pado steckt.

31

Es ist später Nachmittag. Ich stehe im Weinberg. Die Weinstöcke wechseln die Farbe, bewegen sich fast, die zurückgeschnittenen Zweige verlieren ihren Umriß, winden sich los von den Drähten, an denen sie festgebunden sind. Ich fahre mit dem Fuß über die Erde. Ich löse Erde mit meinem Fuß. Ich ziehe eine kleine Grenze um mich herum, um ruhig zu bleiben. Der Wind weht stark, er fährt als ein nicht enden wollender, mächtiger Ton mit vielen Echos zwischen den Reihen der Weinstöcke entlang. Ein anderes Geräusch gibt es nicht.

Machance macht mir vom Rasen vor dem Haus aus Zeichen. Eine verschwommene, ferne Gestalt, die winkt. Ama legt ihr eine Jacke um die Schultern. Sie gibt Machance einen Keks und schlendert ins Haus zurück. Machance ißt behutsam den Keks. Sie sieht verändert aus.

«Den Hühnern geht's gut, Giscard auch!» sage ich, als ich bei ihr angekommen bin. «Ich habe vor einer Stunde nach ihnen gesehen.»

«*C'est bien*. Gut.» Machance lächelt.

Dann nimmt sie mich bei der Hand und zieht mich mit sich. «Ich muß ein Stück gehen, Jean-Pio. Begleitest du mich?»

«Gehen, Machance?»

«Ja, gehen.»

«Aber bist du nicht zu müde zum Gehen? Du bist doch gerade erst wieder aufgestanden!»

«Nein, mir geht es gut. Ich muß laufen. Bitte komm mit!»

So habe ich Machance noch nie gesehen. Es muß ein

gutes Zeichen sein. Ich rufe zu Ama hinauf: «Wir gehen spazieren!»

Ama ist hocherfreut, daß sich Machance ein bißchen bewegen will. Sie kommt aus der Küche gelaufen und sieht zu, wie wir zusammen über den Rasen schlendern.

Am Fuß des Weinbergs wenden wir uns nach rechts und dann wieder nach rechts. Wir gehen über den Fluß. Das ist für mich ein neuer Weg. Ich habe noch keine Zeit gehabt, diesen Sträßchen und den Gräben zu folgen, die voll sind von späten Brombeeren und den Geräuschen des trockenen Herbstlaubs. Machance schreitet entschlossen aus. Ich kann gar nicht glauben, daß sie nach einer so langen Krankheit derart viel Energie hat.

«Geh langsamer», sage ich zu ihr. «Denk daran, daß du nicht sehr viel gegessen hast.»

Sie ignoriert mich, wie sie auch die Landschaft um sich herum zu ignorieren scheint.

Wir gehen mindestens eine halbe Stunde. Machance ist verstummt. Es ist kein nachdenkliches, zufriedenes Schweigen, sondern eine Gesprächspause, die gleich wieder zu Ende sein wird. Irgend etwas an dem Weg kommt mir bekannt vor, aber ich weiß nicht, was.

«Wo gehen wir hin, Machance?» frage ich.

«Ist er da unten?» fragt sie zurück, auf eine Gabelung des Weges zeigend.

«Wer?»

«Der See, Jean-Pio. Ist das nicht der Weg, den du immer mit Grand Maurice gegangen bist?»

Plötzlich erkenne ich den Weg wieder – diese niedrige Steinmauer, die die Felder von den Weinbergen trennt. Ich will hier nicht sein. Ich kann hier nicht sein! Ich sehe Machance an, bringe kein Wort heraus. Sie bleibt vor mir stehen. Sie keucht ein wenig. Die Sonne scheint aus der

Erde unter ihr zu kommen, ein warmes, feuchtes Drängen unter dem Gras.

«Aber...» Mein ganzer Körper fühlt sich steif an vor Angst.

«Ist er dort unten?» fragt Machance wieder. «Ich hoffe, du kannst dich an den Weg erinnern.»

Ich wende mich von ihr ab und gehe vor ihr her, zähle meine Schritte, die Blätter auf dem Weg – alles, um nicht daran zu denken, wo ich bin. Aber es ist, als würde ich einen altvertrauten Weg gehen, zwischen Feldern und Bäumen, die keinen anderen Zweck erfüllen, als meinen Füßen zu zeigen, wohin sie treten sollen. Blind biege ich von einem Pfad in den nächsten ein, bahne mir meinen Weg durch hohe Disteln. Machance geht mühsam hinter mir her, hält sich an Ästen fest, um voranzukommen.

Am Rand eines Birkenwäldchens bleiben wir wieder stehen. Ein mit Zweigen bedeckter Pfad führt durch ein Feld voller verrottender Maisstrünke abwärts. Wir schieben die Zweige mit den Füßen beiseite. Die Luft ist jetzt anders. Es riecht modrig nach Schlamm und nassem Holz. Wir stoßen mit den Füßen an Steine. Vor uns taucht der See auf. Der Pfad mit seinem Kies und seiner Erde verliert sich im dunklen Wasser.

Machance nimmt das Bild des Sees in sich auf. Sie läßt ihren ersten Blick um ihn herumwandern, wirft Leinen zum anderen Ufer, lotet seine Tiefe aus, taucht in sein Wasser ein. Sie fährt mit einem Finger durch den Schlamm. Ein dunkler Einschnitt. Sie bindet ihr Haar zurück. Sie tastet unbeholfen in ihrem Gesicht herum, reibt sich die Augen. Sie nimmt mich bei der Hand, und wir gehen um den See zur anderen Seite. Es ist ein Weg von zehn Minuten, eine kurze Strecke, die aber unendlich lang zu sein scheint. Der See glitzert. Ein paar Insekten huschen über seine Oberfläche, erzeugen kleine

Wellen, die an den ausgefransten Dämmen des grasigen, von Schilf überwucherten Ufers enden.

«Hierher bist du also immer mit Grand Maurice gegangen», sagt Machance wie zu sich selbst. Ich betrachte die Nesseln und das Schilf. Alles ist wie immer. An der Stelle, wo wir unsere Kästen hinlegten, stehen immer noch diese Baumstümpfe mit ihrer abgeblätterten Rinde. Das Wasser kräuselt sich und spielt wie immer mit dem Ufer, erreicht nie ganz das rissige Muster aus getrocknetem Schlamm am Rand.

«Habt ihr hier gefischt?» fragt Machance.

«Ja, dort drüben.» Ich zeige zu einer freien Stelle zwischen den Büschen auf der Seite, wo das Gras hoch wächst. «Wir haben unsere Angelsachen dort an die Äste der Bäume gehängt», fahre ich fort und versuche, die richtigen Wörter zu finden, während ich mit den Händen auf die Bäume hinter uns zeige.

Machance sieht sich um. Ihre Stimme wirkt unzusammenhängend zittrig.

«Na ja, wenigstens hat die Polizei alle eure Netze mitgenommen. Sie konnten sie ja nicht herumliegen lassen. Maurice hätte sie nie allein benutzen dürfen, wegen seines Fußes. Das hat die Polizei mir gesagt. *Mon pauvre Maurice.*»

Ich bleibe stehen. Welche Netze? Wir haben nie Netze benutzt. Grand Maurice hat immer mit unserem Rad gefischt. Das ist die beste Methode, die einzige Methode. Machance' Atem gleitet über das Wasser und hält immer wieder inne wie flache Kiesel, die über das Wasser geworfen werden. Die Bäume hüllen sie in turmhohe Schatten. Der Himmel ist auch heute blau. Ich stelle mir vor, daß sich unser Rad jetzt auf dem Grund des Sees befindet, mit Rost bedeckt, im Schlamm versunken, untergegangen an der Stelle, wo Grand Maurice es am Tag seines Todes ins Wasser ließ. Ich folge dem An- und Abschwellen des Wassers mit den Augen. Machance lehnt an einem Fels, der in den See hineinragt. Sie reißt einen kleinen Zweig von einer Silberbirke ab. Sie dreht ihn abwesend. Sie reißt die Blätter ab. Ich gehe zu ihr hin, sehe die Blattstückchen zu Boden fallen. Wir stehen zusammen vor dem See und sagen kein Wort. Machance hält mich am Ärmel fest. Ihre Finger umfassen meine Hüfte. Dann wendet sie sich ab. Der Birkenzweig hängt noch an ihrem Pullover und sticht in den Stoff hinein. Ich mache ihn aus den blauen Wollfäden los, lasse ihn fallen. Er fällt in die Nesseln und ins Gras. Machance' Schuhe sind von verrotteten Blättern und Schlamm bedeckt.

Wir gehen am Ufer zurück, durch Büschel von Schilf. Wir kommen an den Bäumen vorbei. Ich suche nach dem Ast, über den Grand Maurice die Leinen und das Rad hängte. Ein Vogel springt aus dem dichten Unterholz in den Wald. Machance geht weiter. Ich schaue hoch in die Bäume. Meine Augen gleiten durch das Gewirr von Ästen und Rinde über mir. Die Sonne spielt auf einer kreisförmigen Rille aus glänzendem Metall, hoch oben auf einem Baumstamm. Ein scharfer Lichtstrahl schießt von dort auf den Boden herunter. Ich sehe blinzelnd nach oben. Über mir ist das Rad, an einem Ast hängend, an seinem normalen Platz, von Schmutz angefressen, ungestört. Ich zögere, lehne mich gegen einen Baum, mein Kopf wirbelt die Erde unter mir auf. Ich kralle meine Finger in die Rinde, um ruhig zu bleiben.

Machance dreht sich um und sieht mich an. Hat sie es gesehen? Hat sie es nicht gesehen?

Sie sagt nichts, und mein Blick bittet sie, nicht zu sprechen. Nicht jetzt.

«Geht es dir gut?» flüstert sie, während sie weitergeht. Plötzlich weiß ich es nicht. Ich weiß nichts mehr. Mein Kopf ist voll mit Steinen. Ich will ihr zurufen: «Warum? Warum, Machance? Was hat er mit unserem Rad gemacht? Ich verstehe es nicht!» Meine Worte werden von stärkeren Gedanken geknebelt. Ich sehe Grand Maurice, wie er sein geborgtes Netz trägt, das mit Steinen und Draht gefüllt ist, wie er damit zur Mitte des Sees watet. Ich sehe, wie er immer mehr im Wasser verschwindet, bis die schmutzigen Wellen seinen Nacken belecken. Er schwimmt nicht. Er geht einfach die Sandbänke im See entlang, bis sein Kopf mit der Farbe des Wassers verschmilzt, bis die Sonne und der See sich ineinander spiegeln.

Machance sagt, sie will allein zurückgehen. Sie will nicht, daß ich auf sie warte. Ich gehe auf dem Weg heim, auf dem wir gekommen sind. Erst langsam, dann renne ich, renne, um nicht zu gehen, zähle, um nicht zu denken.

Als ich zu Hause ankomme, setzen sich die anderen gerade an den Tisch, um zu Abend zu essen.

«Wo ist deine Großmutter?» fragt Ama besorgt.

«Sie ist auf dem Weg», antworte ich atemlos.

«Ist alles in Ordnung mit ihr? Wo wart ihr? Vielleicht solltest du sie mit dem Auto holen, Gaspare.»

Bevor er losfährt, will Pado wissen, wo wir gewesen sind.

«Ich weiß nicht», antworte ich. «Mit dem Auto kommst du da aber nicht hin.»

«Warum bist du nicht mit ihr zusammen zurückgegangen?» fragt Ama überrascht.

«Ich weiß nicht», stammele ich. Ich wasche meine Hände im Waschbecken und drehe mich zur Wand.

Da geht die Tür auf, und es ist Machance.

«Ihr hättet nicht auf mich warten sollen», sagt sie lächelnd.

Ama verstummt und sieht ihr in die Augen. «Du solltest öfter spazierengehen, du siehst viel fröhlicher aus.» Sie küßt Machance auf die Schläfe. Duccio zieht einen Stuhl für sie heran.

Noch vor dem Ende des Abendessens wendet sich Machance zu mir und sagt: «Meinst du nicht, wir sollten noch mal nach den Hühnern und Enten sehen?» Sie ruckelt an meiner Stuhllehne. «Na los, komm!»

Draußen ist es dunkel. Wir gehen um den Auslauf herum, überprüfen den Zaun. Unsere Schatten auf dem Boden verschmelzen im Licht der Küchenlampe zu einem. Die Hennen sind alle in ihrer Hütte, sitzen fein säuberlich aufgereiht auf ihrer Stange. Machance legt mir die Hände auf den Rücken und drückt mich sanft.

«Danke, daß du mich zum See begleitet hast. Ich mußte irgendwann einmal hingehen. Ohne dich hätte ich es nie geschafft.»

Ich schiebe die Hand in die Tasche und berühre die Kaninchenpfote. Ich streiche darüber, auf und ab, und presse die Finger in das Fell, um den Knochen zu fühlen. Ich treibe meine Gedanken in die Pfote – ein abgetrennter Fuß, voll mit den Geheimnissen des Ertrunkenen.

32

Ama kommt aus dem Schlafzimmer gestürmt und läuft hinunter in die Küche. Sie steht am Fenster, dreht den Griff hin und her, immer wieder. Sie fährt mit den Fingern über das Glas, erzeugt ein dumpfes, schmierendes Geräusch.

«Was ist denn?» frage ich.

«Frag nicht mich, frag deinen verdammten Vater!» erwidert sie ungehalten.

Pado kommt die Treppe heruntergepoltert, eine Reisetasche über die Schulter gehängt, einen Koffer in der Hand.

«Versuch mal einer, vernünftig mit deiner Mutter zu reden!» sagt er, als er an mir vorbeigeht.

Er schleppt den Koffer zum Auto und wirft ihn auf den Rücksitz.

Giulio rennt hinter Pado her. «Wo fährst du hin? Gehen wir auf die Reise?» fragt er immer wieder.

«Ich sag es dir gleich», sagt Pado gestikulierend.

Ama bleibt am Fenster. Ihre Hände bewegen sich nicht mehr. Sie hat sie flach gegen die Scheibe gelegt.

«Schmollst du noch?» fragt Pado, als er von draußen wieder hereinkommt.

Ama antwortet nicht, dreht sich auch nicht um. Duccio ist jetzt auch da. Wir setzen uns. Pado spricht laut und deutlich, damit ihn auch Ama hören kann.

«Also, Jungs, ich muß unbedingt an einer Konferenz teilnehmen, die in Italien stattfindet. Das ist für meine Arbeit wichtig. Von hier aus kann ich nicht viel machen. Eurer Mutter scheint das nicht recht zu sein, deshalb seid bitte so lieb und kümmert euch um sie, während ich weg bin. Ich sehe euch alle in etwa zwei Wochen wieder. Soll ich Nonno und Nonna irgend etwas ausrichten?»

«Ich will mitfahren!» schreit Giulio.

«Ihr dürft den Unterricht nicht versäumen. Also seid brav.»

Er küßt Ama zwischen Haaransatz und Blusenkragen auf den erstarrten Hals, macht die Tür auf und geht schnell hinaus zum Auto. Ich renne über den Rasen hinter ihm her. Duccio und Giulio bleiben bei Ama. Pado sucht in der Reisetasche nach seinem Paß. Er findet ihn in einem der Aktenordner.

«Gut! *Avanti!*»

Er kurbelt das Fenster herunter und sagt mir noch einmal auf Wiedersehen.

«Bitte komm zurück!» stoße ich hervor.

Er sieht mich an und lächelt. «Was redest du denn da, Jean-Pio. Natürlich komme ich zurück.»

Ich laufe ums Auto herum und klettere auf den Beifahrersitz. Wir fahren den Weinberg hinunter. An der Abzweigung zum Dorf hält Pado an. «Jetzt steig aus.»

Das Auto biegt zum Dorf hin ab, in Richtung der Autobahn nach Süden. Es ist schnell verschwunden. Ich stehe an dem Graben, der neben der Straße herläuft. Das Gras ist feucht und modrig. Alles, was von der Sonne übriggeblieben ist, steckt jetzt tief im Boden. Die Blätter um mich herum sind vom Regen in die Erde gewalkt worden. Ein paar sind ganz durchsichtig, sind winzig kleine, leere, nach innen gewölbte Schirme. Pado muß inzwischen das Dorf hinter sich gelassen haben. Ich gehe am Hühnerauslauf vorbei. Ich sehe die Hennen bei der Pforte stehen und wütend gegen das Gitter drängen – sie warten auf ihr Futter, das ich ihnen bringen soll. Sie springen übereinander weg, gackernd und sich streitend, ein einziges Durcheinander von Farben, von braunen, weißen und schwarzen Tupfen. Die Enten lauern im Hintergrund, erwarten ihre Brotstückchen. Giscard ist auch da. Ich habe heute kein Brot dabei. Ama hat ihre Hände flach gegen die Fensterscheibe gelegt, und Pado steuert auf Italien zu.

Eine Henne hat ihren Kopf durch den Maschendraht der Pforte geschoben. Sie reckt den Hals, um an die neue Erde auf der anderen Seite heranzukommen, und drückt mit dem ganzen Körper gegen den Draht. Ihr Schnabel erreicht fast den Boden auf der anderen Seite. Sie drückt wieder, aber die Pforte geht nicht auf. Ich greife nach dem Riegel. Die Henne zieht den Kopf zurück und hastet davon. Ich stehe an der Pforte. Die Hühner sehen mit verdrehten Köpfen zu mir auf, und Dutzende flacher Augen, die wie mit dem Bauch nach oben dahintreibende Fische aussehen, schauen mich an. Ich fühle mich unbehaglich. Mein Kopf zerspringt fast. Ein immer schlimmer werdender Schmerz verschmilzt mit dem Gang zum See und dem Geräusch von Pados Auto, das die Auffahrt hinunterfährt. Ich möchte nicht mehr so denken. Ich möchte überhaupt nicht mehr denken, heute nicht, nie mehr. Ich fasse nach dem Gitter der Pforte, fahre mit den Fingern über den rostigen Draht. Dünne Streifen roten, pulvrigen Rostes bleiben auf meiner Haut zurück. Ich drücke fester, ich weiß auch nicht, warum. Der Draht schneidet mir in die Haut, und die beiden Rottöne von Rost und Blut vermischen sich auf meiner Handfläche. Keine schlimmen Gedanken, keine guten Gedanken. Nichts.

Die Hühner stürzen herbei, treffen bei der offenen Pforte zusammen. Sie hüpfen über meine Füße hinweg. Sie halten am Rand der Wiese an. Sie gehen durch die Pforte hinaus, eins nach dem anderen und zögernd. Sie verteilen sich im langen Gras, picken auf der ungestörten Erde herum, klettern auf Baumstümpfe, gehen in Blumenbeeten auf die Jagd. Ich laufe hin, um sie daran zu hindern. Ich rufe ihre Namen, greife nach ihren Flügeln, um sie wieder einzufangen. Schließlich gebe ich es auf. Ich habe nicht mehr die Kraft zu rennen. Ich kann nicht weitermachen. Ich gehe zu den Weinstöcken. Die Hühner sind jetzt überall, breiten sich wie eine vielfarbige Decke über den Rasen und zwischen den Obstbäumen aus. Ein paar setzen sich ab und bleiben im Gemüsegarten, andere laufen unschlüssig zur Pforte zurück, weil sie sich nicht weitertrauen, wieder andere schlüpfen unter dichte Hecken, um sich zu verstecken.

33

Giulio und Duccio glauben, daß sie eine neue Nische im Keller gefunden haben. Sie nehmen einen Hammer und eine Schaufel mit hinunter und wollen sich das näher ansehen. Mich interessiert das nicht. Ama folgt mir durch das Haus und den Garten und sagt mir immer neue Sachen, die ich machen soll.

«Was ist denn mit dir los in letzter Zeit? Du läufst den ganzen Tag mit einer Jammermiene herum und verbringst Stunden mit den blöden Hühnern. Warum gehst du nicht zu Laurent und spielst mit ihm? Und übrigens, vergiß nicht wieder, die Pforte zuzumachen. Machance und ich haben mindestens eine Stunde gebraucht, bis wir sie zusammengetrieben und wieder eingefangen hatten.»

Ama weiß nicht, daß Laurent sogar noch mehr Hühner hat als ich. Er hat ungefähr fünfzig und dazu noch eine Möwe, die sein Onkel an einem Strand in der Bretagne gerettet hat, und einen einbeinigen Eichelhäher, der auf seinen Flügeln läuft. Die Kaninchen seiner Mutter betrachtet er nicht als seine eigenen, sonst würde es ihn nur traurig machen, wenn sie geschlachtet werden. Laurent zeigt mir die Kaninchenfallen, die seine Mutter zum Trocknen aufgehängt hat. Sie hängen in Packen zu zehn Stück an den Schuppenwänden. Ein Blecheimer ist voller Kaninchenpfoten, die die Katzen zum Daraufherumkauen bekommen. Laurent sagt, ich kann mir eine neue nehmen, wenn ich mag. Ama hat die, die ich in der Tasche mit mir herumtrage, noch nicht entdeckt. Wenn sie es tut, muß ich mir eine gute Entschuldigung ausdenken.

Laurents Onkel lungert auf dem Hof herum. Er bittet Laurent um eine Maisblatt-Zigarette. Er würgt und hustet und sagt, daß sie ekelhaft ist, aber das kann Laurent nicht erschüttern. Ich habe immer wieder versucht, ihm von den Fotos zu erzählen, die ich in den Büchern zu Hause gesehen habe, und daß Michael, Amas und Pados Freund in England, sterben wird, weil er so wütend geworden ist, als ich seine Zigaretten in die Toilette geworfen habe. Laurent sagt, das ist ihm egal. Und ich soll mich auch nicht darum scheren. Wozu die Aufregung?

Laurent möchte mir unten bei der Müllkippe in der Nähe seines Hauses etwas zeigen. Wir fahren zusammen auf seinem Fahrrad hin. Der Hund folgt uns, bellt und schnappt nach unseren Knöcheln. Wir fahren schwankend über die Felder, die nach einer Seite hin abfallen. Wir lehnen das Fahrrad gegen einen Baum. Der Gestank von verrottendem Müll ist überall. Laurent wirft eine alte Obstsaftdose nach einer Ratte. Sie verschwindet in einem Loch. Der Untergrund ist weich oder hart, je nachdem, was für Müll wir unter den Füßen haben. Wir hüpfen auf einem alten Sofa herum, zwischen dessen Sprungfedern Disteln wachsen. Die Polsterung ist aufgeschlitzt. Laurent erzählt mir, daß er das vergangene Woche mit seinem Messer gemacht hat.

Am Ende des Steinbruchs, wo alte Kisten aufgestapelt sind, hat Laurent über Autoreifen ein Brett gelegt. Darauf stehen alte Weinflaschen mit gleichem Abstand zueinander aufgereiht.

«Schau dir das mal an!» Laurent grinst mich an.

Er tritt zehn Schritte zurück und greift in einen Vorrat kleiner Steine, der zu seinen Füßen liegt. Er wirft sie gegen die Flaschen. Die erste geht zu Bruch, und dadurch kippt auch die daneben um. Laurent hebt noch mehr Steine auf, verfehlt aber die dritte Flasche, und bei der letzten geht der Hals ab.

«Los, jetzt versuch auch mal, ob du triffst», sagt er und wirft mir ein paar Steine zu.

Wir werfen beide Steine nach den Flaschen. Ich treffe ein paar. Sie zerspringen, und Scherben fliegen durch die Luft. Ich versuche es noch einmal. Diesmal verfehle ich alle. Ich hebe einen großen Stein auf und werfe ihn mit aller Kraft. Er trifft ein Stück Holz und macht eine Delle hinein. Mir ist heiß. Laurent gibt mir noch mehr Steine. «Na los, schmeiß sie kaputt!»

In meinem Kopf dreht sich alles. Ich muß es schaffen. Ich muß diese Flaschen unbedingt zertrümmern, sonst – sonst was? Es tauchen Möglichkeiten auf, die ich mir gar nicht vorstellen möchte, Szenen, die ich gar nicht sehen will. Meine Gedanken drängen und schieben sich gegeneinander. Bilder vom See, von Grand Maurice, von Machance und von Pado. Was hat Grand Maurice getan? Was hat er getan? Dann höre ich plötzlich auf damit. Ich werde diese Gedanken nicht zulassen. Ich darf so nicht denken. Ich gehe hinter das Brett und haue die Flaschen mit einem Stock herunter. Sie krachen auf den Boden.

«Hör auf!» schreit Laurent mich an. «Das darfst du nicht!» Aber ich kann nicht aufhören.

Ich dresche mit dem Stock auf die Flaschen ein, so daß sie in die Luft fliegen. Die Scherben zertrümmere ich mit einem Stein. Überall liegen Splitter herum, Farbsplitter, grüne und blaue, durchsichtige und undurchsichtige. Mit dem Fuß schleudere ich Glasscherben in die Luft. Ich trampele auf ihnen herum. Scharfe Splitter dringen in den Erdboden ein. Laurent entwindet mir den Stock.

«Was soll das, du Blödmann, *conard*? Das sind meine einzigen Flaschen!»

«Es tut mir leid», sage ich. Ich konnte nicht anders. Ich will nie wieder an irgend etwas denken, nie wieder im Leben.

Auf dem ganzen Nachhauseweg seufzt Laurent vorwurfsvoll. «Wo kriege ich jetzt neue Flaschen her? Auf der Müllkippe sind keine mehr.»

Ich weiß es auch nicht. Es tut mir leid. Meine Hände zittern noch von der Heftigkeit, mit der ich auf das Glas eingeschlagen habe. Ich sollte lieber zusehen, daß ich nach Hause komme, bevor Ama sich Sorgen macht. Es reicht schon, daß sie jeden Tag auf Pados Anruf wartet. Da muß ich nicht auch noch zu spät kommen.

Laurents Onkel läßt mich nicht so schnell gehen. Er möchte, daß ich ihm erst noch London beschreibe. Ich erzähle ihm, daß es so riesengroß ist, daß man eine Stunde fahren kann und immer noch in der gleichen Stadt ist. Das versteht er nicht. Dann sagt er, daß er auch noch nie in Paris war, und ich muß ihm sagen, daß man, wenn man dort die falsche Abzweigung erwischt, leicht stundenlang auf der Ringstraße im Kreis fahren kann. Laurent läßt mich erst englisch reden und dann italienisch. Er führt mich auf dem Hof herum, und ich übersetze ihnen alles. Der Onkel ruft Laurents Eltern herbei, und ich muß alles noch einmal übersetzen, nur für sie. Ich spreche lange Sätze über das Auto und die Kaninchen, erst auf englisch, dann auf italienisch. Sie starren mich an. Laurents Mutter nimmt mich mit in die Küche und zeigt dort auf verschiedene Gegenstände.

«Wie heißt das auf englisch? Wie auf italienisch?»

Ich benenne die Gegenstände, und dann möchte ich einfach in Ruhe gelassen werden, denn das alles gehört ja jetzt der Vergangenheit an. Ich bin jetzt hier, im Land in der Mitte, und niemand soll wissen, daß ich aus einem Auto stamme, das nie angehalten hat.

34

Es ist die Kaninchenfalle. Ich weiß es. Sie ist an allem schuld, sie ist schuld daran, daß Grand Maurice auf den Grund des Sees gesunken ist. Ich muß sie loswerden. Dann werden die Kopfschmerzen verschwinden.

Laurent sagt, er hat einmal auf dem Weg zum Fluß im Wald eine Kaninchenfalle gesehen. Das muß sie sein. Ich werde sie auseinandernehmen, zertrümmern, in kleine Stücke schlagen.

Ich bin schon halb durch den Garten, als Duccio mich fragt, wohin ich will.

«Nirgends hin, nirgends», sage ich schnell, aber er folgt mir trotzdem. «Laß mich in Ruhe!»

Er will nicht weggehen. Er umkreist mich. Ich setze mich auf dem Weg hin und warte. Es wird ihm langweilig, und er geht fort. Dabei stößt er mit dem Fuß gegen den Kies, daß er hochfliegt. Ein Steinchen landet im Gras. Ama sagt, auf diese Weise geht der Rasenmäher immer kaputt, aber wir heben das Steinchen beide nicht auf. Duccio geht zum Haus zurück. Als er nicht schaut, schlage ich den Weg zum Fluß ein. In den Reifenspuren steht das Wasser. Ich finde eine alte Flasche. Sie ist innen dreckig. Das Etikett ist abgefallen und hat einen Leimrand hinterlassen.

Der Wald ist klein. Ein Teil des Landes dahinter gehört Monsieur Luzille. Ich kann durch die Bäume die Rückseite seines Hauses sehen. Er hat ein paar Ziegen, die dort angebunden sind. Sie sehen auf, als ich an ihnen vorbeikomme. Ich gehe hin und her, immer wieder. Ich folge kleinen Tierspuren in der Hoffnung, daß sie zur Falle führen. Ich hebe Äste auf. Ich schiebe mit dem Fuß Blätter beiseite. Nichts. Ich fange von vorne an, gehe diesmal um den Wald herum und schaue von außen hinein. Vielleicht hat Laurent überhaupt keine Falle gesehen?

Ich höre hinter mir ein Geräusch. Das Geräusch eines zerbrechenden Zweiges. Ich hocke mich hin. Es ist Duccio. Was macht er hier? Ich ducke mich hinter einen Baum. Er dreht sich um sich selbst und ruft meinen Namen. Er hält einen langen Stock in der Hand. Er schlägt damit auf Büsche und gegen Baumstämme, und es gibt ein dumpf widerhallendes Geräusch. Ich mache mich noch kleiner, bis mein Kopf die feuchten Blätter auf dem Boden berührt. Plötzlich springt Duccio in meine Richtung, stößt den Stock durch die Luft wie eine Lanze. «Hab dich gesehen! Hab dich gesehen!» Ich bleibe liegen. Was soll ich jetzt tun? Er steht neben mir, seine Schuhe sind nur wenige Zentimeter von meinem Gesicht entfernt.

«Was machst du denn da unten?»

«Nichts», antworte ich.

«Was soll das heißen, nichts? Du liegst auf dem Boden!»

Ich springe hoch. Duccio betrachtet mich von allen Seiten. Er überzeugt sich, daß ich nichts in den Taschen oder Händen habe.

«Na los, nun sag schon, was du hier treibst!»

Ich sage ihm, daß ich besondere Blätter für das Hühnerhaus sammele. Er möchte sie sehen. Ich hebe ein paar Blätter auf und gebe sie ihm.

Er lacht. «Ich glaube dir kein Wort.»

Er schnippt mit seinem Stock Erde in die Luft. Er sagt, er will so lange warten, bis ich ihm gesagt habe, was ich hier mache. Ich fange an, Blätter zu sammeln. Er schlägt sie mir aus der Hand. Ich hebe sie wieder auf, ein Blatt nach dem andern, mache sie sauber und stopfe sie in meine Taschen.

«Los, hör jetzt auf zu lügen. Was tust du hier?» Er schnippt wieder mit dem Stock Erde hoch. Er sieht ungeduldig aus. Ich bin unsicher, ob ich es ihm sagen soll oder nicht. Vielleicht sollte ich? Vielleicht könnte er mir helfen? Er will nicht fortgehen.

«Gut», sage ich, «aber du darfst es niemandem weitersagen.»

«Was?»

«Versprich mir, daß du es niemandem weitersagst.»

Duccio verdreht die Augen. «Du bist sowas von blöd ... Na schön, ich versprech's.»

«Schwörst du?»

«Ach Scheiße, jetzt red schon.»

Ich sehe Duccio an. Sein langes schwarzes Haar fällt über eines seiner Augen. Das andere blinzelt im Licht. Ich werde aus seinem Gesichtsausdruck nicht klug. Ich bin mir immer noch nicht sicher, ob ich ihm etwas sagen soll. Er kratzt mit seinem Stock auf der Erde herum.

«Na los, mach zu», drängt er mich.

Ich gehe an ihm vorbei zu den Büschen, die in der Nähe stehen. Ich teile die Äste und schaue unter die Blätter. «Ich suche die Kaninchenfalle», sage ich, ohne mich zu ihm umzudrehen. «Wir müssen die Kaninchenfalle finden.»

«Was für eine Kaninchenfalle?»

«Du weißt schon, eben die Kaninchenfalle. Die von Grand Maurice.»

Duccio kommt zu mir geschlendert. «Was meinst du? Wovon redest du?»

Ich will ihm die Sache mit Grand Maurice und seinem Fuß erklären.

«Das weiß ich doch alles, du Idiot», fährt mich Duccio ärgerlich an.

«Gut, wir müssen sie finden. Wir müssen die Kaninchenfalle finden. Was ist, wenn jemand anderes da hineingerät und nachher nicht mehr derselbe ist? Was ist, wenn er blutend dasitzt und tagelang seine Zähne zählen muß, alles mit zerschnittenem Fuß?»

«Was quatscht du da?»

«Was ist, wenn jemand stirbt, weil sein Fuß festsitzt und niemand ihn findet, nie?»

Duccio hebt seinen Stock und schwingt ihn über dem Kopf. «Du bist verrückt. Du bist total verrückt.»

Sein Gelächter fährt durch den Wald.

Duccio folgt mir, als ich tiefer in den Wald hineingehe. Ich schiebe Haufen welker Blätter beiseite und suche unter Bäumen. Ich finde eine winzige Spur mit ein paar Federchen.

«Sind die von einem fliegenden Kaninchen?» zieht mich Duccio auf. Er stößt mich mit seinem Stock an.

Er weigert sich, mir zu helfen. Er geht hinter mir her, kichert, drückt mit seinen Schuhsohlen Muster in die Erde. Dann ist da plötzlich zwischen ein paar zertrampelten kleinen Büschen ein Stück glattgeklopften Bodens. Jemand hat Zweige und Blätter entfernt und eine kleine freie Stelle geschaffen, um die herum ein paar Blätter liegen. «Gib mir deinen Stock», sage ich zu Duccio.

Ich schiebe die Blätter beiseite. Ein gezacktes Metallstück wird sichtbar. Ich nehme ein paar Zweige weg. Es ist ganz eindeutig eine Falle.

«Da ist sie!» rufe ich triumphierend.

Duccio schaut sie sich an. Die Backen sind wie glänzende Messer, tödliche Puzzleteile, die darauf warten, miteinander verbunden zu werden. Die Falle wird von einem Metallpflock, der in die Erde geschlagen ist, am Boden festgehalten. Ein paar Fellbüschel liegen noch herum, ein Zeichen dafür, daß kürzlich ein Tier in der Falle gefangen worden ist. Ich hebe die Fellstückchen auf, streiche mit den Fingern darüber. Duccio nimmt wieder einen Stock und schiebt damit den Rest der Blätter beiseite. Die ganze Falle kommt zum Vorschein, sauber und glänzend. Duccio schiebt seinen Stock zwischen die Backen der Falle.

«Tu das nicht!» Ich stoße ihn weg.

Duccio lacht. «Was willst du machen? Sie aufheben?»

Ich nehme einen großen Stein und werfe ihn auf die Falle, hebe ihn wieder auf und werfe wieder.

«Du kannst sie doch nicht kaputtmachen. Sie gehört dir nicht.»

Duccio versucht, mich am Werfen zu hindern.

«Laß mich los!»

Ich stoße ihn weg und hebe den Stein wieder auf. Er prallt von der Falle ab; es gibt nicht einmal eine Beule.

«Wir müssen sie kaputtmachen», rufe ich Duccio zu. «Schnell, sie darf nicht heil bleiben!»

«Du bist wirklich verrückt!» schreit Duccio mit schriller Stimme.

Er tanzt um die Falle herum, kichert, wirft die Beine hoch, daß die Erde nur so auf mich herunterregnet. Er kniet sich vor die Falle und fährt mit der Hand zwischen die Backen, rein und wieder raus.

«Hör auf! Hör damit auf!» schreie ich. «Mach das nicht! Duccio, bitte!»

Duccio fährt mit dem Arm in die Falle und zieht ihn wieder zurück. «Rein und raus, hoppla! Fast. Rein und hoppla, uh!»

Ich flehe Duccio an: «Bitte nicht! Nein!»

«Na, du traust dich wohl nicht.» Duccio lächelt. «Versuch's doch mal!»

Er macht weiter, schiebt die Hand bis zum Gelenk in die Falle und zieht sie mit gespieltem Erschrecken wieder heraus. Dann schnappt sie zu. Sie schnappt so fest zu, daß Duccio kreischt wie ein Kaninchen, das aufgeschlitzt wird. Er ringt nach Luft. Seine Augen rollen, kreisen in feurigen Höhlen.

«Nein! Nein!» Ich krieche zu ihm hin.

Die Zähne der Falle haben sich in seinen Jackenärmel gebohrt. Er kann den Arm nicht bewegen. Seine Hand ist ganz steif und wird rot.

«Hol mich hier raus! Hol mich sofort hier raus!» schreit er.

Ich versuche die Falle aufzuziehen. Es geht nicht. An den Seiten ist sie ganz rostig. Ich ziehe mit aller Kraft an dem Pflock. Er rührt sich nicht. Duccio weint, stemmt sich mit dem Fuß gegen den Boden, um freizukommen.

«Warte mal! Warte!» schreie ich.

Ich springe auf und renne zum Haus. Mein Herz schlägt wild. In meinem Kopf dreht sich alles. Was habe ich getan? Warum? Was habe ich getan? Ich hätte ihm das mit der Falle nie sagen dürfen. Es ist alles meine Schuld! Ich kann es nicht glauben. Ich stolpere über eine Baumwurzel und rappele mich wieder hoch. Ich erreiche den Garten und schreie nach Ama. Im Haus ist niemand. Ich laufe von Zimmer zu Zimmer. Wo sind Ama und Giulio? Wo ist Machance? Mein Kopf ist zum Platzen voll von Gedanken, den schlimmsten Gedanken, solchen, die einen an der Kehle packen, daß man nicht mehr atmen kann.

Duccio sitzt in der Falle fest! Ich schaue aus dem oberen Geschoß in den Garten hinunter. Machance ist mit einem Korb in der Nähe des Gemüsegartens und schneidet die verblühten Rosen ab. Ich schreie ihr gebrochene Wörter zu. Sie sieht auf. Sie läßt den Korb mit Rosen fallen und läuft zum Haus. Als ich die Treppe herunterkomme, steht sie völlig außer sich in der Küche.

«Was ist denn los, Jean-Pio? Was ist los?»

Ich kann kaum sprechen. Ich stottere etwas von dem Wald, der Kaninchenfalle und Duccio. Noch bevor ich fertig bin, zieht sie mich aus der Küche. Zusammen hasten wir über den Rasen, den Weg hinunter und in den Wald. Machance keucht, ist außer Atem, hustet. Wir können Duccio rufen hören. Ich laufe hinter Machance und sehe, wie die Brombeerranken gegen ihre Beine peitschen. Duccio hat es fast geschafft, seinen Arm herauszubekommen. Zwischen den Backen der Falle steckt nur noch ein kleines Stückchen seines Ärmels. Machance zerreißt wortlos den Stoff und befreit Duccios Arm. Der Stoff bleibt in der Falle hängen, baumelt leblos herab. Duccio reibt sich den Arm. Auf seiner Haut ist nur ein Kratzer. Er hat den Arm noch rechtzeitig wegziehen können. Nur sein Ärmel ist richtig geschnappt worden. Duccio spricht mit zitternder Stimme. Sein Blick ist verwirrt.

Machance sieht mich immer noch ungläubig an. Duccio untersucht die kleine Wunde an seinem Arm.

«Ist alles seine Schuld», faucht er, als er davongeht.

Ich warte darauf, daß Machance mich ausschimpft. Ich warte darauf, daß sie mich packt und zu Ama schleift. Statt dessen streicht sie mir über den Kopf und zeichnet lange, zärtliche Linien in mein Haar. Sie wirft einen verstohlenen Blick auf die Kaninchenfalle.

«Ich wollte doch nur helfen, Machance.» Sie wischt die Dornen und Rankenstücke von ihrem Rock ab. Sie sagt nichts.

«Ich wollte die Falle kaputtmachen, damit niemand mehr wie Grand Maurice verletzt wird. Du hast gesagt, er ist nicht mehr derselbe gewesen, nachdem er in die Falle geraten war. Das hast du gesagt!»

Machance' Rock ist wieder sauber. Sie schüttelt ihn sicherheitshalber noch einmal aus. «Es war nicht diese Falle, Jean-Pio. Die andere haben wir schon vor vier Jahren vernichtet.»

Sie blickt mit starrem Gesicht zu Boden. Ich warte darauf, daß sie aufsieht. Sie tut es nicht.

«Das alles gehört jetzt der Vergangenheit an, Jean-Pio. Du darfst nicht mehr daran denken.»

Sie verschränkt ihre Arme, wie um sich selbst festzuhalten. Ihre Hände sind von der Kälte ganz rauh.

Ich gehe. Machance rührt sich nicht vom Fleck. Mit der Entfernung wird sie immer kleiner. Von Monsieur Luzilles Feld aus gesehen, ist sie ein winziger, blauer Fleck. Das graue Haar schwebt über ihr, ein Blatt auf dem Weg zum Boden. Was habe ich getan? Es ist alles meine Schuld. Ich kann es nicht ertragen. All das nur wegen mir. Duccio hätte seine Hand verlieren können. Ich bin sicher, Machance weint jetzt. Ihr Schluchzen wird den Wald füllen wie das Geräusch von Zweigen und Gras, wenn sie in der Sonne knacken. Ich gehe in Richtung der Weinstöcke, den Hügel hinauf. Um mich her fallen ein paar Regentropfen. Im Garten ist ein Hauch feuchter Kälte, ein plötzlicher Schatten. Ich gehe über den Rasen zu den Weinstöcken. In meinem Kopf drehen sich die Gedanken, er pocht, hämmert. Ich stehe wie angewurzelt. Ich kann mich nicht mehr bewegen.

Ich muß diese Gedanken loswerden, sie aus mir vertreiben. Ich kann sie jetzt nicht einmal mehr gegen bessere eintauschen. Es gibt keine besseren. Ich möchte gar nicht mehr denken. Ich kann nicht weitergehen. Der Boden reißt auf, gibt unter mir nach. Ich lege mich zwischen den Weinstöcken nieder, bette meinen Kopf auf einen flachen, sandigen Stein. Ich schaue zum Himmel empor. Große Wolken verbinden sich miteinander und bilden eine Kette schwerer Formen. Sie türmen sich zu einer Masse auf, die drückend auf mir lastet. Bilder bohren sich in meine Schläfen. Ein Regentropfen fällt auf mich. Dann noch einer. Ich sehe einen winzigen Tropfen vom Himmel herabschießen und auf mein Gesicht aufprallen. Das Wasser spritzt mir in die Augen und läuft mir über die Wange. Ich versuche, die einzelnen Regentropfen auseinanderzuhalten. Zuerst laufen sie zu einer Wasserfläche zusammen. Dann sehe ich einen einzelnen. Er fällt so schnell, daß ich nicht seinen ganzen Weg verfolgen kann. Er verschwindet spurlos in einer durchsichtigen Scheibe des Himmels. Ich halte einen anderen mit dem Blick fest, und er verschwindet auf die gleiche Weise. Bald folge ich Hunderten von Regentropfen, wie sie um mich herum auf die Erde fallen. Ich beobachte sie von dem Augenblick an, in dem sie erscheinen, bis zu der Sekunde, in der sie auf dem Boden auftreffen, einen Ring aus Wasser bilden und wieder hochspringen. Tränen vermischen sich mit den Regentropfen. Ich weine, weil Grand Maurice für immer fort ist und Ama recht hat – nichts kann ihn jetzt wieder lebendig machen. Ich weine, weil ich Gedanken und Kopfschmerzen habe, die namenlos sind. Ich leide, weil ich der einzige bin, der weiß, daß man keine Steine, Netze und Seile braucht, die sich einem um die Füße wickeln, wenn man Krebse mit einem Rad fängt. Ein Regentropfen fällt auf meine Hand, dann noch einer und noch einer. Ich kann fühlen, wie sie über meine Handfläche hinablaufen. Meine Kleider sind naß. Die Erde um mich her quillt vom Regen auf. Neben meinem Kopf bildet sich eine Pfütze. Ich starre in den großen Herbstregen hinein; er strömt in Schwaden schwarzen Lichts herab, das gegen meine Augen schlägt und sie durchsticht. Immer noch kommen Gedanken, hart, bohrend. Die Regentropfen weichen sie auf, wischen sie weg. Bald beobachte ich den Regen und stecke Schmerz und Kummer in jeden Tropfen, bevor er zu Boden fällt. Ich schicke Namen aus, bette sie am Himmel in die Tropfen ein, tief in ihr Inneres. Grand Maurice, der Friedhof, Aldo Moro, die gekenterten Fähren, Mr. Yunnan – ich schicke sie alle, einen nach dem andern, in den Regen hinein. Jeder Tropfen enthält eine Erinnerung. In jedem Tropfen ist ein Gedanke, der weggespült werden muß. Ich scheure und wasche jeden Winkel meines Kopfes. Ich drücke meine Nase gegen den Stein und berühre eine weiche flache Mulde im Sand, wo der Regen die Erde dunkel gemacht hat. Ich hole die unerwünschten Gedanken, die mich lähmen, an die Oberfläche. Ich ziehe sie aus mir heraus, aus meinem Kopf heraus. Ich jage sie in den Himmel hinauf, jage sie weg. Jetzt sehe und fühle ich nur noch Regen.

35

Als Mittagessen hat Ama Brot und Käse auf den Tisch gestellt. Sie weiß, was Duccio mit der Falle passiert ist, verliert aber kein Wort darüber. Statt dessen erzählt sie uns von ihren Plänen für das Haus. Sie macht auf einem Stück Papier eine Skizze und springt mit dem Bleistift von einem Zimmer zum anderen, stellt sich neue Anstriche vor, bringt Lampen an, reißt Wände ein. Dann geht sie zum Garten über, und ihre Hände fahren durch die Luft, entwerfen neue Blumenbeete und stutzen Hecken.

«Was meinst du, *maman*? Würde es dir etwas ausmachen?» fragt Ama vorsichtig. «Vielleicht könnten wir sogar ein neues Gewächshaus bauen?»

Machance scheint es nichts auszumachen. «Wenn du willst», sagt sie. «Ein neues Gewächshaus ist vielleicht wirklich eine gute Idee, und wir könnten dann auch diese alte, zerbröckelnde Mauer abreißen.»

Ama steht auf und fängt an abzuräumen. Wir folgen ihr eifrig mit unseren schmutzigen Tellern zum Spülbecken.

«Kümmert euch nicht darum. Raus mit euch!» sagt sie zu uns.

Giulio wartet an der Tür auf mich, und wir laufen zusammen in den Garten, um nach den Hühnern zu sehen. Giulio möchte das Efeu ausrupfen, das durch den Boden ins Hühnerhaus hineinwächst. Ich überlasse ihn seiner

Beschäftigung. Ich gehe zum Gemüsegarten. An der Mauer neben dem Gewächshaus knie ich mich hin und ziehe die zerknitterten Seiten von Grand Maurice' Tagebuch zwischen den Steinen hervor. Ich ziehe ganz vorsichtig, damit die Blätter nicht zerreißen. Ich verstaue sie in meiner Hosentasche. Staub von der Mauer, kleine Erdkörnchen geraten in meine Taschen. Ich schiebe die Steine in die Mauer zurück. Jeden an die Stelle, an der er vorher gewesen ist.

Ich gehe durch das Dorf und kann überall an der Straße Leute an ihren Tischen essen hören, ich höre sie fernsehen, Geschirr und Töpfe zusammenstellen. Ein paar Fenster sind offen und fangen den lichten Novemberwind ein. In den Winkeln der Gärten ist abgefallenes Laub zu Haufen zusammengerecht worden. Der Wind hat einen weißen Metalltisch umgeblasen. Ein einzelner Stuhl steht allein da, seinem Schicksal überlassen. Meine Schuhe knirschen die Straße entlang. Ich blicke hinab und folge dem Asphalt, der sich auffächert, um die Kirche herumführt und hinauf zu den Weinstöcken, ein Fluß, der sich mit anderen Sträßchen verbindet und sie speist, mit anderen Straßen und Autobahnen überall bis hin zu Pado, der sich durch Italien schlängelt.

Bei der Kirche biege ich links ab. Die Friedhofsmauer taucht auf, massiv gebaut, mit Moos zwischen den Steinen. Ich gehe ganz um sie herum bis zum Tor. Der Knauf ist glatt, poliert von traurigen Händen, die ihn drehen. Der Kies gleitet und springt mir aus dem Weg, gerät auf die flachen Steine der Gräber zu meinen beiden Seiten. Überall Namen. Fotos, die zwischen Bögen und Kreuzen verblassen. Das Grab von Grand Maurice ist hinten in der Ecke. Ich zupfe die verblühten Blumen aus den Blumentöpfen, die Machance hingestellt hat. Ich schichte sie zu einem kleinen Haufen auf. Ich ziehe die

Tagebuchseiten aus der Tasche. Ich mache sie sauber, blase den Sand in die Luft. Ich falte sie zusammen. Es gibt eine Höhlung, dort wo der Kies das Grab berührt, einen schmalen, sauberen Spalt. Ich schiebe das Papier tief hinein, unter den Stein. Ich streiche den Kies mit der Hand glatt.

ANZEIGEN

Literatur bei C. H. Beck

Shena Mackay
Die Witwe des Künstlers
Roman
Aus dem Englischen von Barbara Rojahn-Deyk
2001. 204 Seiten. Gebunden

Der Maler John Crane ist kurz vor der Eröffnung seiner Ausstellung verstorben. Also muß sich Lyris, seine Witwe, dem Rummel der champagnerschlürfenden, wichtigtuerischen und prätentiösen Londoner Kunstszene aussetzen. Keiner der Gäste interessiert sich wirklich für die Bilder oder gar für Lyris, denn selbstverständlich geht es nur ums Sehen und Gesehenwerden.

Als Lyris endlich wieder nach Hause kommt, hat sie zwar die Meute vom Hals, doch sofort wird sie wieder von der Einsamkeit überfallen, die sich seit dem Tod ihres Mannes bei ihr eingenistet hat. Anlaß zur Freude ist allein Nathan, ihr Neffe, der sich nach längerer Zeit wieder zu ihr hingezogen fühlt. Nathan studiert Kunst. Doch mit dem schnöden Handwerk der Malerei muß er sich – er weiß es genau – eigentlich nicht mehr abgeben. Nein, Happenings und Aktionen, eingelegte Schafe und Installationen auf dem Computer: Das ist es, was die Leute sehen wollen. Leider entpuppt sich sein Interesse an Lyris denn auch recht bald als reine Profitgier. Und ähnlich verhält es sich mit zahlreichen anderen «Freunden» …

Mit scharfem Blick zeichnet Shena Mackay ein beispielloses Kuriositätenkabinett, eine wunderbare Satire auf die Eitelkeit und Leere einer Kunstszene, die ihr Interesse an Inhalten längst verloren hat.

Literatur bei C. H. Beck

Shena Mackay
Der brennende Obstgarten
Roman
Aus dem Englischen von Barbara Rojahn-Deyk
1999. 190 Seiten. Gebunden

Den Rahmen für diese mit Leichtigkeit, hintergründigem Witz und zarter Wehmut geschriebene Kindheitsgeschichte bilden die skurilen Bewohner eines englischen Dorfes in den fünfziger Jahren: zum Beispiel der zerstreute Professor, der beinahe verlorengeht, der cholerische Besitzer des lokalen Pubs und die beiden jungen Künstlerinnen aus London, die revolutionäre Ideen aus der Großstadt mitbringen. Sie sind Teil dieser eigenen Welt, eine Mischung aus Tragik und Komik, die im Leser auch nach der Lektüre noch weiterlebt.

«Es gibt Bücher, die einen ohne jede Anstrengung sofort bis ins Herz erreichen, weil sie irgend etwas mit einem selbst zu tun haben – bei Shena Mackays Roman ‹Der brennende Obstgarten› ist es mir so gegangen ... Shena Mackay hat ein anrührend poetisches, liebevolles Buch mit Bittermandelgeschmack geschrieben – darüber, wie kompliziert es ist, erwachsen zu werden, und wie wenig die Erwachsenen davon mitkriegen, wer da neben ihnen heranwächst.» Elke Heidenreich im WDR

«Für ihren Abschied von der Kindheit trifft Shena Mackay genau den richtigen Ton: Wehmütig, ohne sentimental zu sein, mit aufblitzendem Witz und scharfem Blick für Skuriles.»
Süddeutsche Zeitung

«Ein Sittengemälde der englischen Nachkriegszeit, das die schwierige Balance zwischen Paradies und Wirklichkeit mit feinem Gespür für das Tragikomische durchhält.» FAZ

«‹Der brennende Obstgarten› ist ein unglaublich schöner und witziger Roman.» The Guardian